半边渡当代中篇小说丛书

比风来得早

葛水平　著

漓江出版社
·桂林·

“半边渡当代中篇小说丛书”出版说明

半边渡，原本是一种由独特的地貌形态所导致的交通方式，意指岸边道路出现山岩等巨型障碍，为了克服障碍所进行的单边摆渡。用来做丛书名，表示只在此岸，现场写作；彼岸风景，尽入眼中。选收的是当下既具实力，又有活力的知名作家，他们一直进行着克服障碍、自我超越的写作，刷新着个人纪录，不断求索、攀升。中篇小说介于短篇与长篇之间，是由短篇进发到长篇的中转过渡，出版中篇小说集，既管窥风貌反映当下，又把握脉动瞄准未来，期待作家们拿出更多优秀长篇回馈读者。

漓江出版社中外文学编辑部

目录

比风来得早

一

吴玉亭最近几天肯定有啥事端着，因为，几十年来他的脸上从来都藏着一脸静气。

吴玉亭在县政府当着政府办公室副主任，办公室一正仨副，论资排辈他早该扶正，可这世道常常是：花对人无意，人却对花有所乞求。端着啥事的时候自己不说别人已经看出来了，是看端着的人的那种架势。平常的吴玉亭走路胸脯微压，小快步，一身细碎，见人主动打招呼，一脸谦虚。进了办公室一杯茶，一沓沓报纸，一个上午。原来办公室没有饮水机时，办公室暖瓶里的水总是他来打，后来有了饮水机了，办公室人喝的茶都是他来拿，总是见他从抽屉里取出一小罐茶来，看着倒水的人说，来来来，捏巴点，好茶，清明前的。

人耐得了颇烦，走来走去给人家的杯子里捏茶，要说的话好像就在舌尖上挑着。

吴玉亭在办公室没有别的事可做，就做一件事：用剪刀裁下报纸上他认为有用的文章，然后归类，财经类的、政法类的、人生格言警句类的，一沓子一沓子放到文件袋里，一上午无话。做这件事吴玉亭很认真，每看到一篇都总会有想法，并幻化出一段录影来，他会看一眼窗外，闷着话，压一口水，心里激动半天。吴玉亭有吴玉亭的想法，风水轮流转，总有一天这些资料会用到县长的讲话稿子里，到那时候，由县长在三干会或人大、政协会上念出来，下面的议论说，这讲话是谁润色的？

是县委办吴主任润色的。

人家吴主任是写小说的，弄这还不是小孩子家拿着鸡鸡耍尿呀！

但是，这句话对吴玉亭来说很难。

几十年了，当着政府办的副主任，经了三任县长，总是到该提拔的时候，有希望了，却到最后一刻没有了下文。

三任县长，吴玉亭私下里给三任县长叠了几十年被子，那真叫个有定力。每天早上总是赶在县长起床前站在门口等，门开了，县长要出去到隔壁洗漱，自己趁着这个空当进去叠被子。通信员不干的事情，他来干，他实在是想不出来还有什么样可干的事比叠被子更能暖了县长的心。他想：干这样一件事日久天长了，也许能感动县长，能铁树开花。

他是从娘身上得来的经验。

第三任县长今年换届，下一任据说是要来一任女县长，那么叠被子的事看起来若要继续做下去就不雅了。这一任的刁县长说，老吴啊，走之前，也该给你吴副主任扶正了。

听了这话，吴玉亭私下里想落泪。最早时候人们叫他小吴，到现在开始叫老吴，光阴如水，不仅仅是大小、小大的转换。他五十二了，秋风起处，落木萧萧，人说一年中没有不开花的季节，他常常会想起鲁迅所写过的，好像是写大山茶树，鲁迅写：赫赫的在雪中明得如火。他记不起来是从哪一张报纸上剪下来的，他此时的心情就是这样，喜悦得有点儿不得劲儿。只觉得四周里的空气浮泛得油活，飘飘悠悠，脚落不了地，手也没个抓挠儿，没个挂靠，几十年来没个什么人注意自己，怎么就觉得眼下特别想让别人注意自己呢！

他见了谁都说一句话：好天气啊！

以前，自己想引诱别人来注意来肯定自己却没有资本，要别人注意那是有很大的存在意义呢，在别人的眼睛里，存在就是幸福嘛！这样，吴玉亭走起路来脚尖尖就开始吃劲了，心里的那个激动像五线谱一样滑动，脸上就有了内容，走起来细俏的步伐被一股什么气流拽着，胸也挺了，尤是看人的眼神，游离得很呢。走进办公室也不见拿清明前的茶出来，虽然清明就在眼前。他的两膀子往起抬着，眉眼微露正气，甚至往杯子里加水也要喊旁边的干事王章过来添水，一改往日的谦顺。

从吴玉亭端着的架势上都知道吴玉亭要提了，也该提了。离六十岁还有八年的干头，还有八年时间可以给县长的讲话稿子润色。

吴玉亭觉得最近的报纸上没有什么新的内容，简单翻阅几下就顺手把那一沓沓报纸放到身后文件柜上了，他突然觉得那报纸上的铅字像他过去日子里劳动浸出的汗水，眼泪一样悲戚，他很是不屑。

扭转头望着窗外，杨树的絮子落尽了，有黄绿的叶子探出头来，错不了几天，满树的叶子就会仪态万千，十分恣肆。春花秋实将窗外弄成了赏心悦目的风景，取而代之的是人间花事。吴玉亭有点激动，多好的词汇，用到政府工作报告中，是可以出彩的啊！

二

清明前一天，吴玉亭决定给乡下已经故去的母亲上坟。母亲故去十年了，在乡下种地的弟弟早说要给母亲烧五年纸，他不同意，说那样太张扬，容易被人抓了小辫子，有可能对他将来的提升找一个由头，成为扶正的绊脚石。弟弟说，给娘老子烧五年纸，你一个副科，又没有人拿你腐败，你怕啥？他说官场上有潜规则，你回去烧纸，张扬不是，不张扬也不是，这个你就是外行了，我不烧五年纸自然有我的道理，今年这十年纸就得排场一点烧，我要告诉地下的母亲，我熬到头了。

早几天吴玉亭就已经和县文化馆的演出队联系了，要他们清明前一天到瓦窑沟吴玉贵家报到。负责演出队的团长叫陈小苗，和吴玉亭是师范同学。师范没毕业，吴玉亭继续上学，陈小苗却被剧团招走了，家境贫寒但也出俊闺女，要说长相那是方圆十里挑不出几个的上等品相。当然，年轻时候他们之间没有什么故事，故事是从吴玉亭病妻故去开始的。吴玉亭的妻子张国花在县东方红小学教书，早年是肺结核，到后来钙化了，想着总算对多年来吃药打针有了一个了结，哪知道，药物弄得她整个人体菌群紊乱，最后激发肝癌去世了。妻子去世时吴玉亭才四十三四岁，男人四十当属虎狼年龄，有人介绍他和离异了的陈小苗结合。要说当年的吴玉亭也有那个意思，只是刚提了副科，又刚死了妻子，觉得事情的距离拉得还不是太远，又有丈母娘在自己面前哭天抹泪，也怕县里有人说三道四："看看，病妻刚走，结发夫妻的缘分再好，也是人走茶凉。"

吴玉亭想，人不能活着不落一个好名声，尤其是在政治上。

便要介绍人传话，要陈小苗等等，等个三两年。

要说吴玉亭这个人呢，陈小苗也比较喜欢，觉得吴玉亭有才，也正是好时候。说吴玉亭有才，是因为他会写小说，还写过诗歌、三句半什么的，出手快，读起来有味道，一个人的才情能运化成小说，那真要叫人高看了。说吴玉亭正是好时候，那是说他由副科而正科而副处而正处，人生台阶高上之处是光芒万丈，不能因为这么一点感情上的泼烦事影响了他的登高，决定等他几年。

你说，这都是成年男女了，说等也只能是形式上的等，还能真等？

可吴玉亭就真等。这事起因于一次开三干会准备材料。三干会的材料由政府办准备，谁来执笔？都知道吴玉亭有才，但这事一拿到桌面上，当时的县长就说了，写小说和写材料那是两码事，写小说的人要写材料，容易把现实的词汇弄得花里胡哨，我看还是弄个踏实点的人来写吧。这样吴玉亭就和材料不沾边了，有为人不踏实的意思在里面。内里的事吴玉亭不清楚，恰巧陈小苗来办公室找他，也没有什么事，找了个理由想叫他出去，当时办公室里的人正看各个乡送上来的材料，要大家看完把具体数字勾画出来，责成一个人来写。这材料发到吴玉亭手里没有了。主任关心地说，小吴啊，你和陈小苗不是要出去吗？这事你就别参与了，整材料和整小说不一样，对于你来说，头等大事应该有个家。

这话听起来感觉俩耳朵眼就像一个穿山洞一样，凉风飒飒，吴玉亭看着陈小苗说，她找谁和谁出去我不知道，反正不是我。说完话走到自己的办公桌前把头别过窗下，政府楼前改造，黄尘荡了山样高，他觉得他就像波浪起伏的黄尘下的一道深谷，其实，那黄尘是隔着玻璃的，他无来由地像是被呛着了，冲着窗户打了两个喷嚏，当时居然有人迎合了一句，哎呀，小吴同志，你小说的感觉真好！

陈小苗也像是被呛着了似的，眼睛辣疼，恨不得那黄尘淹没了自己，那时候人的脸还知道红，她的脸就像钢铁生出的红锈，找谁也不是，不找谁也不是，巴不得自己马上锈掉，咧开嘴，挂着泪，说了一句，我谁也不找，避尘！

黄尘把政府楼荡得和土蛋子一样，陈小苗像无头的苍蝇，架着双臂穿过黄尘，脸蛋上的泪滴被黄尘胶住了。回家后自己对着镜子看了半天，一口唾沫吐到了镜子上，觉得自己真是傻到极致了，刚才的事情可以让吴玉亭当小说范本来写。

之后，两人再见面，彼此就都很客套，吴玉亭小心守护着自己的底线，他知道那底线之下有很好玩的事情存在。但是，其瘾似乎也只在心里想一下，动一下，脑子却像被针扎一样清醒地认为，不能让人看到了，把他和小苗同志的事当个事情来闹腾，政治上最忌讳这男女之事了。而自己首先的表现是让县长肯定自己，自己不是一个写小说的人，更不是写小说的人才喜欢拈花惹草的那种。

事实上两个人之间的事情已经了无意趣了，花溅泪，鸟惊心，是为伤春，而他们之间的那点低鸣，或可为悲秋吧。吴玉亭想要陈小苗认识到他现在的地位，和将来的地位，他必须将政治上的那种压抑感找一个物体来代替发泄，而这个物体就是陈小苗。他想，陈小苗应该理解，他一定会给她一个光明的未来。恰恰这陈小苗就不理解，不仅不为他守身、守操，后来居然还领着人组织了一个演出班子，抛头露面唱曲儿。吴玉亭想，自己的高度是地位的高度，地位没有高度，爱情这东西在普通人身上太脆弱了。

既然吴玉亭要提拔了，叫陈小苗来演出从心理上说他也有说不清楚的目的在里面。

吴玉亭的父亲七十八岁了，一个人单住，说是单住也是和弟弟吴玉贵住在一个大院子里，一扯七间砖房，另辟出一间来住。七十八岁的吴丙国老汉，自个儿种地，自个儿做饭。吴玉亭要回来，就和父亲睡对炕，一床新被褥叠在有些年代的木板箱子里，吴丙国老汉不几天就会把它们拾翻出来，要它们见见阳光，要阳光消化掉存储得久了的霉味。被子芯的棉花是吴丙国老汉亲自种的，他每年都要在清明过后下种棉花，收获的棉花，就几个儿女分一分，也算是活着给子女们一个暖身的念想。自己的被子芯换不换无所谓，这床被子每年秋天新棉花下来他都要女儿来把旧棉花取出新棉花续上。吴丙国老汉一辈子的爱好就是爱凑堆和人唠嗑，就算是吃饭也不例外。公社的时候，每顿饭都往村中央的大槐树下蹭，不管树下有没有人，一碗饭一囚就是半天，自己一句囫囵话也说不利索，却偏爱听人说。槐树下就是当时的新闻焦点，上到中央，下至山沟小庄，说什么的都稀罕听，话成溜儿落成行就行，听的时候很认真，认真到嘴张着，不吃饭等话，精彩处手里的筷子不是用来吃饭，是用来敲碗，一副傻傻的兴高采烈的样子。更有意思的是，碗里的饭不是自己吃完了，是一高兴给地上凑热闹的鸡们挑食了。

为此事吴玉亭说过吴丙国老汉好几次了，说，人活着不能不像个样子。吴丙国老汉说，轮得了你来教训我？我怎么活得就不像个样子了？吴玉亭说，都知道你有一个儿出息大，在县政府工作，天下事政府办知道得最多，上面印着保密的红头文件就有几柜柜，有什么想听的事，我告诉你就是了，你这样，是叫人笑话。吴丙国老汉说，笑话什么？我不偷不抢，就爱扎个堆堆，你说的那保密事都是官样文章，我就喜欢听大伙说出来的，也没有见有人笑话那些扎堆堆的人啊？吴玉亭咽下一口唾沫说，爹哎，你又不是普通人的爹，你就不能学得木讷谦让一些，你这样坐到人堆里听笑话，人堆里坐着的都是粗俗的老农民，互相取笑，人家取笑你时，你张着大嘴哈哈，你知道不知道是在取笑你儿子——我?!

一听说是取笑儿子，吴丙国老汉内心就开始忐忑了，就不敢再端了碗前去槐树下凑热闹，每天端了碗就在自己的院墙外找个石墩子坐下，周围连个鸡都没有，辨认来辨认去，发现腿旮旯下脚的地方有个蚂蚁窝，每天用筷子挑一星星面放到地上，看蚂蚁们聚堆儿，围着那一根面聚得有拳头大，几天不散。吴丙国老汉就想，我这个儿，到底在县政府当着多大一个官？等吴玉亭回来忍不住就问了，吴玉亭说，是副科。这个词对吴丙国老汉来说太专业了，想不出比较的对象来，就问，县长是个啥？吴玉亭说，正处。吴丙国老汉还是不清楚地问，那你相当于个啥？吴玉亭思考了半天说，这个还真不好相当于，正处也是副科上去的，只能说相当于通往楼上的第一个台阶。

虽然没有问出啥结果来，但是，吴丙国老汉的心里也还是有了几分神圣。

见了村里的支书就问人家，你这个职务相当于干部啥级别？支书被问得说不出话来，举起指头扳着数了半天说，相当于干部十一号。支书的意思是，自己跑腿办事要的是这两条腿，说十一号有点嘲笑自己的意思，但这样的结果对吴丙国老汉来说是糊涂上加难得，整个脑仁子被一锅糨糊给填满了，不敢多问，怕人家取笑自己没见识，那样等于是给儿子脸上挂黑。有几次外甥来找他，想让表兄吴玉亭在县里谋个临时工作，他一口答应了说，这不算个事，结果和吴玉亭说，不仅事情没有解决还捎带了一箩筐话："你也不想想你的儿平常都是和什么人打交道，是和县长书记打交道啊，我能张嘴和人家讲，想安排一个农民来县里上班？就他，大字识得的不如他脸上的雀斑多，天生就是和土地打交道的，想要进城里，到头来怕是让他活得上不着天，下不着地，像个绝望的塑料袋袋，做人都做得不环保。"吴丙国老汉听了这话有些心慌气短，不好和外甥回话，老姐姐比他早走几年，当舅舅的办不了这点事，自己这张七竖八皱的脸真是不值一钱！儿子总归是儿子，从感情上还是和儿子近，量不上米布袋在，要外甥缓缓，这日子，缓得是外甥打灯笼——照舅，没有了下文。

知道儿子清明节要回来，吴丙国老汉把被子晒得蓬松绵软。往年村上给长辈烧五年纸或十年纸的，大部分是放一场电影或说一场书，吴丙国老汉知道这次回来的是一个演出团，那个排场是村子里几十年没有过的，也算是给自己的老脸撑足了面子，一高兴就想到处去炫耀炫耀，想告诉那些平常老槐树下聚堆儿的爱热闹的说古今的人们：这回啊，你们可得早一点来我的院子里看演出，我那在县政府上班的大儿子吴玉亭给他死鬼娘唱热闹呢，请的是县文化馆的戏班子，人家都上过中央二台。

三

吴玉亭从政府办要了一辆车，车是普桑，后面还带着一个车兜，他从县城买了一车兜吃食，准备清明这一天开销。当时和主任要车的时候，还有些犹豫，该不该要一辆车回家办自己的私事？但是，想着这么多年来自己小心谨慎做人，如今就要提拔了，差的就是一纸文件，哪有政府办的主任回家上坟坐班车？要一辆车有什么不可以？也算是副职期间张一回嘴吧。

这车有几年车龄了，几近报废，有条件坐车的早就按级别换车了，没条件换车的旧成一堆废铁也只能让它旧。吴玉亭想，怎么也该给自己一辆好一些的车，没想到给了这么一辆，心气不忿，姓王的，人生几步一重天，有你好看时候。职务不在手你拿谁也没办法，只能就这样凑合上路了。

清明节，有些地位的人都要回家上坟，一路上大小车辆，风卷尘土扬。其实清明上坟不上坟都是个样样，吴玉亭自认为是一个最能看到本质的人，他在看坟堆子的时候，看到的是一个土堆，远远地看，走近了看，好多年之后看，确实是一堆土。人们在怀念土堆下的人的时候其实是怀念曾经的自己的影子，拿曾经的影子和现在的影子比较，有能耐了就把土堆当回事，原来的时候那是什么光景啊，看看我的现在吧！项王说，衣锦不还乡就像没有穿衣服的猴子。吴玉亭想：现眼下中国人最能体现衣锦还乡的是清明上坟。

小车开到自家院子前，车上的东西提下来，他不进去喊人，要司机探进车窗摁喇叭，司机摁了三下，又三下。

院子里吴玉贵的媳妇急慌慌地走出来，以为大门外出了啥事情，做饭的围裙还系在腰间，两只手涂满了面粉，一看是大兄哥，手在脸上抹了一下扭身朝着院子里喊了一嗓子，快叫你爷爷去，就说你大大开着两头平的小卧车回来了！

院子里跑出一个小丫头来，叫了一声，大大。上前摸了一下车子，倒着走着看着地上的东西和车，龇着豁牙的嘴有几分不舍地不想离开，吴玉贵的媳妇跺了一下脚说，还不快去！

小丫头扭转头旋风一样喊着，我大大开着两头平的小卧车回来了！人转眼没了影踪。

吴玉亭左手叉着腰，右手拿出一根烟来，司机上前想给他点火，他摇了摇头，像是等什么，眼睛望着村庄上空的云彩，有几只灰麻雀“叽叽叽”叫着从头顶飞过去。司机问他要不要把地上的东西提回去，他说，不用，等一下喝口水你就可以回县里了。

吴玉贵的媳妇从屋子里端着两碗水出来，给了司机师傅一碗，另一碗端给了吴玉亭。吴玉亭不接，手里的烟掉了一下头，过滤嘴朝着水碗点了一下，用嘴吹了一口，烟屁股上吹出了一串水沫子，这时他才说了一句，拿火来。

吴玉贵媳妇不知道他还喝不喝这碗水，想着城里的干部都讲卫生，这碗水沾了烟屁股怕是喝不得了，扭身回屋又换了一碗出来。吴玉亭说，我有自己的杯子，泡着上等的观音王，就怕这水不是好水，观音王都要糟蹋了，还想着带一桶矿泉水回来的，这事，忙得头一昏就忘了。

吴玉贵媳妇说，他叔，好水，是从龙王沟引过来的泉水，不放糖精都是甜的。

吴玉亭没有接她的话茬，他从心里可怜这个弟妹，除了农村生活再没有过过第二种生活，对外面的世界很无知，活得不明不白，大脚，厚身板，一副对什么事情都很好奇的样子，啥也不懂还傻呵呵地乐，活得越来越没有形了，和她的身材一样，臃肿得像一摊软米枣糕。

村子里的大人和孩子都稀罕地往他家这边走。要说一辆两头平的小卧车也没有什么稀罕的，但吴玉亭坐了就让他们稀罕。往常吴玉亭清明回来上坟坐班车，村干部都往人家坐小卧车的家里跑，显得吴玉亭就有些落寞，心里埋怨这农村人啥时候也学会看人下菜碟了！这吴玉亭坐小卧车说明地位升了。有老者走过来，他是看着吴玉亭长大的，走近拽着吴玉亭的手说，老吴家的大娃啊，你这干部是当大了！能给叔说说有多大个官儿吗？

吴玉亭压着嗓子咳嗽了一声说，大也大不到哪里，叔，县长的日常生活都是我来安排。

老汉家松开手，两只手拄着拐棍，仰了脑袋望着吴玉亭看，不时地点着头，长叹了一声说，从同治年开始，咱瓦窑沟没有出过大干部了，这车是县府给你配的吧？

吴玉亭说，不是，临时用，下一次回来的车比这要高级。

老汉家越发地惊讶了，像孩子似的嘴里流着哈喇子说，就是，该了，人家三头二年就上去了，你等了这么多年，该了！回头给咱村要几吨水泥铺铺路，建设新农村，咱村都没有村村通了水泥路，这官，我看目前就数你大了，不要看他们早就开上小卧车了，我给你说吧，都不是正经官，搞副业的出身！你总算熬到头了！是回来给你娘烧十年纸？

吴玉亭说，是。

老汉家说，还请了演出队？

吴玉亭说，是。

老汉家说，太排场了！是该给你死鬼娘热闹热闹了，地下有知，鲤鱼翻身她真敢出来看看你啊，给你娘脸上长光了！

老汉家说完话往人群里返，一边走一边还嘟囔着，看看人家也叫儿，这回老吴家长脸了。走了几步回过身体来又说，我也给你娘送一些纸火过来。

在农村，一个有些威信的人家，办丧事也好喜事也罢，村里人都要送一份礼。这清明呢，烧十年纸是死去的人大寿，看活人的面子都要送一些纸钱过来，表明活着的人一直惦记着死者，死者的后人那才是顶顶值得尊重的人。

吴玉亭觉得他回乡第一件事情已经该结束了，看着司机说，你回吧，有事情，我会给你电话。

司机说，吴主任，那我走了，有事尽管叫我。

车发动倒着掉头，有人自告奋勇上前指挥，打着手势喊，倒，倒，倒，住！

司机打了两把方向盘车就掉转了头，司机打了两声喇叭，屁股后掀起一股黄土出了村。

吴玉亭卡腰的那只手始终卡着，闲着的那只夹着烟屁股举起来向着车走过去的地方挥手。

那个姿态在瓦窑沟人的眼中一下就提起来了，就生动了，就正经八百像个当官的样样了。

四

吴玉贵去丘庄接应演出队，丘庄离这里有四十里地，吴玉贵骑着摩托去，到了才知道演出队来不了了。因为当地举办一个什么踏青会，请了市里和省里一帮诗人和小说家来搞“春天送你一首诗”。县里要演出队给这帮文艺人助兴，前一天的晚上就请了演出队来演出，没有选择性地听、看，演出队有流行歌曲、戏剧、杂耍和八音会，文艺人听了不过瘾，想看地道的地方艺术，今天晚上的节目就演纯地方的东西，所以走不了了。

团长陈小苗特意和吴玉贵强调了这一特殊时期的情况，说，我就计划派人去一趟瓦窑沟和你哥协商一下，你来了就好，知道这一次你哥是动了真性情，我也是想积极配合，但是，有时候事不凑巧计划赶不上变化，也算是政治任务，硬走怕不好，只能委屈你这边了。两夜的演出只好错后一天，这事是县政府办的王主任特意安排的，我是脖子上系着领导指示，不照办不好说。况且这一活动是全国性的，要是你哥一直写下去，这一拨人里，你哥怕也成全国性的人物了。

吴玉贵听了这话不知道该怎么办，自己也没有手机，不方便和哥哥联系，瓦窑沟村人都知道今天晚上看节目，院子里的大锅都支起来了，媳妇的白馍也蒸好了，就等着演出队一到把娘的牌位接回来，放到方桌上要娘打头看演出。

要是自己定下的怎么都好说，中间搁着哥哥，他也是政府人，脖子上也系着一根绳绳，自己不敢瞎闹，多余话没有说，掉头走人。出了丘庄村，越想这事是越不对劲，到夜晚人都往老吴家的院子里走，听不到声音，见不着热闹，一下灰秃秃了，你能把脑袋装到裤裆里？真那样那真要叫人笑话死了。既然演出队明天才能来，今天夜里的事情他就擅自做主一回，绕道到乡政府订了一场电影，人家说电影的胶片不多了，赶着清明都要演，还剩一个旧片但也是名片子《秋菊打官司》，要不要？吴玉贵想，这片子是有些老了，既然没有挑头了，《秋菊打官司》就《秋菊打官司》吧，首先，娘活着没有看过，就算是自己给娘行孝了，其次，要娘也知道秋菊这媳妇多么地不简单！

吴玉贵回到瓦窑沟的时候，已是半下午[1]，感觉自己院子里的气氛有些不对劲，是自家的热闹有些过了。先是听到院子里说话声吵，女人们多，有好几个妇女张嘴哈哈笑。熄了火，放好车才看到地上有小卧车的车轱辘印子，想着，这回哥是讲排场了。

进了院子看到瓦窑沟村支书兼村主任的媳妇吴国花来帮厨，还有会计的媳妇李婉婉也在，平常这两个人见了他眉骨都不动一下，现在看着他眼睛都弯没了，笑着说，看你黑着脸，是不是不稀罕来给你帮厨呀？他觉得这天上下饼子的事要发生了。更有甚者，听到了爹的屋子里，支书兼村主任的李喜平和会计王政林也在，正和哥哥一唱一和地说事呢。吴玉贵觉得这两个看人下菜碟的人物能来，说明哥的地位变了。我说么，哥因何要回来给娘烧十年纸，而且又是如此张扬！

吴玉贵不敢往细处琢磨，急忙往爹的屋子里走想和哥哥说明白今天发生的事。吴玉贵进了屋子顾不上打招呼，直戳戳地说，哥，今天给娘的演出怕不成了。

---

① 北方方言，指下午三四点的时候。

吴玉亭正和支书会计说着未来瓦窑沟村修路的事情，这么一说，有些坏他的心情。但作为即将提拔的吴玉亭来说已不是当年那个吴玉亭了，当年的吴玉亭还有几分农民的倔强脾气，丢了面子想要小聪明想力挽狂澜，现在，那脾气隐了，隐成了一种面子上的拿派，尤其是面对地方干部的时候，兵来将挡，水来土掩的稳当心态还是学了一点，但他拿烟的那个手指尖还是抖了一下，一截烟灰落在了裤子上。按以前他会抬高手臂狠狠地捻下去，把那截过滤嘴屁股捻成烂丝，现在吴玉亭不会了，时间已经把他锻炼出来了，他已经把以往的少年皮脱了，青年皮脱了，壮年皮也将脱尽，他就像蚕一样老熟了。只见他把那截烟头叼在了嘴角上，揪住裤子用二拇指弹了一下，轻轻地把烟头放到了一个用八宝粥当烟灰缸的罐子里，他还很轻松地用自己杯子里的茶水倒了一下，那烟头的青烟一下就断了。

吴玉亭抬起头来说，有什么大惊小怪的事值得用这样的嗓门说话？

吴玉贵说，人家演出队在丘庄，说是给文艺人演出，今天走不开，还说你有悟性要是一直写小说就好了，就成全国样的人物了。吴玉贵有些对哥没有写小说，没有成为全国样的人物遗憾，停顿了一下没有接着往下说。

吴玉亭就是不想听“小说”这二字，这二字让他的生活发生了质的变化，让他的人事秩序多少年来一直遭到严重破坏，让他不能够在人事道路上应对自如游刃有余，总是让他在期待重新洗牌时被扣在了底牌。他抬了一下屁股很是不屑地说，知道，是“春天送你一首诗”，对你们来说，春天送几袋子磷肥和碳铵是再好不过了，也就是一些个不务正业的人拿春天说事找泼烦。

一句不务正业，把一帮文艺人搞得没有了广阔的背景。

吴玉贵说，是县政府的王主任安排的，人家团长说了，县政府的指令就是拴在她脖子上的一根上吊绳。吴玉贵一时没有想起来当时的原话，意思是领会了，就篡改了一下用词。

吴玉亭一听这王主任，心里就蹿火，算什么东西嘛？自己有媳妇在乡下种地，吃着锅里的看着碗里的，整天拿着职务调派演出队，还不都是看上了陈小苗那娘们。陈小苗也是，就算不等我，也不想和我好，都好说，见怪不怪，找了一个有妇之夫，素质和品位之低下，那真叫个嚼着不烂，咽着吃力，听起来堵耳朵，哪有半点爱情的高尚趣味！如果这时候发火那就显得自己气量狭促了，想了想换了一种口气说，那哪是王的意思，那是习县长的意思，还有我更清楚?!

吴玉贵想，既然你清楚，为何还要我去接？但不敢这样反问，是自己的哥，小声说，错后一天，今天晚上呢，我定了一场电影，是《秋菊打官司》，人家说是名导的戏，瓦窑沟武黑他爹死的时候放过，一个照着村长的裆踢了一脚的女人，那女人，呵呵，一根筋!

会计王政林说，错错错，是村长踢了秋菊男人的裆，把她男人踢寂寞了，她不依，一级一级上告。

吴玉亭觉得弟弟说话太没有水平了，说着啥事情呢就拐了弯了，这弯拐得有点半吊子，要不是自己这个即将成为正科的面子撑着李喜平，村主任李喜平岂是一个吃素的人物!

吴玉亭说，春天送什么的事，我是知道的，只是换届前的事情太多，又因为清明要回来上坟，三天里习县长要准备的材料，我在回乡之前都要准备好了，我都忙得乱昏了头脑，看看，我都忘了，也算是有个补救。秋菊这位农妇也是一个进步人物嘛，值得一看，懂得用法律来做武器，现在自上而下不是讲和谐嘛，啥叫和谐，我和习县长经常探讨这个问题，说给你们吧，自然朴素的品质就是和谐，这影片到最后，说明了一个问题，都是他妈的善良厚道人。

一听叫王主任是姓王的，村主任李喜平赶忙站起来取了暖瓶给吴玉亭满上水，倒水的中间给会计王政林使了一个眼色，王政林说，我出去小解一下。

王政林出去后进了茅房掏出手机来赶紧给李喜平发了一个短信。李喜平的手机响了看到上面写了：你的眼色我没有明白。

李喜平看着手机和吴玉亭说，小舅孩发来的，操蛋呢，知道我和吴主任在一起，想让我求你，看能不能说说让他去镇政府当个通信员。

李喜平抬了一下头说，我发给他，这点毛毛事也找吴主任说！

王政林接到李喜平的短信，上面很清楚地写着：打听一下吴有没有提的可能，有，回来就说今晚的电影咱管了。

吴玉亭没有接李喜平的话，看着别人发短信自己也想发，这东西在当下社会，说白了就像看见有人尿，自己也紧，便掏出手机来说，这叫拇指文化，全球通，都普及到乡下了。

相互让烟的工夫里李喜平的手机又响了，因亮光折射得屏幕有些黑，他用手捂了看，上面写了：马路消息说，有可能是真！

李喜平回过去说，肯定下来，马路消息，马路上没有人？日你娘，谁说的？

李喜平合上手机笑着说，小舅孩回的，说我和你的关系铁得就像钢板一样，这点毛毛事对吴主任不算事。小舅孩和姐夫，中间隔着他姐，他敢拿我当软柿子捏。

王政林在茅厕急忙翻阅他记录的电话号码，终于看到一个很重要的人物，这个人物是县政府看门房的武秃子，他把电话打过去问武秃子，吴玉亭提拔的事风声紧不紧？武秃子在电话里说，看人家的走步，有变化，一般来说，有动静的人，这时候大都沉不住气，不是说话口气变了，就是走步变了。还有呢，以前叫我武师傅的只要开始叫我老武就有动静，等确定叫我武老头，那这人准提了。王政林说，你说明白点，到底是提了没有？我啥都不叫你，我提了啥了？快点，我提着裤子呢！武秃子冲着电话说，我又不是领导肚子里的蛔虫，我酸得难受了，知道人家是甜东西吃多了！告诉你有提的可能！

看到屋外的王政林很像回事地系着裤带走进来，坐下后看着吴玉亭说，说句不中听的话，吴主任，今晚的电影就算瓦窑沟村给你放了，一是给婶尽个孝道，二来呢也算是我和喜平主任祝贺吴主任高升！

李喜平拍了一下王政林说，这话我早想说，不是说我这人势利，吴主任，就咱，中国最低的一级政府，办啥事不得拍上边人的屁股，你要是普通农民，我丑话说到前头，我不认识你是个人物，如今都是一把手说了算，你当了一把手，我就拍你，不怕你笑话，就这么定下了。玉贵啊，放电影的啥时候到？

吴玉贵说，我还得去一趟，去接他过来。

吴玉亭觉得不好。李喜平说，有什么不好，你明天的演出不也同样娱乐了瓦窑沟村民的生活！

吴玉亭不说话了，拿着手机发短信，这条短信他是发给陈小苗的，他虽然相信她的演出是一项政治任务，但从思想上觉得陈小苗对自己有意见，拿政治任务做幌子的意思深处隐藏着内容，这条短信在用词方面应该有一些讲究，不能太直白，不能让对方看出来自己是吃王主任的醋，他搜寻了脑海里所有的记忆，他觉得用到文章中的句子都是好句子，用到这里难说能出彩。手不随心想，一行字出现在手机屏幕上：曾经沧海难为水。他猜测陈小苗看到每一个汉字在她眼皮下晃时，那意味深长的一笑，自己便也笑了一下，一下想起了他剪下的那一沓沓文章里的一句话：祸兮福所倚！

这句话要比刚才那句话富有力度！

但是，已经晚了，手机上显示了发送成功。

五

山里头天黑得早，日头先是歇在了山背上，接着日头就翻过山跌空了，山没有影了，杨树上的喜鹊窝也没有影了，喜鹊飞上飞下不叫了，一副老成持重的样子。这时候它看到瓦窑沟村上空袅袅炊烟浮动着，暮色把瓦窑沟罩住了，最后把瓦窑沟村人的脸也罩没了，喜鹊飞进了窝里，瓦窑沟彻底黑实了。

吴玉贵这时候才回来，都想着看不上演出能看上电影也成，哪想吴玉贵定下的电影也荒了，因为，有胶片没有放映机。当时定的时候还有，半中间被镇长拿去给县民政局回乡烧纸的李局长献殷勤了。吴玉贵骑着摩托跑了好几个地方，胡想定一家说唱的过来，跑了几个地方都没有定下，临时抱不到佛脚。回来看到自家的院子里灯明火旺的，觉得这事弄得有些狼狈，有些脸上挂不住。进了院子看到爹往院当央放椅子，两把椅子，一把正中，一把偏一些，他知道，那是用来放牌位，一个是娘的，一个是嫂子的，人虽然走了，不回头了，活着的人也要把她们当在世看。他走过去说，啥也不成，瞎了，拾掇回房吧。

听得自己的屋子里，李喜平高着嗓子喊：吴主任哪，一心敬你，七个巧啊！

吴玉亭就四个字：五个魁首，五个魁首，五个魁首，五个魁首！

爹一把揪了吴玉贵的衣裳问，到底是咋回事？我都通知了村里的家户，都通知了两遍了，第一遍告诉人家看演出，第二遍通知人家看电影，结果啥也没有，好不容易能要大伙来聚一聚，咋啥都弄不成了？

吴玉贵没有和爹多搭话，走进屋子，看到炕上放着炕桌，桌上放着四个菜一壶酒，哥盘腿坐着，村主任和会计不习惯盘腿，蹲在炕上，闺女小红嘴里吃着菜，一口没咽下，一口已经紧着夹到嘴边，腮帮像憋着两个核桃。

吴玉贵说，哥，不成，没有放映机。

吴玉亭没有出声，一粒花生米落在口中，胸口处空空的好像连着一口井，那井嗡一声被什么砸出了响儿，空震得他的脑仁子发麻，那粒花生米在后牙根上嚼了一下，他心里默念了一句：姓王的！

李喜平和王政林两个人有些喝大了，听吴玉贵这么一说，仗着酒劲李喜平跳下炕说，混球镇长，没有上眼皮子的货色，这事真没有人管了？是政府办的吴主任用，用他的机器那是高看他了，怎么这样不识抬举呢！哪家拿了放映机，找几个人去抢了它！

吴玉贵说，没有用，是民政局的李局长。

王政林说，那咱不敢抢，民政上往下拨的款多，这条腿咱不敢断了！

吴玉亭摆了摆手要李喜平冷静一下，他摸了一下小红的头说，胡来不得，放不成就不放了，就算是抢来了，可以放，你叫全县人民怎么看我这个政府办的主任，我现在面对的不是一个简单的放映机问题，而是围绕这一事件出现的各种眼睛，要做的是让人们看到我的肚量，而不是成为这些个眼睛的反面教材，我不能因为这么个事给刁县长丢脸，让人家说，小刁用的人就是这样一个人！

王政林也想说什么来着，听这么一说，就不敢搭话了，敢把“小刁用的人”挂在嘴上的，瓦窑沟也就他一个。况且，这刁县长要论年龄也不过四十出头，比在座的他们仨都要小，论头衔哪个敢叫人家刁县长“小刁”？距离近、远，明眼人一下子就感觉出来了。气氛有些紧张，一时无话。

听得外面有几个老头老太太夹着马扎进来了，看到院子里站着的吴家掌柜大呼小叫，吴老汉哎，你这大儿真出息啊，你可不能草筛子饮驴走过场，今儿看不上，明儿得看上！这放电影的还没有到？怎么幕布都不往起挂！

吴玉亭听得爹说，唉，说啥呢，这电影八成看不成了，听玉贵说，有官大的抢啦！

一老头说，那是咱玉亭的官不大，官大一级，他敢抢？吓不死他才怪！

吴玉亭觉得乡下人嘴上没拉链，指不定下一句还要说啥呢，随手扔给吴玉贵一包软中华要他出去散烟。李喜平急忙和王政林说，傻啥呢，还不出去发根烟熏住他们的嘴！

王政林说，咱的烟不好，红旗渠。

李喜平说，红旗渠咋的了？就红旗渠发去。

王政林和吴玉贵往外走，出得门，王政林先说了，今儿是县政府办吴主任回乡给咱婶烧十年纸，婶活着时德高望重，唯一的遗憾事就是没有看上这《秋菊打官司》，偏巧这机器被咱们的老朋友民政局局长先行一步，先行了好啊，这电影就看不成了。我和李喜平支书巴不得看不成这电影呢，正好和吴主任说说内心话，说说咱村的实际情况。不过呢，就是委屈了咱地下的婶和地下的嫂，也委屈了瓦窑沟人。这不，吴玉贵代表吴主任给大家发道歉烟来了，烟是软中华，好烟呢，我给你们说吧，这烟一条八百，一包两袋碳铵，一根四块，你们也抽抽这折合七斤玉茭的烟是啥滋味。

李喜平在门口叫道，两口猫尿灌晕你了，也叫说的是人话！

这时候陆续走进来的人就多了，孩子们像马蜂一样见人缝就钻，看到吴玉贵发烟，也跳了高抢着要。

一个八十多岁的老太太伸出笤帚一样干瘦的手臂也要，王政林给她点了一根说，会财姥姥，你长了这么大财迷了这么大，你尝尝，好烟就是好烟，抽多少口烟灰灰也不落。

会财他姥姥豁了牙口，有些口齿不清地说，宁要一捧玉茭，也不要这一根棍棍，哄人呢。看看现今的人哄人怕不怕，我抽抽它，是顶饱呢还是顶渴，呸呸，呛鼻呢。

院子里的人哄笑了起来。

李喜平走进屋子里悄声附在吴玉亭的耳朵上说，不怕主任，我能让他们比看上电影还热闹，要下边的小官做啥呢，就做这呢，欺瞒他们傻乐呢。说毕，走出门，大手一挥说，瓦窑沟的村民们，咱们县政府办的吴主任能在百忙之中回乡给咱婶上坟，说明他是一个孝道人，有孝道好啊，我给他这样的人举两个老拇指头！

李喜平借着酒劲举了两个老拇指头在自己的脸前晃。

《秋菊打官司》看不看吧，没啥看头，村长把人家男人的裆踢了，踢寂寞了！

院子里的人就又开始哄抬着笑，有人叫着：你不是村长？就是说你这号人呢！

李喜平嘿嘿嘿嘿地笑了，笑出了口水，一股白酒味，还哈着霉干菜味，打了个嗝，把最后的那个捂在喉咙眼里的“嘿”嗝了出来。

李喜平接着说，那个说我这号人的人，你当我不知道你是谁？你当我真的酒醉了？你把手往哪里摸呢，那是谁家媳妇的屁股蛋子收紧了一下子，那屁股蛋子可不是铜锣啊，你的爪子也不是锣槌吧，还一下子一下子击打呢！说你呢，笑甚呢，牙都往下掉了，还笑！嘿嘿嘿嘿，这电影我说不看也罢，明天咱弄个好看的拷贝，弄个《满城尽带黄金甲》来，不怕他今天没有放映机，明天咱去找，这放映机就像电影里妇女的乳房，挤一挤总还是找得到的嘛！

一院子人越发笑得刹不住了，笑到最后的尾音笑不出来了，有几个女人弯着腰抽着气说，要死啊李喜平，你是糟蹋妇女呢，你忘了你是吃妇女的啥子长大的！

李喜平说，不笑了不笑了，咱说正经事，这电影是放不成了，大家就和吴叔嗑话吧，吴叔的四肢九窍都等着你们和他嗑话呢。吴主任能回乡那是咱瓦窑沟过节都逢不上的好事情，吴主任已经答应咱了，要县里给咱拨款拨水泥修路呢，吴主任当了主任，最大的好处就是咱瓦窑沟能讨了便宜，讨什么便宜呢，大家想啊，咱的学校也该投资了是不是？以前那个普九，是墙上刷了一层白灰日哄两下子了事，风卷一股尘学校还是一张老脸，不要看王怀平在外赚了几个钱给学校捐了几张桌椅，咱稀罕的是政府支持！咱的队部也该投资了，是不是？投资建个活动室，咱农闲时打麻将还用给黄软平家的自动麻将桌抽钱，除了搭不上黄软平那张粉脸蛋，咱啥都不用出。咱的敬老院也该投资了，是不是？和谐社会不敬老不爱幼，那能叫和谐？和谐就是自动麻将桌！咱的戏台子是不是也该投资了呢？等等等等，抱了吴主任这疙瘩热沥青，咱瓦窑沟就水泥化了，就建筑化了，就麻将化了，这么着吧，你们说，看那电影有啥意思？还有比陪吴主任喝酒更有意思更管事的事情吗?！瓦窑沟的人们啊，都回家吧，回去早点睡，明儿上坟不要忘了也给吴家的坟送点纸火。回去睡不着，看韩国的电视剧去吧，还睡不着就上床做那事情去吧，做那事灵醒点，小动静喘不过来就咳嗽两声，大动静里外得不轻闲，该咋的就咋的吧，别把自家孩子教坏了！

又一阵子哄笑中，谁也没有想到吴玉亭会出来。

这吴家的大儿子从来回乡都很少和瓦窑沟人搭话，总是低着头来去匆匆，都说这吴家的大儿子有才呢，会作文章，几年下来没见把官做大。

可惜就是早走了媳妇，媳妇活着时有结核病连娃也没有生下，娘走了十年媳妇走了少说也有五六年了，愣是不找，这社会哪有这般苦守着不娶的？

吴家的大儿不如小儿话多，人白净，一看人家就是办公室坐出来的，看人家那样子，走路都在思考事情呢，一看就是有本事在心里藏着的人哪！

院子里的嘀咕声像春天成长的虫子，那声音不如秋天的旺，听上去有两寸厚。

吴玉亭站在门口，门脑上吊着电灯，灯光照着他的脸，那是一脸的白净，他咳嗽了一下，有点像在麦克风上试音似的，接着又咳嗽了一下，右手圈成拳头捂在嘴上。

李喜平大叫：静一静，下面的瓦窑沟村人，站起来的坐下，走了的向后转，听县政府办的吴玉亭主任讲话！大家鼓掌！

鼓掌过后院子里一下就静了。

吴玉亭放下拳头，他被眼前的景象所感动，长这么大没有什么场合因为他要讲话有人能这么样地尊重他，就算是县长讲话，下边也是乱哄哄的。他看了人群中的爹一眼，爹大张着嘴，一脸兴致，他突然理解了爹为什么爱凑这热闹，爹在这热闹中能感觉到温暖的气息借助了声音在往他身上积聚，一个人面对孤独时，他一定心有戚戚。他看到爹抹了一下嘴上哈出来的口水，嘴依旧张了很大，那露出来的一截黑瘦如铁的手腕儿，在灯光下激动得抖抖的。

吴玉亭说话了，他挑高了嗓音，他现在有足够的底气。

我看到了瓦窑沟人的眼睛都盯着我了，你们对我充满了期待是不是？这，我心里明白！以前，我没有能耐，一个人的能耐是他的地位，地位不在那里想办啥事情都难！这以后，一句话：好了！李喜平和王政林能来造访，我也明白他们的语气里含混地夹杂着某些不便说出的意思，我是明白的，我不怪他们，一个字，咱瓦窑沟村穷！吴玉亭家穷！穷字下面一口刀，把该有的都斩断了！

王政林看到吴玉亭眼睛里有泪打转，不像一个领导干部讲话，哪有实打实说的，不吹嘘点，不拿出点势来，就没有人怕你，畏惧你，老百姓也一样。怕他因为酒精的刺激和放不成电影的刺激弄得失了态，用肘扛了一下李喜平，李喜平拍了一下手说：

鼓掌！

吴玉亭还想着说什么来着，人已经被搀回了屋子里，只听到屋外的李喜平喊了一句：好了，咱瓦窑沟村人在共产党的政府部门，现在，总算有人立起来了，“富”字下面一张嘴，朝中有人好做官嘛，好了，各自回家热闹去吧！

这一夜的酒喝到很晚，喝得李喜平和王政林舌头大了，头大了，接着脚跟落地不稳，个个儿呕着心，想吐。

李喜平说，还不给吴主任拿盆盆来！

王政林拿了地上一根点火棒在石板地上画了个圈说，给你，盆盆来了。

李喜平就扶着吴玉亭照着地上画着的那个圆哗哗地往出吐。

互相喝破了心事，三个人一起笑，说起了一些儿童时代的事情，亲密得开始称兄道弟，这酒把人的地位喝淡了。

六

吴玉亭被吴玉贵搀到爹的屋子里，脑仁子被酒精刺激得兴奋，看着爹笑，接着又开始哭。爹咽一口唾沫，很努力地期待着问，你把官做大了？吴玉亭踉跄着伏倒在床上说，爹，屁大个官儿，给爹丢脸了。

爹一脸糊涂，这官要没有做大，瓦窑沟村主任那也算个人物，人家能打发媳妇来给咱帮厨？圈着腰把儿子耷拉在床边的两条腿抱起来搁到床上。

爹说，你好久没有和爹说话了，和我嗑嗑话吧，你自打长成人，就和我话少了。爹把崭新的棉花被子盖到吴玉亭身上，屋外的风呜呜地吹，吹得院角上几捆秫秸秆子簌簌地响。

这春天的风是一种很不消停的风呢！

吴玉亭说，爹，记得小时候我最喜欢做甚吗？

爹咧开嘴顾自听，一脸等待，手脚没有搁处，想不起儿子最爱做甚。

吴玉亭被酒精刺激得兴奋，心里堵得实，喝多了也没有把想说的说给李喜平、王政林那两个王八蛋听，他有话说，他就想说给爹听。他仰起脸举起手机看有没有陈小苗的短信，没有。他大声说，捅马蜂窝！

吴玉亭把手机扔到了一边，有些不舒服地又把它朝上的荧屏扣到了下面。咱瓦窑沟村外有一棵树，树是柿子树，接果子的树里面，儿我最喜欢柿子树了，苍劲的枝干，宽大油墨的叶片，尤其是间隔其间的柿子，似乎袒露了儿的心事，一个一个羞红了脸蛋儿。树上有个马蜂窝，我想捅了它，因为它影响了我对柿子的渴望。我是想了很长时间的，最终想出了一个法子。爹，别不吭声，你猜猜，猜猜儿的心里想出了一个什么法子？

爹猜不出来，依旧手脚没有个搁处，笑容堆得满脸都是，喜爱得看儿回到了从前。吴玉亭的眼睛蒙眬地翻了一下，接下来把盖在身体上的棉花被子很粗鲁地踢开了，又觉得这样不妥，热了脸，羞赧地说了句，我失态了是不是爹？把拽开的被子轻轻拉了回来很亲爱地搂在了两腿中间。

爹假装看不见，说，喝了酒的人热气上身，不想盖就别盖了，这是在家里，机关里那一套就丢了吧，你在爹面前就不讲究了。

吴玉亭说，爹，我回家了是不是？那我就把人前这张皮撕了。

告诉你吧，我用了爹给我做的弹弓，用了一上午的时间对准它发射，哈哈，它掉下来的一刹那我就往村子里跑，马蜂像我放出的臭屁一样追了我跑。我跑啊跑，跑到了大队的粮仓里，我看到粮仓里新收下的小麦，那麦子上还盖着几方大印，我照着那印钻了进去。等我醒来的时候，我已经被带到了大队部，我的头肿得脸盆大，娘找到我后说，你调皮捣蛋要到啥时候才能改！

爹笑了笑说，那时候有意思呢，那时候的老树下尽是端了碗吃饭的人。

吴玉亭说，那时候的柿子树是大队的，秋天结了柿子，我偷着穿了爹的裤子，用爹黄球鞋上的带子绑了裤脚，趁着黑天，爬上树摘了两裤腿柿子，下来的时候，一下脱手了，我掉了下来。我回来，爹用绳子把我吊到梁上，裤腿里的柿子也不让往出掏，让梁上的绳子坠我。爹说，吊到你懂得集体的东西不能拿，吊到你懂得集体叫啥，告诉你小屁孩，集体就是国家！

爹端过来一茶缸水，怕水烫，又拿了一只碗来回倒着，等了一会儿用脸皮试了试冷烫，端过来要吴玉亭喝。

吴玉亭说，爹的手皮厚了，结了老茧，试不出冷烫来了。

爹加了糖要他喝下去，说，缓解酒劲。

吴玉亭说，我上学了，初中读完没有上高中，考了师范，我是想当一名老师啊，爹也告诉我说，当老师好，受人尊重。那个春天，也是这样一个春天，我和同学们出野外踏青，我看到新土，看到刚刚钻出土的茅根子。细细的绿，春天透土了。杨树叶子还不能被风吹响，是鹅黄的，有像虫子一样的杨花絮。远处是麦田，像大地的花地毯，平坦的麦田在春风吹拂下泛着银子的波浪。这是我那一次踏青过后的一篇作文，被学校的《春芽》文学社油印了，在学校传阅，还被当时的市报选发了，我一下子成了文学新人。

爹，记得你说，我儿真有志气，都上报了。

娘把那张报纸贴在墙上，早上看一遍晚上看一遍，天一亮，看清楚看不清楚字，爹都要探过头来趴在娘的肩膀上看，后来那张报纸上的字淡了，是被爹和娘的眼睛看淡了啊。

爹起身走到木箱子前，开了锁取出来一个木匣子，是娘当闺女时候陪嫁的梳妆盒，核桃木，枣红漆面，上面画了几朵牡丹，经了时间，那颜色看上去有些凋敝，有些衰老。爹打开它，取出一疙瘩泥皮，那上面的报纸有了霉点子，哪里还有原来的颜色。当年翻新房子，弟弟和爹还生了一场气，说爹偏心，人家攒金攒银呢，你攒了一疙瘩泥皮。爹掴了弟弟一个巴掌说，你是看见肚子里有墨水的人吃醋呢！

吴玉亭说，扔掉吧爹，没有用了，时间把石头都能化掉，巴掌大的一篇文章，没啥用处了！

爹合了木匣子，没话。

吴玉亭说，爹，知道不，就因为我会写，当初当老师的梦想没有了，到了县政府当了通讯员，人家说，这娃好成分，有灵性，会写文章，将来有机会上！我当了十年通讯员，二十九岁上到了政府办收发报纸信件，我想不出来，我都这么大了，再没有比我小的通讯员了，我看新来的人们看我的眼神不对，似乎已经急着要先我当家做主了，我得有动静了，也该上了！可是什么动静也没有啊，夙夜忧叹，我别无长技，写写豆腐块大的小文章是我日常爱好，我由理想繁多变为希望单一，人家说我不务正业，说有才用不到正点上。我后来想，写那玩意儿顶啥用呢？图了虚名，舍了！我埋头啥也不做干了五年，这五年里比我小的都上了，我看见春天窈窕的身影像闺女似的来了，又走了，又来了，然后风吹来吹去，绿的绿了，红的红了，熟的熟了。爹，我看到你依旧是重复着以往的日子，驾犁耕地，戴着草帽栽种，爹脸上的皱纹多了，是笑太多折叠出来的，儿我是明白人啊，只有亲近自然的人才活得本色，只有活得本色的人才会幸福，你的儿，我是一点也活得不幸福！我从你和娘的身上知道了要想温暖一个人的心，最基本的东西是给这个人温暖，不怕爹笑话我，我没有，从来没有给你和娘叠过被子，我给三任县长叠了几十年被子，人家把我当老通信员使唤。四十岁上提了副科，这是第一任给我的，那是一个好县长，他曾经不让我来做这件事情，他说不平等。平等是什么？爹，平等不是你坐在我对面就是平等，那是屁股下的交椅啊！两只手的作用由脑来指挥，我豁出去了，不把事情想那么深了，不就是活动一下手的灵巧性吗，爹，一种筹码和证明，在权力面前，我算个啥？啥也不算！我是权力的异类，而在人面前，权力是人的异类。爹听不懂我的话是吧？我告诉你爹：权力就像爹种棉花，劳动了不一定能获得好收成！

爹合上了眼睑，有一会儿，吴玉亭想，是疼痛让爹合上眼睑的，爹没有想到他的儿比种地人活得还难，种地人简单到看到庄稼长起来了，就有无法抑制的开怀，明晃晃的阳光，眯住眼睛咧开嘴巴笑吧，可他的儿不知道看到什么该笑，看到了笑不起来，有一身的不自在！

爹从床上拿过来一盒红旗渠，抽出一根，摸索出汽油打火机。吴玉亭抽出一支软中华扔给爹。

爹说，贵了，我抽了是糟蹋。

吴玉亭说，谁抽了不是糟蹋？

爹说，一亩地棉花卖了不够买一条烟，一股青灰冒了，这么贵的烟抽了，是要我脚底发软。

吴玉亭点了一根抽了一口说，有些事情是比较不得的，这是爹愚了。

爹说，爹不抽它，省了心去想它的贵！

吴玉亭说，爹说得对。可人是最操蛋的东西，偏偏就是要想，想和别人比较，想要，要得到的和不该得到的东西。这烟在我身形孤寂、百无聊赖时，做了我最忠诚最坚决的伙伴。爹，抽这贵烟的好处是，县长抽它，我也抽它，贵贱我和他嘴里冒同样的东西，我平衡！

爹一下怎么觉得这个儿不像是他的儿，他的儿不该是这个样子！

吴玉亭接着把肚子里的苦倒给爹听。第二任县长，怎么说呢，爹，告诉你一个字：贪。我给他叠被子年头长了，七年，我看不到人家的那个贪字写在哪，人前讲话，那是真叫个绝！他答应离县之前把我提成正科，我想该了，为了提拔，我都把文学梦扔了，身心不二，我是一门心思谋政。爹，你知道，咱祖辈是农民，祖辈没有见过当官的人是啥样，祖辈排了队找不到一个能说上话的人，祖辈不知道啥叫阔气！我为了这句话等，等到都提拔了，没有空位子了，我还想着一定有一个我没有发现的窟窿等着我钻呢。那天，在他离任前的晚上，县政府楼里要做一件事，灭鼠。灭鼠的最佳药是"三步倒"，爹你是知道的，老鼠吃了走三步就倒了，再也起不来了。灭鼠是那几天的重要任务，为了配合卫生部门的检查，也为了"创建卫生城市"。我作为将要被提拔的人选，必须身体力行，我提着塑料袋，拿着长柄勺，舀着塑料袋子里的黄色小粒粒，往墙角旮旯放。这时候我看见县长下楼了，他看了我一眼说，新来的县长快来就任了，你去把那些我用过的东西收拾一下，纸袋信封什么的都处理掉。我说，县长你不住了？他说，不住了，你的事我和新来的习县长说好了。

我把"三步倒"老鼠药发放完，我收拾他的床铺，掀起他睡过的褥子，在下面看到了有三寸厚的一沓沓信封密实地铺满了床铺，信封上有俩字：面呈，后面点了冒号，总共五百三十二个信封。我当时就想把那些信封捆起来当了废纸处理，捆扎的时候我发现有的里面还有信，也不是什么信，是个人情况。我还笑这些人呢，一个一个地把自己涂脂抹粉得那么优秀那么有作为，我就这么一个一个看，看他们的笑话呢。哪知道发现有的信封里面还有人民币，那是现在快看不到的第三套人民币，面值都是一百。这让我心跳加剧，爹啊，这就是我想用心温暖的世界，苍天晓得，那种可怜的温暖有着怎样的天穹和深渊啊！我自行其是，到此，要我怎么心甘?！

吴玉亭看到爹手上的烟不是抽没的，是自己燃没的，烟灰掉在爹的裤腿上，灯光下白得耀眼。爹带着轻微的颤音说，你说那些信封都装了那东西?

吴玉亭说，我所想到的辩解都等于谎言，你看看电视上那些个官吧，更怕！生活和梦不属于同一个世界，爹，你的儿就因为没有一个看上去很简单的信封作怪，一切又迟到了五年。

爹把伸出去的腿缩回到床上，有骨头断裂的声音响了两下，吴玉亭知道，那是爹的骨关节在响。爹手里又点了一根烟，烟柱像蛇一样，因爹抽回去的腿带乱了烟气，它缭绕得呛了爹的鼻子，呛人的气息令爹咳嗽起来，最后那口痰像田地边水渠里的浊水在涌动，携带了尘世太多的浮尘和干渴，咕咕地嘶哑了一阵子，爹走下地圈着腰开了门顺着风把那口顽痰吐了出去，风携带着它飞进了黑暗。

爹关上门，走到火台前，火上坐着水壶，水开着是为了取暖。爹掀开火看了看壶里的水，拿瓢从缸里又舀了一瓢倒进去，爹往火里加了炭，火苗欢起来。吴玉亭想起来，瓦窑沟村在贫瘠的山岭上，祖辈吃水难，过去有一口井，有二百多米深，要吃水天不明就得去排队，时不时为排队你争我吵，大多时候是他和弟弟去排队。下井的绳索是铁绳扣，足有二百斤，绞水时，辘轳把上两人，一人驾辘，两人搭挑，另有一人用手挡着铁绳扣不让它因绞得铁绳扣厚重而脱落，劲还得往一起使，否则绞上来就是半桶水。多年后吃水有所改观，从山后提过水来，但总因水源不足，用水旺季，还得绞水吃。吴玉亭想起来，好像李喜平晚上喝酒时也提了水，说，你要把咱村的吃水问题解决了，就算百姓托你的福了，就算你不白当这政府办主任了！吴玉亭依稀记得当年往县里参加工作时，因为去的是县政府，走时，爹说，你为咱这穷人争了口气，为咱这穷村争了口气!

这么多年来他那口气争在哪里?

爹开始准备一早的饭菜，还有清明上坟的祭品，爹突然在地当央站着，看着床上的吴玉亭，爹张了张嘴想说什么，还是没有说出来。床上的吴玉亭有几分睡意，吴玉亭看爹停了下来，便又有了几分清醒，看着爹笑了笑，那笑看上去比哭还难看。爹走近他把他脚上的鞋脱了，要他躺好，他想哭，他知道爹有话，爹的嘴笨，嘴笨的人大多爱听人说话，吴玉亭噙着泪说，爹你有话说?

爹说，也没有啥话。

吴玉亭很坚决地说，爹你肯定有话说。

爹说，我一下忘了。

吴玉亭说，你是不是觉得我活得下贱，笑话我?

爹说，啥话，干啥就得像啥，人家一县的父母官泼烦事情多啦，给人家叠被子算啥，用不了二两力气。

吴玉亭说，可我心里苦。

爹说，说说话，心就松动了，就不苦了。

吴玉亭说，爹，你哪里懂得!

爹憋红了脸说，再不懂得，也可惜你把写文章的正事丢了！

吴玉亭一下觉得酒劲上来了，腮帮热了一下说，爹，这你就是外行了。

爹咳嗽了一声说，我到底想起那句话来了，是一句古话，你也记下了，说的是，人为财死，鸟为食亡。

七

天上布满了云，将雨不雨地苦着脸，也许这日子是清明，似乎把人心也濡染得不畅快。瓦窑沟村通往村外细肠子般的土路上，蚂蚁似的布满了人影，有的端着木盘，有的挎着竹篮，里面放着白馍、黄表、香火、鞭炮，好一些的人家还放了罐头、香肠。喜欢土地的瓦窑沟村民自然也喜欢把先人葬在自己的土地里，一座两座像邻居一样，鞭炮炸开了寂静，香火点燃了天色，坟头的一声哭，是告诉地底昏睡的死去的人，又换年头了。

吴玉亭家地当央的坟堆上长满了刚透土的青草芽儿，坟旁一棵柳树下是用石头垒起来的供案。吴玉亭从地上的篮子里往出掏祭祀的物品，还不时地掏出手机来看，这个动作让吴玉贵很是看不惯，趁着这个空当吴玉贵接过了篮子。两个妹妹和吴玉贵的媳妇已经跪下了，正准备把头上的围巾捂了脸，就等把香点了她们好开始哭，哭什么呢？先是要哭地底下昏睡的人苦，撂下一堆事，当了甩手掌柜，花花世界，光阴易逝，那时的自己还小，还想着爹娘说着话呢咋的就已在地下埋了好久，活着的好多稀罕事，活着时没有想到要你们看，去了也误了，不知道的事情多了呀！该过好日子没有过上，走了的苦了呀！接着哭自己的不好，活着的人苦呀，不如地下的人，丢下了亲生的儿女到地下享清静的福去了，这世道是哪个留下了这生死轮回！

还没有等吴玉贵把香火冥纸鞭炮取出来，已经听到身后脚步声走过来，那脚步声不是一双，是一队，像学校出早操后让学生稍息的脚步声。

先是吴玉贵扭回了头看，叫了一声：我×！

等吴玉亭彻底扭回头时，瓦窑沟村的大小老少在李喜平的带领下，在他的身后像马蜂一样围了过来。他看到所有人的手里都拿了黄表，李喜平第一个把手里的黄表点燃了，他下跪磕了仨头，接着又磕了仨头，李喜平站起来很认真地说，吴玉亭主任，这仨头我是代表瓦窑沟村民给咱婶和咱嫂子磕的。接下来李喜平的媳妇和王政林的媳妇坐下来，脖子上的头巾往头上一蒙开始哭上了，先是吴国花开始数落着哭：

地底下昏睡的婶和咱嫂啊，你看这冥钱烧得和火龙一样欢呢，火龙伸着红红的巨舌在舔那天空呢，风助了火龙都能把人的头发烧掉一撮呢，你俩在地下享福了呀，上亿的票票商店都兑换不开呢，你俩坐着吃利都够几辈子花呢！地底下昏睡的婶和咱嫂啊，活着的人可就难了呀，咱瓦窑沟山大地块儿小，种地费工石头多，清明开耠子一直到芒种，老阴坡沟剥楸皮，遇了天旱不长苗，人都吃水难哪里见收成呀！苦了咱瓦窑沟活着的人了，住在这石头多得像荞麦棱子、公家看不见摸不着够不着地方，苦啊，呀喂，呵呵苦啊！

李婉婉接着开始数落着哭：

地底下昏睡的婶和咱嫂啊，吴家出了大人物了，别看这山坡坡沟深石头大，没墙没堰，可咱的风水好啊，出了大人物咱瓦窑沟挺美的，接了山外沁河的水，咱瓦窑沟就是米粮川……

这哭诉到了最后就成了诉说瓦窑沟的难了，瓦窑沟的难有了吴玉亭以后这日子就过得舒畅了。两个妹妹和吴玉贵的媳妇，本来这十年纸由她们来唱主角的，这么着一闹，她们仨反倒不知如何哭诉，哀巴巴看着。哭的人不能让她一直哭，旁边的人要拖她们起来，吴玉贵抬了两臂搂了吴国花要她起，吴国花像一块年糕粘着地说自己还没有哭够呢。吴玉贵恼火地说，这地下睡的是我娘，你又不是我媳妇哭给谁看呢！吴国花怎么说也是村主任媳妇，自觉就比瓦窑沟的人高一等，吴玉贵这么说心里有了几分不乐意，你吴玉贵算什么东西也敢占我的便宜！一下止住了哭，扯了头巾站了起来，想说什么看到李喜平白了她一眼，她的话头马上就系住了，换了一个话头说，我是哭我婶呢，怎么说我也是吴家的闺女，我要我婶知道，吴家的男人也不都像你一样土里刨食，也有做官的，都是姓吴家里的，可这落差大着呢！

吴玉贵觉得这十年纸烧得有点瓦罐子气，本来是自己家的事掺和了村委，以前也没有见村委的人来磕头，伸出双臂用了猛力把李婉婉抱了起来，也不管她站稳当了没有，顾自从篮子里拿过鞭炮来点了捻子，绕着坟堆放了一圈，没有燃完的鞭炮在吴玉贵手里晃着，扔出去，落下去的炮仗在吴国花和李婉婉的脚前爆响，吓得她俩往远处跳。吴玉贵斜了一下眼睛嘟囔了一句，把那毛料裤子烧了窟窿才好呢！

这句话吴玉亭听见了，他从心里瞧不起弟弟，尤其是这句话从他口里说出来，整个一个小农思想嘛！妹妹从篮子里拿出自己买的鞭炮要兄弟放，说这是闺女的，给地下的娘和嫂子放了听个热闹。吴玉贵拿了放到自己手里等磕了头准备放。吴玉亭看到两个妹妹和弟弟吴玉贵在坟头前给地下的人磕起了头来，他便也站在了坟前，想着地下的母亲和妻子。母亲虽目不识丁，但贤淑明理，勤劳善良，母亲对儿女的关爱无微不至，可说是把全部心血都倾注到了他们兄妹几个身上。记得小时候家穷，孩子又多，早上一顿玉茭面掺了谷糠的蒸疙瘩，母亲总是让孩子们先吃，说自己看着就饱了一半，荒年饿不死造厨的，稀汤灌大肚呢！年幼无知的他们，你一碗我一碗抢着吃，尤其是他和弟弟，饭量又大，好像永远吃不饱。等最后轮到母亲时，已所剩无几，母亲只好将锅底残余的些许饭菜掺了开水充饥，还告诉他们说，口淡，菜咸呢。有时竟空着肚子。年幼时，兄弟姐妹几个的衣服像蚕茧一样往下褪，先是姐姐的褪给他，接下来是妹妹们，然后是弟弟。那年月，不像现在有料子布，只有棉布，不经穿，衣服和鞋袜往往穿不了几天就破烂不堪，这就更加重了母亲的负担。一方红黄摇曳的炕墙上，母亲飞针走线，挑灯夜战为他们缝补衣服或纳鞋底，怕灯光影响他们睡觉，母亲用结实的身板挡了光线，夜静的时候，拽麻绳的声音细柔有力地布满了整个屋子。爹说，看你娘苦的。娘说，对着孩子说甚呢，满屋子你给我找找苦在哪里？娘停顿了一下看着他们又说，就盼着我娃学了知识吃了公家饭，娘等着坐我娃的小卧车呢。

吴玉亭仰起头，那一仰不是为了看天，是想把对地下人的思念安置到一个宁静的去处，是想告诉地下的人他终于有小卧车坐了。

对于地下的妻子，他有比娘更多的话要说，那种感情也是莫名其妙的，爱恨参半。他甚至不知道和妻子之间叫不叫作有“爱”存在。他能进县政府办其实与妻子有很大的关系,因为妻子的父亲是县政府办的司机。他和妻子是同学，上学时她的身体就弱，第一次领她回瓦窑沟，娘背过她和吴玉亭说，人单薄，没腰没胯的，小脸蛋和蒜瓣子似的，要是在农村她那身子骨作务不活庄稼，更别说走针引线了，娘不同意。

后来他想，他之所以看中她，是因为看中了县城，县城是他离开农村最向往去的地方，让他有一种神气在里面。农村人进了县城，他感觉就像驴进了县城一样，嘴上吊个草料袋子，屁股上也挂个驴屎袋子，怕县城人见不得，驴就没头没尾了。他就想做一个彻头彻尾的县城人。县城里的人有一种东西在脸上挂着，他一直不知道是什么，不是优越，后来他知道了，是“势”。他想起来和同学在她家帮忙做煤球，弄得一身臭汗，她并不厌他们，而是为他们凉上白开水。在乡下，他们农村的孩子哪里喝过凉了的白开水，口渴了拿马瓢从缸里舀了凉水，饮驴一样往喉咙里灌。一听是凉了的白开水乐得他们眉头高扬。他看到她的母亲不高兴了，周正白静的脸上看他们的时候蹙着眉，他们从她母亲面前走过去时，他看见她母亲的手不自觉地在鼻子前扇了一下，他的神经绷了绷，仿佛和院子里落下的泡桐树上紫红色的花赌气似的，孩子们全都停止了热闹。其实他未来的丈母娘并没有做什么，连细碎的话都没有说，脸上随着就挂出了笑，那笑在黄昏的亮影下有几分清丽和明净，但是，不知道为什么孩子们都不喝那凉了的白开水了。也是后来，他知道“势”其实是一种距离。那个夏天的黄昏，他不知道他在县城少了什么，但是，很明确地知道他不喜欢农村，不喜欢父亲常年不刷牙龇着黄锈的牙和裸露的牙床，不喜欢农村人的裹裆裤黄球鞋，甚至不喜欢母亲累得顾不上梳理的头发。县城，是他梦里生活的背景，他像破了茧的蛾子要飞向县城了。当他向妻子表示要娶她时，她没有激动，她母亲像历史老师上课一样讲了从前、现在，最最主要的是，她不能生孩子，也许一辈子，他得小心呵护她。他还记得当时的一个场景，停电了，县城里的油灯不像农村的，农村里的油灯用孩子们用过的墨水瓶，搓个捻子插进一截洋铁皮卷筒里，添进去煤油就成了。县城里的灯是有灯罩的，她母亲张开她红润的嘴唇往灯罩里哈气，然后撕碎一张书纸，用纤细的手把书纸揉软，伸进两根指头抹着那纸片，很缓慢地一层一层地转，她母亲不停地往灯罩里哈气，之后一遍一遍地擦。直到她伸进去的指头，仿佛透亮起来，她母亲才说，呵护她就应该像呵护这个易碎的玻璃罩子。然后，她母亲用少见的兰花指轻轻捏住灯罩，扣上油灯。屋子里突然一下亮堂了，他看到她的脸在灯光下有两朵红晕染了两腮，她母亲说，我的闺女和乡下的那些个没有教养的女人不一样，你要学会尊重她！

新婚之夜，她那没有丝毫肉感的身体对他来说，说不上喜欢，也说不上不喜欢。丈母娘给他一盒避孕套，毫无廉耻地告诉他，记住，每一次，你都必须戴着它，必须坚持检查它的乳头处有没有破孔。说毕，居然伸出两根手指示范它的操作方法。这让他最早体验了县城给予他的文明。每一次，他都会想起在瓦窑沟翻过山梁的那个水库钓鱼，他总是用蚯蚓当钓饵，他把粗壮的肉红色的蚯蚓放在他的掌心拍晕，小心穿到用缝衣针烧弯的鱼钩上，轻轻放到水中打好的窝子里，便有鱼来咬钩。鱼咬钩实在是美妙，他知道鱼总也不会被钓上来。他也知道身下人是用了吃奶的劲想迎合他，那一种迎合在一长串的咳嗽中像凉了的白开水一样寡淡，他也只限于鱼咬钩的美妙。

吴玉亭举眼眯缝着看天空，天空没有云，云和太阳光搅和在一起了，这清明，印象中从来没有晴朗过，但他确实听到了过往的日子那蹬蹬的足音。他该给地下睡的人磕头了，泥土是他膝盖的蒲团，但他却跪不下去，他觉得目前他要做的动作不是跪下去磕头，而是很儒雅地三鞠躬，这样才能有别于他和周围人的物事，有别于一个领导干部在清明这一天的风景。

三鞠躬之后，他长叹了一声：

往事并不如烟啊！

身后被李喜平集中来的村民们，家家都有个难事儿，于是，就有人趁着这机会把想要求办的事说出来。

先是罗锅马必士的儿子马小沁，瓮着肩走到吴玉亭面前，小嗓发声说，叔，我爹在炕上下不来，要我求你个事情，求你给我在县城找个零工，我爹说你当大官了，有人巴结你，要你可怜可怜我。

李喜平叫了一声，做啥劲呢，把腰杆放展些！你跟着凑什么热闹，说话都没有半毫热气，能给你找个啥工作！退后边，清明上坟是私事，不谈工作。

马小沁急忙朝坟前走，谁也不知道他要做甚，却见他双膝跪下去磕了仨头，嘴里叫着，奶、婶，你们给叔说个好话，我给你磕头了！

接着是跑运输的王海急忙走到吴玉亭面前说，大主任，说个帮忙的事，我的车在县城被交警扣了，官大面子大，求你了，也算咱是一个沟的人，这是我的情况，对于你来说，这是小事，我的车证件全有，就是少了一个尾灯，扣了我冤，烧香找到你这庙门了。

还没有等李喜平抬手指着走近的人喊话，瓦窑沟平良德老汉用烟袋锅子敲了他的手臂一下，他正想发作呢，只见老汉插过人缝挤上前说，侄子，我和你告个状，不怕难为你了我就说。

吴玉亭说，你说。

平良德就用烟袋锅子指着李喜平说，就告龟孙子他！

吴玉亭说，他咋的惹你了？你这气这般冲。

平良德老汉额高面长，悬胆鼻子，说话如和人吵架，处事挺横的，想骂哪个龟孙子就骂哪个龟孙子。他用疑惑的眼睛看着吴玉亭说，剑里头哪一种剑最毒？是舌剑。都觉得非打架不可的事情，我认为舌头能摆平的才叫本事。我找你就是要叫你来评理，我种的二亩苗圃，都长到胳臂粗了，村上说修路要占地，把我的苗圃占了，砍了，说我的地是三类地，我明明是一类地，龟孙子李喜平选举时候说得好，说他当了村主任，这事不算事情，小事一桩。我选了龟孙子，龟孙子一当选了，老二不尿老大，说这是政策。我问你，当初光我家就给了他六票对钩，那是有交易的，现在我不同意，能不能按政策说我那六票不算数了？免了他的职务。

吴玉亭没有想到平良德老汉是来翻老账，这事不知道该怎么说好，就拿眼睛瞟了一眼李喜平。李喜平也没有想到平良德会说这事，一早他打发人挨家挨户去煽动，去送纸火，说县政府办的吴玉亭主任回乡烧纸来了，大家也都去坟上给人家送个纸火，乡里乡亲的，说不定以后会有用得着人家的时候，不要见官就看不起。李喜平知道现在的农民和以前不一样了，也不好管了，和你村干部没有啥牵扯，不给人家实惠，谁要按你的意思去办事？他没有想到平良德老汉会在坟头上说这事。

李喜平急忙走近和平良德说，老叔，你是想出难题不是？这事与吴主任有什么关系，当初选我你也是自愿的，说给你条件也是真心的，可结果你的地只能评估三类地，我给你争取了二类地，你的地要是一类地，你就不能种麦子了，要种树！

平良德说，龟孙子你这不是说屁话吗？大侄子，我要你说，我就看你这个官有多大分量！

吴玉亭方才还觉得瓦窑沟人给足自己面子了，现在就觉得这清明有点吵，只听见自己的弟弟吴玉贵扒开人群喊道：这是我吴家的坟地，我哥是回来上坟的，你们是存心不想让我地下的娘和嫂子安静是不是？谁要再拦我哥，我这个没文化人就一路打出去了！

吴玉贵说完话，点燃了手里的鞭炮。鞭炮在他的前方炸响，他拖着吴玉亭，吴玉亭踉跄地往前走，眼睛却看到了逐渐开阔的田野。

吴玉亭说，这样走了不好，你要叫瓦窑沟人笑话我，笑话我的能耐！

吴玉贵说，平良德那三亩苗圃地本来就不算地，屁类地也不是，尽是一些石头蛋蛋，能弄成二类地也算是李喜平的功劳，老鼠逮猫，他们是哪一出还不清楚？你不要因为提了个正科就以为自己是个官了，李喜平那才叫官，官不大，特懂行道。

吴玉亭觉得手机有短信响，急忙甩了弟弟拉着的手，翻过来看，是陈小苗的，上面显示了：下午到，晚场八点开。

这几个字像政府文件，没有一个字是跳动的，更没有“除却巫山不是云”的心动。吴玉亭想：陈小苗这个荡妇，看我见了怎么拿捏你！

八

傍晚的时候天上下了一场小雨，斜斜的雨丝打乱了人的头发，瓦窑沟村湿漉漉的，干河沟里的鹅卵石被雨水濡染得加重了颜色，一些鹅黄的茅草在雨丝中生姿，有几只鸟压低了翅膀飞行。吴玉亭的父亲已经来这里望公路望了有几次了，看着鸟飞行心里有几分不快，鸟低飞那是想捡拾雨头儿嘛，天公不作美，这个清明一点也不叫人省心。

吴玉亭上午上坟回来，眼皮子困得眼毛毛都支不住，倒头躺在炕上顾不上想事，一觉睡到天黑了也没有起床。院子里的大锅冒着热气，压好的面条一箅子一箅子放在屋子里等演出的人来了下锅。有雨，天黑得早。吴玉贵几次想叫醒哥哥，问演出队为啥还不来，李喜平都不让叫，说要他多睡一会儿。吴玉贵满脸不高兴，觉得自己家的事被这一掺和了，弄得人心和这雨一样，黏乎乎的。

院子里的灯亮了，拉灯绳的人不是别人，是吴玉亭。这时候听到院门外吴丙国老汉一路小跑进来，喊着：快，下面了，演出队的大队人马来了。

院子里的气氛一下热闹了，先是小孩子往院子里跑，接着是演出队的刹车声响，有人抬着箱子进来，说地上潮湿，叫人拿几捆干草来垫地，进进出出闹欢了。吴玉亭在爹的房门口站着，什么表情也没有，嘴上叼着根烟，等他要见的、想见的人出现。

陈小苗大步跨进院子，看到吴丙国老汉上前就握手，说，来迟了，没办法，吃公家饭就得听人家抓差。叔，你这身体看上去硬朗呢，有几年不见了，看见了还是那样叫人亲切。

看见吴玉贵叫了一声：大兄弟，劳驾你帮忙要他们把场地铺开，看这雨怕是不停了，一些电源见不得潮地。

然后，她指挥下边人架线，往摊了干草的地上铺帆布，泥地上是不能翻跟头的。先演出的人开始吃饭，等大部分演员都吃完了，一切也都弄利落了，陈小苗才问吴玉贵，你哥呢？

吴玉贵告诉她在爹的屋子里。

陈小苗拍着手上的泥往吴丙国老汉的屋子里走，抬脚进门的时候喊了一声：吴主任，你这接待我的态度可不好啊，准备酒了没有？我得喝两口才能唱响，你不陪我？

吴玉亭赶紧从床上起来假装刚睡醒似的说，看看，我昨晚喝多了，一天都不清醒，县里的大红人，我敢不接待吗！

陈小苗说，那就走啊，高升了，就着灌面的菜喝两口，我也好祝贺你一下，晚上还有好节目呢。

吴玉亭其实就等着陈小苗主动呢，下酒的菜他早安排人弄好了。

外面雨下着，依旧是细细的，打到人的脸上像雾一样轻，吴玉亭突然觉得自己很清爽，是酒醒后的清爽？是雨天的清爽？好像什么也不是，是见了眼前这个女人的清爽。心不自觉地跳了几下，惶惑了一阵子，跟着陈小苗走进弟弟的屋子里。菜饭都已经齐全地摆在了桌子上。弟媳妇看到陈小苗进来，一下不知道该叫什么，当初他们谈对象的时候来过瓦窑沟，她叫人家嫂子，现在叫什么？嘴张了半天合下来时叫了一句：陈团长，你胖了，富贵了，越发好看了。

吴玉亭前倾的胸往起抬了抬，抬胸的当口眼睛扫了一下陈小苗，他觉得和眼前这个女人之间也应该有一种“势”在里面，他不是以前的吴玉亭了，他扶正了。但是，他确实看到这个女人发福了，圆润了，有了一点贵妃的味道。他的脑袋歪了一下游离开视线，给人的感觉他并没有看她，她的圆润和贵妃的味道与他没有多大关系，一个领导干部在女人面前，看到的不应该是异性，她就是你的下级，用口气指挥她行动，和圆润和贵妃都不沾边。

陈小苗说，叫我陈团长我听了别扭呢，当初，差一点就做了你的嫂子，人这一生差一点的事情多了，要不是这年龄差一点啊，你哥哥就当正主任了。

这句话说得吴玉亭有些丈二和尚，什么意思？难道主任的位置又落空了？不可能，他回乡之前才被习县长叫去谈话，说这一回，你放心，正科是肯定了，也该上个台阶了。怎么说，走了一天就出事情了？

陈小苗发现吴玉亭一下定神了，想不出来是因为什么事，也不管愣在那里的他，顾自拿起倒好的酒喝了一口说，你哥要是觉得我这个嫂子合格，就还叫我嫂子好了。

吴玉亭上前一把抓了陈小苗的手往暗处拉，这个动作让陈小苗一阵喜欢。

吴玉亭嘴角却有点颤抖地说，不可能，政府办主任谁来当？你的意思是不是我？你从哪里听到的？

陈小苗觉得吴玉亭永远是吴玉亭。

她嘴里嚼着一口菜说，给了你正科待遇，上面有政策，县里副科 52 岁就切，考虑到你的工作时间，县里决定给你正科待遇退下去，我也是下午才清楚，采风团有领导酒桌上说了，我替你高兴呢。你跟了我演出，工资待遇我给你正科的，你就帮着写作品，小品、相声、双簧、三句半，诗歌也行，今晚就有你一个节目，你看了一定会高兴。

吴玉亭一点也高兴不起来，如果说时光倒流三十年，这是他的家庭梦想，时光像什么呢？他脑袋里一片空白，只觉得胸口如一口古井，空得他想哭。

陈小苗说，和你喝三杯，三杯之后吃面，吃了面演出开始。你在我这里干，永远不退休。陈小苗说完这句话还冲着他挤了一下眼睛，是一只眼睛挤，有挑逗的成分在里面。四十几岁的女人做这个，从想象的角度看有点过了，但是，实际上是很可爱的。

吴玉亭依旧装了看不见，这一回看不见是心里乱了，这乱和以往的乱不一样，这等于是被炒了鱿鱼，他有点失了方寸，为了掩饰只能喝酒。一杯酒下肚，像捅火棍捅了一下般火辣，这样反倒好一些，让他有几分清醒：他是男人，不能喜怒形于色，就算是巨大的悲痛，三十年了，他都压着，压到现在不能压不住，还得压！

吴丙国老汉忙着把两把太师椅搬出去，做这件事情他不要人帮忙。两把椅子一正一偏放到演出台对面，怕雨淋，他在太师椅上顶了两把伞。两个牌位：老伴和儿媳妇，他把她们婆媳放到椅子上，这样的位置是任何人都不能坐过来的位置，他也不能。两张椅子，两把雨伞，两个牌位。她们的身后才是俗世的热闹，俗世的热闹好啊，吴丙国老汉想：俗世的热闹最好的好处是脸上的七窍都能动，有嘴能说话，有眼睛能看人，有鼻子能闻香臭，有耳朵能听人声，什么声音都没有人声好听。吴丙国老汉饭都不想吃，就想听身后瓦窑沟人的说话声，就想听演出队叽叽喳喳的吵闹声。灯光一下打亮了，院子里和白天一样亮，灯光把人脑袋推到院墙上，挤挤撞撞的，人世间的热闹就这般突出来了。

屋子里，被外面的热闹挑逗得心不在焉的弟媳妇，也不管屋子里的人，顾自站在门前一脸喜气，那喜气不是挂在脸上，是挂在嘴上，嘴张了老大，一口牙快要挂不住了，想往下掉。

屋子里的人喝酒没话，这中间团里有人进来请示开演，陈小苗用嘴噘了一下吴玉亭说，问老吴！

从吴主任到老吴，难道自己从此没有主任，就剩下“吴”姓了？还因年龄的拉长加了“老”字？吴玉亭咬着后牙根说，老吴要你们开始！

演出开始，一段八音会段子响起，之后该落座的人都落座了，人把院子挤满了，有人骑在墙头上，李喜平和王政林领着各自的孩子、媳妇也都坐下了。吴玉亭却没有出来，他觉得他的面子上挂不住，他和瓦窑沟人许诺了要当政府办主任，这主任却当不成了，当不成主任好说，许诺下瓦窑沟建学校的事咋办？修路的事情、吃水的问题、扩建办公楼的事情，多了，他不能出来见他们，他的脸上挂不住，一个人的地位决定自己的价值，现在，他等于是一个没有价值的人了。

陈小苗陪着他说，你不想出去看看？你不想出去就听吧，有雨的日子听这个节目怀旧，“春天送你一首诗”的人还说，这个人的才华不得了。你吴玉亭要是认准自己写下去，就不是现在的吴玉亭了，你要听了这个节目能走出去就是大毛蛋了。

这是吴玉亭的小名，谁还记得它？吴玉亭苦着脸笑了笑，他觉得男人其实是很脆弱的，不要看平时想的那些事，遇了事情就觉得自己要马上垮掉，想靠着什么东西支一下，现在，能支他的，就是眼前这个“贵妃”一样的人了。虽然，他一直在心里骂她，嘲笑她，甚至从心里看不起她，鄙视她是荡妇，但是其实，他是在乎她，她的一举一动一颦一笑，他恨那一举一动一颦一笑不是冲着自己来的，是冲着社会上那些权势去的，他突然觉得他在奋斗的三十年里，他所做的一切又是冲着什么去的？

一口酒闷下肚子，听得外面主持节目的人报：

今天，我们团能够有幸来到瓦窑沟，这也是政府办吴玉亭主任带给我们的福气，让我们有幸和瓦窑沟村的父老乡亲共度这清明，共度这思念的日子。天上的小雨用激动的热泪迎接我们，在座的瓦窑沟村民用热烈的掌声欢迎我们！

这时候，李喜平站起来喊，大家鼓掌！

瓦窑沟村民的掌声爆响了，年轻人的口哨也尖厉地切割断雨丝越过院墙，把村里守院的狗叫愤怒了。

接着主持人又说，谢谢父老乡亲的掌声！接下来第一个节目是口技并配乐诗朗诵：《蛤蟆叫》，这个节目是我们政府办吴主任二十年前创作的，借此我们献给他地下有知的母亲和妻子，在此，我们也祝愿吴主任的父亲健康、幸福！同时祝愿瓦窑沟村民健康、幸福！

先是听见一个瞪着眼、鼓着皮囊的蛤蟆咯咕咯咕叫了两声，跟着有蛤蟆叽咕叽咕迎合了几声，一群蛤蟆便群起哄叫，一如人类的热闹，充盈了一条河沟。等蛤蟆叫声弱下来时，有男声开始朗诵：

蛤蟆叫

蛙声如潮带雨来

哪个敢说吵

蛤蟆叫

比风来得早

万里江山我做主

春来背着鸣囊叫

蛤蟆叫

清溪田野随意跳

爱欲满其身，擎着丰收叫

目盼东山月，耳闻溪水声

一如人类抛歌喉

满谷满沟倾心叫

蛤蟆叫

……

吴玉亭觉得，这是他写的吗？是他曾经有过的经历吗？这首小诗能够引领他的，不是天边地平线上的无限奇幻，是他所看到的对面那个女人的眼睛里漫漶出的热爱。一条干河沟里，蛤蟆叫不在了，这个清明，假如他能走出去面对这些热闹，他以后的日子怕得回过头去望了。

嗥月

一

公狼在秋天的山谷深处行走，它的眼珠小而黑绿，充满神采。

它居住在这个叫紫团山的峡谷间，原本是一个族群，七匹狼，猎人常出没此处，母狼在觅食途中遭到伏击，死亡撕咬着活着的公狼。生存环境不断恶化，人类砍伐的欲望唆使黄沙袭击着稀疏的林木，过早到来的一切让狼群看到了生存窘境。

它们已经从干燥的地方退居到了潮湿的洼地，或者人迹罕至的山顶高处，人的脚踪探不到的洼地和高处。就算是夜幕降临，狼也已经不敢轻易进入村庄，因为半山腰上的村庄有猎人居住。

村庄叫哈喽村，村子里的猎人叫王泉，猎人的猎枪从不走火，在狼一跃而起时，铁砂在狼的腹部开出紫色的花。强硬的对抗让它们失去了好多兄弟，狼群开始向恶化的环境投降。复仇，这个念头的不妥协性，就像胃只有消化了食物后才肯停止蠕动。

这是一匹不知道厄运已经降临到头上的公狼，它在寻找猎物，还不时抬头向高远的蓝天望去。停下爪子，伸出舌头舔着曲起来的前爪，它从带起的泥土中闻到了母狼的气味，它的目标来了。

一时间忘记了恐惧，恐惧与否对狼是没有意义的，因为它感受到了情欲，来自体内的迫切，它把目光送到最高处的山那边。山那边是另一群狼的领地，那头母狼的味道让它忘记了人世间的“井水不犯河水”。

公狼被情欲粗暴地推了一下，这的确是一件很难过的事情，还没有什么东西这么重地推过它。它很不情愿地趴在草地上，它的姿态奇特，默默无语的孤独感、焦虑感，一阵紧一阵地袭来，所有都出自本能，它开始站起来继续走。

天气凉爽，一切都是冰冷的。林木落尽了叶子，山顶在不费多少眼神时就望了上去，什么都没有，怪石高出去，有几片云缭绕着。那些突出来的石头，似乎表达着一种极大的自由，它弹跳着攀爬上去。

山腰处挂着冬天的雪，白雪皑皑铺陈在一条进山的路上，积雪上结了冰，冰上有车印子，有马蹄或者牛蹄深陷在雪地里，公狼走在上面，打滑，它站下来望着远处。远山苍茫，近树凄凉。一股风刮过来，冷烈烈的风把那些树梢上的浮雪抬高，狼看到了豁口处挑过来的一角寺庙。它惊吓了一下，腾起跳入黄草丛中。

这时候一个低矮精细的老汉拄着一根棍走来，身后牵着一头驴，驴脊上驮着两捆柴火，人和驴走得缓。老汉用粗粝的嗓门吼着歌：“我嗓子天天干得冒烟儿，老天你也该下雨了——”他那嘶哑而悲怆的嗓音令公狼周身战栗。仿佛觉得，虽然这老汉的一大半生命早已被渴念煨糊了，但只要血管里黏稠的血还未凝固，他仍要用一小半去同活着抗争。

公狼想起了猎人王泉，打了个冷战，难以言状的惊惧，它望着远处，走了一下神，随即伸出舌头舔着自己身上缺乏光泽的茸毛。盘旋曲折的山路，凸凹不平，人和驴的脚步声显得格外颠簸。狼在草丛中蜷伏着，等人和驴走过后，它再一次望着远处，灼灼青山，山岚缥缈，一切人世间原来都是梦幻般的颜色。

天光亮着，晚夕的西天有一抹红霞，风刮走了天上的云彩，透过薄薄的几缕云纱，可看见蓝天上的天脉；晚霞浓的时候像血。

公狼抖动了一下身上的皮毛，它没有恐惧，只有激情。

紫团山的背面是黑虎背，山脊裸露着肋骨，巨石耸立。恐怕没有一种动物像狼一样拥有如此聪慧的面孔。

母狼在一棵白桦树下走动，它的表情是丰富的，眼眶里泛出了一丝温婉，还有羞涩，母狼的嗅觉和听觉变得异常灵敏，尽管林木和山石遮挡了它的视线，它仍然能轻易捕捉到公狼远足而来的气息。

母狼正处于发情期，在几千米之外，它就已经知道了公狼所走的路线，它行走，在距离寺庙不远的山腰上，它停下了脚步，更远处有一座村庄，那里住着它们共同的敌人。

距离母狼几十米远的地方，一只兔子发出了声响，它马上就听到了，可是母狼并没有行动，它看着更远处的地方，那地方有狼在觅食，有黑虎背狼群的公狼。母狼表现得温顺而沉着，像是什么都没有发现，比如那只兔子。

公狼跑了过去，兔子把那头公狼引往远方。

母狼的心充满了喜悦，它要在晚夕朦胧的黄昏下隐遁自己的行踪。

母狼迅速带着情欲沉入了白桦林。

赴约，对一头母狼来说是一种什么状态？如果危险来临，赴约的母狼该如何抵御突如其来的危险？它的赴约充满了风险，不是面对猎人的。

白桦林的地面上落了一层厚厚的叶子，母狼走过去，它的爪印是隐蔽的，碎屑般的叶片上，它提着心慌，压低心跳去和公狼幽会。

明媚的落日在西天，它抬头望了望，停下不走了，任由风吹着它的皮毛，幸福就要看得见了。感情的反刍让它想起了从前，两匹公狼为争夺母狼发生的战斗。它是一匹战败而逃的公狼。强制遗忘过的往事浅浅的、薄薄的，被现实压成了灰，为什么不能口是心非，总有一瞬间，无可预料的风吹来，它会闻见公狼的气息，曾经的就会全部浮现。

继续走，母狼的心跳频率开始加快，间接着伴有难过，它努力躲避着什么，它希望天光暗下来，再暗一些，它无法躲避的是，在森林的山岚中，它嗅到一头曾经是战败者的公狼散发出来的荷尔蒙气息，这头战败者公狼将成为它的交配者和约会者。如人类为爱而偷情。

偷情意味着必须走出自己的领地，它是一匹拥有伴侣的母狼，只有走出自己族群的领地，它才能和那匹如约而来的公狼交配，那个领地既不能在那匹公狼的辖区，也不能在自己狼群的界内。

母狼的灵魂和思念全都融入了那匹公狼的荷尔蒙气息中，是的，它的嗅觉是那样灵敏，在寒冷的夕照下，在腐质的土壤上，母狼的气息和那头公狼就要接近了。干裂的树枝挂走了它的狼毛，母狼再一次闻到了求偶气息，它在接近目标，它不能发出任何声响，即使交配时达到了性爱高潮。

二

山与山的分水岭上有一座庙。庙叫显通寺。寺庙对人类自身精神家园的探求，是自有人类以来与物质世界的探求并行不悖的，人在物质世界中遇到了麻烦、难题和有所不解的困惑，都要往寺庙里去寻找。

离显通寺最近的村庄是哈喽村，猎人王泉因妻子生了儿子而来寺庙里求平安。三岁儿子手脚没有长指甲，肉嘟嘟的样子让他感觉到了恐慌。他在寺庙大雄宝殿下的蒲团上跪着，一个叫法显的老和尚坐在菩萨前敲着磬，跪在蒲团上的猎人王泉心里不是太平静，只要走入山林，他就能听到猎物活动的声音。

他的心开始不够本分，开始歪了一下头，梗着的脖子越发硬了。

法显和尚唱经，点燃的香缭绕着寒冷的大殿，泥塑的菩萨高高在上。猎人王泉的心思开始随着缭绕的烟气走往幽寂的山谷，他听见一头公狼在奔走，伴随着急促的呼吸。他手里没有拿猎枪，出门时本来要背着猎枪，想着捎带打一只猎物回家，他的母亲翠喜阻挡了他的念想，在大门口夺下枪放回了屋子。翠喜说："求平安就是求心诚，哪有求神拜佛的人手里拿着猎枪。"

每一次获得猎物时，只要路过显通寺，猎人王泉都会走进去给佛烧炷香，没有忏悔只是一个形式。这也是他母亲翠喜的意思。

猎人王泉的走神被法显看了出来，法显想用经文的诵唱拽回他的心思。法显的声音里出现了颤音，呵出来的经文很长，他尽量把诵经声放慢速度，尽量压住猎人王泉的心念。

信仰和理想有时也需要寻根，需要附丽，要有一些具体化的寄托。法显看出了猎人王泉的心神不定，他尽量想把经文念出一种情景，念出泉水流经石壁雄峻的山谷，那是在一个视野开阔间的叮咚作响，法显想让猎人王泉感觉到自己渺小。

慈祥的佛菩萨给人一种深邃而又奇特的感觉，猎人王泉从来就没有仔细看过，他现在也不想看，他见过没有被塑好前的佛菩萨样子，就是一坨烂泥。

猎人王泉的心突然战栗了，心差不多蹦到了嗓子眼上。他感觉一只狼在走近另一只狼，猎人发现了猎物，他的神经怎能经受住这样的打击？大好的时光徒然浪费了，手里没有猎枪，失望和绝望压倒了他，他想站起来往出走，哪怕是看见。

法显的诵经声更大了，由慢而更慢，进入了他的从前。

法显是黎明前走入显通寺的，他靠着顽强的毅力走来，日出时他看见了寺庙的琉璃瓦，他看见了松林，洋溢着绿色生命的松林，不但到处是绿色、野花和动物的足迹，而且还有马粪和人的踪迹。他在树林里躺了一整天，他把讨饭的钵挂在树枝上，临时做个标记，就拄着棍拖着腿独自进入了破败的寺庙。寺庙里没有塑像，满目蛛网，他的脉搏跳得开始有力，他循着道路走来时，他的念想里只有一个“路遇”，一条通往寺庙的道路，如果路遇他便停下来。

寺庙里到处是狼的粪便，他对狼没有多少好感，偷食家禽，非常讨人嫌。但它们上蹿下跳，机灵敏捷，一味吸纳天地灵气的样子还是很有趣的。法显的到来逼退了寺庙里寄宿的动物，动物们在完完全全离开荒芜了的寺庙前，因为狼群的骚扰就已经有部分陆陆续续离开了。

对狼来说，人是这个世界上最可怕的动物，永远的执迷不悟。法显的潜意识中总以为这世界上无论何物何事总有个对错，而知道这对错是非的，则永远是我佛。于是，他永远有些惶恐，生怕什么时间会犯下错误，就连蚂蚁也不舍得去踩。

野生动物走远或者退居后，一段时间里很是令他内疚。

荒芜的寺庙非常清静，古旧的砖木结构，散发着离万丈红尘十分遥远的距离。法显坐在庙院的柏树下，已是夕阳西下的时光，蛋黄的日头，稠稠地透过柏树的叶子，流泻在条石地面上，慢慢地向屋的深处、暗处延伸着，好像在延伸着快流逝尽的金色的光影，延伸着最后的非常华丽非常奢侈的暖意。

法显双手合在胸前，深吸着袅袅冉冉、迎面而来的若有若无的缕缕花香。那时，他决定化缘造像，在他身后的大雄宝殿内，不能没有内容。

猎人王泉是看见过匠人和泥造像的，他提着被他灭了命的猎物，看见那些人用铁丝绑着佛的骨架，院子里和着麦壳的泥就那样随便摊着。他不相信就这么个肚子里面无货的泥胎像就能唬住人，他甚至脱了鞋踩进泥里去和泥，泥和得越稠越筋道，这些意味着佛身上有他搅拌的力气在里面。

佛在台基上一点一点生成，匠人摸着佛的身体、脸颊、下巴，嘴里含着两粒儿黑琉璃，那是佛的眼珠子。那琉璃珠子在匠人的牙齿间，轻轻地被啃啮着。匠人和猎人王泉的对话使整个大殿里充满光柱的叠合。

猎人王泉说：泥胎里没有骨头也能叫佛？

匠人说：佛不用看相，佛相无骨。

佛坐着，匠人站着。

佛坐在橘红色的光影里，那种倏忽被映亮的光芒，有一些叫法显沉醉，他依恋佛，他不能离开了。只要离开，他就只能成为外面世界成规与定律的一分子，他注定要被吞噬掉虔敬，注定要被污染，如眼前看佛造像的猎人。

匠人把嘴里的琉璃塞进了佛的眼眶，佛有了目光，目光中便有了投射的力度和纯度。法显开始沐手焚香顶礼膜拜，法显的目光和佛的目光相接，汇聚起来后形成了福泽。

匠人和猎人王泉咧着嘴笑，他们无法想象佛的无所不能。佛在遥不可及处引诱他们，佛的目光在悄然中增值。

法显站在他们面前合掌深深一鞠躬。匠人掏出纸烟点燃，一根烟的工夫，匠人突然觉得整个空间生出了一种情绪，怎么也排解不开，他提着地上的蒲团走出庙门站到了阳光下。

法显的诵经声长长的，把经诵成一种闲情。猎人王泉在后悔中跪着，他不知道来寺庙里做什么，他后悔的是没有带上猎枪。

三

在这条曲折的乡路上，公狼看见过无数的人虔诚地前来求佛。巨大的山影和四下丛生的林木隐藏了它的身体，它不可能由寺庙通往村庄的路去偷食村庄里的鸡了。

公狼继续攀爬，它心里此时正复苏着对一朵花的激情，有点佛的意思了。

公狼的笑绽开来，在心里，它脸上的表情永远都不丰富。

它突然发现了目标，它要偷情的对象就在它目击处站立着，它疯狂地奔过去，命中目标，母狼发出尖叫，母狼忘记了危险。

公狼在母狼的身体里挽了一个疙瘩，这是一场高贵的野合，没有多余的调情，比号啕大哭来得震撼，一切都预示着临近高潮的门槛，在旷野，在黄昏的庇护下，公狼的器官加倍发达。

如同世间万物不可替代一样，身上没有任何器官可以代替当下的勃起。扑腾撞跌中，只有喘息的份了，如此专注，不浪费多余的力气。母狼神经的触须伸得长长的，它灵活地碰触着那个敏感点，它的快乐隐匿于体内，它需要被感知，美妙的状态、重度冲击的兴奋感逐渐让它丧失了防备。

更远处，一头公狼飞奔而来。它被母狼的呻吟瞬间击中，它无法遏制它的情绪，它不讲教养，神赐的功能不容侵犯，没有任何良方，它需要撕咬，需要闻见血腥味。它非常暴怒，它甚至鄙夷那头低估了它智商的公狼，它的奔跑没有停歇。

目标越来越近了，连风都做小伏低起来，谨慎而行，生怕被粗粝的喘息声一口吃掉。

狼的偷情，绝不是草狗撩骚，既热情奔放，又不失天地孕生之韵，被温情的潮水、月光引着，它们翻滚着、呻吟着，它们认为所有犯下的错误都是因为月光的介入，都可以被赦免和原谅。

这也是人类被视为富庶的快乐，可以忘记山林间败落的朴实，被抚慰的饥渴的目光构成了幻想和虚相，弥漫在想象的空间里。

动物的血性没有对峙，那头奔跑而来的公狼一跃而上。交媾的狼开始逃生，野合的快感让它们无法分开。三匹狼开始翻涌升腾，撕咬着，追逐着，寒光泄出，几个腾跳撕咬，野合在一起的狼终于分开。

翻越山谷而来的公狼开始逃生，它似乎已经体验了它的幸福，它慌乱的逃生没有力气，它在母狼身体上用尽了它的激情。

后来的公狼猛烈的攻势让它伤痕累累。

战败的公狼在夜色中逃出对方的领地，它看见了寺庙，风铃在风中悦耳，它想停留在寺庙的墙角下稍息片刻。被咬断的后腿流着血，它觉得它要跌入冥府了，软弱无力，它舔着自己的血，想用血来增强身体的体力。

它突然听到了人的脚步声，一连串的脚步声让它毛骨悚然，别无选择，它必须站起来逃命。

在冬夜的寒风中，狼走得很慢，尽量让自己悄无声息。然而，让它吃惊不小的事情是它遇见的人，不是法显和尚是猎人王泉。

它听见猎人嘿嘿一笑。

夜色中，笑声比哭声可怖，这嘿嘿一连串，让公狼想伸长脖子呼唤同伴，它还没有发出叫声时，棍棒劈头而下。

猎人王泉第一次感受到了不用猎枪的快感。

寺庙挑角上的风铃忘情地响着，风不断头地刮过，风铃中没有悲伤。

猎人王泉肩起那头公狼，他觉得今夜在佛前跪拜后有了现世报。

他变得快乐，他突然明白了人们为什么要在佛前默念自己的所求，他想着一头猎物时，佛很轻易就叫他遇见了。

这是生活决定的，在过去，生活就如此神秘地向他述说着，能不能听懂完全是靠自己的造化，现在和将来，生活是继续的，佛在人走过的身后适时提醒了。

猎人王泉在空阔的寺庙外俯身跪下，点了三支纸烟插在用手隆起的土堆上，然后搓了把脸重重磕了仨头。

四

哈喽村是一个影子的世界，因为天上的月明。

猎人王泉肩着狼，山风呼呼吹着，是一个月圆之夜，他母亲伫立在大门洞处等他回家。

寒冷的门洞，他母亲翠喜和屋子里的儿媳改珍搭话。

改珍说："是不是狼吃了他了，现在还不回来。"

翠喜说："这是月圆夜啊，你要少信胡说。"

改珍说："就怕他心走野了，法显师傅箍不住他的心，他不是安心烧香磕头的人。"

翠喜说："该快了。你搂着娃快睡。娃睡得香？"

改珍说："睡得香。"

月明穿过云层像开刃的镰刀缓缓露出来，一开始在山顶背面，吐出山顶时将大地的黑幕一下就划开了。

翠喜走出院子往山脊上瞭望，看见云彩吐出了月明，她嘟囔了一句："月升了。"

猎人王泉走进村子，路遇了一群夜间捉迷藏的娃娃，他们看见了猎人王泉背上拖下来的长尾巴。很快，他家的破院里就布满了人，那匹狼就扔在当院中央。

一些娃娃拽着大人的手小心走近想摸一下那匹狼，有大人就唬一下他们，吓得娃娃们一蹦三尺远。猎人王泉端着海碗，碗里放着咸菜，筷子上穿着三个杂面蒸馍。他不急于下口，所有人都想打听他徒手打狼的故事。他笑着，猎人打死一头狼，那是稀松平常的事情呢。

猎人王泉一直觉得村子里的人天赋有限。

他坐在东墙根下，月明逼视着他，他像说书人一样在寂静中酝酿着神秘。猎人王泉想在哈喽村的人心里施点妖术，他不想口出狂言，如果莽撞地说出狼的故事，就没有嘴上的拍案惊奇了。他将嘴里的烟蒂吐出老远，目的是瞄准那头公狼，他是骨骼坚硬的固执己见者，他开始编排他的故事，他列举狼的动作和凶残，他叙述的样子十分动人，没有人和他抵抗争辩。狼是村庄里的天敌，狼死在了王泉肩上，那是猎人的荣耀。

村子里打小一起耍大的秃蛋儿很奇怪，没有猎枪赤手打狼，王泉居然没有一丝划伤。猎人王泉也不抵抗争辩，只说是入了寺庙烧了香。人在情景之中犹如入了戏剧，有那么一瞬，谎言在他的眼窝里闪现了一下，他用笑掩饰住了。放大了月明下人们的想象，一种挑战的神态，那匹狼，他的对手，你们看看它已经被冻僵了。

一些人用轻松的语气调侃他，逗引这夜色开始激动。无法说清楚的真相挑逗着所有人的情绪，还有显通寺，映着月明的想象，显得特别高大。村子里的人看见了狼，并记住了月明下关于求佛所得的故事。

显通寺再一次添加了真实性的威望。

夜深时，村民开始离开，猎人王泉始终坐在东墙根下，最后一颗烟头吐到狼身体上时，他觉得该起身了。月明映照着他，他的身影射在墙上时显得特别高大，走空人的院子里，他突然觉得像经历了一个季节，很累。

翠喜隔着窗户说："睡吧，你下了死功夫了，一匹狼，那该有多大能耐，想想都后怕。”

猎人王泉不想离开这个院子，当下的情景他是越想越入戏，他忘记了傍晚的真实，他将另外一个自己回到屋里，那个看不起他的婆娘，他要告诉她，徒手打狼的人就是你的汉子，历史上除了武松。

改珍装睡，新生儿在她的肘窝下出气均匀，一股奶香味儿。猎人王泉俯身看着他们，很多情景都是充满诱惑的。

他娶这个女人是不容易的一件事情。猎人的头衔对所有女人是一个噩梦，他出了比别人多一倍的彩礼娶回来，他身上缺少现实的智慧和幽默，岁月中物质的贫乏让整个生活充满了凄凉的气味。他结婚五年后才有了这个儿子，村庄里的人说不是他的儿子，这些都无关紧要，只要姓王，落生在王家，他就应该有很深的责任感。一个满脸平静的儿子，身体松懒而且泛着奶香味儿的女人，火台上干着尿布，占满了炕的娘俩，居然没有他伸脚的位置。

改珍闻见了血腥味儿，无端打了个喷嚏，身体抽搐了一下，翻转了一下身子。猎人王泉想趁着动静抬脚上炕，他在掀开被角的刹那，女人睁开眼说：“去对面炕上去。”

猎人王泉说：“一张狼皮是一年的收成，都是给你赚哩，你总得让我沾沾你的身子吧？”

改珍说：“等你卖了狼皮。”

徒手打狼，一下子就又憔悴又疲惫了。

五

母狼闻到了寺庙外飘散过来的血腥味儿，它和痛苦劈面相逢，分明听见了绝望，落叶般，一坡高过一坡。

它的心里留下了伤口，一匹狼的命就该如此地挥霍吗？它不可能轻易死去，它的死亡一定与那个猎人有关。母狼身上的抓痕已经结痂，它在寒风中舔着伤口，整个身子横在一根枯木上，它甚至感觉到一种无法言说的孕育。月明下，被什么力量拽住了，奋力挣扎，在按捺不住的激奋中站起身驻足远方。满月的光辉无比接近动物性，那哀悦参半的远方啊，它的牵挂被拉长拉细，终于扯断在月明下的落叶上，母狼流下了两滴清泪。

呼啸声霎时倾倒于地，与视觉上冷冽的光亮相融，母狼箭一样射出了自己。天上群星暗淡，有一些走夜路的小生灵倏忽间逃往暗处。母狼的一双明眸发出绿光，它看到群山巍峨河流蜿蜒，活在往生路上的母狼伫立山头，它看见了寺庙，看见了村庄。

树枝被扯断的干脆声一再落下，穿行在通往村庄的路上，村庄的邈远之气，迅速迎来，久违了。

母狼嗅着血腥味儿，聚集于记忆鼻腔的还有公狼的腥膻味儿，稍微的一念，便是难以割舍的惊骇之情。

村庄里有狗叫了一声，接着像捻子被点燃似的几条狗同时叫了起来。

村庄里的人已经不相信狗叫了。猎人肩回公狼时，村庄里的狗叫就已经此起彼伏。

母狼无视狗叫，它厌恶那种过分夸张的叫声，近乎病态的讨好的叫声对它来说是没有利害冲突的。它走近一扇门壁斑驳、破旧的屋门前停下来，血腥味到此加重了。

母狼的爪子迟疑不前，就在短暂即逝的踌躇不前里，一种特有的奶香的味道扑面而来。它的心柔软了一下，几欲沉坠的月明下，偏执的情绪开始缓慢融解。

那匹公狼的尸体就在当院扔着，没有了欢快，没有了弹跳。万千喜悦汇集而来时，它突然黯然神伤。暗处有狗，不想停留，转身，母狼离开。走过狭窄的巷子时，它闻到了猪的气味，很难过，没有停留。走过羊圈时，它闻到了羊的味道，总有一种味道压在它们上面。母狼面壁礼让着走过去，头顶是苍天，分明有孕育的快感，那股子奶香再一次袭来。

顽劣的对抗性、弊端性，逼真得如同夜风袭来，风在村庄上空，鸟在树上，猪在圈里，鸡在鸡窝，不去骚扰，它弹跳了一下前爪高跳着埋入了夜色中。

狼来过了。

村庄里的人猜测狼来过了。

睡在暖炕上的人们听见了狼的号叫，一种不祥的号叫，让村庄里的人每一寸皮肤、每一个毛孔，都隐蔽地、蓓蕾般地生出了恐惧。

猎人王泉早上推开门时，他想到了昨夜来的一定是那匹母狼。紧接着很自然地看了一眼墙上挂着的猎枪，他喜欢和猎物搏击的氛围，或者说，他是一个不想在土地劳作的人。

母狼走进村庄，不安宁就来了，不知道谁家丢失了家禽。

猎人王泉背着猎枪在哈喽村前后走了一圈，他发现没有丢失任何家禽。这是一件奇怪的事情，在愤怒的情绪中母狼报复成性的灾难为什么停止了？他表情干燥地回到院子里，他要剥下狼皮，完整的狼皮卖钱，狼肉用来补贴婆娘的身子。西医说，儿子不长指甲是母亲吃肉少缺钙。

院子里再一次塞满了人，日头当空照着，稀奇和期待的眼神都摊晾在那里，空气里散发着一团浊气，狗叫声被压得很低，沉闷、寒冷的风中，有小孩子的鼻尖上居然渗出细密的汗珠。狼皮剥下来时，所有人闻到了一股涩酸的味道，无法驱逐的稀罕将猎人王泉围住，他要人把院子里的灶火加柴点燃，铁锅里加进了水和调料，大块的狼肉煮进锅中。猛火烧开，火焰顶着的一锅带骨狼肉蹿出来一股香气。紧接着慢火开始炖，炖到下午，哈喽村子里的队长贾政气挤了进来。

这年月，谁都不舍得吃自己的家禽，一年不见肉味的贫苦日子，有肉吃相当于过年了。何况狼肉是大补。

贾政气掀开锅，拿一根筷子在厚实的肉块上戳一下，一下子戳下了一块带皮肉，拿一把铁勺子舀半勺子油放碗里，端起来香一香鼻子烧一烧嘴，靠在门口，呼出一团白气又狠命吸进去，一大块肉一会就不见了。手抓起骨头，再啃，嘴咧着，牙龇着，有本事的能人攒下来的张扬劲儿惹得院子里的人口水往下掉。等汤稠了，贾政气也不管旁的人，叫人端来锅舀了就走。烧火的秃蛋儿看锅里落下的不多几块肉，有些恓惶地看王泉。

走到门口时，贾政气立下看着狼皮说："这张狼皮熟好了留给我，有一位老领导腿不好，我看它正好做一对护膝。"

猎人王泉说："一张狼皮差不多是我半年的收成呢。做一对护膝用了整张狼皮，有些可惜了。"

贾政气说："我是护着你呢，上边早就让收走猎枪，你都徒手打狼了，要猎枪还有什么用处。你还想对抗我，猎枪一律归公，一个平头百姓拿着猎枪你想做啥？"

接着就进来几个基干民兵，二话不说收走了枪。

猎人王泉不能对答。

改珍站在门前，怀里的孩子已经开始学着说话了，没有指甲的手含在嘴里。大人孩子都过来逗一下，拿起肉蛋子小手看一下，然后和旁边的交换一下眼神。改珍对这个动作充满了仇恨。大夫说让她多吃肉，吃肉补钙，娃吃了有肉的奶就会长指甲。一锅狼肉都要喂了昧良心的哈喽村人了，这些心怀嘲笑的人，她的泪开始由内心走往鼻腔，调转了一下身子，改珍回了屋。翠喜跟了进去。

抱过孩子的翠喜任由孩子的小手抚弄她微合的眼睛、嘴唇和轻扇的鼻翼、安静的耳垂。她享受小手的玩闹，温软酥麻的感觉，这是她王家的后人，心里涨得满满的爱，唯有骂娘才可以化解。

“小祖宗啊，小狗蛋呀，小不待见的东西呀，心头肉哦，叫那些笑话咱的人死在五黄六月，狼吃了他，血泊泊也舔干净了。”

怀里的娃不懂装懂笑了起来。

有村干部在，翠喜压住了自己的情绪，人虽然是刚烈的，也被那些烂舌根的人触到了痛处，明知道家有缺陷的娃娃总归是人前的一个短处，她还是假装心里无事抱着娃再一次走出家门。儿子徒手打狼似乎也没有改变当下的命运，一直就这样叫人家吃，指望着给啥好处呢，哪知，给一碗是恩，给一斗是仇人。老祖宗早就总结下了，跟了一句正常话，猎枪也叫收走了。

六

堆积的雪彻底地解除了对大地的封锁，树林变绿了，草钻出了土层，在沉寂的森林里，山涧有了流水的声响。没有了猎人，山林里的小动物开始活跃，新长出的野草给它们带来了生机。

狼群在森林中开始追逐一只野猪，它们的族群需要快速繁衍，怀孕的母狼成了狼群最有威力的头领和保护对象。公狼在疆域边界做下标志，它告诉附近的狼群，在标志的这边有一头已经怀孕的母狼。母狼不再出去觅食，它懒洋洋卧在泛青的草地上，有时候会望着林木缝隙处发呆，它不再对公狼的荷尔蒙气息感兴趣，它的身体里孕育着新的生命，对死去的公狼，似乎思念已经成为过去。

母狼四个月后生下了一窝四只狼崽。母狼需要补充大量的食物，燥热的天气、潮湿的雨水，在曲折的路途的尽头，那个村庄不再成为诱惑。狼群把最好的美味带给母狼，狼崽发出如同骨头碎裂般清脆却并不明亮的叫声。一些飞虫陪伴着它们，飞翔的声音累积成一片嗡嗡声，像一个怪兽正在低低地呼吸。

母狼舒展成一个最放肆的姿势，脑袋顺势滑向一个更为舒适的方向，它让它的奶穗儿完整地暴露在空气中，小狼崽闻着奶香探过脑袋，它们的喉管里传出吞咽声。

吃饱肚子后，小狼崽在草地上打斗，母狼盯着它们，一旦走出它的视野范围，母狼就会起身叼回它们来。总会有其他声音，在远离山洼的地方，或者高处出现，那声音隐隐约约，一再重复，是和尚法显的诵经声。

五月初五，显通寺庙会，通往寺庙的道路上人流如潮。成群的人站着说话，声情并茂的人们，表情都很积极，往日少见面或者见面顾不上拉话的人似乎有说不完的话。抢着烧早晨第一炉香的人，走出寺庙后比后来者脸上多出了几分满足的笑容。人人都迎着朝霞咧着嘴说话，脸上挂着红晕，幸福的事情似乎就在脸前头等着呢。能感觉到，进入显通寺的所有人都是怀揣目的而来，然后带着幸福而去。

烧香磕头打卦问平安的人熙熙攘攘。

猎人王泉挤在人群中，眼角的余光划过那些熟悉和不熟悉的人脸，他的耳朵里总能灌进一些高谈阔论。他顾不上停留，已经来晚了，没有赶上第一炉香，第一炉香的重要性对于他的儿子和他的母亲翠喜、妻子改珍都是很重要的。拥挤着终于跪在了佛像前，屁股撅得高高地伏下身子，心不宁眼睛也乱晃，有什么东西在簌簌作响，眼睛寻着，看到了佛座下有一只母鸡卧着，佛像下的孔隙处做了鸡的窝，他还看见了一颗蛋。

法显和尚面无表情敲着磬，一声又一声，五颜六色的瓜果，五颜六色的花朵。

磕罢头，猎人王泉站起时走近法显附耳轻声说："师父哎，菩萨像佛座下有一个鸡窝，母鸡还在里下了一颗蛋。"

法显重重地念了一句："阿弥陀佛！"

猎人王泉走出寺庙，他现在不是一个淡定自信的人了，以往听人说，显通寺最神奇的事是县上领导下来拜佛，法显和尚就会从菩萨像下取出一颗鸡蛋送对方，并告诉对方这是菩萨的赐予。他惶惑，变戏法似的，佛座下好像有取不完的鸡蛋，县上还为显通寺拨款好多。现在他明白了，佛座下是母鸡下蛋的鸡窝，不是菩萨能下蛋，看来世上传播广的迷信事背后都要靠人动手动脚呢。

真是叫他兴奋，一个秘密缘起叫猎人王泉发现了。他走到院子里往极远处瞭望，似在看着别处，一些和他打招呼的人他并没有看清楚是谁，顾自笑着。他突然觉得他的眼神退化了，那些在他心里永久扎根的东西开始松动，他努力寻找他内心里的破绽和答案，虽一时没有找到，但是，也让他明白了许多，生活永远都是在制造神话。

他走到寺庙的墙根下驻足看远处，风掠过，然后有云，这个季节的美丽有如过眼云烟，滚拥而来，又悄然消失，他心中生动而绚烂的春夏之交，与流动的季节并无多大关系，与寺庙流动的人群也没有多大关联。

那个真正的骚动在他内心积蓄着，挠痒着，他看到寺庙前的青山时，他的目光磕磕碰碰滑过人群，开始显得惶恐不安。

穿过混合着人体汗味的院子，他就那么很容易地攀爬上了山顶。

黑虎背，山势连绵群峰插天，快乐的鸟鸣跌落起伏在深谷，弥漫一色的峰顶，只露出几处青白的石头。猎人王泉的耳朵突然开始变得灵敏，大树浓荫的覆盖下，有窸窸窣窣的声音传过来，他迅速跑过去。热闹的事情总爱扎堆而来，四只狼崽子，那贼绿的眼睛刺激得他想哭。凝视的时间不到两分钟，猎人王泉迅速脱下上衣包裹起四只狼崽子，它们的牙齿还不够尖锐，但是，藏在背后的敌视已经开始逼人了。

王泉似乎又找回了猎人的感觉。他生来就应该是一个猎人，不喜欢农事，他一直觉得他的敌人不是人，是兽。快活来得真实也很直接，灼灼的眼神许久没有看见了，生活使他从现实的舞台上消退，但难让他在日常的底色中完全隐去。他很依恋那种在山巅上飞奔而去的感觉，他的追逐有力量了。

哈喽村的街道上几只瘦狗在地上寻寻觅觅，四面透风的村庄，那些狗像闻到了什么，狂躁地冲着进村的路口叫。光棍秃蛋儿端着比头还大的碗，碗上横担着一条酱萝卜，呼噜呼噜喝着面糊糊。他稀罕，狗为什么会冲着王泉叫？先是一只，后是一群。东西南北各有一个大巷子的哈喽村，因为通透所以非常不聚声，这下子满村人都听见了狗叫。

猎人王泉看着街道上的人说："我逮着了狼崽子。谁要？当狗娃养。"

然后响亮地咳嗽了一声。

狗后面跟了一群小孩子。

人们不相信那是狼。

进了院子大门，挡住狗让小孩子进来，关上门时，狼出溜儿滑在了地上。狗在大门外叫得越发响亮了。

翠喜站在屋门口说："哪里逮下的狗娃？"

猎人王泉说："你看看像狗娃？"

翠喜说："不是狗娃能是狐狸？"

猎人王泉说："你就不想想是不是狼。"

改珍抱着娃走到当院说："这东西有兽性。你弄它是惹祸呢，快送走。"

猎人王泉说："养着，炖肉给娃补身子。"

改珍说："瞅你那本事，拿啥养？"

只要是给娃做的事情都是应该做的事情，当下里都不再说话。

王泉用绳子拴住四只狼，它们在院子奔跑时有些跌跌撞撞。狗在大门外叫着，一直叫着。

翠喜搬一把凳子坐在房檐下，眼瞪瞪地望着激情四溢老大不小的儿子，她想知道王泉赶着早烧了第一炷香没有。

翠喜问：“可赶上上头香？”

王泉答：“不就是去上头香的嘛。”

翠喜说：“上了头香还顾得上绕远进山，在哪里遇见的？”

王泉说：“紫团山脊上黑虎背。欢蹦乱跳的，母狼找食去了。小时候我跟着你去采过蘑菇。”

翠喜喊：“改珍，你快看和狗娃一样样的，只是比狗娃脸长。”

改珍怀窝里的娃挣扎着要下去，娃落在地上时腰际搭了长围巾，改珍拽着，娃踉跄着走向狼崽。狼崽咧开嘴吓唬娃，改珍拾起一根柴给娃，娃站着横着一根柴吓唬狼崽，狼崽不躲避，任由娃吓唬。拥进院子里的人看着，笑说和狗不一样，天性是山牲口。

王泉冲着娃说：“打它，看它还龇人。”

娃踉跄着，嘴里喊着：“打，打，打它。”

狼崽被麻绳撕扯在一起原地打转转。四周看稀罕的村民没心没肺地笑。

七

母狼觅食回到山脊上时发现丢失了狼崽。它不知道往哪里去寻找，只觉得胸口有一团慌堵满了，其难受是可以想见的。它在山脊上来回走动，想把内心的慌松动出一个空隙，忽隐忽现地疼。当它的头冲向山下的寺庙时，远处路上站着的，坐着的，蹲着的，看似无序的人群缓慢地从寺庙方向拥出，仿佛得到了一次神秘的承诺。

母狼开始往寺庙方向走，佛经由高音喇叭处传出，或高或低，母狼突然产生了一种厌倦情绪，忽而又生出了一份焦渴般的向往，它觉得那些人中一定有人带走了它的狼崽。

走近显通寺的树林中，喧嚣是那样清晰了，它停下脚步，突然觉得狼崽没有穿越寺庙，嗅觉告诉它，带走的人已经不在寺庙前了。母狼感到了失望甚至说是畏惧。母狼迅疾调转身跑向了山头，它的视线越过了显通寺庙停在了一片树丛中，那里有炊烟升起。日头将初夏的山林涂抹得五彩斑斓，纵横的河汉沟渠闪耀着暧昧的暖色，红兮兮的光照在母狼脸上，母狼开始绕着山脊前往村庄。

母狼蜷伏在一块坡地上，它的视线内有低矮的瓦屋顶，有狗叫声，村庄里的气息飘过来，有人的味道混合在里面。母狼开始等待黄昏。

有一盏电灯亮了，母狼凄楚地望了一眼，然后合上眼，它需要休息一下。不知道谁家大人在呼唤自己家的孩子，声音惊醒了母狼，它站起来，发现已经看不见自己的影子了，所有能够看见的都开始朦胧，母狼大着胆子走往村庄。

母狼此时是一条土狗。

它在黄昏降临的暗中穿街而过，遇见一条真正的狗，那条狗突然绝尘而去。一些人蹲在街道上，暗影中人脸糊成一团白，端着海碗吸溜晚食，吸食声划过母狼的耳鼓。有一条狗大着胆子追过来，似乎带着一种凶恶和聊尽职责的感情在狂吠，母狼丝毫没有慌张，走得缓慢踏实，它嗅着空气中畜生的味道，尽量让自己的眼睛蒙眬着。

母狼看到一个女人提着一桶猪食走往猪圈，猪圈里的猪钻在窝里不出。女人觉得奇怪了，猪在该吃食时不出窝。女人跳进圈里赶猪，边赶边喊叫："辣辣辣，吃啦，辣辣辣，吃啦！"

"日怪了，日怪了，放着食不吃，怕啥呢瑟缩着，毛直了二寸长，狼又没有来。出，出，吃去吃去。"

一个老人怔怔地坐在街旁的条石上，望着东山头上一点即将升起来的月明，他木木的身影，木木沉浸于那越来越亮的红光里。细微的风吹过，因为坐得太久，他就勾了一下头，轻轻地摇晃着，他突然看见了像扫把一样的尾巴从他脸前刷过。喧腾的风停留在街道两旁，倏忽之间，那刷过的一团灰白惊吓得他走了一下神，来不及多想，就看到东山上眉似的一弯月出来了。这时的天空，被无边的森冷的青灰笼罩着，天地之间是忧愁的村庄，山头上有淡淡的白气，他听见狗叫声和以往不一样，尾韵很长。

母狼停留在了猎人王泉的大门外，院子里的狼崽兴奋地开始狂吠，开始往大门口的方向跌跌撞撞奔跑。猎人王泉取过一根粗壮的木棍挑起被拴在一起的狼，扔在了堂房的廊檐下，被摔疼了的狼崽尖叫着挤成一团，瞬间又开始往大门口跌跌撞撞走。猎人王泉突然意识到了什么，抄起一柄锄头打开了大门，有一股青白之气闪电般滑过去，锄头照着那团气扔过去，只有锄头跌落的声音，什么响声都没有。

翠喜走出屋门看着王泉的样子惊讶地问："你这是照着什么扔呢，好好的锄头。"

王泉捡起锄头说："吓唬畜生。"

翠喜说："黑灯瞎火吓唬憨子呢。吃饭。你弄的这些个东西，填了几张嘴，人吃都不够。这东西是和人争口粮来了哇。"

王泉说："都是钱，比养猪来钱。"

改珍站在廊檐下。凌乱的廊檐下放着一些废弃的农具，还有一些去冬的黄豆荚、高粱秆子，一些玉米扎成把，一揪一揪密密麻麻挂在墙上。月明儿沿着墙根照出一圈白，狼崽子缩成一团，娃手里拿着一块馒头伸缩间扔给狼，改珍迅速打了娃的手一下。

娃咧开嘴大哭。

改珍说："大人都舍不得吃，你手快扔给狼。王泉，你今夜就把它们弄走，你不弄走，我就走。"

翠喜扭了一下身子进了屋。

王泉说："我能叫狼它娘喂它们。信不？我这就弄走。"

改珍咧了一下嘴说："你是狼转世，你有那本事？呸！"

一口唾沫迎风扬成碎末四散飞起。

母狼闪电而去时，奔往一个梁垭子上，这里一溜塌落的老坟，已经成为鼠穴狐窟。一群老鼠在孤坟上对着一棵老槐树仰着脖子望，槐树上扯下来许多丝，每一条丝上都挂着一只虫子，青绿色的虫子，月光照着丝线发出银光。一只乌鸦苍凉地叫了一声，在一阵扑棱声中归于沉静。老鼠迅疾闪进了鼠洞，一阵轻风，母狼长嗥一声。

暗中藏着的动静突然骚动了，东奔西窜，似被无形魔咒套牢住了那些小动物的脆弱神经，骚动后瞬间各自把身体蜷缩起来。这些看不见自己的茫然生命，怀着逃离的窃喜，一列绵延的山峦，围绕着月明四周是玻璃色的天空，和那些隐隐约约的云朵，母狼就伫立在这样的背景下。它望着哈喽村，那些闪烁的灯影，它的影子清晰地拖曳在身后。

孤独的影子，承接不到一丝抚慰。长出一口气，气息里含着腥咸的血腥味，它的声音里添加了一些旷远的回响，黏稠的怨恨像徘徊来去的风一样反复，眼睛里有两行泪掉下来，被脸颊的毛胶住了，无法流动，湿成两道痕。

八

猎人王泉用五条铁链子牵着狼崽子走在村街上，街道上空无一人。

一些年轻人在某一处屋子里玩扑克，吵闹声不时传出来，多半是打对家的人指责对方出牌出错了，说出的话结着拳头大的愤怒，几团子愤怒合在一起挤出夜色，直击王泉耳鼓。突然他就不想走太远了，得承认他的心情是亢奋的，希望村庄里的人都看到他的举措。精神文化极度贫乏的村庄，窒息所有年轻人的喘息，尤其可以吞掉整个世界的黑暗，他希望不断生出是非，是非就是人世间最美妙的高兴呢。

王泉的脑子里被一些生出的奇思妙想活泛着，念头蹿出太多有些乏累了，停下脚步，猛不丁意识到他身后长着一棵槐树，槐叶在黑暗中像处子的头发，月明儿冷冽的清光在这空旷的村野中显得格外明亮，四周明晃晃的，如蒙了一层霜。小狼崽开始兴奋了，欢实得东跑西颠，但是始终在猎人王泉控制范围中，跑远时被铁链弹回来。有一些零星的狗吠，显得软弱无力，像是被什么东西捂着了嘴。王泉觉得有影子在远处注视着自己，他想和暗处的影子说，来吧，来扯开怀奶你的狼崽子来呀，我要牵住你，要你养大它们，而它们一来二去的长大将成就哈喽村一个神话人物——猎人王泉。

猎人王泉为自己的想象兴奋，甚至觉得自己在哈喽村不再是一个无枝可栖的小鸟。他把铁链一一用铁丝拧在槐树的旁枝上，对等的距离中一一用脚步丈量它们之间的距离，它们的眼睛、鼻子、耳朵、嘴唇，想象那匹蜷伏在黑暗中的母狼，那是直接的，也极容易被点燃的仇恨，他喜欢和仇恨较量，就像一场玩上瘾的游戏。

暗处的等待，可看清楚了，你那陡峭的面颊，诡异的神态永远算计不过猎人。猎人王泉挥动了一下粗壮的胳膊，犹如一根粗硕的血管，由他勃勃跳动的心脏而发力，憋足气直着脖子发出：“啊哦——”

几只小狼崽惊得伸长了脑袋。和那些吓得缩回脖子的动物比较，王泉喜欢这些伸长脖子迎接恐惧的狼崽。

村路虚白，像一道经脉蜿蜒在村庄暗影下，猎人王泉踩在上面，整个人轻飘而欢喜。没有谁比他更懂得母狼了，那双贼绿的眼睛此时盯着他，盯着渐渐没入黑暗中的背影。

母狼的智商仿佛一个孩子，并非从知识的角度，而是从感性上对这个世界有了最初的认识：黑一定是消失在黑夜中。

然后，没有犹豫，母狼箭一样从坡地上射下来，按捺不住自己的激情，走近狼崽子时它迫不及待地躺下，母狼的奶穗子被狼崽扯疼了，它用舌头舔着它们，莽撞而又急迫地揪扯，对于一天几乎没有进食的狼崽，母狼的奶穗子是饱满的欲望。

不远处从黑中折返的猎人王泉看到了这一幕，可惜他手里没有猎枪，和他预期的一样，母狼喂饱狼崽时起身叼着它们要走，当叼不走狼崽时，母狼离开在远处看着，它想不明白，突然掉头长嗥一声，这是猎人王泉平生听到过狼嗥最绝望的一声。声音拖着母狼走往山上。

王泉在街道暗处的墙根下撒了一泡尿，不知道为什么突然就尿紧了，他很诧异，一脸狡黠的笑，多么希望哈喽村的人都看到这一幕，睡如小死，入睡的村庄也死了。

天亮前的哈喽村没有风，万物都是一个剪影，小鸟飞在枝头上，小鸟让树枝开始活动。天是蔚蓝蔚蓝的，日头出来时，树把影子轻轻覆在泥地上。

第一个走在泥地上的是哈喽村的宝福老汉，他牵着猪去往山下的公社卖猪。走到老槐树下他看到了铁链拴着的四只狼崽，猪站着死活不动，打急了干脆用屁股朝向狼崽。宝福用劲牵着、打着，猪就是不走。这么小的东西就吓唬住了猪的脚步。宝福笑着举着棍子敲狼崽的头，敲疼了它们居然不躲避，表情狰狞着发出一种“嘶嘶”的声音，猪一听这声音开始号，想挣脱绳子跑。宝福咧着嘴和猪说：“怕啥，扭头看看，世界上一切反动派都是纸老虎！”

宝福一下来了兴致，他的观众是猪，他要猪明白，牛逼不是拿性格耍哩，是手中的武器。哪里示威敲哪里。宝福总也敲不住狼的嘴，因为猪的挣扎。宝福越发来劲了，我打我打我打，打着打着就不是打狼了，是打王泉，所有的怨气最终不能撒在畜生身上，撒在人身上才是正理。

遥远处有人看见了这一幕，笑着喊："宝福，你哪头儿值当，大清早耍神经。"

一句话喊醒了宝福，用了力气反过来打猪。

猪哼哼着绕了一大圈快速走过去。宝福第一次见猪也会小跑步，踮起脚尖，和小脚老太似的跑起来跌跌撞撞。一根绳子拽着宝福，他也快速小跑步，梗着身子往后扯着猪。卖猪最怕的就是猪跑，跑急了容易拉稀，杀斤秤。

宝福喊着："祖宗哎，不急忙，不急忙。"

一群麻雀飞落在狼崽子周围，觅食时一跳一跳，像是女娃们踢毽子。宝福后仰着身子看，猪突然地返转了回来，绳子一松，宝福不防备闪在了地上。宝福一边骂一边带起一屁股尘土，骂骂咧咧前倾着身子继续拽了猪走。

宝福走过去后，来了一条土狗。

狗扯着身子叫了一声。四只狼崽排排坐着看狗，丝毫没有畏惧。狗退了一下，又伸长脖子叫了一声，狗反复进退着叫，叫得没有劲了就四下抬高了脑袋坏坏地叫，似乎是寻找伙伴，又似乎就是没有劲地叫。村街上走来了狗，三三两两盯着前方走，边走边冲着什么叫一声，狗们集体走到老槐树下时，反倒不叫了。狗们围成半圈看，看着看着就有一条狗起身走近了试图伸出爪子逗闹一下那些个狼崽。

起先看着的狗们先是迷茫了一阵子，然后有狗就冷不丁叫一下。狼崽一脸无奈，好像面对街道上吹来的是一股风沙。狼崽开始放松自己玩耍，狗们遛弯似的走左边叫一下，走右边又叫一下，不知道接下来该做啥。

出工的男女村民肩着锄头，看着狼和狗的状态也都停下了脚步看稀罕。有人把嘴里吃着的一块窝窝头扔过去，狼崽也不抢，也不闻，倒是狗们跃跃欲试的样子，却也不敢走近。

村民们觉得猎人王泉一定喂狼吃啥了，不然一天不见它们饿。

王泉也装样子扛着锄头走过来。日头出来了，村庄亮丽了许多，大片的绿树打破了村庄里的单调。猎人王泉就着日头的光开始讲昨晚的故事，或者说是讲他排练的一台戏，讲到高潮处，他的兴趣突然就唤醒了村庄人的兴趣，村庄里的人一旦被猎人王泉的描绘吸引，一下子就变得热情和迫切了。

女人们首先开始清醒地先发现日头照暖了脸颊，地是一家人最大的财富，闲置了地也不能闲置了男人，地里的庄稼等着下种呢，汉子们可好，闲听王泉说瞎话。女人开始吆喝着汉们走，叽叽喳喳大喊大叫，在磨钝的男人们身上找不到一丁点效果。

新一拨客人又来了，是一群闲磨牙的老年人。老年人一进入这个群体时，下地干活的人就觉得没有意思停留了。

下地去，走走，下地去，日头短得弯不下几次腰就晌午了。

猎人王泉和新一拨客人开始拉话，不断重复的话题中总要加进去一些突发而出的灵感。

昨晚在村街上坐着发呆的老人突然说："我惶惑看到狼拖着尾巴从村街上闪过。"

"狼难道不怕人了？二十年来可是没有见过的事情哇。"

"你说是狼来了？"

"狼来了。"

老年人齐刷刷的眼光盯着王泉看。

"狼不怕人时，狼就要准备吃人了。"

王泉热情洋溢的脸突然冻住了。

那些老年人的眼神并不比狼的眼睛善良。

王泉迅速扫视了一圈，他用猎人的敏锐看着人们，此时多么不喜欢这些人用这样的眼神盯着他看。他装出满心欢喜的样子来，脸上抽搐着出现一个笑容，那笑容无端在腮帮上结成了两个疙瘩。

王泉说："红日头当头照，我要下地呀。"

"你哪是种地的材料，你就是一个 × 蛋货。"

这句话如泼天而下的一盆冷水，村子里的人从来就没有看得起他。

老人们把目光聚在槐树下的狼崽身上，他们想打死它们，举着拐棍的人打下去，狼崽子突然咧开了嘴，老年人往后退了一下差点儿跌落在地上。怎么这么一个小东西就这么知道吓唬人呢？

有人说："叫狼来了吃了王泉吧。"

"走走，指不定母狼就在远处看着呢。"

老人们一下子坠入了梦境，慌不择路走开，走路姿势都发生了改变，气也喘得急，心里都憋着一股气，神色慌慌，开始想小时候荒年里吃人的狼。狼假扮小孩哭，大人一分神，狼就闪电一样叼着人走了。这一说，各自心头就揪起了一个大疙瘩，堵在心口处，对狼崽子骤然淡漠了热情，各自裹着日头的光照回往街道深处的巷子里，分手时居然互相不打一声招呼。

九

连续几日，母狼在夜晚都飞奔下山喂狼崽，离开时和狼崽拉开距离，看着月影下的点点光斑，那光斑经由老槐树的枝干过滤，折射在狼崽身上，让场景变得婉约、迷离。

母狼不舍得离去，再一次走近狼崽，它似乎明白了它已经不可能叼走它们。看着它们脖子上的铁链子，母狼思忖半天，在明灭之间，铁链子似乎又消失了，母狼用影子挡住铁链子，当它躲开时，铁链子又出现了。母狼反复跳跃着、躲避着，有有无无，似乎这样可以打开泥土上的门扉。

月明的天空倏忽就阴沉下来，一团黑云先是凝聚在山头上，黑墨如手掌大的一团，越凝越大，渐渐铺漫过来。很快，头顶上的天空就被一件被面大的灰衣覆盖了。乌云初起的地方，已感觉到了雨丝落下来，一根挨一根，狼崽们开始挤闹着想走近母狼，看不见铁链子的母狼叼着一只狼崽想走，铁链子拽得狼崽嗥叫了一声。

老槐树上夜宿的鸟被炸得扑棱着翅膀飞起落下来，惊惧而强烈的恐惧再一次怵住了偷看的人群。谁家的狗叫了一声，捻子似的点燃了村庄里所有的狗。

一路学着狗叫的娃娃们奔涌而来，人学狗的叫声和狗的叫声此起彼伏，母狼悄没声息没入了雨中。

大人们急急从村口上招呼孩子们回家，要孩子们不要走近王泉，不要走近狼崽，他们是哈喽村的毒药。

看着一群人走远，王泉从黑暗中走出，走到狼崽跟前，解开一条铁链子，被母狼拽死的狼崽软瘫在地上。王泉有点可怜它，毕竟是被母狼拽死了，他疑惑地提起狼崽，感觉是僵硬的，知道已经死了。他提着狼崽回到院子里，趁着热乎劲儿剥下了狼皮。屁股大一块狼皮正好暖腰，他提着狼肉，太嫩的肉村里人是不吃的。

把狼肉扔往小队猪圈。他这念头是一时间冒出，世界上允许狼吃家畜，也该允许家畜吃狼。

闻着血腥味道的狗跟着王泉走，许久没有见到王泉手提猎物了。雨停，街道上起了风，风离人很近，就在街道那个磨坊的山墙处，风从那里生出。

黑漆漆的夜，王泉的手电筒射出去老远，他冲着天空射，光柱在天空很快就化了，光柱在地上起作用，能照到跟着他的狗们。一只狗冲着起风处叫了两声，风沿着街道拐弯抹角处溜来，在低洼的地方发出声音，在王泉走到小队猪圈跟前时，风已经成了势力。和风配合紧密的是王泉的衣裤，鼓胀着，他像个陀螺似的，一层细麻麻的黄土打在他的脸上。

风让王泉感觉到了不安，可也说不清楚是为什么，头发干蓬着，里面似藏着一大团蚂蚁 。他突然不想把狼肉扔进猪圈了，顺手扔给了狗。狗们在王泉转身离开时呼一下围在了一起开始抢食。狗们的撕裂声传来，村庄里的狗好久都没有吃过生肉了，假如是白天，王泉就想知道猪吃不吃狼肉，他一直认为猪是吃素的。

王泉照着手电筒回到院子里，他想把狼皮架起来拉平整，遍寻院子，什么都没有，他是清楚记得狼皮就扔在堂屋前的廊基上的。

在他离开的时间中母狼来过院子，叼走了狼皮。

王泉很懊悔，点了一根纸烟坐在廊基上吸。和猎物斗，他看见它们出现时就喜欢，它们身体上有一种东西在吸引他，没有对话的吸引，冒险和暴力，却有令人摸不着头脑的迷惑，被狼迷惑。

接下来王泉想做一件事，什么事还想不好，结果是肯定的，他要生擒母狼。

想出结果后，王泉就无法瞌睡了，在这种外部氛围的刺激中，他轻轻推开大门走出去。黑，真是一种美妙的时光，让一个人脑洞大开。他走往一大片低矮的松树林，松树只有一人多高，长着好多枝杈，而枝杈平平地弯着长，似乎被什么力量压着。他折断那些弯着的松树枝，一弯套一弯拖拽着往村口的老槐树下走，松树枝刷着路面嚓嚓响。

天空突然又晴朗了，雨来得急走得也急，王泉是从狼崽子的眼睛中发现天空晴朗了，它们的眼睛发着绿光，只有月亮的光照才可以让它们的眼睛发出绿光。

王泉望了一眼天空，天空中出来了月明。

槐树仿佛一只大鸟，从头顶那一整块铁黑中剥落下来，迷迷蒙蒙的，并不断有雨滴从树叶上被摇下来，纷纷扬扬的细碎，感觉黑暗中所有的东西都有声音。王泉的心理发生了微妙的变化，他觉得自己是哈喽村最聪明的人，那些闷头闷脑的人，只知道在土里刨食，日子过得不声不响，年成好也不见丰收。人怎么能把日子过得没有任何声音呢？王泉把松树枝盖在铁链上，似乎还有些不够，他踮起脚尖拽着老槐的低枝，折断放在铁链上，这样看上去，地上什么都没有。来吧，母狼，我要把你折腾得筋疲力尽，在你没有一丝力气时生擒你，我王泉天生就是一个猎人，猎人一辈子都应该和猎物斗争。

王泉布置好一切后开始自觉退后，他本来想着就这样守候着，想到明天一早地里的生活，他很不情愿走往回家的路上。

十

夜静的时候湿气很重，一股潮湿带进屋子里。改珍靠炕墙睡着的身子很快四仰八叉铺满了炕，这是一个很性感的信号，很诱惑。王泉想和改珍亲热，他咧开嘴靠着炕很下流地看着改珍，忍不住伸进被窝用手乱抓摸，先是大腿，大腿抖了一下，甩脱了他的手。他不甘心，手开始乱动，像伸进了河水里，河道是明亮流动的，他摸到了一丛水草，狂喜和渴望的双重折磨下，他晕眩的情感犹如鸟群，在黑暗的河道里拍打着翅膀翻飞。

改珍翻了一下身子裹紧被子，王泉的手被折疼了，缩回来居然无处放，吊在炕前。他想说话，却是有欲望说不出口。许久了，炕上日子叫他冷灰灰的，改珍不说话，用肢体语言拒绝了他。王泉依旧任性地站在炕前，他此时就想进入改珍的身体，就想。他看不见改珍睁眼，在她的脸上，在她的目光里他好像从来就没有读出过愿意。

猎人王泉后退了几步，仔细揣摩接下来的办法。为什么就制服不了这个女人呢？她那连眼皮都不抬一下趾高气扬的神态是给我看的。你命好就不嫁到这样的村庄，嫁到这样的村庄和嫁给我这样出色的猎人，就得认命。

哈喽村有限的耕地都在云雾笼罩着的山腰，山高石多，耕种和收获都十分困难，好女不往山上嫁，坚硬的土地刨食困难，强壮的躯体劳动一天，能够缓解疲劳的就只有女人的身体。猎人王泉无法缓解。他眼眶里充盈着泪水，凝视着黑暗，他可以读懂狼的心思，却不懂女人的心思。他突然想起收音机里唱的一首歌：一生只有两天，一天用来出生，一天用来死亡。出生的那一天便是离开人世的那一天，还有什么可等待的？王泉走近炕毫不犹疑拽开被子，一团白晃了他一下，他闷头不吭爬上炕，他要骑在这一团白上脱掉他身上的披挂，在女人面前展示自己的力气是活着非常重要的一件事情。

来不及展示，那一团白呼一下坐起来，迅疾把他推到了炕下。

猎人王泉像一个孤独的艺术家，完成了一件他自己才懂的作品。他被愤怒击中，此时他需要愤怒更猛烈些。

“骂啊，骂啊骂啊！”

改珍翻一眼王泉说：“你妈可是还活着呢。”

“人家有本事的一马双跨，我半条腿都摸不着你。和我妈没有半毛钱关系。”

改珍说：“哪有一个正经人天天和畜生打交道，琢磨狼去。”

“你就是现成的狼。”

“走！”

“不走。”

“你走不走？”

“我就是不走。这是我的家。你是我的媳妇。”

“走。”

“不走就是不走。我和你筷子一垛一般齐，晚上睡觉就该肚脐对肚脐。”

王泉梗着脖子，改珍想撒泼骂人。

眼看硝烟要起了，门外翠喜说话了。

“做啥呢？半夜三更想做啥呢？”

改珍说：“窗外的是说谁呢？”

翠喜说：“能说谁。王泉你就省省心行不，二半夜就不怕风的声音捎给别人。”

屋里屋外一时无语，夜收拢住了所有声音。王泉狗一样窝在炕边，斜着眼睛打量炕上的改珍，一团棉被捂着娘俩，都说是老婆娃儿热炕头，他的炕头凉瓦瓦的。人要是不改变自己的命运，就这样一日复一日过下去，要等到啥子时候。王泉有点儿坚持不住愤怒了，又不敢发作，这时候只能躲开。

推开门走到村庄街道上，想不起来去敲谁的门，靠着土墙想哭，一时想起了光棍秃蛋儿，一起玩大的两个穷苦人有话唠。

秃蛋儿是孤儿，住的是小队公家房，一间用来自己住，一间用来堆草料，还有两间是敞着的厦屋，养着队里的牛和马。队里还养了一头驴，槽前，队里的马咬驴，没有办法拴在一个槽上，驴就和秃蛋儿一起住。秃蛋儿喜欢牲口，觉得那是庄稼人的命、庄稼人的神。下地当劳力舍得出力，地里才长粮食；死了，又献出了身子，叫人宰割，忠啊，义啊，都比人强。它一生吃的是素食，干的是重活，效的是对人的忠义。

喂牲口，割草，孤独一人，过了婚姻的节节，秃蛋儿就当了光棍。

一起耍大的，真是妙趣无穷的童年哦，现在想起来都如挂在山坡上的流瀑。王泉走到秃蛋儿土屋门前敲门，哪里用敲，原本就没有上门闩。推开门走进去，一头驴在地当央站着，秃蛋儿蹲在地上寻找什么。

王泉问：“秃蛋儿，你在寻什么？”

秃蛋儿不抬头一个人独耍。

王泉蹲下去看，看见地上是一个放屁虫。秃蛋儿不停按压它的脊梁，让它表演放屁的本领，直到它屁尽声止。

臭烘烘的秃蛋儿抬头笑，扯着脸上的老皮儿，灯影下笑容还是童年的样子。

从前村庄里的人最恨的就是老鹰。鹰飞得高还眼睛贼，白天总是在村庄上空盘旋，一圈又一圈。一天傍晚他和秃蛋儿在河岸上耍水，听见哈喽村翠喜喊："王泉哎，王泉哎，老鹰来呃。"

他们跑回村庄，看见翠喜在院子里护着一群鸡。翠喜叫王泉去找回带着小鸡崽觅食的老母鸡。只见母鸡带着小鸡跌跌撞撞走回来。老鹰在上空很冷静地盘旋着，此时，听见全村人一齐出动，有在自家院子里，有在街道上，他们一起拍掌跺脚，高声大喊。老鹰在高空，喊叫和脆厉的响声吊在村庄的半空，声音阻挡了它，它居然有办法让自己停在空中。

只见它温顺地俯瞰人们，好像在表达着某种心情，冷不防又开始盘旋，它不想离开，离开意味着妥协。老鹰从来都不妥协。

王泉觉得手掌拍麻了，想进屋里取锅盖儿敲，翠喜一下发现了他的小心思，追着进屋，害怕失手把锅盖敲烂了。就这一个极小的空当，那只老鹰当着那么多人的面，一个猛子直扑下来，巨大的翅膀扇得地上飞沙走石，地上走动的鸡们支开翅膀停滞不动，母鸡在它的利爪下发出揪心的惊叫。

翠喜急忙拽着王泉走出屋，站在屋门前的王泉亲眼见着母鸡的鸡毛从空中悠悠落了下来。他的母亲翠喜瘫坐在门槛上，鸡屁眼是居家过日子的银行。银行被打劫了，翠喜破着嗓子叫了几声，两只手呼儿照着王泉打上来。

她认为都是王泉的过，王泉的脸立时就像被风雨蚀掉了原色，铁锈着，难言的苦楚，他暗暗下了决心。

王泉开始梦想长大后做一个猎人。

十一

秃蛋儿觉得只有光棍的日子与众不同，它是自由的。嘲笑王泉的日子是带着紧箍咒。王泉认为秃蛋儿只是一张黑白照片的底版。两人互相嘲弄，睡意就跑得没有了影踪。两人决定去往村口上看狼有没有行动。

黑色的夜幕下，王泉看秃蛋儿，头发侧分，五官棱角分明，浓眉小眼，一副叫人产生亲切好感的模样，这样一个人没有女人嫁他。山高处那抹山峦的印迹忽而就模糊掉了秃蛋儿，一种难过一下就抵达了王泉的神经中枢，这一刻，他明白了人长大真是不好，不知道什么命运要强加给自己，心惊胆战的，不能够抡开臂膀活人。

王泉说：“秃蛋儿，我们离开哈喽村吧，住在这里，一辈子活着没有劲道。”

秃蛋儿说：“你本事大得能叫母狼奶狼崽，才说好啦，来看西洋景不是吗？你绕弯子绕到离开村子，我是不离开村子，出了山没有人叫我喂牲口。”

路过当街一处院子，是寡妇红艳的屋。两人蹑手蹑脚走近了院边上，突然听见屋子里有动静，听了半天是队长贾政气睡在她炕上。院墙是树木扎的横栅栏，两人比画着小声点，想拆开栅栏走近窗户听听动静。栅栏绑得结实，两扇栅栏门上还上了锁，力气用大了就会弄出响儿。黑暗中急迫的心有些让两人忘形，想着被贾政气收走的猎枪，心口一团火腾腾地往出蹿。正犹豫要不要加点胆子，听见一声细长的叫炕声撕破窗户扯了出来。

一丝一缕的叫声把两个人的毛孔都吹开了，扑过来的声音一下抵达了秃蛋儿天灵盖，他以为自己死了，他确实感觉到自己头顶有一丝灵光掠过，照亮了很多他没有感觉过的东西，包括记忆，包括骨头，骨头也被那一丝一缕穿过。

秃蛋儿一下就站定不动了。

这声音活泼如画，秃蛋儿没有兜住自己，比屋子里的人抢了先。

王泉看见秃蛋儿眼睛翻着白，想哭，却是一脸喜相。他是理解秃蛋儿的，只是没有看见秃蛋儿此时满眼都是热泪。真是不能细计较这事，人家就可以随便串门，他和秃蛋儿想这事儿，想也不管用，村子里来来往往的人，没一个人是跟他和秃蛋儿有瓜葛的。活人总要摆点故事，讲点道理吧？为啥总是那些人在摆故事，讲道理呢！

“咔嚓”一声，秃蛋儿一脚把那院子的木栅栏踩断了。迅疾，两个人幽魂般地出现在了红艳的窗户下。

屋子里人喊：“什么人闹事？”是贾政气的声音。

人家居然没有羞耻敢发声儿。

秃蛋儿胆子放了一点，没有顾忌自己的声音跟着说：

“撵狼呢。”

屋里听出是秃蛋儿的声音。“秃蛋儿，滚你妈远去，你还会撵狼！”

两个人拖着套鞋悻悻地离开了红艳的院子。

走到没人的地方旧话重提。王泉说：“我们一起离开哈喽村，不能一辈子就知道和土疙瘩打交道。”

“能的你。我算过卦，一辈子就土里刨食的命。”秃蛋儿说。

“进城去当小工，肯定比种地强，你说种地有啥好处？去年秋天，都说是年成好，一年风调雨顺，庄稼长势弄出丰收的样子来，哪知道，收罢秋，连阴雨下了一个月，眼睁睁，秋粮食烂在屋子里。”

“不想这事。我难过的不是秋粮食烂在屋里。就怕我有一天自己烂在了屋里，跟前没有一个人在。”秃蛋儿说。

“在哈喽村贾政气的手心我们翻不了身。在他们眼里我们就是没用人，专供他们使用。”

“都说显通寺灵验，我没有去打过卦问过事情。熬一黑，不睡了，等天亮入寺问卦去。”

王泉发现槐树下的松枝不见了。

王泉知道母狼叼走了那些松枝，为什么叼走那些松枝他想不出来。但是可以肯定，母狼一定知道了他的心思。看到三只狼崽子盯着他们，似乎还有点想和他们亲近的意思。

秃蛋儿说：“你看，就是狗娃子嘛。”

王泉说：“只有我知道它们身上没有狗性。”

王泉丢下秃蛋儿借着月明往山包上走，不一会儿从山坡上拖下松枝。他把松枝再一次覆盖在狼崽子的四周，这是一件没有多大意义的活计。

秃蛋儿说：“你弄这做啥？”

王泉说：“用尽母狼的体力。”

秃蛋儿觉得王泉蛮有意思的。

松枝围着狼崽子散放着，他们像两个无所事事的小孩，没有想象力，似乎有关生活本质的内容，就应该是这样子的，就需要无目的浪费体力。

之后，两个人躲在暗夜中，等着要发生的事情出现。很凉，山风吹走了他们的无尽遐想，一开始的兴奋渐渐消耗掉了，眼皮子打架，秃蛋儿决定回去睡觉。两个人踢踢踏踏拢着袖往回走。

秃蛋儿觉得有个东西扫了他的裤脚一下。“谁家的狗扫着我裤腿走过了？”

王泉拽住秃蛋儿，照过去手电筒，黑蒙蒙的远处什么都没有。但是，他知道狼又进村了。一定不能让人知道狼又进村了。

王泉拍了一下秃蛋儿的屁股说：“起风了。风把你的眼睛闪了一下，啥都没有，你照见屁了。”

秃蛋儿笑。“难道我放了屁砸了脚后跟？”说完，顾自又笑了两声，夹着裤裆直溜溜往前走了。

夜让两个汉子没有多少趣味，似乎又熬不到天亮，只能回炕上眯个小觉。

王泉睡不着。等着秃蛋儿的呼噜声打得山响时，他借着天光走出屋门。一路小跑到村口的槐树下，一排绿眼睛冒着光直盯过来。风声下的喘气声，狼崽咬着那铁链子，发出牙痒的尖厉声，它们想断开铁链子，它们的行动似乎是母狼教会的，尖厉的牙咬声已经成了习惯。王泉知道祸根起了，他开始不安，头上的毛发奓。

母狼发现了走来的猎人王泉，人的味道，有些咸涩。双方对峙，皮肤开始麻悚悚地紧张。王泉手里无任何武器，五米之外，没有躲避的地方。

村庄里的狗不叫，屏住呼吸也抵挡不住内心的恐惧。母狼的对峙是坚定的，此时，不能躲避，在猎物面前躲避就是接近死亡。猎人王泉下蹲做出马步状，张开嘴用大出平常几倍的声音干吼：“啊噢——啊噢——”

母狼没有回应。

风把他的声音带出去时撕扯得如风口上的干菜丝，干瘪而没有水分。彼此内心都很不宁，却没有解脱不宁的良方。他要生擒母狼的时候来得太早了，准备不足，身上没有防备任何家什。母狼竖起了身上的毛，摆出腾跃的姿势，准备随时扑来，用那锋利的牙齿一口咬断猎人王泉的喉咙。狼崽不再啃咬铁链子，做出与它母亲相同的姿势，毫无疑问，它们是要把猎人王泉当作训练捕食的目标。一切仿佛都在这个时候静止下来，连空气也凝固了，让人窒息得难受。猎人王泉感觉到手心开始出汗，甚至能够清晰地听见在他胸口里不断擂动着的狂烈而急速的“鼓点”声。

母狼迅速地朝后面退了几步，前腿趴下，身体弯成一个弓状。这是母狼在进攻前的最后一个姿势。

母狼长嗥一声，突地腾空而起，向猎人王泉直扑过来。猎人王泉本能地往后退了一下，抡圆臂膀，他想一拳砸下去，铜头铁背麻秆腰，一拳砸在腰上狼就起不来了。没想到狡猾的母狼却是虚晃一招，它安全地落在离猎人王泉两米远的地方。在落地的一瞬间它快速地朝后退了几米，又做出再次进攻的姿势。就在猎人王泉收回拳头准备再一次迎接的间隙，母狼突然飞腾而出，扑向猎人王泉。猎人王泉一个趔趄跌坐在地。母狼撕下了猎人王泉半条袖子。母狼嘴里喷出的热热的腥味已经钻进了猎人王泉的颈窝。

狼崽们模仿母狼开始弹跳，铁链子勒痛了它们的脖子，撕裂的号叫声一下子惊醒了母狼。

起风了，凛冽的寒风将四周的树木吹得沙沙直响，月亮也躲进云层里，空气凝聚得使人害怕！母狼扭过头看了猎人王泉一眼，然后轻轻地放开他，先前还高耸着的狼毛也慢慢地软了下去，那闪着绿光的眼眸居然闪过一丝只有从寺庙里出来的人的眼光中才有的祥和。母狼扑向狼崽，对着它们又闻又舔。母狼没有再次进攻，它和狼崽站在原地久久地看着猎人王泉，转身，很快就消失在幽暗的山林中。

十二

猎人王泉光着一边膀子站在秃蛋儿门前时，耳朵什么都听不见了，只听见屋子里的驴“扑嗒嗒”往出排泄驴粪蛋子。他明白了失去对手时的寂寞，对于一个优秀的猎物，他不够称职。

它还会来，这是一场战争，斗智斗勇，比他想象的要残暴。他要给哈喽村制造出混乱来，只有人世间的混乱与嘈杂才能唤醒四平八稳的人心。

秃蛋儿抬头看着他，不知道发生了什么事情，半条光着的臂膀上有抓痕，有血印子，袖子不见了。猎人王泉呵呵笑了两声，那笑里透出无限蛮力。

“改珍又撕扯你了是不？”

“找件烂衣裳来，起了，入庙问卦去。”

秃蛋儿扔给他一件烂衣裳，衣裳真烂。两个人一起往寺庙走，路过槐树下，松枝裹着那几只狼崽睡得香。村子里的狗们闻见人声时三三两两小碎步跑来。“狗娘养的。”秃蛋儿听得茫然，闲时两个人用这样的语气骂人，骂村子里的各色人等。狗们不管，顾自骚情。

山路上一只公狗无端交媾一只母狗，狗很随便就能捡了便宜。一天到晚沾不到腥味儿的秃蛋儿，动不动自个儿跟自个儿较劲，发脾气，心弱命不强，常对着小队的牲口一顿好骂，面对泼天而下的骂，牲口很是无辜。

秃蛋儿捡起路边一根柴，不说二话，上前照着公狗打下去。

猎人王泉始终没有关心这件事情。和心情配合紧密的是发灰的天空，东边日头出处，好像肿胀的青脓包，日头就藏在里边。当他意识到秃蛋儿在做什么时，他突然觉得这不是一个好兆头。一切又似乎都很正常，他要秃蛋儿停下手中的行为，所有的一切对接下来的问佛打卦都不是好的开端。

显通寺大佛殿极朴实地横卧在前方，天色填满了瓦楞瓦沟，模糊了屋脊上的飞禽走兽。偶尔有几声风铃声从檐角跌落下来，很快就在晨光中挥发干净了，使显通寺更加空阔悠远。走上殿门口的七级台阶，两个活物的心情就开始紧张了，不能自控的紧张。空着的院落，空着的大雄宝殿，里面是极其灰暗的光线，眼睛好一阵子才能适应。泥胎的佛坐在高处，安详而不易察觉的微笑投向人间。红蜡烛亮着，有一些塑料花和塑料水果，看上去和真的一样。秃蛋儿平生第一次走进佛殿，他走近，又退远，向左，向右，佛的笑始终如一。佛为什么笑呢？

猎人王泉跪下去寻找菩萨座下的鸡窝，什么都没有，干干净净了。奇怪奇怪真奇怪。

秃蛋儿和菩萨说：“你笑我什么呢？”

秃蛋儿看见菩萨的一根脚趾已出现了空洞，露出草筋，但是目光一与他微启的双眼相遇，心头还是为之一震。

秃蛋儿和菩萨说：“你吓唬我，绵里藏针吓唬我。”

猎人王泉笑他们。

秃蛋儿和菩萨说：“一副脸，你为什么要给受苦受难的穷苦人一副脸？”

猎人王泉想，凡是一副脸示人的都很让人害怕。也许都值得敬。于是，他双手合十在菩萨前说：“尽管知道你是泥塑木胎，我还是想着你或许能够知觉我心中想要的东西。”

他想要改珍对他的好。

秃蛋儿想要的东西只有性别，没有名字。

这些，菩萨都给不了。

他们俩其实都明白。

一条光柱透过窗棂移到了菩萨的额头上，慢慢溢开，从眉棱而眼睑，一时万千金星攒射。光柱晃到猎人王泉的头发上，他本能地躲闪，他看到无边无涯的鲜红，为金光照彻的鲜红，通明的，眩惑的，不能挡开的，有一股森冷的潜流震颤而来，穿心而过。他没有俘获到敌手，却被敌手俘获了，自以为聪明的他，突然产生了一种不祥的预感。

王泉吓了一跳，他把手脚规矩在一起，也让秃蛋儿把手脚规矩在一起。他不知道菩萨叫什么名字，菩萨就是菩萨的职务。上了香，搓去手心的汗泥，手掌举过头，头顶上有天灵盖，翠喜常说，灵魂从那里出去梦游。匍匐下去，腰伸得长长的，他突然从胳膊肘下闻到了母狼的气味，他觉得这一定是菩萨的暗示。

秃蛋儿歪过脸笑他。这个不舍得下力气的穷苦人居然也笑他。他是一个猎人，高于普通人，可是普通人看不起他，秃蛋儿的笑里也不完全是嘲笑，还掺杂了对他的稀罕。猎人王泉要秃蛋儿默念他想求的事情。秃蛋儿觉得声音小了菩萨不一定能够听见，声音往上扬才能入了菩萨的耳朵。于是，就大声说："你显个灵让我看见你，我就信你，我命苦，你就告诉我，我凭啥就是一个命苦人？"

一只麻雀，短促地翻飞，落在寺庙的窗棂上，歪着脑袋，也静静地不动，黑豆的眼仁分明在动。阳光把麻雀的影子射在菩萨的手指上，麻雀动了，手指也动了。秃蛋儿吓得立马匍匐下去，嘴里念念有词。最后，额头触地重重磕了仨头，也算是把心表了。菩萨并没有告诉秃蛋儿为啥是一个命苦人，但是，秃蛋儿认为菩萨是显灵了。

走出佛殿，由殿堂的前后连通处的门洞穿过，他们看到法显和尚在种一小片菜地。更远处坐着三五个女人，随意说着家常，看她们熟悉的神态和语气，她们一定连带着亲戚。猎人王泉就想和秃蛋儿打赌，赌亲戚关系，输了给秃蛋儿一张狼崽皮，赢了秃蛋儿的牲口给王泉种地当一年劳力。

谁去问话呢？

王泉要秃蛋儿前去问话，解解他日思夜想女人的心焦。

秃蛋儿一边清嗓子一边走近对方。"你们这一家人大清早就进庙烧香啊？"

那边有人回答："嗯哪，问佛求平安呢。"

王泉说："我赢了。"

秃蛋儿觉得猎人赢得太容易了，不公平，想再赌。

王泉不理他走近法显和尚，要过他手里的镢头，几下子就把地刨好了。

王泉问法显和尚："菩萨座下的鸡窝咋不见了呢？"

法显说："阿弥陀佛，狼超度它们去往了极乐世界。"

王泉说："我还有事问师父。"

法显弯腰捡拾地里的小石头。“护住心口上的一盏灯，让巴掌大的光，尽量亮得长些，灯头儿是你的命。”

又有几个女人走进来，她们面容暗淡，对佛的求助总和难以排解的苦痛有关。秃蛋儿还想打赌。

王泉说：“咱是来显通寺问卦，打赌定卦，再赌就不灵验了。”

秃蛋儿一脸不解，并没有问佛打卦呢。王泉告诉秃蛋儿，在寺庙里赌输赢就是问佛打卦，赢了就是上上签。

秃蛋儿一点都不快乐，这么神圣的事，难道输了就是下下签?

显通寺对面山上被绿铺满了，高处的那个坪上，母狼的洞就在那里。猎人王泉瞭望了很久，不由自主地向山上走去，秃蛋儿跟了他走。以为走完一程望不见的路就不走了，但是好像王泉停不下来，继续向前走，听到了风声，听到了风吹得路两边的树叶哗啦哗啦响，有一只鸟在树叶里叫，王泉回了一下头，那只鸟飞走了。王泉坐在了山腰子上，秃蛋儿也坐下，山下的哈喽村和显通寺庙都看得清楚。

秃蛋儿说：“你走过时生灵都害怕你。”

王泉说：“有猎枪时少有生灵能够活着逃生。”

秃蛋儿说：“真好，活人的好就是能看见世上的花花世界。”

似乎刚才的不快已经忘记了。

王泉说：“生来是人，总得活人啊。”

秃蛋儿还有点不好意思地说：“就是，谁叫咱活成了人。”

王泉见对方不好意思就跟了话说：“你欠下我一年的代耕，打赌输了就得兑现。不过，年底我给你买一件夹克。”

两个人互相看着，两张蓬头垢面的脸，要在这世上长年累月厮磨一生呢，都不敢往下想，就一起傻笑。

王泉说："等种罢地我们就一起离开，这样活着没啥意思。假如有朝一日老死了，恐怕让我们生病躺倒的主要不是得了重病，是那些掩鼻而过的熟人。钱是喜上眉梢大事，钱能叫世人鬼推磨。"

秃蛋儿问："你下这功夫，一张狼皮卖多少钱？"

猎人王泉说："涨价了，一张狼皮 90 块。"

秃蛋儿很兴奋："半年的粮食地，行啊，怪不得你一夜一夜不睡消耗狼的体力。"

王泉突然很难过："我老婆改珍不让我上炕睡。我的好体力都被狼消耗了。"

秃蛋儿拍拍王泉的肩膀说："想不到，世上还有比我还难活的人。"

钱自古就坏人良心，世上活人都是来要钱来了，没钱要，人就和你生分。放眼望山下，山峦起伏，如波浪翻滚。王泉直着嗓子唱："走一山又一山山山不断，过一水又一水水水相连。"

荒腔走板的声音漫过去，曲折着山梁上的灌木，鸟扑棱棱飞走了，两个破衣烂衫的人一瘸一拐迈着腿走下了山。

十三

睡饱了觉，就等着夜幕降临。

王泉从秃蛋儿的屋子里走出来时已经是黄昏，天空不再蓝，村子四下里像被一件黑灰色的罩衣罩着，抖也抖不开，人眼睛此时乱了，看见谁都惶惑着。

猎人王泉回家准备夜里的工具，翠喜看见了问他吃饭没有，他说在秃蛋儿屋里吃过了。改珍在屋子里声都没有出。翠喜说地里的庄稼该锄苗了，王泉告诉她就几天光景。

他想进门去看一眼娃，走到堂屋门前停下了，正思忖着，翠喜说："自家的茅厕里的粪都叫你野了。”

这句话让王泉很难过，决定不进家了。翠喜赶忙就着黑拖他的后衣襟，迟了一步没有拽着，人就没入了夜中。

村子里的人忙碌着，总是忙碌着什么。从村街走过，有下地晚回的提着猪食喂猪，女人吆喝着：“嗷辣辣——”“梆梆梆”，木勺子敲着桶沿儿。

王泉和所有人打招呼，可谁都没有觉得那是王泉。

“你是谁呀？”

王泉说：“猎人王泉。”

他喜欢王泉前面加猎人。

有人赶着小队一群羊走过，挤在村街上的羊群收缩般往一起集中。行走的羊大多数勾着头，嘴唇前一下、后一下，舌头和牙齿配合着，咀嚼的动作却没有停止。吃草的声音汇聚在一起，嘶嘶啦啦，像是下雨。刺激人们耳膜的，似乎只有羊吃草的声音。但是，猎人王泉听到了异样的声音从远处走来。像猫爪深入泥土，几乎发不出声音，它的情绪是柔软的，走到老槐树下停止了。

鸟叫声在将晚的天空里释放狂欢，只几分钟，鸟鸣就静止了。淡薄的云层中有月明穿行，树身树叶黑褐，并不茂盛地向空中延伸伸展。

来了。与往日相比来得太早了。猎人王泉的心开始不停地被一种情绪抓挠，紧接着身体也无法松弛下来，他必须阻止它进村，它的杀心已经起了。

“狗娘养的。”

“我不是狗，当然不是狗娘养的。”秃蛋儿牵着牲口路过猎人王泉身边，正好听见了此话。秃蛋儿很应景地说了一句。王泉拽着秃蛋儿快速牵着牲口走回去，把牲口牵进屋子里。王泉要秃蛋儿跟他走。

村口上已经少有进出的人群，他拉着秃蛋儿在很远处停下来。月明惶惑在云朵里，地上有些阴黑，他们躲在暗中，闭住气息。他们听到了母狼在喂它的狼崽，有轻微的吸吮声。很快，被喂饱肚子的狼崽开始撒欢，铁链子拖拽着它们，尖利的牙齿开始行动。母狼把那些松枝叼走，敞亮的泥地上，三条铁链子，蛇一样扭曲着。

母狼开始在地上用爪子刨土，刨开一条深沟，叼起铁链子放在深沟里，然后用爪子扒土覆盖严实。母狼用嘴叼了狼崽撒开蹄跑，腾起来的铁链子从土里蹦起，砰一下，狼崽嗥一声被弹落在地上。砰一下，狼崽嗥一声，接着再重复，砰一下。母狼重复不断地把铁链子埋在土里，叼起狼崽跑，狼崽不断地被弹落在地上。母狼一定是想让铁链子消失，唯一的消失办法就是埋进土里。如几日前在暗影中的舞蹈。母狼疯了一样快速地做同样的动作，月光下偶尔的回头能看到眼睛闪过来的绿光。

秃蛋儿身体上的汗毛竖起来，土尘一抔一抔飞起落下。

母狼突然停顿下来，用长长的舌头舔着狼崽身上的毛，很无奈地看着地上的铁链，突然腾起身伏下去避开狼崽直接啃咬拴在树根上的铁丝，动作有些急迫，牙齿似乎是被咬嚼铁链的力度勒疼了，嘴大张着，舌头黑血一样伸出来。

母狼的离开是一个闪电，甚至来不及出手，一切似乎就安静了。

空气被抽得没有一丝水分，两个人抿紧着一点水分也没有的嘴唇看着暗夜的天空。秃蛋儿把高高吊起来的心放回原处，随即听见周身血液不再凝固后的欢畅奔涌。他坚决要回去，只有看到他的牲口他才会感到安全。他要猎人王泉放走狼崽，这种游戏玩起来提心吊胆，四脚不着地，随时有失命的危险。

猎人王泉笑话秃蛋儿是个脓包。

秃蛋儿走在村街上时看见远处十字路口有一团火，是一个家族为亡灵送魂。秃蛋儿突然觉得四下里到处是亡灵，动物的植物的石头的，这个人世间只有亡灵永远活着，无所不在的，知道和不知道的都充满了这个世界。他很害怕，用打火机点燃了地上一把秃扫帚，一边捡拾着遗落在地上的柴火一边举着火往家走。总觉得身后有亡灵跟着，后脊梁冷飕飕，他不敢回头。甚至想起了白天的下下签。回到院子举着火把看牲口，都在。还是没有消除了怕，干脆在院子里燃了一堆火，火点亮了夜色，消除了他的紧张。

猎人王泉期待着母狼再来。他在暗中窥视着四周，嘴里嚼着一根干草，不时下咽唾沫来缓解口干舌燥。

母狼在山坡上伫立，正如猎人王泉所想，它在决定行动。它低头撕扯着就近的荒草，那些草被折断，连根拔掉，它想让牙齿更锋利一些。它似乎明白了，无论怎样的选择，结局是一样的，痛苦、绝望，不管选择有无意义，都无法注定未来的命运。

母狼站起来，若飓风突起，龙卷骤降。它冲着山下长嗥一声，长长的铺垫，是长长的导火索，毫无畏惧，穿越灌木而下时它是冷静的。

来吧。风送来那声长嗥时猎人王泉就站了起来，迅速咽下碎末样的草屑。他用笑来缓解接踵而来的搏斗，唇齿间满是针刺样的草屑，握牢镰刀，紧盯下山路。

母狼走到槐树下，没有任何停顿和流连，它长长的扫把样的尾巴从狼崽身边扫过，没有任何声音，狼崽就被它咬死了。

猎人王泉突然害怕了。

他听到整个胸膛有几乎破石而下的洪峰声，猩红没过头顶，窒息他的喘息，他看见空中游来一条长蛇，周遭是云雾缠绕，尖利的牙齿，他甚至来不及举起镰刀，他的脖子处就出现了一个豁口。他的灵魂从那里走出去，他开始心安，甚至看见了狼崽的灵魂，众生的灵魂，漫空是新鲜的气味，是生灵的气味。

他看见一群狼在一堆火的外围蜷伏着，秃蛋儿往火堆里加柴火，火光逼退了那些狼群。他想和秃蛋儿说话，不幸的是心口处的灯瞬间熄灭，他看见了黑，举目四极空阔，甚至连四极也没有，只是黑，如巨石压顶。

十四

有时候时间是一场风。生成败灭，风起云涌，在四季里不断发生。有时候时间也仅是一场清明雨。故去了一个人，成长了一位少年。有时候呢，时间就是田埂上的毛豆由青转黄，脚不小心碰了，豆荚儿碰裂了，黄黄的豆儿，簌簌落下了一地。山远处一片绿意，山近处一片青黄。山坡上的谷子差不多该开镰了，田垄下的南瓜掉着花脸儿，一触及地，下地的人将它们放倒在平地上。

果真就开镰了。

秃蛋儿挥舞着镰刀，一捆一捆的谷子系起来，挑到自家院子。改珍坐在地上拿了剪刀剪谷穗，猎人王泉的后代举着胳膊粗的木棒上下起伏敲打着干透的黄豆荚。

秋天的阳光照在旧屋的青砖上，一只鸟鸣，是喜鹊，饥渴似的干叫着。代耕一年成了他永远的承诺，实际上，他很是心甘情愿。

翠喜抱了南瓜穿着套鞋沿着水洼走，脚底板下的泥巴粘得越来越多，鞋子的重量不断增加着。泥巴上有草根、叶屑，它们吃着泥土拽着鞋越来越走不动了。翠喜不小心摔倒了，衣裳的肘部、双膝、胸部，甚至整件衣裳上都粘了泥巴。翠喜一边捡地上的南瓜一边把手掌上的泥巴往衣裳上擦。秃蛋儿挑着谷穗走过，急忙扶起她。

翠喜说："你是我儿猎人王泉？"

秃蛋儿点头认下这个名字。

哈喽村自古有招婿一说，招婿的原因不外有三：一是子女众多，家穷无法养活，有少子人家需要招婿上门；二是父子八字相克、阴阳失和，一辈子家中不安，需要送给他人入赘。

秃蛋儿入赘王姓家族，孤儿，无理由，只是对一个死亡人的承诺。

两情相悦，改珍一生都睡在了他身边。

守望

一

米秋水生下来三个月上被她娘送了人。理由是家里的闺女多，娘想生个男孩，上边两个姐姐，家里没有男孩子，女人在婆家抬不起头，进进出出要看婆家人的脸色行事。

七岁上，米秋水被养她的娘许配了娃娃亲，理由是男方家的姐夫是小队会计。养她的娘，是小学民办教师，农村的民办教师是流动的，在这个村教书就由这个村负责一年的口粮。那时候农村除生产作业之外，体现的是“平均”分配，比如，秋天，粮食下来了，喇叭里就喊上了，要各家都到场上领取自己家的一份粮食。平均分配之后，剩余的一部分粮食作为公粮上缴到指定的粮仓，剩下自备粮，这些自备的粮食里才给教师分配。要是和队里的会计搞好关系，就能多调剂点细粮，无非是豆子啦、麦子啦、红麻籽啦。为了多调剂细粮和人家定亲，客观点说，也是那个年代里不得已的下下策。

十五岁上，娘调离工作，人走茶凉很自然就解除了婚约，那个和米秋水订婚的男孩已经长到二十岁了，身体发育得正是时候，知道自己打小定下的亲吹了，心里不忿，瞅着她放学要路过一片麻田，拽了她说："我要把你办了！"米秋水对一些事情还不懂，不知道他说的话是什么意思。那男孩说："七月十五蒸羊羔馍上坟，上坟回来的羊羔馍都送给你吃了，你吃了羊羔馍，把你吃成人了，吃得你丧良心了。"

农历七月十五是农村人的中元节，人常说："立了秋，挂锄钩。"这时候麦地大都耕过，秋天只等收割，正是农忙中的小农闲季节。为了给祖先汇报一年里农牧业的收成情况，家家都要蒸好多馍来祭祀祖先，中元节蒸的馍多偏重于羊。养羊既省人工，又无种子，而且繁殖得快，"母见母，三年五"，养一只羊，三年可以繁殖成五只。因为羊的利益，家家中元节都蒸羊羔馍，给地下的祖先汇报一年收成。米秋水说："吃了就吃了，吃了吐不出来，以后种了田打了麦加倍还你羊羔馍。"那男孩不说话了，开始脱裤子。米秋水趁他不注意，扭头跑出了麻田。那男孩提了裤撵出了麻田，照着米秋水的后身扔过去一坨麻根，喊着："跑了初一，跑不过十五！"

十九岁，米秋水又定了亲，定的是公社一家铁匠铺的儿子，因为爹喜欢打猎，常到铁匠铺敲打装火药和铁砂的铁皮药罐子，闲说的时候说到兴处，一跺脚，咳嗽一声，一口顽痰吐出去，就把闺女许给了人家。铁匠的儿子后来当了兵，当兵人三年不回家，回家一次，去看米秋水，大早上吃小米饭，瞅着院子里有卖东西的进来，人都出了屋，那当兵的饿虎扑食样地扑过去亲了一下米秋水，弄了她满嘴米粒，恶心得她跑到大门外呕吐了半天。当兵的后来当了志愿兵，觉得长了农民的志气就甩了米秋水。那一年她二十二岁，在农村属于大龄姑娘了。

又扯皮了一段日子，眼看着人往大长，要耽搁米秋水了，小学民办教师的娘到处托了人打听，打听到了暴庄的贺贵喜。贺贵喜家穷，人老实，长得丑，憨胆大。古话说，丑男人是宝。娘说："不能等了，再等下去，前路是黑的，好的吃不上，歪的怕也没得吃了。"米秋水就和暴庄的贺贵喜定了亲。娘就一个闺女，也赶上了好时候，下了狠心把多年的积蓄拿出来要女婿发家致富。贺贵喜果然有头脑，很争气，和亲戚借了一部分开始养猪，不几年猪就卖成钱了。

米秋水三十岁上生了儿子贺小虎，这时候男人养猪赔了。

二

米秋水记得，出事的时候是夏天，突然村上来了一队人，有穿制服的工商、税务、公安，也有不穿制服的，大都是县政府的小官员们，五六十号人，小车、大车有十几辆，还有大卡车拉了生石灰开进来。

那时候的暴庄，因为养猪成了县里的养猪典型大村，村口上因为猪，开了两长溜饭店。饭店不卖主食，专卖猪汤，说白了就是猪下水。县城里的人，包括市里的人一到周末就开了车来这里喝猪汤，这里的猪汤是出了名的。民间曾经流行过一种说法，说这里的猪汤下了大烟套子，那东西有瘾，下到锅里出味道，撩人吃了还想吃。实际上是没有的，吃顺嘴跑顺腿，人都讲一窝蜂。暴庄的猪汤因为集中，家家都想比出好来，就拼了本事往里下料。贺贵喜的猪走得快，猪肉卖到了城市里，猪肚留下来在暴庄做了猪汤。进村一条街道的两边，大铝盆、大铁盆、大塑料盆全都放着粉白的猪五脏，一走近，就能闻见街道两边有两溜怪味出来，是盐水泡出来的猪下水味，也有猪下水放进锅里跟着下了香料冒出来的香气。

米秋水和贺贵喜的养猪场在暴庄的后尾巴上。暴庄东西长五里，是一个长条形的村庄，一条二级路贯穿村中央。由这条路往东，沿干枯的河套走，拐一个大弯往南一溜深沟往下，就走到了河南的林县；从西而来的车大都是从河北邯郸上来拉煤、拉焦炭的，走过暴庄的时候，因为有猪汤引诱，是车总要停下来，尝尝鲜，歇个脚。一来二往，暴庄的猪汤，不仅县市有名，还跨越了省界。

米秋水的养猪场占了自家的地，有一亩大，修了猪棚子，雇了自己家的侄子，买了三轮车跑猪饲料，也算是有了小规模。猪棚子养了五十头公猪、八头母猪、三十头小猪娃，还有几头母猪的肚子里正怀着，妈妈穗拖在地上，哼哼叽叽，懒洋洋等着下猪崽。按当时米秋水的估价，她的猪要卖个好价了，就这样好价卖下去，她就真能成万元户了。偏偏是刮风遇着连阴雨，全国的形势突然不利于养猪了，还来不及细想，所有的猪一下子就不见了踪迹。

在此之前有县上的领导想树立一个典型，暴庄就往上报了贺贵喜，报社的记者写新闻稿子喜欢夸大事实，站在他的猪圈旁估了估价，觉得怎么算也有六千到七千块，觉得以一万来往出宣传，更有力度，那个年代万元户是新贵，出一个万元户更说明农民的生活蓬勃日上。两天后市报头条上了新闻：暴庄屠夫贺贵喜，养猪万元专业户。其实贺贵喜哪有一万元？信用社有贷款，亲戚手里也借的有。拔高了的贺贵喜知道家底是啥样，为了赚钱，他改变往出送毛猪的方式，开始自己杀猪。每天杀一头猪。家中院子里垒了锅灶，灶膛里烧柴和添水的事由米秋水来做。猪被赶回来拴了四蹄，脚踩着猪脖子，一刀下去，猪嗷嗷两声，血从刀口涌到地上的铝盆里，人拿了竹筒插进猪腿吹得猪肚子鼓起来，一锅水往上一浇，人开始下刀了，这时候等着拿猪肉的、拿猪肚的，拿了秤吊了斤两，付钱走人。一天的收入不算太多，但是，也还算稳妥，也还有个盼头。

米秋水记得是前晌饭刚过。

有人看到有车进村了。二级路上过的车多，谁也没有想到要出事情。街道两边洗猪肚的坐了小板凳，趿了木拖鞋，猪肠子披披挂挂提起来，洗的人和隔壁的说：“听说城里闹五号病了。”

隔壁的把洗好的猪肚子挂到自行车把上，抬起屁股端了水往屋后的厕所倒，憋着气不说话。等倒了脏水返出来问："五号病是啥东西？"

提猪肠子的人蹲下往肠子里灌了水又提起来说："烂脚指头。"

马路对面的听见了说："不是人烂，是猪烂，是烂猪蹄。"

提猪肠子的人，像捋皮筋一样把肠子捋下去，肠子里的水挤干净了，同时挤出两坨子肠油来。他弯腰拣出来放到了地上的碗里，扭回头和屋子里的说："出来，端了肠油先把它炼了，别闲了火。"

隔壁的说："那就是说，猪生脚气了？"

对面马路上的回话过来说："那玩意是不是脚气不好说，反正咱没有见过猪烂蹄。"

对面另一个店里走出来的人迎合着说："人吃了，人烂。"

有一个孩子跑过来说："大卡车上有人往咱村口倒石灰，把路封了。"

店铺两边的人听了都稀罕地走出店铺，望着进村路口，望见有人戴了白口罩往这边走。走的人手里拿了半个砖头大的黑机器，一边走一边讲话，跟着的人排了队，统一戴了口罩往两边分散，听得叮当二五，各家的店铺都被关上了，还贴上了封条。有的人想冲上前理论，一边的人早取了电警棍捅上去了，被捅的人屁股发麻，哎呀一声，人就立马得了软骨病，瘫了下去。看的人不闹事了，脸憋了通红，眼睛瞪得和牛卵一样，大想要发作，看着地上叫喊的人就是发作不出来。接着有穿白褂子的、戴口罩的、戴手套的把地上的猪肠子用铁耙子钩到了一起，有专门运送的人，收起猪肠子往暴庄的村后走，像是踩好了点，看的人也跟了往村后走。

有一个人拿了喇叭边走边喊："暴庄村的父老乡亲们：我们——今天——由县委——县政府——组织的——这一班人马——来你们——暴庄——突击行动，希望大家配合这一次行动，认清五号病给人带来的危害，谁阻止这一次行动，后果由他自己来负。各自清点自己的家猪，等于是政府收购，政府按家猪斤两给大家赔偿。我们今天来的主要任务呢，就是，扑灭牲畜五号病，坚决贯彻上边‘预防为主’的方针，采取行政、技术、经济手段相结合的综合性防治措施，搞好防疫、消毒、灭源工作。暴庄是全县养猪大村，五号病全国蔓延，一旦进入我县，你们暴庄首先被危害的不是猪、不是牛、不是驴、不是马，是人！以人为本，人要是没命了，大家自己去想，人真要是没命了连想也没有了，我不是吓唬大家……”

一干人由村干部领着直接走到了贺贵喜的猪棚子。

这期间有散户养猪的，早被来的人把猪赶走了，马路上猪不听人使唤到处乱窜，但是，还是被人强制拉到了猪棚子。贺贵喜不在猪棚子，在家里烧了水杀猪，街上发生的事情他还顾不上听，杀猪不像杀羊，羊不叫，猪叫，这个要杀的猪比往日叫得狠，拴了四蹄，还扭动着想站起来跑，嘴张了有半尺大，贺贵喜是反转掉转摁不住它的脖子。贺贵喜嘴里叫喊着：“我日他妈妈,还日怪了，我就不信我搞不死你！”

米秋水看着觉得猪可怜了，抬了屁股进家舀了一马瓢猪食出来，要猪临走吃两口。猪看了看，歪着嘴，把舌头伸出来撩了一下马瓢里的食，当空儿，贺贵喜一脚就把猪脑袋踩歪了，紧接着杀猪刀捅了进去，往出拔刀的时候喊了一声，要米秋水取过铝盆来，他要放血了。

他不知道有人要来放他的血了。

暴庄的小村干部们走进来说：“贺贵喜，县里的王副县长带着人下来严查五号病了，你私自屠杀，没有检验合格证，按道理应该罚没你，但是，县里还是考虑到你的状况要适当赔偿，但是，你也要明白你的猪必须销毁。”

贺贵喜抬了一下头，看到所有进了他院了里的人都戴了口罩，有些稀罕他们大热天戴口罩，笑了一下，说：“等我煺了猪毛，很快的，三下五除二，你让领导等等，我好领他们去看我猪棚子的规模。不过我正想找领导呢，看能不能帮助我到信用社贷三五千的，先不说五号病，我想把猪事业干大！”

有人走过来，很远地看着他，他手里举着杀猪刀也看着对方，那个看着的人说：“你把手里的刀放下。”

贺贵喜看着对方说：“你做不了这营生，这是粗人干的，你站到一边看去。”

那个人马上就认真了，说：“你放下，你不放下，我就动警棍了。”

贺贵喜说：“你动警棍了我也不放下，我的猪还没有吹起来肚，等我吹起来浇了水，看罢煺毛的手艺，我的杀猪刀才要亮相呢。”

那个人看了王副县长一眼，王副县长点了一点头，那人举了警棍要瞅机会过去，米秋水拿了吹猪的竹气筒过来，很轻松地接过贺贵喜手里的杀猪刀放在了地上，那人使了一个眼色，有两个人扑过去把贺贵喜摁在了地上，和猪一样，贺贵喜喊着说：“我操你妈妈们，我还以为是来看我猪棚子的规模，想让我登报呢，结果是来放我的血！我操你妈妈们，我是养猪万元户，我上过报纸！”

二百多头猪被赶到了贺贵喜的猪棚子，猪身上浇了汽油，王副县长点了火把扔进去，火苗蹿起来，猪们开始叫了，扯着嗓子叫，猪互相叫着往墙上撞，一团一团的火苗。不到一个小时，猪棚子里的猪剩下了一堆黑乎乎的肉，推土机过来，轰了两下，一个土包起来了。看的人受了刺激，同时也受了伤害，有几个后生不服气想和来的人干仗，贺贵喜的叫骂声远远传过来，早有卡车把整个村庄铺满了生石灰，王副县长才开始要来的人把暴庄村的人召集到戏台院，说是要给村民一个合法、合理、合情的解释，并当下给暴庄村养猪户现场发放补贴。

王副县长站在暴庄村的戏台上拿了喇叭，对着咳嗽了几下，想知道它出不出音，结果话筒里的咳嗽声越过暴庄村人的脑袋浪了过去，有人就跳起来喊：“咳嗽啥呢，是不是想让暴庄人放你的血！”喊的人就被带走了，人群骚动了一阵子。王副县长开始很严肃地喊话了：

“五号病是猪、牛、羊等偶蹄动物烂嘴、烂脚的病，文件上明确写着‘口蹄疫’,它在危害牲畜的同时也危害人的健康。暴庄村,是养猪大村,扑灭五号病、口蹄疫，是我县当下要抓的大事，我们会给大家适当的补贴，会后我们有专门统计人员和大家核对进行补偿。总之我希望暴庄的父老乡亲积极配合县委县政府的工作，把这次工作做好。”

王副县长觉得还应该给老百姓讲清楚怎样来预防和应对五号病，就把话筒递给了畜牧局的人，要他来讲。那人接了话筒清了清嗓子说：“当然，五号病也是可以预防的，大家可以买一些来苏水，也可以给饲料里拌一些土霉素，如果出现了疫情，大家也不要惊慌，买一些青霉素软膏和木焦油凡士林抹，还是能治愈的……”

戏台上的喇叭传出的震荡的声浪渐渐成了热闹的炸药，台下的人开始涌动了，一个个脸上倏然扩展开了刚才的那种恼怒，听得有的人喊了一句：“日你妈妈的，能用来苏水和土霉素解决了的问题，为什么要把猪烧了？”人群就大动了，有人跳上了戏台想抓住王副县长，哪里能走近了，上去的人都被警棍点得从戏台上滚了下来，暴庄整个戏台院煮成了一锅饺子，后来平息了，还抓了几个人。

从此，暴庄的猪汤就绝了。

男人赔了钱，欠了债，心气不好，决定领着她娘俩到城市里躲债，打拼过日子，看看有什么稀罕的活计想东山再起。男人买了一辆三轮车，蹬三轮车送人，出苦力。一晃过了三年。也就是贺小虎五岁那一年的秋天，米秋水一早出门倒尿盆的时候看见街对面的灰渣堆上围了很多人，有婴儿啼哭声传过来，她走过去看是一个刚生下不久的女婴，放在一个纸盒子里，仔细看，嘴上有一道豁口。有人抱起来看，看了又放下了。女婴哭得嘴上起了泡，天凉皮肤都变成青紫色了，看的人还是没有抱走她。想到自己的身世，米秋水把她抱回了家。男人不要，要她抱走，在哪里取了还放到哪里。米秋水不干，说："不是猪是人，抱回来了就抱回来了，抱回来的猪，有人领，抱回来的闺女，是人家嫌弃了才扔掉了，没人来认！你贺贵喜不养我养，要不咱就离婚！"男人没办法，由着她的性子走，闺女就住了下来。

男人蹬三轮车赚的钱养活不了一家四口人，而米秋水还想给闺女趁小做了嘴上的豁口，男人就骂骂咧咧骂米秋水，骂急了米秋水回顶他一句，男人就探过身来打她一下，米秋水还犟嘴，男人就正经八百卷了袖管开始抽米秋水耳光。米秋水人长得白，不经抽，脸上常常挂了黑青。米秋水却不记恨男人，觉得男人想动手，是家里负担重，是心累！

米秋水想，我不能让我男人一个人劳心。

三

米秋水租住地马路对过胡同口有卖菜的，每天的午饭前和晚饭前还是很热闹的，上下班的人群走过去总要停下来，看看有没有自己需要的。这时候米秋水会站着看，她等拥挤的人走开了，才过去买菜，不能很早，总是等买菜的人走了，她才买剩下的分了堆的、不太好的菜。卖菜的喊："收摊了，不称斤两，估堆了啊，一块钱一堆，想要的来拿了！"米秋水快速地抱了闺女走过去，掏出一块两块收拾回来。有时候，卖菜的觉得她收留被别人扔下的孩子，也可怜她，就多给她一些。她就想自己也得做点事情了，不能老受人接济，时间长了要被人笑话。古话说，笑贫不笑娼。也想着自己去菜市场批发些菜来卖。

和贺贵喜商量，贺贵喜说："都是你弄的那个货，想卖菜，哪个给你看她？抱了孩子怕是秤都提不起来，把你卖了也赚不来钱。"

米秋水就给贺贵喜端洗脚水，给贺贵喜捶腿。做这些的时候要儿子贺小虎看着妹妹。米秋水教闺女叫贺贵喜“爸爸”，闺女就学叫“爸爸”。虽然吐字不清楚，但是，迎合着的那个口形是喊爸爸，有时候还不停地叫，看着贺贵喜“爸爸爸爸爸”地叫。贺贵喜弄得一头雾水，回到家也抱抱闺女，就想着该给孩子起个名字，都快一岁了。叫什么好呢？米秋水想起当初抱着她回来的时候，身上的皮肤是青紫的，在她的怀窝里吸着她的奶穗，暖了半天才缓过来，小身子才泛了红。

米秋水说：“我想给她起个名字叫米小青。”

贺贵喜想了想说：“再怎么说，她也是叫我爸，我能让她叫了米小青？叫贺小青吧。”

米秋水就让贺小青叫“爸爸”。

贺小青拍着小手叫：“爸爸爸爸。”

贺贵喜翻身转过来抱起贺小青说：“我的豁嘴闺女哎，我的亲疙瘩蛋蛋闺女哎。”

米秋水就趁机又把自己想卖菜的想法提了出来，想得到贺贵喜的同意。贺贵喜就说：“想卖啥就卖啥吧，等有了钱给我的闺女把那小嘴嘴缝上，我的闺女将来嫁了大款，咱还用蹬他妈妈的三轮车？坐四个轮子车，回咱暴庄去显摆显摆，我贺贵喜也算是衣锦回了一趟乡。”

米秋水就拽过男人的脚来捏，捏得贺贵喜头歪在床上，开头还笑着，想着，后来就觉得真坐上四轮车了，迷迷糊糊睡过去，嘴咧开打着呼噜，长一声短一声，打到酣畅处，还绕了一个弯子，像戏台上的演员，“嗯嗯嗯”地来了一串长调。

米秋水领着儿子贺小虎、抱着闺女贺小青在马路对过支了一个摊位，一大早贺贵喜帮她进回来菜，她整理出来，把葱白洗干净，把萝卜洗干净，把菜把一把摆好，等了人来买。一天卖下来，算了账，发现没有赚钱，只赚了剩下的几根菜，还搭了工夫。她疑惑地问贺贵喜，怎么就赚不了钱呢？人家买菜的看着咱的菜干净，也都过来买了，怎么就没有赚钱呢？

贺贵喜说：“你不会在秤上鼓捣，卖菜的不在秤上鼓捣能赚钱？你好好看看人家怎么卖，好好看看多长个记性。”

第二天，米秋水就看人家的秤，看不出毛病来，旁边一个年岁大一点卖菜的就看米秋水，看米秋水细白的皮肤。米秋水看人家的秤提起来，秤砣子快速往下坠，她嘴里就自言自语说：“日怪了。”旁边年岁大一些的男人就招手说：“你过来。”

米秋水过去，俯下身来，年岁大一些的男人就把嘴贴在她的耳朵上说：“那秤砣底上铆了吸铁石，一斤要差到二两。”说完话后，一只手在米秋水的屁股上摸了一把，还翻了一下小眼睛说：“你屁股肯定比脸蛋还要白。”

米秋水浑身的麻星子就被摸出来了，想这个人，看着年岁大了，长着个实诚的样子，怎么就摸了她的屁股？以前看他还想着尊重他来着，现在看他眉眉眼眼，都长得流里流气。不看他了，卖自己的菜，不赚钱就不赚钱，赚个良心正也行。

半年以后，米秋水决定不卖菜了，但是，一直下不了决心。她和贺贵喜说：“卖菜卖到猴年马月才能赚了钱不说，每天工商、税务、卫生还来要钱，小本生意做不大，倒做得心惊肉跳的。”

贺贵喜说：“你以为生意好做？我每天蹬三轮车，不敢过岗楼，怕交警查；溜墙根走，怕人家说妨碍交通。昨个本来赚大钱了，被人家查住，罚了款，差一点把三轮车也扣了。日他妈妈，还想着东山再起，往哪里起？”

米秋水拣了几根青豆角给贺贵喜做了一碗揪片汤，端上来的时候发现贺贵喜的头上长出了白头发，放下碗伸手翻了翻，发现不是一根，是很多，瞅着一根揪了下来。贺贵喜“哎哟喂”叫了一声。“揪它干什么？这日子过得没有办法，他妈妈的能不长白头发？”

米秋水心酸了，眼里的泪打着滚流了下来，背转身说：“咱儿也该上学前班了，人不能和人比，但孩子上学的事，人家五岁上，咱就得五岁上，不能耽搁了。”

贺贵喜往嘴里送了两口饭，看了一眼儿子贺小虎，儿子坐在凳子上，碗里荷包了一个鸡蛋，不舍得一口吃下去，咬一下把它藏到碗底。看着看着，贺贵喜伸了筷子夹了自己碗里的给了儿子。贺小青端了塑料碗自己抓了吃。米秋水说：“等儿子上了学前班，我就把闺女送给我妈照看，我想做一件赚钱的事。”

贺贵喜说：“你觉得什么是赚钱的事？”

米秋水一下想不起来什么是赚钱的事，下了力气不赚钱的事多了，自己卖菜是下了力气想赚的，却赚不了。想不出什么更赚钱，就不说话了，看着门外，门外什么也没有，红红的阳光，照着几只绿肚子苍蝇，来来回回舞舞绕绕飞。

米秋水把菜摊子摆起来，还没有到晚上下班的时候，她怕阳光把菜晒蔫了，菜摊上还搭了一块塑料布。贺小青在她的怀中睡了，陆陆续续出来摆摊的人都支起了摊位。有人说：“米秋水，你干什么老洗菜上的泥，泥多了长斤两，你发憨了。”

米秋水说：“洗了干净，看的人想买。我不发憨。”

有人过来买菜了，互相都顾不上说话，各自打理自己的摊位。米秋水看到一个穿制服的人过来，要每个摊位交钱，有几个摊位和穿制服的很熟，人家打着哈哈，不见收钱，直接走到了米秋水的摊位前。米秋水说：“上午才收了，又收？”

那人说：“上午给城市增加垃圾，下午当然也给城市增加垃圾，拿零钱来，我没有那小票票找你。”

米秋水说：“那为什么都没有交，偏要收我的？”

那人说：“敢和大爸爸还嘴？”

米秋水说："你的嘴别不干净，论年龄不见得比我大，你大爸爸给谁听？反正都不交我也不交！"

那个人不说二话了，抬了抬胳臂把米秋水的摊位掀了，掀了摊位还接了旁边一个人递过来的烟，看着地上的菜说："看你哪头值得。"有人伸过来打火机给他点上，他深吸了一口，朝天吐了几个圈圈隔过米秋水和旁边的一个卖鸡蛋的要钱。卖鸡蛋的说："我是刚才过来卖，还没有卖回来钱，等卖了蛋给你。"

那人说："没有钱有蛋，你是死脑筋。"

卖鸡蛋的还就是死脑筋，不说话，也不往出掏钱。

挨着卖东西的人里，有人想帮一下卖鸡蛋的，就从她的篮子里往出拣鸡蛋，一边拣一边说："给他鸡蛋一样的。"

卖鸡蛋的不想给鸡蛋，她的蛋是土鸡蛋，市场上卖七块，他收三块卫生费，不划算，她口袋里是真没有钱。一把抓了拣鸡蛋人的手说："他没有理由要我的鸡蛋，要蛋就称了看，多了给我，不够了加蛋。"

那个人被弄得没有意思了，把嘴上叼着的烟照着前方扔过去，提起她的篮子来，问她："交不交钱？"

卖鸡蛋的说："等卖了蛋交钱。"

那个人松了手，篮子掉在了地上，篮子缝隙处就有蛋白蛋黄流出来。卖鸡蛋的女人一下子被吓傻了，想着糟蹋了的蛋不知道该怎么收拾，急忙脱下外衣来兜住篮底。她还真没有想到有这么无赖的人，不知道该说什么，抬头含怒看着对方，就这么看着对方。那人扭转身哼着小调走了，她盯着他的后脊梁看。有人说："倒好，让你给他拣一斤鸡蛋，你不给，你给了他，他下次就不收你的卫生费了。乡下人来了城市，一点也不懂得拉关系。"

卖鸡蛋的女人坐在地上开始哭，边哭边数落："都说是城市里的地痞多，怎么就没有想到公家人里也有地痞？光天化日下就这么无赖！我找谁说句公道话啊，天底下人的良心坏了啊，连公家人也坏了良心啊！”

米秋水也跟着哭，她的菜被掀翻了捡起来还是菜，那鸡蛋摔烂了，捡起来啥都不是了。看着鸡蛋在衣裳兜着的篮子里，衣裳慢慢也被渗透了。有几个下班的人走过来停下车拣了她篮面上的好蛋买走了，她把剩下的蛋给了米秋水。米秋水说：“我好歹给你俩钱，补不住窟窿，弥个眼吧。”

这件事情发生后，米秋水下了狠心不卖菜了，卖菜不赚钱搭时间还受人的气。人一辈子不是哪样作物都能弄好，有一两样事情能做好就算不错了，天生百物就是给人备饭碗的。不卖菜了，我再想其他事情做，就不信没有自己做的事情。做事情不会拉关系，会拉关系才是顶顶重要的啊。

她开始跑学校，秋季一到孩子就该上学了，耽搁了啥也不能耽搁孩子上学前班，等孩子上了学前班一切再打算。

四

贺小虎就近上了学前班，学校要择校费，因为不是本地人，收费标准和本地的不一样，比城市里其他街道的要高。她报名的时候求老师少交点钱，哪怕和城市其他街道的一样也行，老师看都不看她说：“不交择校费孩子就不要上学了，在农村待得好好的跑到城里来，上不起学别养，就你们农村人，一养一大串，躲到城市里来生孩子，还不想交择校费。”

哪能不让孩子上学，回家取了钱还是交给学校了。

米秋水觉得贺小虎上了学，自己还得做事，不做事哪里能养得了孩子，他们是越大越花钱，还是得想想看看该做什么。

米秋水提了换洗的衣裳去澡堂子里洗澡。南关就这么一个澡堂子，南关因为在城市的南边，有一座新华娱乐城，澡堂就在新华娱乐城的隔壁。午后，天阴得重，起风了，风不是朝着一个方向刮，是把地上的垃圾都掀了起来朝上刮。报纸、塑料袋子什么的也闹起来，发出哗——哗——的声音，周围飘浮着灰尘，空气里的灰尘堵得人出不上气来。她抱着闺女跑进澡堂子，售票的看见她说："天要刮死了。"

米秋水她怕闺女的嘴不严实刮进不干净的东西来。放下贺小青把手里捏着的钱递过去说："天真要刮死了，刮得人耳朵眼里都藏进了黑灰。"

澡堂子里白雾弥漫，热气腾得屋顶上往下滴水，湿漉漉中晃着白雾样的人影。米秋水先给贺小青洗，洗干净了给自己洗，想找一个人和自己互相搓搓背，看了看都不是乡下人，自己又不舍得花钱让搓澡的人来搓。有一个新华娱乐城的小姐看着地上塑料盆里坐着玩水的贺小青，看了很久和米秋水说："大姐，我给你搓背吧。"

米秋水有点受了宠似的说："我先给你搓。"

小姐说："我搓好了。"

米秋水傻憨地笑着说："你搓了，咋好给我搓，你手嫩经不起我脊背上的厚肉，还是不要搓了。"

这时候地上的贺小青拍打着水盆里的水，水溅湿了眼睛，小手揉着眼大声哭起来。米秋水抱起来要她含了自己的奶穗，孩子含着奶穗拽了很长，拽得米秋水龇牙咧嘴叫道："你要拽得妈死啊，你要再拽妈就打你了！"

小姐说："你给她吃，她为啥还拽你？"

米秋水说："她呀，是嫌我没有妈妈汤。"

小姐抱过贺小青放到水盆里，扔进了自己的香皂盒要她玩，贺小青不哭了，坐在那里玩上了。

小姐说："我给你搓，掉转过来吧。"

不由米秋水拒绝，小姐拿了澡巾擦干净她背上的水珠，开始搓了。小姐问：

“你的闺女？”

米秋水说：“我的闺女。”

小姐说：“你的闺女，你没有奶水？”

米秋水说：“我抱来的，从马路上抱来的，生她的人坏了良心狠下心扔了她。”

小姐搓背的手停顿了一下说：“我不是一个好人。”

米秋水说：“谁说不是好人？我看你是好人，这社会上都是好人，是事赶得一些人做不成好人了。”

小姐搓了背又要她掉过来，给她搓前面，她有点难为情地说：“不敢要你搓了，你和我啥也不是，咋好前前后后来搓我，我自己搓，谢谢你啊。”

小姐不说话了，给她搓了上身搓下身，搓完后把澡巾递给她，冲着水龙头洗了手，提着自己的家什不看她走到外间去。

米秋水有些莫名其妙，生打生人家给自己搓澡，人家那手是捏巴男人的手，哪里是捏咱的。赶快冲洗了一下抱了贺小青往出走，想看清楚小姐长什么样子，要是人家不嫌弃，穿了衣服叫人家回对面自己的家里喝口水。走出去看到小姐的后身，看见像穿了裤衩，却怎么不见包了屁股？稀罕得冲着人家的脊背喊了一声：“哎，你穿的那是啥东西？”

小姐回过头笑了笑说：“丁字裤。”

米秋水不好意思了，想着三尺花布对折剪两个大花裤衩，穿着宽松舒服，小姐穿那，一根线勒得一定不舒服，不舒服就容易得妇科病，就说：“我回去三尺花布给你剪两个裤衩，穿就要穿棉布的。”

小姐已经穿好了衣裳，手里捏着一百元票子放到了贺小青手里，说：“孩子可怜，给她买零食。”

米秋水眼睛瞪了好大，说：“你给钱，你咋的了要给钱？洗澡咋就遇见财神了呢？不敢要你的钱，你一天辛苦才赚几个钱？”

想要从贺小青手里拽出来还给人家，看到人家已经出了门，追到门口发现自己还没有穿衣裳，只好停下来，有些不解地看着手里的钱。搓澡的中年妇女看着她说：“她怎么看走眼了要给你钱？”

米秋水说：“我哪里清楚？小姐里也有好小姐。”

搓澡的说：“要就要了，她一天赚得多，不稀罕一张票子。”

米秋水说：“她一天能赚多少？”

搓澡的说：“还不赚四五百，卖屁股赚钱，不然她穿那样的裤衩！”

米秋水想，人家也是出来赚钱，自己也是出来赚钱，人家赚那样多，自己赚不来钱还遭人骂，人和人真是不能比。人家赚了是人家的本事，人家送钱不留名，世上还是好人多，善人多。

米秋水不知道她养的贺小青就是人家的闺女，人家知道是谁的闺女，但是，那个谁不认账，人家就把豁嘴闺女放大街上了。

米秋水下午去接贺小虎，在学校门口听见有一个耳熟的声音传过来：“说好了四块，怎么才给了三块？”

“只有三块零钱了，少一块就少一块嘛，这么计较！”

“那怎么行？就是整钱我也能找得开。”

“一个蹬三轮的，你够烦人了，一块钱是你的命？”

米秋水抱了贺小青拉了贺小虎，看见了用两个夹子夹着裤腿的贺贵喜，夹着裤腿是图蹬车的时候蹬得利索。贺贵喜看着坐车的人不出那一块钱走了，同时也看见了她们娘仨，推着三轮车过来说：“上车，我送你们。”

米秋水说：“不拉客人了？”

贺贵喜说：“他妈妈的，越有钱了越抠屁眼！”

米秋水还没有坐过贺贵喜的三轮车，想坐坐，又觉得吧，要靠三轮车养家赚钱，想了想还是不坐了。说：“不远，我们走着回，省下力气赚钱。”

贺贵喜说：“瞧你吧，让你当一回太太你不当，天生的丫鬟命。上吧！”

贺小虎先爬了上去坐好，叫喊着要米秋水也上，米秋水抱着贺小青握着贺贵喜的手也上去了。坐好后贺贵喜说：“开蹬了？”

米秋水看贺小虎坐稳当了，说：“开蹬吧。”

贺贵喜在人群中钻着人旮旯扭来扭去往前走，走过学校门口，人少了，车也蹬得稳当了，米秋水提着的心放了下来，看两边种植的树。当年他们来的时候，这里还是土路，如今被瓦白的水泥覆盖了。斜斜的阳光从密叶间泻下，栖在道旁的草地上像金黄透亮的花蝴蝶，路边上有黄泥墙的房子，外墙脱落，房瓦凹陷，窗框破落，门板朽化。米秋水记得，刚来的时候就住在这里，现在这里要拆了，墙上红圈圈里写了一个“拆”字。城市的变化就是快，不像暴庄，听来城里看她的娘说，暴庄不如当初卖猪汤时候热闹了，高速路修通了，不通暴庄，二级路长年不修都塌落了，倒是路两边的饭店还开着，不卖猪汤了，饭店里养了小姐，拉客。也有人发财了，隔三岔五公安上来抓一回，小姐被抓了还笑。人不如以前的人了，脸皮都变厚了。

米秋水看到路边有一块麻田，觉得不是回家的路，问贺贵喜是走哪里了。

贺贵喜说：“拉你们到南关口看看，你一直说没有见过高速公路，我拉你们看看什么叫高速公路。”

看到麻田米秋水就想起了小时候麻田里的事，那个和自己从小定娃娃亲后来长成大后生的人。有一次见到米秋水，米秋水想和他说话，他还假装看不见，米秋水再见了他也不和他说话了，觉得一个男人活得这么小气。扭回头看麻田，有些青黄，远远地坐着一个人，支着什么东西画，米秋水想，夏麻早收了，秋麻在大秋前头割，也该割了。夏麻不长麻籽，秋麻长麻籽，火上炒了吃，吃得唇齿留香。

不能再走近，怕交警查三轮车，下了车远远看了高速公路是什么样子，一时没有看好，贺小虎早跑到麻田边上那个人那里去，米秋水把闺女递给贺贵喜，自己跑下坡叫贺小虎上来。贺小虎看什么看得正带劲呢，哪里能听见米秋水喊他。米秋水走近了看，看到画板上画了一个孤悬在大树杈上的鸟巢，有一块麻田，浓绿间夹杂着干黄。米秋水看了看远处，哪里有大树杈，凭空想着画上去的，怪像呢。那个画画的抬起头看着他们母子俩说："听见鸟叫了没有？"

母子俩大眼瞪小眼闭了气听，周遭的风刮得麻田闪带着金光的叶片前波漫过，后波涌来，有汽车喇叭声传来，却怎么也听不来鸟叫声。贺小虎说："听不见，妈，是吧？听不见。"

米秋水笑着看着那人俯身作画，看到又一根麻秆立在了上面，这一根麻秆从中间断了下来，那人几笔就画了一个鸟上去。米秋水看着说："这样的鸟我还真没有见过，脖子上围了一圈血红的毛，像是戴上了脖串，就是乡下的山里怕也缺了，你说这鸟都飞往哪里了？怕是都飞进你的画里了。"

画画的抬起头来看着米秋水笑了，说："在乡下还能看到麻田吗？"

米秋水想了想，觉得在乡下看不到麻田了，小时候麻在河里沤熟了，娘用麻绳纳鞋底，一边教学，一边做鞋，娘说："穿布鞋不生脚气。"现在的人都穿皮鞋，哪里是皮鞋，自己脚上穿的就是纸皮鞋，人日哄人，连绳子都不用麻来做，都成了塑料的了，猪都烂蹄了。米秋水说："就是不见麻了。"

公路上的贺贵喜朝着这边喊："怎么就都不上来了，下边卖蜜糖呢？"

米秋水拉了贺小虎和画画的道了别朝公路上喊："比卖蜜糖还黏脚呢。"

看着坡底画画的人，他们又上了三轮车往回走。贺小虎说："妈，我长大了，不和爸一样蹬三轮车，要当画家。"米秋水说："我的儿志气大！"

走过新华娱乐城门口，贺贵喜突然笑了两声。米秋水说："大白天傻笑甚呢？”

贺贵喜又笑了两声，这一次笑得头都抬不起来了，人走过去了还笑。

米秋水说：“你是咋了？闻了鸽子屁了，笑成这样子。什么事情让你好笑了？”

贺贵喜说：“我今儿听了一副对联，说穷山沟里的人在外打工，娶不上媳妇娶了个小姐回来了，想找一个有文化的人写个喜联，文化人想了想就写了。”

米秋水说：“咋写了，要笑成这样子？”

贺贵喜说：“右半门写了，‘扳指头数天气等到今日’。”

米秋水说：“左半门呢？”

贺贵喜说：“从决定到结婚真不容易。”

米秋水说：“那有什么好笑的？”

贺贵喜说：“最主要的是门头上的，因为是结婚夜里嘛，人家文化人就写了：美死我了。后来那男人果然就被小姐艾滋死了。走到这里就想起来了，这地方的女人都有病，一般人还真要不起。”

贺贵喜笑得喘不上气来，米秋水觉得一点也不好笑，想到那个给自己钱的小姐，就觉得小姐也是人，是那个文化人嘴里长毒牙了。下了车和贺贵喜说：“赚钱去吧，当爸的不像爸样，流里流气，小姐长小姐短把孩子都要教坏了。”拉了贺小虎、抱了贺小青过了马路，不理身后的贺贵喜。

有人要坐三轮车，贺贵喜让那人坐上去说：“坐好啦，开蹬咧！”

回过头看了一眼米秋水，失笑了一下，风就送着他一溜下坡不见影了。

五

米秋水一早出门想到早市给贺贵喜买一双球鞋，蹬三轮车费鞋费裤口。出门碰见了也去早市的邻居金平平。

金平平看见了米秋水，欢喜地叫了一声："哎呀呀，怎么不见你卖菜了，米秋水？"

米秋水说："不卖了，不赚钱，儿子上学，该做饭了却在街上摆着摊子，两头顾不全。我不会在秤上要鬼，所以也不赚钱。"

金平平说："那就和我一起卖手套吧。"

米秋水说："卖手套？在哪儿卖？"

金平平说："晚上，路灯下。白天买了毛线织出来，晚上卖，天眼看就凉了，一两线一双手套，买腈纶线，手背上织出花花来，一两线两块钱，弄好了一双手套卖十块。"

米秋水眼睛亮了一下。"是真的？"

金平平大眼睛眨了眨说："是真的，我哄你做啥呢！"又告诉米秋水到早市上买个包，看着是包，展开是个摊位，有人来查提起来就跑，里边呢都是别针别着手套，方便站起身快跑。米秋水想不起来那是一种什么样的包。金平平说："走，我也去早市，你定下了和我一起卖手套，就买线织，一路上想好了，没定下就不要买了。"

两个人去了早市，还真看见了那种包，米秋水掏钱买了，还在金平平的指导下买了二斤杂色毛线，又买了四根四号毛衣棒针，一起相跟着回了家。半路上想起没有给贺贵喜买球鞋，看着手上提着的毛线，想着没有买鞋就算了。有些兴奋，开始顾不得收拾屋子就织开了，织到天黑织了两双手套，怎么好只拿两双出去卖？晚上加了班又织了一双，第二天到天黑织了两双，觉得够一晚上了，要是晚上出去都能卖了，也赚几十块钱呢。

米秋水和金平平相跟着往市中心的路灯下走，走到那里的时候发现有很多人都在卖东西，有卖钥匙扣和钱夹子的，也有卖袜子和鞋垫的，还有卖布娃娃和孩子们玩的泡泡球的。正路灯下人占满了，她们俩各自找了不同地方，金平平说："咱俩不能在一起，因为卖的货一样，必须分开来。"

一个钟头后有人出八块钱买了米秋水一双手套，之后就没有人了。天还不是太凉，有人还穿着裙子。路灯黄黄的，米秋水觉得身后暗影里有很多人围着一个卖光盘的讨价还价。米秋水想，看人家，不在灯影下卖，在黑暗中，要的人还那样多，不知道人家卖的是什么光盘。站起来过去看了一眼，心马上就跳了起来，脸马上就烫了起来，有人问她手套卖什么价都不会说了，人家给她扔了十块钱拿了一双走了。

那光盘上的女人不要脸，啥东西都没有穿。

暗影中有一个人走过来，走过来的人看见了米秋水凑近了看卖光盘的，心里想着这女人胆子大呢，就走近了米秋水，蹲下来靠着米秋水说："卖手套呢？"

米秋水看了对方一眼，年岁不大，和自己差不了几岁，说不定还比自己要小。

那男人说："也是农村出来打工的吧？"

米秋水说："谁说不是。"

那男人说："俺也是，那边，建筑队的。"

米秋水听他说话像河南人，就问："林县的？"

那男人说："是，林县的。"

米秋水不说话了，有人过来买手套，开始搞价了，从十块，两毛、两毛往下压，压到八块的时候，米秋水再也不往下落价了。买手套的站起来要走，米秋水说："我给你再压两毛，七块八。"

买手套的掏出七块五毛钱扔下说："就这了，一双手套没多大意思，两毛两毛和我搞价，不就一双手套嘛。"

林县男人翻了一下眼睛说："不在乎两毛钱，扔十块出来就是了，省得找零。”等那人走了，他说：“好辛苦的是不是？俺叫张相征。认识一下。”

米秋水说：“米秋水。暴庄出来的。”

张相征说：“想不想做大生意？”

米秋水说：“一个女人做得了什么大生意，捎带顾家赚俩就可以了。”

张相征说：“俺看你站起来看那光盘了，俺让你看看。”说完从怀中掏出来要米秋水看。

米秋水说：“快拿开！”

米秋水不想理张相征了，觉得这个人不正经，来了城市里不好好赚钱，赚了钱买那，那东西不顶吃不顶喝。想着自己真不该站起来去看，倒叫人疑心自己不是正经女人。半天两个人都不说话，米秋水看街面上的行人，想着做苦力的还不如小姐心肠好，她以前对小姐印象不好，用身体掏人家做体力活的腰包，可是，自从那次洗澡后，她觉得小姐的心也是肉长的，还知道心疼她的豁嘴闺女。这个人呢，赚了钱不知道顾家，还想着自己美。

张相征低下头叹了口气说：“你是不是把俺想得很坏？”

米秋水心里说：“你自己都知道坏了，还要我说。”

张相征说：“真是的，你不是一个男人，你要是男人你就知道男人想那事情比饿了肚子找吃食还可怕，不然大街上咋开歌厅养小姐，不养男人呢？要养，俺准报名。”

米秋水还是不理他，觉得说那话少盐没醋，不叫人话。

张相征说：“俺也买你一双手套吧。”

从口袋里掏出十块钱来给了米秋水。

米秋水问：“你在建筑队一个月赚多少钱？”

张相征说：“俺是大工，一个工六十块，一个月如果出满勤，也就不到两千。”

米秋水笑着说：“够多了。都快两千块了。”

张相征说 :“多啥? ”

米秋水说 :“我要一个月能赚两千块，我就给我闺女做手术，她嘴上有毛病。”

张相征说 :“你到底看见光盘上的图了没有? ”

米秋水一下子耳热心跳了，不说话，假装没听见，看马路上的行人。走过的人手牵着手，很消停地散步。她从来没有过这种机会，也从来没有想过日子会有这么闲散，城市里的人脸上挂着不经意露出来的笑，城市里的太阳明明也是早晨升起晚上落下，怎么看人家过的日子就比农村人自足快活呢? 一辈子和土打交道，种粮、种菜，都是土里刨食，无非自己要活着，也不让老婆孩子饿着冻着，可人家城市里人的本事不靠土地照样吃穿，自家当初要是不发生那个“五号病”，自己赚了钱也能来城市里享受，现在，却要来城市里赚钱! 多吃亏少张扬未必就能赚了钱，心里就有凉凉的感觉，就如一双手放进了冷水盆里，哆嗦了一下。

张相征看着米秋水，看米秋水不回他话，路灯下她脸上有一层雾，他觉得这个女人不像农村人，皮肤白。皮肤白的女人有资本，她不知道利用自己的资本换钱，傻傻地守在路灯下卖手套。

这时候金平平走过来说 :“我卖完了，该回家了。”

米秋水匆匆提起包，跟了金平平往回走。路上金平平问她卖了几双，她想起来五双都卖了，可包里怎么还有一双呢? 想来想去，想起来是刚才那个叫张相征的没有拿走，想着往回返，金平平说 :“傻呀你，放着便宜不讨，还回去给人家送! 你要送就送我好了，怎么也应该送我这个老师傅一双吧? 吃水不忘挖井人，你得谢我! ”

米秋水急了，觉得也不应该送她这双手套，就答应说给她重新织一双。金平平说 :“你做人倒老实，我要你那手套做啥，和你开玩笑呢。我不要，也别谢，咱姐姐妹妹搭个伴。”

米秋水想着，金平平人真好。

米秋水又织了两天，织够五双了她才要去卖。她用第一次卖的钱给贺贵喜买了一双球鞋。贺贵喜说：“我老婆从会赚菜到会赚钱，上大台阶了，老婆也给我织一双毛手套。”

米秋水给贺贵喜剪脚上的指甲，听了他说的话，想，是该给他、贺小虎、贺小青都织一双毛手套了，天凉的时候自己也要织一双，织一双露手指头的，这样做起事情来方便又灵活。剪着剪着贺贵喜就睡着了，呼噜如拉锯一样响起来，米秋水听着就想笑，自己的男人是一个没有心肝的男人。养猪的那些日子吧，人也这样，光知道干活，现在的日子吧，人还这样，也是光知道干活。刚来城里还想东山再起，心情不好的时候，老打自己，现在，他是什么也不想了，就想着拉客别让交警逮着了。日子过得不咸不淡，也不想闺女的嘴怎么办，越长豁口越大，大了做手术留下的疤痕也大，早做呢，慢慢地那疤就长平了。闺女家没有一个好面容，长大了找不上好婆家，说到大面子上，五官上长了个嘴，还口齿不清，人家是要嫌弃的。看着贺贵喜又想，男人长得再老也是一个孩子，打归打，打了，不上心，现在抽他耳光，指不定他摸着还嫌不够痒痒呢。米秋水抬起手真就照着他的脸打了一下，那呼噜被吓得打了半截停下了，嘴里咬嚼着什么，抬了头说：“你弄我做甚呢？”

米秋水说：“哎，我问你，你要有钱了想不想进对面的新华娱乐城？”

贺贵喜挠着半边脸说：“你咋弄我了？痒死我了，有钱了男人啥都想干，没钱都想进，别说有钱了。”米秋水照脸又给了他一下，想起那个河南人来，说：“中，只可以让你没钱！”贺贵喜掉了一下头，嘴里的呼噜又开始拉开了锯。米秋水站起身抖搂出毛线来准备给贺贵喜织手套，比比等等，觉得不急给他织，还是先织了卖钱。闺女的事是大事，他的手套简单，手背上不要花，现在的天气也还戴不着手套。绕着毛线起了个头，把床上睡着的老少叫起来，一个一个要他们脱了衣裳睡，自己把他们换下的衣裳洗了一遍晾到院子里，收拾了一下也挨着闺女睡下了。

金平平专门雇了人织手套，每天都要出去。米秋水不行，要等贺小青睡了才能出去。米秋水想着自己将来要是发展大了，也像金平平一样回暴庄雇人来做。想归想，日子是一天一天过的，脚步是一步一步迈的，明天再织两双，凑够一个幸福数六，夜里好早一点出去占摊位，当然，别忘了张相征的手套，要是见不着人家，就送到对面的工地去。

六

夜晚的时候有雾，路灯打远处看过去像一团一团的黄云，因为有雾街道上的人就少了，摆摊的还和往常那样多。金平平说 :“咱分开卖，凑在一起抢生意，时间长了容易伤了咱俩的和气。”

米秋水找了一个地方，把提包像两页书一样翻开，一双双手套就展现出来了。把小马扎往屁股下一放等着人过来。半天不见过来的人问，雾大人少，心里就开始着急了，眼睛东张西望想看看哪个是往这边看，往这边看的人是想买，只有想买了他才看。有的人不经意看一眼停下来，也不问价又笑了笑走开了。米秋水很失落，想哭，鼻头酸酸的没有挤出泪来。想着大好的时光里没有人买她的手套，没有人买她的手套就赚不了钱，赚不了钱闺女贺小青的嘴就做不了手术。想着，觉得身后有人蹭了她一下，扭回头看是张相征，自己看见人家笑了，有些激动，好像阴天里出了日头似的，想要站起来，张相征说 :“不要动，俺要你看个东西。”

米秋水高兴地说 :“你买了我的手套，给了钱没有拿货，我还想着你要是不出来逛街，我就去工地给你送手套呢。”

张相征说：“俺等你三天了，怎么三天打鱼两天晒网的，一天赚不了几个钱，这样卖下去会赔干的。哎，俺买了一副扑克，花了俺二十块，你看看。”

米秋水接过来看，发现扑克牌的背面和普通的没有两样，正面是男男女女在一起鬼混，和正常的鬼混还不一样。她只看了一眼就把牌递了过去。心热得脸都红了，亏了是雾大，有湿雾罩着脸，眉眉眼眼，羞得全都像菊花一样吊挂下来，再不好意思看对方了。

张相征说：“都是过来人，俺一年不回家，你想想俺心里都想啥了？就想着扑克牌上的事情。”

米秋水说：“你拿了手套走吧，我要不是想给我闺女做嘴上的手术，我也不出来卖手套。我不和你说了，我还要卖手套呢。”

张相征看了看手里的手套说：“俺要这手套有什么用，工地用的线手套，俺戴着个毛手套，手背上还有花，像什么样子！俺是砌墙的，俺不稀罕你的手套，稀罕你的人。”

有一个大婶模样的人过来买手套，问了价，说：“贵了，便宜点，不就是腈纶线嘛，成本不到两块。”

米秋水说：“说得比唱得好听，我的工夫呢？我也不是闲人，要是成本不到两块我白送你戴。十块，低了一毛不卖。”

买的人说：“低点，两好加一好，五块，互相走开。”

米秋水说：“你不在乎那五块钱，对我是大事情，我闺女是豁子，我想打小给她做了手术。我赚钱不容易，大姐，你就行行好吧！”

买的人说：“你养了闺女是豁子，又不是我养的，我行什么好！要都像我这样行好，你大发了，现在的骗子多了，你说的话谁信是真是假！买你手套就说买手套，我说我家里穷得揿不开锅了，你行行好送我一双吧，你愿意不？”

米秋水急了，站了起来，看着旁边的张相征。张相征蹲了下去，把自己那双手套放到蹲着的买手套的人手里说：“俺刚买的，十块买的，五块卖给你，掏钱吧。”

买的人说：“当真五块卖给我？”

张相征说：“掏钱，要是五块钱也不想掏，俺就送给你。”

买的人掏出五块钱来扔到了地上，拿了手套说：“你送给我，凭啥子好心肠了要送给我？我不白拿的，就你说的价，我看你们是两口子，一唱一和的。拿了啊，谁的钱也不是土疙瘩换来的。你长得白胖胖的样，说自己养了一个豁嘴闺女，谁信！”

看着人走远了，米秋水坐下来，坐下来又站起来回头和张相征说：“我真有一个豁嘴闺女，我抱了来你看，我就是想赚钱给她看病，我不想让她一直就那样豁着。我为了我闺女啥都干，就是不想让人说我是骗子。”

张相征说：“把那五块钱收起，和那傻 × 没话说，权当赔钱卖开张。”

米秋水坐下来，坐下后又把屁股下的马扎抽出来要张相征坐。他不坐，把马扎支开要米秋水坐，说：“俺砌墙蹲惯了，蹲着就好。”

米秋水坐下后不说话了。因为紧张，因为雾，头上的头发汗涔涔的，人看上去越发好看了。这时候过来的人开始密集起来，她紧张地忙活着。好像总忘不了一个人，一个她疑心想偷偷摸摸占她便宜的人。手套卖得差不多了，一拨人过去后又出现了一段空隙，她站起身伸了一个懒腰，张相征在她身边一张张翻阅着扑克牌，脸上挂着说不出的内容，不是笑，也不是难受，是心跳得从脸上要鼓出来，偶尔腮帮上的肉还激动得抖动两下子。她想问问这个人，为什么总想要她看那东西？可她张不开口。自己有什么便宜好占呢？她一阵子有了想出虚汗的烦恼。

这时候张相征说话了：“人家看咱们像两口子，实际上咱们不是两口子。”

米秋水见过的搞副业的人多了，永远脏兮兮的。好像乡下人与城里人的脏全混合在他身上了。而乡下人的脏其实不是脏是土，来到城市里满脸满身荡了城市里的黑灰，人看上去就脏得难看了。这个人不脏，风把他身上的香皂味吹过来一点点，她还不自觉地多吸了两口。

张相征说："你不是想赚钱吗？俺能让你赚钱，但你得舍得自己。舍得，舍得，不舍哪里能得？街上这么多人里俺就看中了你，俺去歌城也不是说不中，俺觉得俺就是有钱也想把钱给和俺一样出来打工的乡下人。俺一次给你三十块，不误你卖手套，就一会工夫，你就赚了。"

米秋水一下不能够明白，看着对面的人越围越多，像是有人要吵架了，突然想到歌城里的小姐，人家一天赚四五百块，赚了钱怎么花呢？每天数一数也得个时候。回了他一句话："你把我想成什么人了！"

张相征说："你不是说为了闺女什么都干吗？又不少你啥，出来赚钱都不容易，有人愿意赚这钱，但那地方不干净，染病。都是人，俺给你说吧，男人和女人不一样，时间长了俺们住工地的人干完活累了，俺都不好意思说，越累越睡不着。"

米秋水说："还是不累，我男人蹬三轮车，一天下来等不到脱衣裳，人瘫哪儿睡哪儿。"

张相征说："那是你男人知道有你在身边，有依靠。出门在外的人没有依靠，扭身掉身不见女人，心里就烦，就闷。俺给你说吧，夜里睡不着都出来逛，看见了吧，对面那些看热闹的人都是外地出来打工的，还有对面那一溜卖东西的，都兼做皮肉生意，你以为呢？哪像你这样傻！你看，那些人遇热闹了就高兴，这街上晚上逛的都是女人，看看女人，过过眼瘾也中。"

米秋水说："你不说，我还真没发现街上是女人多男人少。还就是了。"

张相征看着街面上的女人说："晚上出来碰上卖黄色光盘的，不管谁都要买几盘，回去就着工地的影碟机和电视看。俺说的还是俺们做大工的，都和工头沾点亲，工头高兴了搬两台机器来要俺们看。那些小工看不上啥，日子过得像闷葫芦，想啥啥不中！看完了，都看得嘴干舌焦的，看的人多，不敢有大动作，回到住房，就和小工们聊电视上的话题，聊到激动处控制不好，人就钻到被子里自己龌龊，完事了睡觉。睡觉了有人还在被窝里蒙了头哭，哭啥呢？人活得累，活得苦，男人身下没有女人养着，不中啊，就像鱼儿不见水一样，男人要干死了。"

米秋水看了看身边的男人，他埋下了头不说话，手里洗着牌，上上下下洗得很认真。对面围着的人更多了，吵架声高起来，好像是买什么东西的，搞价搞得语不投机了，一个先破口骂了一句，另一个也不示弱地跟着骂上了，接下来就是拳脚相向了。周围的人喊着："打啊，怎么不动手打？"所有的人都这样期待。可其中的一个在举起拳头的一瞬间突然觉得自己是卖东西的，外地来的怕吃眼前亏，后果不敢想，对方打了他一拳头，他握着的拳头没有回，接下来就被人拉开了，许多人表示失望。渐渐地骂声低了，人跟着也走散了，不知道谁喊了一声："快跑啊，有大盖帽过来了！"

所有的人把地上的包叠起来，没事似的往路灯的暗处躲。米秋水第一次遇事还没有反应过来，看到真有大盖帽过来了，张相征提起地上的包起身就跑。过来的人看了米秋水一眼，弯下腰拿了地上的马扎问："你的？"

米秋水点了点头，后又觉得不对头，又看着对方摇了摇头。戴大盖帽的不说话了，照着电线杆子把马扎摔过去，马扎就断了，麻绳子连着断了的木头散在地上。戴大盖帽的说："再见你影响城市的市容，把你关起来。"他弯下腰捡起马扎划了一个弧线很准确地扔到了远处的垃圾堆上。

米秋水站着，人傻了似的看着对方就是不会解释，她想说这不是自己的摊位，是跑了的那个人的摊位。但是，把那个人的马扎摔了更是应该的，自己还有什么话要说？有一些民工围过来看她，她快步走到电线杆后面。离开了路灯的光，人影就黑了下来。不知道什么地方又传过来了声音，那些看的人抬头张望，相互指着，循了声往前走了。她看到张相征提了包过来，他看上去人不高，很瘦，没有贺贵喜胖。贺贵喜人粗，有当年的猪汤养着，三十岁上胖起来就有了福相，肥头大耳。她接过包来说："多亏了你，要不就把我的包收了，我看到那边的那个人被收了摊位，她都急得给人家跪下了。"

张相征说："脑筋要灵活，做生意不灵活不中。俺得回了，那边有人等着俺呢，都是工友。明晚你出来吧，俺还在这里等你，就算是不做那事，说说话也中。你要可怜俺了，想赚钱了，你就回去躺床上想想，想想俺说的话也不过头。"

米秋水看着他走了，前面等他的人吹着口哨，很刺耳地传过来，米秋水快速地提了包往他们相反方向走，她想找一找金平平。金平平在小广场的中心，金平平的包比她的大，上面不光有手套，还有毛线织的帽子、袜子、手机包。金平平也看见了她，笑着招呼她过来。

米秋水说："你的货比我的多，我的单调。"

金平平说："今黑里不行，雾大，出来的人少，都是对面工地的民工，买主不多。刚才那个傻鸟逮着你了？"

米秋水说："把我的马扎摔烂了，回头走的时候我捡了回家修修，我看了，钉个马钉还能坐。"

金平平乘机说："你明晚也来卖吧，没有货，取我的货，我批发给你。看看，人越来越少了，怕卖不了东西了，收摊回家吧。"

米秋水说："你那手套多少钱批发给我？"

金平平提起包来说："五块一双，我还不搭三块手工费？"

走到灰堆上米秋水捡起马扎看，上下都断了，恼火得又把它扔了回去说："还不如打我一下，疼过了也就不疼了。糟蹋了马扎，摔坏了修都没法修，这人一点也不厚道。”

金平平骂了一句：“你和一个小姐养的说厚道！”

七

米秋水第二天批发了金平平十双手套，回家哄睡闺女，要贺小虎看着妹妹，把做好的饭放到炉后，准备出门叫金平平走，却看到贺贵喜回来了。不是蹬了三轮车，是空着手，还拿着一瓶高粱白，黑着脸，进了屋不说话，用牙把瓶盖咬开坐到凳子上咕噜下了一口。

米秋水说：“咋了，都灌上猫尿了？三轮车呢？”

贺贵喜冲着她说：“扔了！”

米秋水说：“扔了车？你吃啥喝啥？”

贺贵喜不耐烦地说：“我愿意？我要是不扔，把你卖了也不够赔！”

米秋水放下提包，坐到贺贵喜面前，她觉得自己的男人是出事了，不出事，他蹬着三轮车好好地扔啥子车嘛？想了想站起来从锅里舀了饭端给他说：“接着。到底出啥事了？”

贺贵喜又咕噜喝了一口，酒味就出来了。屋子本来就不大，弥漫得满屋子酒气。随大流过日子，过着过着就不如意了，咋隔三年两年的就要出一回事情呢？米秋水说：“你说说到底是咋了？车不是交警扣了吧？要不就是你撞了人了？”

她看到贺贵喜的左脸蛋上有黑印子。他人黑，不像自己，打他两下不显，打重了才能看出比平常的颜色深。

果然，贺贵喜就是被人打了。

贺贵喜拉了人不敢走大马路，怕交警查，转小胡同走。小胡同里常常有摆小摊的卖菜卖水果，走过去的时候，尽量小心了走，还是把一个老头撞了一下。准确说，不是撞，是从他身边走过的时候捎带了他一下，人家说："你这个蹬三轮的咋不长眼睛？"

贺贵喜赶紧下了车问人家有没有擦了哪里，车上坐的人看一时半会走不了，跳下车不说话走了。贺贵喜发现拉的人要走，就顾不上这个人了，想上去追那个坐车的人要钱，旁边的人看了以为他想跑，就有人拽了他的三轮车不让走；他不能丢下三轮车不管，推着三轮车睁眼看着那人走了，回头的时候说话有点重，有一个青皮后生上来照着他的脸就是一下子。他被打蒙了，他说："你打人？"

那后生说："就打你！怎么的，不服气？"

贺贵喜说："撞了哪儿看哪儿，你打我？"

那后生说："好啊，去医院检查一下，检查出毛病来，你一个三轮车屁钱不值！"

贺贵喜觉得要去医院检查，那是玩的吗？好人没病都能检查出病来，这么大岁数的人，真要有个毛病，他还真担待不起。但也想据理争一争，就说："不过是擦了一下，人又没有倒下去，还能动不动就去医院检查？"

那个人又打了他一下。贺贵喜养过猪，杀过猪，他真想把那人撂倒，把他像猪一样大卸了，可这是人家城里人的地盘，能卸了一头猪不见得能卸了人，他忍着不说话，一副死猪不怕开水烫的样子。那青皮后生要老人坐到三轮车上，老人还有点过意不去，但是，架不住三下两下往上推他。贺贵喜突然明白，真要推了老人去医院，那不是俩钱的问题，弄不好把家底取出来还不够。就推着说："我把三轮车留下，我回去取钱，看病总得要钱吧？"

那人就让他回家取钱，不放心要跟了他走，他走出胡同拐进另一个胡同，撒了腿就开始跑了。跑到大南关，看看身后没有人了，从大南关绕了回到家。

一路上想着这事挺难过的，窝着火发泄不出来，从袜筒里藏着的钱中拿出五块买了一瓶高粱白，晕晕乎乎回到了家。

米秋水觉得人跑了不妥，要是人不跑呢？肯定也不妥。想着就觉得在城里活着也不好，还不如回暴庄，有两亩地种着，能填饱了肚子啥气都不用受他们的。

贺贵喜瞪了眼说："回暴庄？该着别人那钱咋办？当初我进城的时候给人家撂下话，人不算天算，我就不信天不让我贺贵喜赚钱，三五年回来就还上。结果呢？你看见了，你不也是急哄哄想赚钱吗？你要不弄床上那货，咱手头也不会这么紧张，每月的奶粉吃多少？还想缝上那豁子！明天就给了人，家里都成了吃闲饭的，谁来养？"

贺贵喜咕嘟、咕嘟、咕嘟，连喝了三大口，酒下了大半。米秋水觉得贺贵喜是一个没有良心的人，哪有养了快一年的闺女舍得给了人？言下之意是自己吃闲饭了，自己不也开始赚钱了吗？丢了三轮车再买一个重新开始，回家来发酒疯，算个男人吗？

米秋水不说话了，听见外面的金平平叫她，她应了一声，看看贺贵喜却不知道该不该出去，就说："你喝吧，能喝来钱你就尽管喝，没有钱我卖了身也养你喝！"

贺贵喜抬起手来叫她过来，她走过去，贺贵喜照着她的脸打了过去，她没有躲，迎着那巴掌上，她觉得不疼，一点也不疼，嘴里叫着："再来一下子，只要打得你的手不麻，能解了你的气！"

贺小虎走过来挡在了他们俩中间，指着贺贵喜说："爸，你算什么男子汉，打老婆！"

米秋水提了包跑出了门，迎着风望了一会天，天上有云，有星星，还有月亮，风吹过来吹到她脸上，不声不响。自己处处与人为善，并不打算也没有招谁惹谁的行为，整个一个与世无争的好人，总想着消灾避祸，相反，祸倒跟着自己了！她咬着牙关挤出一句话来："贺贵喜我还真想卖了自己养你！"

米秋水和金平平相跟着往街上走，金平平看了她半天，问："我听见你男人打你了？"

米秋水说："没有，他哪舍得打我？他在外边喝了酒，借了酒劲耍酒疯呢。他要真打我，我还能出得了门？"

金平平说："我男人要敢动我一个手指头，我闹翻他天。"

米秋水说："我男人赚钱养了四口人，他有时候不高兴也是正常的，也就是骂几句，手还是抬不起来的。"

两个人不说话了，各自分头找了地方坐下。坐下了米秋水心里却不静，想贺贵喜在家不知道喝成啥样了。想着贺贵喜脑海里突然就出现了张相征，两个人的影子重叠交替着，她的一半脸还有些发热，她想让风冷得像冬天里的风一样吹她，风却是温和的。她又想起了小时候唱过的一首儿歌：

一颗星
格擂儿呛
两颗星
嫁男人
三颗星
格擂儿呛
男人搂着亲

小时候屋子里梁上有燕子窝。娘说："你听燕子在说什么？"她说："燕子说，不借你的谷，不借你的面，只借你家屋梁住。"她觉得自己就是燕子，借着城里住。

农村人说，燕子来了谁家，谁家就会百事兴旺，燕子的呢喃声音呢，是这家人的旺气、喜气。她来城市里，城市里的人却不容她生存，人人见了都用一双讨厌的眼神说：都是你们这群乡下人！

她看着一个男人向她走过来，她知道那个人是张相征。她很想见到他，心里的那个想，一直藏着，她一直没有往出抖搂，她现在知道了，她真的很想，从夜里出门的刹那，她就想着，我不是去卖手套的，是去见一个人的，这个人就像前方的一缕火苗一样。她想见这个人，她想这个人就是她闺女的希望，也是她家庭的希望。但她又不敢想，想那事，就等于作践自己！自己又不能控制不想，人活着本来就是给别人凑热闹的，就算是不为自己想，也该为闺女想，一条命来到这世界上不容易，养了她就得给她好。想到澡堂子搓澡的女人，斜着眼看那些小姐和自己说过的话："看她们瘦得和鸡骨头一样，哪有你好，人白，要胸脯有胸脯，要腰身有腰身。你是不做那生意，要做没她们的饭吃。"

女人把自己卖出去也叫做生意？她下意识地笑了一下。张相征走过来蹲到了她的对面轻声说："哎，俺过来了。"

米秋水的脸一下红了，灯影下看不出红来，光看到她不自然地来回抬了抬身子。

张相征说："你要是愿意，现在咱就走，不用你多长时间，人都还没有出来，在家看新闻联播呢。"

米秋水看了看他，看到他看自己的眼睛，滑溜得出水，说话的时候身体都有些颤抖。她的心一下热了，她有点可怜这个人，从昨天说了那话后，她就可怜了。再可怜也不能拿那可怜。可他要的可怜就是那。

张相征说："俺保证你打开市场后天天能赚钱，俺在这里搞工程好多年了，俺知道民工苦，最最苦的是啥——活多活累都不叫苦，苦的是没地方泄苦。做这事没有人笑话你，过来人都知道是咋回事。出门在外，人苦心也苦，有那事做做，活人就有个奔头。”

米秋水说：“我赚钱是想给我闺女做手术，你不要下看我，我也不是不本分人，我娘是老师，也算文化家庭出来的。”

张相征说：“文化家庭出来的更应该懂道理。你放着自己好条件不利用，下死力气。你早赚了钱，早给闺女看了病，啥都误不了。你说，做一回，你少啥了？”

米秋水心动了，昨晚上她就想了很多，前想后想，左想右想，想自己靠身体赚几个钱补贴家用，也不能说不是好事。外债欠了五年了还不了，见人家的面，人家说，当初借钱的时候吹得大，赚了给利，就不说利了，本都不见还，本乡本土的就好意思？话重得比打自己两下还难受。还有闺女的嘴，儿子的学费，想到难过处蒙着被子哭了两下。又想到贺贵喜，他要不是因为钱，他闲着力气打老婆？没钱了能让一个好男人去偷、去抢，没钱了能让一个好女人去卖身、去养汉！自己暗着做几次，做得顺了，做；做得不顺了，也能不做。就说眼下，就算是为了这个家吧。

米秋水看着张相征咬了一下嘴，像把一个决定咽下去了，有些下了狠心的意思。

张相征不说话了，把地上的包收起来，拉了拉链，提了要米秋水跟他走。走到对面的工地张相征要她在外面等一会，不多时张相征推着一辆自行车出来，自己先上去，支着腿要米秋水上。

米秋水说：“你蹬开，我会跳上去的。”

张相征说：“你先上去坐好搂了俺的腰。”

米秋水上去坐好，一只手提了包放到大腿上，一只手拽了他的衣裳，他说：“坐好了？”

米秋水说：“坐好了。”

张相征往前探了一下身体，把脚镫提了提用劲蹬了一下车就走开了。

米秋水不知道他要把自己带往哪里，也不好意思问，看着街道是往南走。秋天的风凉爽，风从耳边灌进来，灌得耳朵眼像塞了棉花套子，什么也听不清楚。因为是郊外，路灯变得昏暗，再往前就没有路灯了，有车迎面驶过来，自行车摇晃了几下继续往前。米秋水想起刚结婚的时候，贺贵喜也这样用自行车带了自己去娘家回门，自己的胳臂上挽了篮子，篮子里放了回门的白馍，贺贵喜骑开了，要她往上跳，因了篮子，她跳了几次也没有跳上去。贺贵喜说："你比猪还笨。"

那次是贺贵喜提了篮子，自己才跳上去的。怎么就没有想到先让我上去，他好往前蹬呢？

米秋水又开始想贺贵喜不知道在家喝成啥了，没有吃饭，空肚喝了酒，人不醉死了才怪。现在自己又背着他去做那事，他要知道了，还不剥了她的皮？

米秋水看到街两旁的灯光稀少了，这个人要把她带到哪里呢？她心里有点害怕，觉得胸口上有一只兔子抓挠得慌，忍不住问了一句："这是去哪儿？"

张相征喘着气说："咱这种人，住不起店，只能找个野地。"

米秋水突然想到了小时候的麻田，那个男人说："我要把你办了！"

米秋水打了个激灵，车停下了。张相征要米秋水往坡下走，她下了车往坡下走时看到月光下有一片黑幽幽的地，觉得很熟，闻着有一股麻香味，她想，一定是那块麻田。张相征把自行车推下坡，把车子扔到半坡上，要米秋水往麻田走。手里的提包限制了她的行动，张相征抓过来扔在了地外面，月光下两个人的身影一转眼就钻进了麻田。

密密麻麻的麻田，两个人的心跳声擦着麻秆，手心的汗往出涌。走到麻田深处，张相征说："就在这里吧。"

米秋水停下喘气声，抬了头望，望不见四周，天空有月光照着脸，月是明亮且流动的。幽暗为米秋水的心添了一层花影，闪闪烁烁的暗影中张相征从口袋里掏出一卷钱放到了米秋水的手里，米秋水退了一步，麻田的麻把她轻轻托住了。

米秋水装好了钱，自言自语说："我不是人了，我马上就要不是人了。"

张相征在激动中，在颤抖的顾盼中，他的身体就要贴近一个有血有肉的人了，他想过多少次、多少回的一个活生生的人。他目光模糊，鼻腔酸热，心差不多蹦到了嗓子眼。他从春口上出来到秋口上，没有见过真正的女人，他要渴死了，大张着嘴往出哈气，走近的一刹那他喊了一声："不中呀！"人就蹲了下去。他知道他在走近幸福的一瞬间一切就结束了。

风拂动着麻田，米秋水有些眩晕的头清醒了很多，她觉得麻田有些冷。白天看麻田是绿的，夜晚看麻田是黑的，像墨一样黑。冷冷的，她突然鼻子发酸想要哭，一切都还没有开始就完结了。她手里还握着人家的钱呢，她开始可怜这个跪在脚下的人，他在哭，没有声音，能听见泪掉在麻田的响。米秋水说："要不咱这次不算了，明晚上吧？我把钱退了你。"

张相征低着头发狠地说："不中！明晚还来麻田。"

两个人往回走，一前一后，上了土坡，还是那样支了腿要米秋水坐好，一路上不说话，是找不见话头。自行车像散了架一样吱哇吱哇响，来时也没有觉得是秋天，回时身上的热气就全跑了。

走到街面上，发现路灯下原来的地方有人占了，张相征在暗处停下车要她下了车自己过去，怕撞了熟人，告诉她说，明天晚上他找她。说此话时他的头没有抬，歪在一边看着别处。米秋水手里握着那三十块钱，握得钱像水洗了一样软，总觉得没办事就拿了人家的钱，又觉得是他自己不行了，也怨不得自己。拉开包卖了一会手套，心事不在手套上，看到金平平过来了，不想卖了，二人相跟着很恍惚地回家了。

八

米秋水回到家看到贺贵喜吐了一地，屋门开着，两个孩子睡在床上，贺贵喜喝高了，自己都顾不上自己了还能顾得了孩子？想是房东夜里下班回来给盖上的。米秋水换了煤球，夹出烧透的煤灰垫了地上的呕吐物，用了吃奶力气把贺贵喜拖到了床上；干呕了几下拿笤帚收拾干净了，自己才解衣躺下；躺下后烦恼事就来了，都在眼前晃，翻转了一下身，一点睡意也没有，索性坐起来。想到了什么，又下了床，从米缸里掏出一个存折，就着窗户上的月光看了看，是五百元，其实自己是知道的，都看好多遍了。这五百元她是瞒着贺贵喜存下的，是要给闺女做手术用的。她到医院问了，说做那样一个手术，越小钱越少，越小效果越好，小时候做长大了疤痕浅，长大做疤痕大，一个闺女说什么都不能坏了人才，脸是女人的门面呢。有两千块差不多够了。她的实际存款有五千块，儿子上学择校费花了三千五，买学习用具什么的又花了小五百块，还落了一千块，还想着快要攒够闺女的手术费用了，却出了事情。

出了事情，日子往前走倒不回来，过日子就得有个过日子的样子，她想，明天去银行拿了钱要贺贵喜再买一辆三轮车，到街上的电焊店焊一个座，她用红毛线织个座套，上面再织两个喜字，她不信红红的毛线织不回过日子的喜气来。如果新车贵呢就买一辆便宜的旧车。自己又那样了，有钱了日子就过好了，什么事情也都是暂时的，怕啥？活人哪能被尿憋死？不怕！

找出红毛线来开始起头，夜里要是不瞌睡，天明就能织好。想到喜字不好织，找了一张街上捡回来的宣传单，用剪子剪了一个喜字。夜静了出活，一会一个喜字就织出来了。一个喜字不叫喜，要并排织两个才好。天快亮的时候，米秋水织好了座套，和衣躺了一会，还是没有瞌睡的意思，起床打开煤炉的风门，把火燃旺，开始做早饭了。

贺贵喜睁开迷糊眼望着米秋水说：“我日他妈妈的，坐着坐不来钱，咱还得买个三轮车。”

米秋水笑着指给他看凳子上展开的座套说：“我把座套都织好了，起床吃了饭就去买。”

贺贵喜发现米秋水半边脸有点青，知道是自己昨晚喝高了打的，不知道该怎么样安慰媳妇，就看着床上的闺女说：“我亲疙蛋蛋闺女哎，等爸赚了钱给你把那嘴嘴缝上，爸等着坐你的四轮车呢，爸坐了你的四轮车就不是现在这个样子，要唱了。”

说着自己就翻身站在了地上，嘴里看着米秋水摇摆着唱上了：“依儿呀，呀儿哟，依儿依呀，呀儿哟！”

米秋水就把饭端到了他的面前，开始叫儿子贺小虎起床，抱闺女贺小青撒尿。鲜腾腾的过日子的热气就冒出来了。

本来说上午要去银行取钱买三轮车的，贺贵喜觉得还是买个旧的划算，旧车便宜，回来自己收拾一下比新车还要出彩。米秋水问：“旧车要多少钱？”

贺贵喜想了想说：“要看几成旧，差不多也得百把块。”

米秋水从口袋里掏出张相征那三十块，又从床底下翻出一百块，贺贵喜抬起腿从袜筒里翻出昨天赚的钱数了数，有近五十块，说：“够了，那存款能不动就不动，动开口，就没有底，都花了，吃啥喝啥？”

突然想起什么，稀罕地问了一句米秋水：“你卖手套赚了？”

米秋水心里被问得慌了一下，假装提了火上的壶看了看火，说：“赚了。”

贺贵喜不说什么了，扭身出去买三轮车。望着贺贵喜走远的背影，她突然觉得很不自在，如芒在背，很失落地站了一会，有些失态地笑了笑。

儿子贺小虎看见了问：“妈，你笑甚呢？”

她说："笑妈吧，活得不像妈了。"

儿子说："妈，你好笑？"

她说："妈不好笑。"

儿子说："不好笑你笑甚呢？"

她回答不上来，就像踢出的皮球又弹了回来，看着床上咿咿呀呀说话的闺女，她心里充满了一股说不出的希望，照着贺小虎的头轻轻打了一下说："多嘴，打破砂锅问（璺）到底！快吃了饭上学去。"

贺贵喜上午买好了三轮车，收拾好焊了座，套了双喜字坐垫，吃了午饭准备出门了。看着红色的坐垫，脸上也挂了喜气，情不自禁地在米秋水屁股上摸了一把，说："娶个大屁股人有福气，走咧！"

他脸朝着院门口站着的米秋水，倒着蹬了往街上走，米秋水说："不操心，下午赚了，夜里给你吃饺子。"

贺贵喜松了车把，两只手在嘴上吧吧亲了两下送给米秋水，掉转屁股骑了车正经八百走了。

米秋水下午把饺子馅剁好，和了面开始包，包好的饺子一个一个码整齐放到高粱箅子上。接回儿子来，煮了要儿子和闺女吃饱，自己吃了一口中午的剩饭，拍着闺女等她睡实了，安顿儿子在家做作业等爸爸回来，自己提了包出门了。之前金平平来叫过她，看她还没有拾掇完，闺女也没有睡，就说："不等你了，我先走，回来的时候再厮跟。"

天气很好，星星出全了，月亮也比往常大，她找了一个空地坐下来，马上就有人围过来了。昨晚卖了两双手套，还剩八双。只一会八双手套就卖光了。她没有按十块卖，一双都按八块卖，赚三块，一会就赚了二十四块。她脸上挂了笑，要是每天晚上都这样赚钱，她觉得给闺女做手术，年底肯定没有问题。

早卖完了，她却不能走，要等一个人，这个人该来了，因了什么事比往常晚了呢？她站起来想找一找金平平，想看一看金平平卖得咋样。有一个人骑了自行车停在了她面前，说："上车。"

香皂味跑过来，这么浓的味是刚洗过脸的味，刚洗过了，还来不及被风吹散。她上了车，张相征往前探了一下，把脚镫转过来，转到一定的高度，用了一下劲，车驮着她走开了。

张相征说："加班赶活，晚了，还想着你不在，结果看见你还在等。"

张相征蹬着车，一只手扶着把，一只手伸到后面来，说："给。"

米秋水说："啥？"

张相征说："钱。"

米秋水说："不算数，你昨晚上没有成事。"

张相征说："俺的事，哪能怨了你，提起来我的脸都要红。"

米秋水说："干活累，长久没那个，容易那样。"

张相征说："拿着。你是好人，就当看你闺女的面。"

米秋水接下了。

张相征突然唱了起来，是想自己放松一下，昨天的事弄得他一天心情都不好，他就想放松了好做事。"刘大哥讲话理太偏，谁说女子不如男。男子打仗到边关，女子纺织在家园。"

米秋水听着他唱完了笑着想这个人爱好真广，不光是会赚钱，还懂文艺，自己就也想唱，咳嗽了好几下也没利索地唱出来。就找了一个话来问："你几个娃？"

张相征说："一个男娃，还想生个女娃。河南罚得厉害，搞计划生育的说了，你都不要国家了，国家还要你做啥？不敢生，想生也种不下，一年才回一次。"

米秋水说："把你媳妇带过来，这边好多你们河南人，都来躲计划生育。"

张相征说："明年吧，说不定你们能成好姐妹呢。"

眼看着麻田到了。米秋水从心里不想看到麻田，就这样说话就好，可是，麻田真的到了。

下了坡，很熟地就走进了麻田，人就紧张了，就不如一路上聊天放松。张相征很想拉了米秋水的手，几次都不好意思拉，人有点着急，一着急，还不如昨天晚上，像软柿子一样，他有些烦躁。

米秋水说："你怎么了？"

张相征说："不知道，又不中了。"

米秋水说："慢慢地，不要想事，不要想题外的事，不急，路上的行人还多。"

马路上有车灯闪过，时间走到这里突然不想走了，青色布衣布裤的张相征弯着腰，头一冲一冲的，像一头打瞌睡的羊。

月照在麻梢头，有嘈杂的声音潜伏在远一些的亮处，张相征发出闷闷的隐隐的低吼声，丝丝凉风悄没声息地从麻田间流过，同时也流过几丝斜斜的墨色的夜。麻田里的空间太逼迫了，米秋水想。常听人说万有的缘分都是偶然凑成的，想了想说："我给你讲个故事吧，我男人讲的，讲了你就放松了。"

张相征在暗影里可怜地瞪大眼睛等米秋水讲。

米秋水就讲开了，她说："你们河南人聪明呢。"

张相征说："聪明的人不出来干体力活。"

米秋水说："不能那样说，世界大了，干啥的都得有。要是都当工头，没有人给他劳动，他吃啥喝啥赚啥，不说这些，要是都当了国家主席，谁当他的人民？人都是互相的。"

张相征说："你挺理解人的，要都像你这样理解人，社会就不乱了。"

米秋水不好意思地低下头，脸被夜的昏黑和暗淡充满了，扑面而来的麻田和谐地包围了她的感官，她仰起头迎着月光长出了口气，有一些湿气般的东西在她脸上轻轻漂浮，像是她刚才说的话语的影子。她想，接下来我要给他讲一个故事，这个故事也是听来的，是关于文艺的，还说的就是林县人。米秋水说：“我说得不好，说你们河南林县人聪明，说话都说得是谱，我说不好，说你们林县人问午饭吃啥，对话就有意思了，就开始文艺了，说：54？ 34。534？134。5134？ 7134。午饭吃的是稀大米饭，对不对？”

张相征笑了，不说话，觉得这个女人和别的女人不一样，和自己家里的女人也不一样，想伸过手来拽她一下，伸出来的手上落了两滴雨，雨滴很小，不自觉地就抬了头，有一滴两滴落到了脸上。张相征说：“刚才还见有月亮，好好的就下雨了？”

米秋水听见雨点细细地打在麻田，像一群细脚伶仃的小蚊虫，突然想到院子里晾着闺女的尿布，就说：“我闺女的尿布还在院子里晾着。”

张相征有些着急地说：“俺给了你钱，要是你觉得不够，不中，俺再加码。”

米秋水说：“我不是那意思，我等你，不能让你两个晚上都做不成。”

张相征说：“是在工地累了，你得帮帮，你这么好的人在俺面前都不中，恐怕没有你帮肯定还是不成事。我怕是时间长了出毛病了？”

米秋水说：“我就这么一个人，在你面前站着就是帮你，你还要我怎么帮你？”

张相征说：“就像让你看的扑克牌上那样帮，你就说你肯做不肯做吧？”

米秋水想了想说：“那是糟践女人，不肯做！”

张相征说：“俺就要你做，光盘上的男人女人都那样做。”

米秋水说：“要那样我不，退你钱！我闺女要是知道她娘是这样赚钱给她看病，她肯定不同意，哪怕就让她那样豁着。你不要歪想了，我在麻田外等你。”

米秋水不说话，掏出钱来给了张相征要走出麻田，张相征反手抓住了她说：“求求你了，来帮帮俺，体谅体谅出门在外人的不容易。”

米秋水说：“就那样我不做，你见谁做了找谁去。你和我们山西人不一样，我男人从来没有那样。我到麻田外等你，要那样，穷死我，我也不做！”

张相征拽了她不让走，米秋水就往后躲。张相征说：“你做不做？”

米秋水说：“不做，你是不把我当人了。”

张相征说：“再问你一句，做不做？”

米秋水说：“你是不把我当人了！”

张相征觉得男人的面子丢尽了，在这个女人面前树不起一点威风来，以前不是这样的，想着，就把手伸到了米秋水的脖子上，两手掐了想吓唬她，说：“你帮俺做！”

米秋水咳嗽了一声说：“你是真不把我当人了！”

张相征掐着米秋水的脖子脸上挂着笑说：“你要不做，我让你出不上气来。”

米秋水觉得自己要死了，想站起来和他打架，一个男人要打她也是不容易打得过的，出不上气，没有气，一切想打架的能力就被限制死了。她想掰开他的手跑，手是掰开了，嘴里也喊了一声：“救命啊！”

张相征一把拽了她，这下是真掐住了，低了头说：“俺和你玩的，你倒叫上了，你要俺死啊？”

她越想站起来，手就掐得越紧。她不想动了，没力动。她突然看到闺女醒了，醒了就要吃东西，小嘴豁着兜不住奶，吃一半，流一半，叫妈叫不清楚，叫“哇哇哇”，可怜的闺女。又看见闺女的尿水把床上的小褥子浸得和地图似的，阴天里，返潮出了一片一片尿碱来，她想，该给闺女拆洗了。明明这几天是晴天嘛，怎么天又阴了？阴得要下雨，阴得像黑包公脸，闺女垫尿的小褥子还晾在外面的铁丝上呀！

张相征说：“你要是不喊，我就放了你。你不要喊，俺不做了，送你回去卖手套。俺是吓唬你。”

米秋水没有声音，手在张相征的脸上抓了一下，这一抓让他下手又狠了。

她这一抓是想把尿褥子拽下来的，她闻到了雨味，雨打在她的脸上，就像小鸟啄她的脸。她甚至听见了鸟落在麻梢上的叫声，她要闭住气听，有很多鸟，那个画画的要她听鸟叫，她现在听到了，鸟叫得空气中满是烟尘霞气，她觉得自己也是鸟了，心在往上飞升，远远地离开地，两只手无声地扇动着。她听有一头猪叫起来，是暴庄的猪，另外有好几头猪叫起来，听上去有好多头张着大嘴的猪叫，有一亩地厚的猪叫声，好日子在猪叫声中要开始了。

张相征说："俺丢开你了，你要喊就喊吧，俺想了，俺不是人，俺做的事真是够下流龌龊了！"

雨停了，是夜晚的过云雨，风吹着麻田干黄的叶子沙沙响。

张相征有些清醒了，看着软在地上的米秋水，他害怕了，他不是故意的。真的不是故意的，他抱了她走出麻田，放到地边上。他想，不知道该不该叫了马路上的车把她送到医院去，他想，还是不能往医院送，他不知道该怎么说，说自己想那事了，成不了事把人掐了，不能啊！他跳起来说："要是有命，就等风把你吹醒过来，俺明晚上到街摊上找你。俺真是没有用啊，在家的时候可不是这样，要不俺也种不下儿子，俺明晚给你赔罪。"

他把身上的三百块钱放进了她的口袋，又掏了掏还有三十块也放进了她的口袋，他想，要是醒来看见口袋的钱她就不告发了，她是一个善良的女人，和他老婆一样善良的女人。

他推了车走上土坡，月亮过了山那边，一切暗了下来，万物就显得静了。

九

麻田是这个城市一个叫武明远的画家种下的，这一块地是他买了想盖一院农家房子的。因为是下高速路的路口，这里规划要修花园，城建局不允许人随便盖房子，连路边的房子都拆迁了。他心血来潮种了麻，从春天出苗时他就支了画板画麻，很青翠地带了点鹅黄，但是，不是他理想的色彩。他想画出春到深处的景致。他昨天来看过，觉得是时候了，有几只鸟在麻田上空翅膀坚硬地飞过。他站到几步之外看麻田，他看到了麻田给他提供出的那种视觉上的逍遥和干黄。麻田很小，不是他想象中的麻田，想象中的是扩大的，可惜他只能在有限的范围里让麻田扩大了。

清晨太阳出来前收起了早雾，武明远走到麻田的时候，看到地边上靠着一个睡熟的女人。那个女人把整个麻田扩大了，她给春到深处的景致一种长流水般的本真，那红色的上衣撑得麻田的干黄生动起来。阳光一点一点升起，阳光移到麻田的光线正好温暖了这个女人的半边脸。他有些激动，很少看见过这样的女人，这样的风景，她的睡姿是那样的羞涩、腼腆，女人是这个麻田最美好的成分，他不便打扰她，他害怕她醒来，他想用秋水来形容这个女人，她平淡安宁。

阳光不是照在她身上的，简直就是一束光柱投在她身上。

他画得很完整，很幸福，也很觉得种这块麻田有价值。他有的是钱，卖几幅画就赚回来他付出的成本了。画好了，他想着她做了自己的模特，总得付她一些钱吧，他一边掏钱一边想，这女人在温暖的阳光下睡得好踏实。

空山·草马

一

进山的路只有一条。早些年铺了水泥路，也只几年光景，水泥路就爆皮了，它缠绕着悬挂在半天云里。顺着山路爬上去，一个窄窄的山口拐弯处，看见了村庄。村庄四面环山，原始老林把肥沃的腐质土经年累月地积向村庄，村庄四周的土地就呈现出了黑色，花儿和草都长得格外肥硕。早些年村庄拥着乡下人真实的笑脸，几乎村庄里的人都牵扯着亲戚关系，走哪儿都是吆五喝六的。不知什么时候村庄里的人就走失了，留下的一些石头房已经少了屋顶，少了屋顶的房子等于是张口要喊魂了。没有人能够听得懂它喊什么，它的声音遭逢着时日磨洗，已经浑然不清。村庄因为黑色土质，叫了黑山背。

黑山背还住着一户人家。进山的路停滞在此，可看到石头垒墙的屋，石板铺地的院，一个黑衣黑裤的老人坐在院边的条石上，手里端着搪瓷茶缸，茶缸上模糊着一行红字“为人民服务”。一双黑皮粗糙的手捧着茶缸，水汽缭绕着他的鼻尖，一双浑浊的眼睛眯着，不时抬头望一眼进村的路。一条黑狗感觉到了什么，突然出溜蹿上了对面屋顶，狂吠着，有一股狠气在吠声中弥漫。

常年雨水零落，进村的路杂草茂密地滋生，细细的路藏在此中。有什么晃动了一下，似乎停下了脚步也望着这边，有几分不舍和无奈。老人的耳朵已经聋了，浑浊的眼睛可望远，但也望不见远处的进村路。黑狗嘴里一呼一呼地，耳朵随着呼出的气息一激灵一激灵地扇动，脑袋越发昂扬起来，随时准备射出自己的身子。在老人看来黑狗从事着既神秘又缺乏意义的工作，它根本就不知道它的来自与去往之间的因缘。

老人叫郭腊替。

家中还有一条黑白相间的花狗，是黑狗的娘，郭腊替叫它花妞。只见它懒散地走出屋，张目望着狗儿子叫声响起的地方，然后淡然卧在院子里，脑袋贴地。似乎依然不怎么舒服，脑袋蜷进自己的胸口，胸口上的毛柔软地护住了它的嘴，一只耳朵上落着几只苍蝇，耳朵扑啦扑啦扇动了几下，苍蝇飞起又落下。

老人无话，没有多余的人可说话，除非和狗。阳光停留在黑山背上空，沟沟岔岔铺满了绿。山是庞大的，大地是宏阔的，黑山背让两种伟大之物相互融合与依托，老人是它们之间填充的卑微的物。真是一个毫无瑕疵的世界，自然，美好。偶尔的狗叫声是时间些许的松动，高远处渐渐洇开的浅灰里有一群鸟飞过来，老人喉结上下滚动了一下，一口口水咽下去，鸟从头顶而过。日子庸常得很。老人是黑山背的螺钉，紧拧着黑厚的泥土，他知道泥土中暗藏着凶器，凶器时不时走近他，他偶尔被刺到被伤到，可最怕凶器的，不是皮肉，是比皮肉更柔软的东西——心。心一痛，周身痛彻。

黑山背风水很好，容易出干部。

早些年有懂得阴阳的人说。

郭腊替在黑山背住了七十一年， 直到现在，黑山背没有出过干部。原来的黑山背有十几户人，大小人口六十多个，一天的时间不够忙乱，鸡飞狗跳，人声嘈杂。黑山背依山而建的石头房参差不齐，屋后人很可能把前屋的屋顶当作自己家的院子，热闹起来。屋顶上是黑山背人的饭场地，屋下的人坐到自家院边仰起头来聊天，话头像长流水似的，在高高矮矮的房子和院落中来来回回穿梭，谁家的屋顶上没有过几回凌乱的笑声。因了土质黑，黑山背村前山沟里流过一条河也叫乌嘴河。不知什么时候，乌嘴河卷走了黑山背那些笑声，那些笑声仿佛还在枝头上坠着，做着一个跟黑狗一样的关于笑声浪起来的梦。

黑山背没有出过干部，连村一级小干部都没有出过。唯一一条母狗，也就是郭腊替家的花妞叫隔山村主任宝福家的公狗贝儿睡了，生了和爹一个模子的黑狗儿子，郭腊替叫它"龟孙"，也算沾了干部家的光，不知道算不算是黑山背的好风水。

每每想起来，郭腊替就会看着黑狗龟孙笑。觉察到笑时龟孙从院头上走到郭腊替身边，郭腊替抬手抚摩了它一下。龟孙满足地离开，再一次走到院边上，身子卧下时脑袋耷在院边的石头上，头冲着村口。

乌嘴河流出哗哗的声音，阳光明晃晃照着，那些青草在能生长的地方冒出绿来，可以闻到草香。草香是黑山背唯一的香。

所有的黑山背塌落的和没有塌落的屋门上都贴着红红的对联，对联上没有写字。这些对联都是郭腊替贴上去的。只要村庄有一个人在，黑山背就得有个村庄样子。郭腊替起身泼掉茶缸里的水，走到柴火堆前抽出一根柴，要生火做饭了。斑驳的石头墙上生出了一大片苔藓，苔藓衬出他苍老的影子，他长叹了一声说："我吃饭是为了好生出力气来死啊。"

龟孙突然跃上一户屋顶，犹不解气，冲着进村的窄路狂奔而去。黑山背进村路上有一条老黑狗在徘徊，它是村主任家的贝儿，说明宝福又回山里来护林防火了。龟孙雄健地飞奔而去时，那条有可能不知道自己是龟孙爹的老黑狗迅疾不见了身影。

二

黑山背的天空不是黑下来的，是蓝、深蓝、黑蓝，然后蓝黑了。天空布满了星星，一个半圆的月亮吊在那里，石头砌出的房子在月明下幽暗闪亮，仿佛不是普通石头，是花岗岩，是汉白玉。一只白色的猫在一所石头屋前看着什么叫着。郭腊替走近它，从口袋里掏出一块红薯放在屋前的粗瓷老碗里。白猫眼睛深情地望着他。郭腊替蹲下身子，他突然感觉到了冷。他和白猫说：

“星星和月明都在天空呢。”

“你看看我满是皱纹的脸。”

“这黑夜啊，干净得像一碗水，让人心难过呢。”

“你不离开这黑屋，总是寻思着回来看看，你还想着她能回来，是不？回不来了。”

“月明月明光光，它和星星都在咱们的头顶，我和她阴阳两隔。我和你之间更是隔着难过，我也是畜生啊，可惜我们不通言语。”

白猫喵喵叫两声，它最喜欢的食物就是红薯。

郭腊替起身打着手电往别的屋子里去，塌落了的屋子能望见天。走进去和走出来，郭腊替都熟络得很。一院一院走，黑粘在墙壁上，他抚摩着黑，回想着，这屋子的顶是一场雨淋塌的。一场雨下了一星期，他一直在屋子里没有出门，出门时发现黑山背的屋子塌了好几户。一点响声都没有。那场雨过后，他就坐在自己家的院边上流泪。身体中似乎还有血性在涌动，他走近那些塌落的屋前，毫无例外地感受到了伤害。他想吵架，大张着嘴，一股干涩的沙土吸进来，他开始往出咳土，连咳带吐仍然不清爽。塌落了的石头把一截梁砸断了，碴口上挂着墙皮，掺和了麦秸的墙皮，他抓起一把来不及细想就塞进了嘴里。满嘴土，他憋着气咀嚼着，尽量不让喉咙里的痒发作。

“死呀，死呀。我也要死呀！叫土噎死我吧！”

少了许多瞪眼、跺脚的年轻人后，郭腊替就想听到他们没办法活下去又回到了黑山背来的消息。可是黑漆漆的夜里那消息走绝了似的，那些笼罩着童真的顽皮和胡闹的恶作剧，再也听不见骨关节落在他们头上的梆梆声了。

人这一辈子发愤图强就是为了个背井离乡呀。

郭腊替串一圈门下来，心里好受一些，回屋里倒头，一觉就天亮了。

连片的秋野簇拥着早晨的日头，视觉是真实的，感觉却是恍惚的，可能是空了的黑山背对人心理的巨大阴影吧，活着还得活，还有欲望在。日头正顶，收回来的玉米棒子将院子涂抹成一片金黄，四下里静悄悄的，黑山背呈现出令人揪心的荒芜，只有玉米的金黄给这荒芜涂抹了最后一丝温暖。

人这一辈子不敢想。谁能想到黑山背最后会是这个样子。

郭腊替坐在凳子上剥玉米，猫在玉米皮上跳起来，伏下去，顾自玩耍。他俯下身和猫说：“中午吃啥呢？两个老鼠一锅煮，三个蚊子一盘菜，行不行？”猫仰躺着伸出爪子希望和他逗闹一会。他近距离看见了自己的手臂，褐色的手背上暴着蚯蚓般的血管。地上青苔、墙边野草、屋角蛛丝，尽在眼底。黑山背似乎总有些东西牵扯着他，那东西也许就是黑山背吧，抑或是手里的玉米皮，过去的岁月一片一片在复活。

有一天黑山背走得只剩下了最后两个老人：郭腊替和王翠平。

和王翠平住在一起的是她的白猫。王翠平比郭腊替大一岁，七十二岁。她走起路来脚底生风，满口好牙一颗不掉，石头院子里坐着剥玉米，矮小孤单的样子。早年间黑山背的男人和女人多话，村小人口少，稍有一些不注意都要叫人传闲话，因为男女之间的闲话，日常吵架和打架是常有的事。谁家都有可能残缺不全，就是没有想到会剩下两户人。曾经两家人各自都兴盛时就闹过不愉快。郭腊替大儿子郭怀和王翠平家小女儿韩云谈恋爱，最后没有弄成是一个芥蒂。后来王翠平男人韩路平死前，知道自己命不久了，自己走后黑山背就剩两个人了，孤男寡女的日子，他嫉妒哇。他叫他们死都不要说话。他死了，上天已经不公平，他无端恨活着的人。因为郭腊替是两个儿子，儿子的脸面都搁在正统家庭和社会上呢，又何况人老了就得有个老样子，孤男寡女一个村庄就够山外人议论成一景了，一把年纪的人再说话，想象空间就大了。其实，韩路平活着时郭腊替就已经不和王翠平说话了，不说话就不会有胡作非为的以后。

土里刨食是黑山背人的命。王翠平的丈夫韩路平死于夏天，活着时患有肺气肿病。黑山背石头垒砌的石径高低起伏，韩路平走在上面气喘如牛，汗如雨下，背上衣裳湿了一片，兴致却高。王翠平生了两男一女，儿女们虽然没有大出息，但是也都出山到了大村落户，这也是他敢在人前抬头说话的理由。那时黑山背就剩下他们仨了。对一个普通的生命而言，要证明自己的存在无非是日常好恶。仨人也有闹别扭的时候。老实说，郭腊替不喜欢王翠平的丈夫韩路平，总是寻找自己认为得体而又不失理智的方式，顶撞对他的看不惯。两个人闹完别扭又走到一起说话，一说话就开始抬杠。从来都是韩路平找郭腊替，就算是走到郭腊替家要多走几个台阶，多出几身汗，韩路平也要走。韩路平不让郭腊替去他家，因为黑山背就一个女人了，他害怕郭腊替多看王翠平一眼，多一眼，悲凉都会穿透后背。这些心事，郭腊替也看得出，尽量避免见王翠平，见了也不多看她，更是不主动搭话。

王翠平坐在槐荫下做女红，偶尔也下地，在河边上洗衣裳、洗菜。韩路平病重时，地里活就全靠王翠平。下地的人都得过河，郭腊替只要看见王翠平在河边上走就一定要扭转身抽一袋烟再下地。韩路平的眼睛天生就刁，他不通文墨，可他有一双看护自己东西的眼。每看到这样的情形，他就站得远远的猜他们的心事。郭腊替在地里边干活边往这边张望，他是张望王翠平是否离开地给了他一条回家的路。可韩路平认为他在张望王翠平。有几次韩路平为了试探郭腊替就叫王翠平和自己端了碗，到郭腊替家院子里吃饭。

王翠平仰脸听他们说话。苍白温润的脸上，一双细细的杏核眼，鼻梁小巧挺拔，肩膀瘦削溜窄，一副杨柳腰，手里端着碗，低头抬头之间和面对韩路平时不一样。坐到郭腊替家的院子里时，韩路平就看郭腊替的表情。郭腊替坐在厚实的四条腿的板凳上，板凳没有靠背，没有颜色，是一整块木头，他既不起身让座也没有表情显现，顾自吃饭。眼神望着黑山背的绵绵青山，青山上移动着一片浮云。

韩路平说："听说你儿叫你出山，你没有走的意思？"

郭腊替说："这年岁还走啥？走哪儿都没有经济基础。不挪窝了。"

王翠平搭话："是呀是呀，闭着眼在黑山背都能摸到家，出了山睁眼找着的不是你家。"

郭腊替不搭话。

韩路平说："养儿是养祖宗。受吧，受死才算福尽了。"

王翠平说："活着哪里享过福？都是梦里吃糖呢，想着甜，想着有福。"

郭腊替不搭话。

韩路平说："听说过去请客七碟子八大碗的宴席现在不让吃了，就只能吃大烩菜了，山外抓了好多吃席的公家干部，要我看还是抓得少。"

王翠平说："是呀是呀，抓的都是耍横的人。咱黑山背吃席没有人管，就怕摆下一桌坐不满人。"

韩路平像看贼似的盯了王翠平一眼。

一股风刮过来，风把王翠平的头发吹得遮眉挡眼，乱蓬蓬的。王翠平站起身要过韩路平的空碗往家走，她举起袖口撩了一下头发，眼睛翻了一下闪出了一丝光亮，嘴角似乎还为刚才他们的对话高兴，不自觉地翘起了幸福喜色。

韩路平又贼一样盯着郭腊替看。

郭腊替只给了他一个背影。他走进做饭屋子盛饭。自己动手，丰衣足食。

王翠平端着碗走来时，没等走上台阶话先来了。

王翠平说："腊替呀，你老是不和我说话，哪股筋抽着了？扭转掉转就仨人，有一天剩下你一个人的时候，我看你和谁说话？"

韩路平的心绪一下从沸点被拖拽到了冰点，他觉得王翠平就是一个贱坯子，就愿意犯病，心里瞀乱得一下站了起来跟谁怄气似的说："腊替，我要送你一条母狗。"

郭腊替看到灶间还有一些明火，他用火筷夹出燃烧的柴用水浇灭，然后拿起几个土豆埋进火灰里。他妻子活着时喜欢吃烤土豆，每天他都要烤两个土豆，等熟透了取出放在她的灵位前。她走时没有留下什么遗言，只说："剩下你一个人了。"

一个农村妇女，目不识丁，但她知道留下一个人不好活。

王翠平递过碗去说："你去哪儿给他弄条狗？狗就狗，还弄母狗。"

韩路平说："山外狗成群了，咱大儿说狗生了，一窝四个，我打电话叫他逮回黑山背一条狗来。"一狗，一猫，一女，二男，这就是黑山背的人口，咋说都不能叫郭腊替闲了。

王翠平白了他一眼说："神经！"

韩路平夺过碗翻了一眼郭腊替晃动的影子说："我神经？神经人不说话都在肚子里秘事呢。"

王翠平从碗里夹出一块红薯扔到了院下，自己的猫在院子里就等这一口呢。她伸出脑袋看了一眼，不小心把筷子掉在了地上，捡起来伸出筷子在条石上梆梆磕了几下，磕得有些重，虎口上有几点麻星蹦。王翠平“哎哟”了一声。

郭腊替出门时看了一眼自己家的磨道，现在谁还喜欢这笨重的手艺？磨盘有一扇掉在了地上，地上的草长得有一尺高。磨道后有一棵干死的香椿树，树干突兀，曾经遮天蔽日。香椿过了能吃的季节。院里宛如一座亭子，有月光的晚上，香椿的影子就像墨一样泼在地上。都说香椿显着灵气，因此也有着传说。香椿下的磨道里印着灰白的路径，自己的女人在上面走过，磨道里还能听到她赶着驴吆喝两个娃娃快去上学的声音。山环水绕，充满了离奇，过了一辈子，过成一家人，苗条的身段被日子过臃肿了，玲珑的骨架被日子过松塌了，曾经那水葱般的、瓷白细腻、软绵无骨的一双巧手，最后被日子过得粗糙得骨关节裸露，指头肚上裂着厚厚的口子。她倒在磨道里是春天，没有一点声音，驴停下了行走，他看见她喘着气，跑过去扶她起来，她嘴里只轻声说了句：“剩下你一个人可怎么活呀？”

女人走了，走一个人如此容易。他掀下最上面的磨扇，废了它，它累死了他的女人，从来没有娇滴滴说过一句话的女人。

越过王翠平的“哎哟”声，郭腊替站在了磨道前，他不看任何女人，任何女人都没有自己的女人好。一个小东西在草丛中动了一下，地上的动静似乎韩路平也看见了，紧着走过去，发现地上是一只走惊慌了的小松鼠。可就在抬头那一瞬间，郭腊替发现韩路平眼眶周围布满了浓浓的黑晕，嘴唇泛紫。韩路平咳嗽了一下，似乎止不住了，骨关节似乎要被咳声震裂了，一口痰咳出去，痰里团着殷殷的血丝。郭腊替轻轻捶着韩路平的背，他有一种可怕的预感，韩路平的生命火花濒临熄灭了。

郭腊替叫了一声：“快去屋里倒一碗开水给路平压痰。”

王翠平的喉头蠕动了一下，急急起身。韩路平坐在磨石上，听见他们俩说话时，眼角咳出一滴凄凉的泪。

韩路平一字一句说："我走了，你们不要来往，不要说话。你们活着就赚大了，我死了也要看着你们。你们就是想我早死是不是？我知道，我早知道。"

郭腊替知道，是死亡叫韩路平恐惧了。

韩路平没有等到入伏就走了。他的儿子们回黑山背打发老人，也带着一条狗回来。五个月大的狗活蹦乱跳。王翠平坐在灯影里，她木木的身影，木木地沉浸于灯光里，窗外有细微的风吹过，坐得太久了，她就勾着头看前来吊孝的侄儿外甥们，他们和自己的儿子们一起有说有笑，死鬼韩路平在地上，没有人能够惊扰了他，他的死亡对所有进山来吊孝的人都是一个任务，没有悲伤和难过。

那些人不时地大笑，笑狗在棺材前叼走那些祭奠用的食物。

韩路平的死亡对郭腊替是一个打击，他好像看到了自己的那天的到来。一直到出殡，几日里似睡非睡，人也变得很惶惑。

山里的天气热也热不到哪里，可棺材里的人第二天就臭了。一开始阴阳说要停殓一周，韩路平的儿子们觉得自己山外的事情等着，哪里有一周的时间等？要破旧立新，就三天。守灵的人不好好守灵，都野在河道边摘香椿。香椿树脆，手一揪枝条就断了，摘过香椿的树下和日本人扫荡了一样。

出殡了韩路平，黑山背一下就静了。

郭腊替总算是睡了个好觉，早早睡下，早早就醒了。透过窗玻璃望黑漆漆的远山，眉似的下弦月，远了，淡了，一丝云笼着月，先是透出亮白，慢慢地就沉出了灰，月和云几乎变成了一个颜色。这时的天，被无边森冷的烟青笼罩着，天底下是黑魆魆的山形，手掌一样伸出的树木，山头上透出了青白，慢慢地隐现出了晓色，一层深褐，一层浅橘，渐渐地能看出近山的绿了。郭腊替坐起来揉了揉眼窝，想着韩路平的名字，要不了多久，这仁字没有人会记得了。黑山背庄户人家的名字里有：张国宝、张青山、张林润、张林书、韩宽有、韩世忠、韩秋凤、韩路平、郭怀庆、郭怀仁、王秋爱、王女虹、王万英，这些人都走了。他们的后代都出山了。眼下的黑山背就只剩下了两个人：王翠平、郭腊替。两个动物：一条狗，一只猫。

郭腊替决定从现在开始不和王翠平说话，本来孤男寡女住一个村就容易叫人猜想，不说话也是好事呢。说下了，就不能反悔，黑山背还有人笑话？郭腊替认为猫狗也会笑话人。他一边穿衣裳一边趿拉鞋准备去河道边看看那些人摘香椿是不是糟蹋了自己的麦地。打开门时叫他惊讶了一下，王翠平抱着狗坐在门前的廊石上。这哪里还是王翠平，几日工夫，人就脱了形，嘴唇单薄灰白，两只眼睛凹在眼眶里黑髅髅的。看见开门的郭腊替，王翠平迎上去把怀里的狗递给他。

郭腊替诧异地接住狗。人嘴里有刀，一开口，乱事就割毛了。王翠平扭身往自己屋里走，没有回头也没有说话。郭腊替不看她的背影，一时间还想着韩路平在。

郭腊替抱着狗往乌嘴河道里走。狗在怀里叽叽歪歪叫，放下狗，狗跟着郭腊替的脚疾行。河边的麦地里，麦子一片一片熟黄，地垒边上有伏倒的麦子，郭腊替走近了一株一株扶起来。麦子由绿变黄，由软变硬，由秕变饱，由湿变干，该磨镰刀了。他开始想王翠平的麦子地，想了想觉得黑山背只有自己家有麦子地，死鬼韩路平把自家的地都种成了玉米。一时无事，抱起狗来，看了看果然是母狗，气一下来了，带着气就想笑死鬼韩路平心事重。想叫风捎话给他，如今黑山背剩下两个老人了，我肯定不和你女人说话。我没有女人了，你拿一条母狗寒碜我，我不怕你寒碜，就因为我活着你死了才不计较你。

郭腊替回到屋子里找出镰刀，收拾出粮袋来，老鼠在粮袋上咬了个洞，他担心屋子里的粮囤太小装不下今年的麦子，麦子看上去是要丰收了。找出碎布头开始补补丁，一根针穿线怎么都穿不进去。院边上闪出王翠平吆喝猫的声音，他听她在自己家门口吆鸡骂猫的声调，就知道她在宣泄心里的不高兴呢。他觉得不用缝补了，打电话叫孩子们回家收麦时多带几个蛇皮口袋。

几天时光麦子就黄熟了。一个月后该割麦子了。儿子们打电话说回不来，事忙着，叫他一个人慢慢收。放下电话他好一阵子失落，种地真的不重要了。重不重要自己都得收割。日头红了几天他决定割麦，拿了镰刀戴了草帽进了麦田。他觉得有个地方在腾挪呢，晃动着，一小片麦子已经倒在了地上。仔细看是一个人在忙活，是王翠平。难道王翠平是想自己吃新麦？他不言语，装了看不见，揪着麦子割，唰唰倒下一大片。为了不影响那个割麦人，他当天不往回挑，想叫她多往回拿几把新麦。

第二天一早郭腊替去看麦地，他希望有奇迹发生，比如少了好多麦子，也许能够安慰他不和她说话的小心思，毕竟村子里只剩下了一个女人，比不得男人，就算大声吼两声也能把黑吼出个洞来。奇迹果然发生了，原来割倒的一小片麦子扩大了。罢罢罢，轮起臂膀开割，一上午河边麦地里的麦子全部伏倒。郭腊替依旧不往回挑，留足够的空当叫对方拿，你那小身板能拿多少？放了胆子叫你往回拿。郭腊替哼着小调，身后跟着那只花狗，一会前一会后。郭腊替说：“干脆叫你花妞吧。”

“花妞妞！”

花狗“旺旺旺”。

郭腊替顾自笑了，笑对青山。多少年都不见笑了。那些年打麦时，黑山背人脸上像天空似的灿烂。迎面见着了总想开个啥玩笑，麦场上光屁股的娃娃们吵闹得就像捅了一扁担马蜂窝，呜，跑那边了，呜，跑这边了，都不想下河逮蚂蚱、捞螃蟹，就想在麦场上翻筋斗。割得早的人先把碌碡拽进场，有小孩早早从家里拿了笊篱站在旁边，牛拖拽着碌碡小快步在场上转，不知谁大声喊一句：“牛屙下了。”一群孩子拿着笊篱一起往牛屁股下伸。打麦场上的日子要红火好久，一场接一场打，女人们一簸箕一簸箕把麦粒簸出来，再一簸箕一簸箕装进粮袋里。收完麦子种豆、锄地、搂草，罢了就开始收秋粮了，热闹是一场接一场啊。

麦子在河边地里倒放了一星期，郭腊替打远就能看清楚，麦地没有人动，她只是想帮自己割麦。不过这个女人自己不能去心疼，就算是心疼也只能是心里疼一下了事。郭腊替把麦子挑回自己的院子，院子就是场，以前的场早就荒草丛生了。

他用镢柄打麦,打好的麦就铺在自家的院子里晒。上下两院人躲避着碰面，碰面了不能不说话,不说话肯定要笑场。窗户和门缝成了两个人互相监督的洞，瞅着一个下河滩地了，一个就往山上走；一个走着正路往村走，一个就绕远走小路，避免相遇。无数次不经意间就要相遇了，这时候一个就停下脚步拐往别处。两个人多熟络啊，可就是不说话。

三

离黑山背不远有一个村庄叫牙门村。原来是有寺庙的，叫牙门寺。都是从前了,现在,寺庙连庙基都没有了。后来的县衙叫衙门,有人考证说应该叫“牙门”，牙管着肚子里的事情呢。牙门村没有人了，死的死，迁走的迁走，每年秋天牙门村支书黄宝福都要领着他的黑狗回村来住几天。一是应付护林防火检查，另是他种了几分秋地正好回来收粮食。其实人家早就在县城里买了房，儿女也都落户在县城了。宝福的狗叫贝儿，贝儿跟着宝福坐车回到牙门村，打开车门的瞬间它就闻到了狗的味道，一边好奇这山里的草木，一边开始狂躁不安。

刚好是雨后，石台阶上长满了青苔，带着雨珠的青苔肥硕得很，贝儿蹽蹄子上去时滑了一下，忍不住呼了一声。宝福开了自家屋门，第一件事是戴上护林防火的袖套，然后换上雨靴下地去看自己的玉米。下过雨，地里泥稀得无法下脚，于是就领了狗往黑山背走。道路两边开着一摊一摊米粒大的黄雏菊，朝阳的地方开得放肆，从山的南坡漫过来，覆盖了北坡和西坡。宝福觉得离开这地方真是个错误，可是不离开似乎也不对，这地方到底还是太寂寞。太寂寞的地方人没有出路。这地方真应该开发旅游，石头屋、石头路、满山黄花，这地方要放到城市里哪轮得上老百姓去住。

时间已经到了傍晚，雨后出现了夕阳，夕阳在对面的山顶上一闪就落到山背后去了。还好，宝福站在山脊盘山道上，独享了这如血残阳，也够幸福的了。他叫了一声贝儿。贝儿兴奋地看着宝福，脸上洋溢着激动，它知道宝福是一个能人，落在宝福手里那是它的幸福。黑山背母狗的味道直冲鼻子而来，它希望宝福领着它去见母狗。

下了一道坡，拐了一道弯，上了一个坡，再拐一道弯，宝福看见了远处弥漫着暮霭的黑山背。今晚宝福就住在郭腊替的屋子，宝福害怕寂寞，正好自己的屋子也潮湿住不得人，这几天宝福决定也吃在腊替的屋子里。宝福不想做饭，当了村支书的人怎么好自己动手做饭。

一条狗和一条狗的相遇居然没有声音，村口上它们俩互相嗅着对方转圈圈。花妞好久都没有见过同类了。宝福冲着贝儿说："耍去吧！"

两条狗转眼就跑得没有了踪迹。

宝福看见了挎着篮子从河道里走上来的王翠平。篮子里有南瓜、豆角、葱，还有一把老香椿。

宝福说："你怎地没有跟着娃娃们过？我听说韩路平走了。你一个人在黑山背咋过呢？"

王翠平说："你这是回来收秋了是不？"

宝福说："哪里！是回来护林防火。"

王翠平说："秋天山里的湿气重，没有人的山里防啥火？"

宝福突然悟到了什么说："人心里的火也得防。这黑山背就你和郭腊替了，我倒觉得你和郭腊替打了伙计，两个人一起合灶也是一件好事。"

王翠平低头黑了一下脸说："快不要乱说了，传出山外叫人笑话。我是守着地给儿女们种些蔬菜。我们俩话都不说。"

宝福稀罕了，两个人在一个村庄住着不说话，这叫什么事情？想来是王翠平故意给两个人的生活打掩护。宝福决定晚饭在王翠平家吃，叫王翠平多做些饭，说自己也是下乡干部吃派饭，就想吃王翠平的饭。其实宝福刚五十出头，可是人一旦身上有了职务，什么叔了婶了，那都不叫称呼，就叫王翠平，就叫郭腊替，开他们俩的玩笑那是干部给他们待遇呢。

郭腊替坐在门当中看落日下山，听见宝福叫："郭腊替，你还活着呢吧？"

郭腊替知道是宝福回来护林防火了，就直起身站在院边上笑着说："龟孙子，我还活着呢，一时半会死不了。"

郭腊替好久没有说话了。除了和狗说话。遇见宝福了竟然还能骂出来。

宝福拍了拍郭腊替的肩膀，肩膀还有抗力。宝福说："你为啥不和院下的合了灶？两个人柴火都省下少烧一膛。你还能做啥呢？两个人一起能省下力气活长些。"

宝福很暧昧地接着又说："不过不好说，拍上去你挺结实，老骨头吃重，说不好啥都能行。"

郭腊替吓得大气不敢出，拽着宝福就往屋里走。

郭腊替说："我和人家快两年了没有说过一句话。死鬼韩路平临走时说下了，叫她死都不和我说话。"

宝福瞪着眼说："为啥？"

郭腊替要宝福坐到床上听他说。

“活着时黑山背就剩下了两户人家，人家屋里有女人，我屋里没女人，人家以为我稀罕呢，他哪里知道我压根就不稀罕，黄土埋脖子了稀罕她做啥呢？”

宝福说：“他是瞎扯淡，你也是瞎扯淡，死了死了，能管了活人？”

郭腊替一摆手说：“不扯淡。我也还有一口气，也知道羞耻呢。”

宝福知道晚饭一起吃是不可能了，想着还有些日子呢，就想着这些个日子里不信叫他们说不成话。两个人简单聊了一些山里的事情，宝福就去王翠平的屋里了。他有些嘴馋，急着就想吃山里人的饭。

宝福走到王翠平院子里，看见院子收拾得干干净净，一只猫在院边的柴火上弓着腰准备抓捕什么，宝福的到来惊吓了它，“喵”一声避开了生人。

宝福掏出烟，拿到鼻子前闻了闻，又仔细看来看去，不时瞟一眼进进出出的王翠平。她穿着红毛衣，秋天清凉的微风里，这红毛衣穿在一个老年女人身上，让他感觉到了山里的好。他低头点烟的那一瞬间，一只白猫走过来，拖长了腰，冲着他“喵喵喵”叫。落山的日头和月亮都在天空呢。也许，他惊奇于自己的发现，看看太阳，又看看月亮，似乎在用眼睛估量它们之间的距离。突然想起了什么，从地上抱起猫直戳戳看着忙乱和面的王翠平，这个女人满身是岁月的痕迹，他想不出来用什么口气和她说那件事情，他们俩就像天空的日头和月明互相照得见，互相又不说话。同时他看见王翠平在一个人笑，她的笑容，纯净得像一杯水，干净得如秋雨落在了山菊花上。

“要说住在城市里真没有黑山背好，你看那日头和月明都在咱的头顶，多么好的日子。在月明和日头下说说话，哎，我这想法好哩，要不咱叫上屋顶上的郭腊替一起吃顿黑来饭？”宝福说。

王翠平伸出和面手来害怕什么似的摆摆，怯生生说：“你吃你的，快不要招惹多余的人来。”

宝福笑了：“这黑山背要说有多余的人，那也应该是我。”

王翠平说："敢说宝福是多余的人？你是折我寿呢。"

宝福有些惊讶地说："哎，你说这人的一生有多短，从前的黑山背和牙门村，大人小孩苍蝇似的，乱得走哪儿都不清净。现在，你看看，我要是走了，这山上就你们俩，你们俩还不说话，一个人迎面走来招呼都不打，恐慌不？"

王翠平说："人是活的，不是死的，想不碰面，就能躲得开。"

宝福说："我不信，我要在走之前给你们开个会，护林防火人人有责。对国家的政策不能没有意见，有意见要提出来，我们完善意见把护林防火工作进一步搞好。我一旦回城，黑山背的工作都压在你们肩上，你们俩就是我留在黑山背的工作监督人。你们不说话，我的工作就没有办法开展。"

王翠平紧抿着嘴角很认真地听，火膛里的火烧得欢，铁锅里的水开了，就等下面。王翠平一边想着宝福的话，一边煮面，活到这把岁数了还有工作责任？猫突然从宝福的怀里跳下去，恶恶地叫了一声喵嗷，阴气十足。他们同时看见两条狗走进院子来，宝福的狗看见猫呼了一声想扑过来，猫低吟着做出随时逃跑随时出击的样子。郭腊替的狗叫了两声，宝福的狗就松垮了。

宝福说："腊替的狗都知道呵护你的猫，你和人家不说话，我看就是你的不对。"

王翠平不接话。天黑了，像平常一样开始黑了。人世间哪里有那么多不对，这个年龄的人依旧要坚持着，不对的事情也对了，习惯就是对，接下来的天，怕是夜要长了。

吃罢饭宝福回郭腊替屋睡觉，看见床上的被褥都换了新的。简单洗漱了一下两个人就躺了。黑了灯，两个人开始说话。说白了是宝福说宝福的话，郭腊替说郭腊替的话，两个人好像不是一个社会的人，要说的话互相都不理解。两条狗卧在脚地，许是玩累了各自没有任何动静闹出，只是不时支棱起耳朵听屋外的动静。

宝福说："你这样下去不是一个事情，迟早得出山跟娃娃们住。"

郭腊替告诉宝福，自己就是舍不得那地，多好的地，长庄稼长得好呢。

宝福说："长庄稼再好的地也发不了财，发财的人都不是种地打粮食的人。和你说你也不知道，你这种人，咋说你呢？我就是不明白，放着能讨便宜的事情不做，一个人偏偏要黑活。你太固执了。活人被死人看着，说出来都是笑话。你和韩路平有隔阂，你和王翠平又没有隔阂；你和死有隔阂，你和活没有隔阂吧？"

郭腊替和宝福讲不说话的道理，宝福根本就没有听进去。

黑漆漆的夜，心里笼罩着一层童贞的顽皮和胡闹的恶作剧，宝福显然是激动了，一下从床上坐起来，地上的狗们呼一下站在了门口，狗眼睛晃过来，晃得宝福心里一热，他很清醒，也觉得很有意思，比打着旗号护林防火贪国家那几个钱还有意思。他伸出手在空中比画，许久才说出话："我想不通，难道日子把你们过傻了？就说人老了做不动啥事了，你们互不来往也正常，可问题来了，要知道，黑山背就你俩，说出去都是传奇，表面强装啥大雅呢？就算做了见不得人的事情，问题又来了，见啥人？黑山背没有多余的人啊。"

郭腊替清醒着听宝福说话，脑子一片空白，甚至不知道该如何应他。黑，沉得有了质感和分量，他听到宝福的出气声，那气息中有一股怨冲着他靠近来。宝福说："你好好想想，活人不能长了死脑筋。"

这句话让他有了惶恐不安的感觉，脑筋似乎活泛了，身子却不敢动，怕宝福看透他有想法，两条胳膊在胸口上别样的酸麻，短暂失去的记忆突然被什么东西叫醒了。

去年秋天，山洪把黑山背两岸的玉米地淹了。山洪过后，玉米地里疯长出许多苦苦菜和三菱草，洪水落了，地稀得叫人落不下脚，稀泥掩住了倒伏的玉米。王翠平心疼粮食，顾不得稀泥黏脚，挽着裤腿下地扶玉米。哪知稀泥里的钻脚虫啃住了她的腿，虫子钻进了肉里一半还多。被钻脚虫钻着了，不能往出拽，用劲拽它就拼命往肉里钻，都说钻进去就会顺着血管进入心脏要人命。一旦被钻上了要用手用劲拍它钻进去的头叫它往外退。王翠平就坐在石头上用力拍腿，响声弥漫在河道里。拍着拍着，王翠平就哭了，嘤嘤的，哭声不大，气息也短，但是很揪人心。郭腊替在地里弯腰整理红薯秧子，隐约听见了那哭声。张着嘴支着耳朵听了半天，听见拍打声和哭声是从一个地方传来，就知道是钻脚虫叮着了腿，正准备迈开步走，又觉得女人的哭声是一个信号，心被什么轻轻抽了一鞭，一群麻雀起起落落，他突然觉得自己应该躲开这逼人的事情。他忙乱得不敢停下手里的活计，怕向前走一步乱了分寸。毕竟那嘤嘤的哭声揪人心呢，那哭声和着拍击声乱得郭腊替心里毛毛的。想着人家给自己割过麦子，忍不住停下手里的活计往河边走，人走得慢，也走得胆怯。

突然的，拍击声和嘤嘤的哭声停止了，郭腊替反倒惊慌了一下，来自一种从未有过的陌生感，一种与世隔绝的难过。他眼睁睁看见王翠平赌气似的站起来，挎起篮子跺了一下脚，扭身往玉米地深处走了，这个动作弄得郭腊替很没意思。

那时间他站着不动，远处蓝天高远，近处青草恣肆，万物都蓄着一腔生命的朝气呀，只有他的胸腔里的声音固执地告诉他，老了。这年龄的人，黄土埋到脖子，不生事了，心早该锈死。喉结上下滚动了一下，准备反身走，可又觉得自己不是个汉子。走近那些倒伏在稀泥里的玉米，能扶的扶起来，扶不起来的一穗一穗掰下嫩玉米扔到干黄的草地上。做完这件事后，他心里反倒坦然了，也算是回报了一次。

郭腊替想和宝福再说会话，听见躺在对面床上的宝福早开始打呼噜了。地上的狗安静地睡过去，屋外什么动静也没有。睡如小死，睡。

四

半上午[①]的阳光那么暖，站在乌嘴河低洼的河道里，高高的与白晃晃的晴空相接的两岸挡住了视线也挡住了风，四周静极了。宝福要郭腊替和王翠平帮助自己收秋，就为了黏合他们。宝福左勾搭一句话，右勾搭一句话，各答应各自的，秋天的风，松软的阳光下，两个人自顾自挎着篮子掰玉米，只有宝福不下力气，心里设计着这两个没意思人的有意思事。

快正午时宝福说："歇息一会，日子长着呢，今天开始我们仨互相收秋，今儿是我，明儿是王翠平，后日是郭腊替。反正秋粮食也没有多少，就当是打发时光。"

王翠平说："我的不用，我娃明天回来收，妇道人家的力气不能和你比，那样子你吃亏。我去地尾掰了，能掰多少掰多少，掰少了你不要嫌弃就行。"

一转眼王翠平就走入了玉米地深处，感觉明显是要拉开距离。郭腊替没有表情，很认真地掰完一篮往公路上送一篮，宝福的车就停在那里。

宝福一下就笑了，是一种无法控制的笑，他蹲在玉米地，笑得眼泪都出来了。宝福拉着郭腊替也坐下来，他觉得这两人都倔，倔得要死。郭腊替说："快快干完活，天气不给人晴天，你是干部你坐着歇息。"

宝福一定要郭腊替坐下来，递过去一根纸烟。郭腊替抹了一下嘴看河水闪烁着，属于黑山背的鸟们，无忧无虑起起伏伏在青草地上逗耍。他们的脚下开着一大捧山菊花，黄灿灿的，宝福拽了一把在鼻子前闻。宝福说："城市里的茶楼卖菊花茶，叫什么来着？噢，叫米菊，就这东西，能卖钱。咱这山上你看

---

① 上午九十点左右。

看，漫山遍野地开。不过人家那是没有开了的苞，开了的不算茶。”

郭腊替也抓了一撮放进嘴里嚼，干涩，药味道，沾满了舌尖，不自觉地吐了出来。

宝福说：“想想也难喝。放糖好喝，现在城市里糖尿病人多，没人敢吃糖。也有说这东西喝多了伤肾。伤了肾那还了得。腊替，我问你，你还行不？”

郭腊替疑惑地：“啥行不？”

宝福说：“啥，夜里在床上行动的事么。”

郭腊替看着宝福说：“你嘴里咋就没有正经话呢？”起身提了篮子走进玉米地。

日头晒得醉人，宝福走到半山腰上想看看自己离开后，掰玉米时两个人有什么交集，先给他们创造一个在一起的时间。电话此时就响了，是镇政府通知，电话里说要来黑山背检查护林防火，午饭就在黑山背吃，一行来五个人。宝福叫王翠平赶快回家做饭，说：“县里来人了，一年时间也就来这一回，你就做香椿烙饼、鸡蛋汤。”王翠平说：“哪里有香椿，早叫驴友们摘完了。”

宝福说：“你没有告诉他们这是镇政府的香椿树？”

王翠平笑着说：“哪个告诉我这是镇政府的香椿树了？打小里黑山背的香椿树就长这样，在谁的地边上就是谁家的，人走没了，留下来的人谁下手快就是谁的。”

宝福一脸认真：“我现在就安顿你，黑山背周边的香椿树都是镇政府的，谁敢乱摘，那就是以身试法。什么驴友？一群野山野岭的没王蜂！什么驴友？我瞅见他们男女一个架势就不舒服。你赶紧回去做饭，金银面切疙瘩（一种白面、玉米面和在一起擀好切出来的面条）。回头我也给你和腊替弄个红袖套箍在胳膊上，他们一来你俩就戴了坐在香椿树下。看香椿树也是护林防火！”

王翠平一边走一边问：“也是护林防火？那就要拿补助的。”

宝福不可能叫她护林防火拿补助，做这件事是撮合他们以后合作过日子。宝福不搭话，只要涉及实际问题，宝福的话永远都是半句。

午后两三点钟了也不见人来，一案板、一簸箕的切疙瘩艺术在那里。王翠平催促宝福打电话。山里信号不好，电话一直是无法接通。

郭腊替在屋子想着还要不要下午去帮忙掰玉米，知道宝福在王翠平家吃饭，因为不说话也就不好问，一个人在院子里抽烟。突然的，他看见山那边有一股团烟冒起来，第一感觉是失火了，第二感觉就是驴友们野炊。顾不得距离急忙跑到王翠平院边上高声吼叫着：“宝福，西山背失火了。”

宝福和王翠平一起跑出来看，一团团黑烟涌往山头。宝福二话不说，拾起外套就往起烟的地方跑。郭腊替也跟了去，只有王翠平留下看家，不是从前了，她做不了急生活了。

两个人气喘吁吁跑往起火的地方，才发现是几个检查护林防火的人学古人野外煮茶，用火不当点了山。好在火势不大，折腾了近两个钟点，明火算是灭了，一些烟的地方还有暗火蓄势。宝福看见五个人中间有两个女人，煮水喝茶应该是女人的主意。女人在这个世界上，有如草本植物，一旦挣脱了泥土束缚，就会野疯。再看她们，黑头土脸，衣衫不整，如同硝烟中撤出，一脸的惊慌失措。宝福不认识这两个女人，拽过副镇长鲁希望问：“这两位领导你没有介绍，我不敢轻易和人家搭话。”

鲁希望喝了几口山泉水骂骂咧咧说：“想着这季节，又刚下过雨，山里潮湿，哪想到欢乐的事情弄得他妈的这么被动。一旦上边有个啥风吹草动，这火是你们黑山背人点的，都他妈是烧秸秆引起的山火。”

宝福看了一眼郭腊替。

郭腊替的脸蜡黄蜡黄，像黄杨木的雕件，像色调深重的油画中那个父亲。郭腊替双唇翕动，却似言又无，扭转身去山上检查那些暗火去了。

宝福说："好说，好说，领导安排的事情都好说。"

鲁希望指着两个女人说："市领导的朋友，弄茶的。本来想到你们黑山背闲情一下，不小心碰上了你们黑山背人烧秸秆，要不是我们帮助你们灭火，山火都可能酿成大祸。"

宝福马上答："是是是，黑山背两个人，两个人日常不说话，烧秸秆各自烧各自的，一个燃了一个不帮，任由燃，火大了，要不是碰见了鲁镇长一行来检查护林防火工作，后果那是真不能想。"

鲁希望补充："是不堪设想。因为，那边就是国家林场。"

两个女人看着听着，一起笑了。一个说："工作这么做有意思。"另一个说："原来工作都这么做呀！"

鲁希望说："工作就是即兴应景。遇事说事，遇桥过桥。"

宝福问他们吃了饭没有，黑山背有饭呢，土饭，金银面切疙瘩。

他们都说不吃了，要往回返，吓都吓饱肚子了。鲁希望说："明天一早县里开会要汇报下乡结果，饭就不吃了，刚垫补了茶点，都他妈叫这事情吓饱了。收拾，赶紧收拾，估计山外也看到燃烟了，山上没有信号，领导联系不上，主要是咱们都在救火一线，电话无法联系也在情理中。宝福，你是护林防火员，话不可讲乱了。"

宝福问："我就想知道明天的会鲁镇长咋汇报呀？"

鲁希望大手一挥说："所见所做如实汇报，这时代哪个敢弄虚作假？"

宝福说："鲁镇长，我去不去？那我可是有不能推卸的责任在里面啊！你知道，我这几天就在黑山背看护呢，睁眼看着叫林木失火了，我的责任重大呢！"

鲁希望指着郭腊替说："那个人叫啥？"

宝福看了看郭腊替远处的身影说："农民郭腊替。"

鲁希望说："明天汇报就他了。他不往山外走，住在山里不看电视不看报，还以为是从前呢。现在都雾霾了，他还一厢情愿烧秸秆，那要产生多少啊儿屁二五。”

两个女人越发笑得弯下了腰。

宝福想了想说：“我看还是汇报一个叫王翠平的女人比较好。黑山背就他俩，怕外人笑话孤男寡女二人世界，他们就克制自己不和对方说话。事情往往是小事情弄大，郭腊替知道失火的来龙去脉，让他顶，他肯定不干，让王翠平顶，他肯定不会去说，他说了就等于承认了他和王翠平有关系，他俩山外的孩子们肯定会闹不和。为了不让孩子们笑话一把老骨头了搞风流，他们就决定到死都不说话。再说了，咱们弄一个女人点火，火燃大了，女人都胆子小，只会哭。这节骨眼上正好碰见了进山检查的你们，之前就我和农民郭腊替在救火，眼看火势太大，天降神兵的你们来了，你们是及时雨啊。咱们要说像了，要说圆了，更要说得拿出去普通人能信能服气才好，对不？”

鲁希望一边招呼大家上车，一边要其中的两个跟随者记下了王翠平的名字。关上车门摇下玻璃拍拍宝福伸过来的手说：“还是基层有经验，这事情弄不好还能上上报纸，没有后台背景靠宣传走上层路线也是一个正道。明天我就叫人找报社的人来写。宝福，弄好了我一提拔，就把我现在的角色给你干干，你也是有政治前途的人呀！”

宝福看着绝尘而去的车，一时进入了情景，以前从来没有想过，现在也能想想哦，假如有一天自己当了副镇长，农村工作那是太好做了，自己就是农村生农村长，一旦当了副镇长，就有希望当镇长、副县长，政治前途可以说是步步上台阶，人生也就圆满了。曾经有算卦的说老黄家要出一个副县级干部，难道就验证在未来他的身上？宝福很兴奋，就地拽了一把野菊花塞进嘴里，嚼那一口涩，让自己脑子清醒一些，或者说是更清醒地设计一下自己的命运。首先自己的命运是和鲁希望绑在一起；其次，自己的命运靠自己努力；最后，这一场火烧得好；再最后，黑山背两个人不说话好，最好让他们永远不说话。

天要叫一个人成事了，那是步步都在为他设计。他突然看见山坡上自己的狗，它好像恋爱了，一点也不绅士，追着郭腊替家的土狗，趔趔趄趄追逐着、嬉戏着，情绪酝酿足了，跳到塄坎下，两条狗开始欢爱了。

郭腊替似乎也看见了，撂过来一句话："日你妈，狗东西！"

宝福站起来看烧毁的灌木，估摸有两亩地大，这么大的面积是要上报县里的；因为潮湿火不旺，不然大面积燃烧那是要惊动市里的。不大的火灾也是灾，火烧官运开。宝福的脑子变得格外聪明，不大一会，脑海装进去许多日常不想的东西。山是铁青色的，满山的黄菊花，山泉水顺着村庄流过，所有的暗示都是快乐的。宝福进一步想，我就从这里开始吧，原来我的福气就一直搁置在破败的山里，自己是多么看不起这穷山恶水啊，那些看不起的情绪和焦虑都顺着一场火烟消云散了。宝福要和郭腊替谈谈话，也算有个交代，叫他配合工作不要乱讲。因为自己也要出山，明天到县上汇报少不了自己呢。自己走后，黑山背不能有事发生。

宝福喊："腊替哎，你下来，我走咧，要交代你几件事。"

郭腊替往山下走，一边走一边踢一下有青烟的草圪子，抬脚跺跺，跺灭那残余的烟气。

看着走近的郭腊替，宝福说："这场火不大不小是场火，估计山外也看见了。现在社会上告状的多，生怕所有人的关系不乱，见不得人有一点好。其实这火并不大，才烧了两亩乱草，乱草该烧，野火烧不尽，春风吹又生，老祖宗文学下的话。假如有人拿黑山背这火说事，说污染了空气，这火不能往干部头上放，你应该是明白的。凡是有了事，对老百姓都好说，这无知，一切可带过去。更不能说是下乡检查防火点了火，说出去根本就不会有人信。咋说放到农民头上都比较自然。我觉得这把火放到王翠平头上那就更自然了。你以为？"

郭腊替想不到宝福的脑子转得如此快，更想不到的是说王翠平点了火，她现在明明是在家等着他们吃饭呢，这里的人倒开始算计她的名声了。他无法表态，因为和事实不符。对或者不对都要给对方一个理由。他只能不言语。

宝福斜睨着一个地方说："也不是什么大事，又不罚款。假如我顶替了，我是知法犯法，不能开脱自己是护林防火责任人的罪名。你肯定不能顶替，这黑山背没有其他人了，反正你也不和王翠平说话，正好，你也不可能告诉她。不过有一天她要知道了，那就是你告诉的，表面不说话，你们暗地互动。"

郭腊替开口了："胡扯淡。"

宝福一下笑了："我就知道你不会和她说话。等我哪天当镇长了，我给你弄贫困户，找一个富裕单位承包你，你呀，就不用种地打粮食了。这事就这样了，也不用放心里，过不了几天啥事情都没有了。我出山呀，明天去县里汇报护林防火呢，罢了会再回来收秋。"

宝福走到自己的车跟前，招呼了一下贝儿，狗从一个地方蹿过来，跳上车。宝福冲着狗吼了一句："回山里偷情还愉快?！"

郭腊替的狗站在郭腊替腿前看着这边，张望着，有几分不舍。郭腊替说："回！"

一股热涌上了花妞的脊梁，它冲着天呜呜呜叫了几声。

一高一矮两个活物，花妞抚着腿肚子。遥远的过去，尽管覆上了时间的尘衣，但并不能让郭腊替回避，王翠平嫁给韩路平，那是受了一辈子呀，她如今知道了，心里的委屈真叫难以形容。本来她就是一个人躲在自己的角落，睁着戒备的眼，以防一不小心就遭到伤害，可如今，好好的人叫无来由伤害了。

五

王翠平站在院边上张望村口，心里有不能言说的焦虑，切疙瘩被风吹得干皮了，湿布盖着，可也挡不住时间往长走。山背面没有烟气了，火是扑灭了呀，可不见人来。灶火里的柴添了又添，锅里的水加了又加，进进出出的间隙始终不忘看着中堂方桌上的菩萨。正襟危坐的菩萨，年复一年，迎受着虔诚的目光。沐手焚香后，她很认真地磕了仨头，她对着菩萨默念："火不敢点了庄稼地，不敢烧了人，要救火的人都平安。"

这念头一冒，就想到了郭腊替。事实是明摆着的，她的祈求里也包括对他的护佑。不管如何，就算一份乡情她也应该求菩萨叫他平安。

黄昏被晚霞铺满，扑鼻而来的牲畜体味和谐地裹挟了黑山背，由于降低了目力的敏锐，使得王翠平的瞭望多了几分谨慎。渐渐地，她看见草丛在晃动，一条狗露出了身子，是郭腊替的狗，咋不见了宝福的狗？她的瞭望越发混沌一团，难以辨析事情到底怎么样了。起因和结果，无从追究的困惑，在心里七上八下。她想多走一段路，不知道为啥，腿软得迈不开步，一种被遗弃的难过。她看见郭腊替走了过来，她尽量躲开他的眼光。听脚步郭腊替是走回了他自己的屋里，没有人声，没有畜叫。她缓缓移到自己的门口，听见屋子里火着得欢快，锅中的水噗噗噗开得欢快，等还是不等呢？黄昏助长了她的疑虑，她想去问问郭腊替。对，去问问他。人是活脸呀，问啥呢？问他，他要是不言语呢？从前也和他说过话，他从来都不言语，这次他还不言语呢？骂他？对，骂他！不能骂呀，恐怕剩下的日子连互相不说话的帮助也没有了。

黄昏让她饥肠辘辘，想起来自己还没有吃午饭呢。她干脆啥也不想了，返回屋子抓了两把切疙瘩扔进锅里。逍遥浪漫的切疙瘩在锅里滚得欢，自己已经被宝福忘了，谁还记得她活着呢？这年龄谁和自己不是擦面而过？人家说一句话，不花销二两力气，自己就当真了。人家举手投足间偏偏就不看你、不理你，可见人家小看你到了什么地步。她又想到了郭腊替。更可恶的是宝福，好赖有个话捎回来，做了这么多切疙瘩叫谁吃？她一边用笊篱往碗里捞一边怨气十足地拿笊篱磕着锅沿，猫喵喵喵跳上火台冲着她叫。她弯腰拾起地上的猫食碗，也不管人和畜生的距离有多远，把锅里的切疙瘩细细捞出来扣在了猫碗里。

王翠平看着门外，对面的幽暗处就是自己一辈子仰望过的山，杂树杂草一辈子没有认全，秋风祸乱得它们死了生，生了死，谁记得它们呀？犹如没有人会记得黑山背走了的人。黑山背最里面住着的人，早先是谁来呢？想起来了，那家人姓王，早出山了。自己还种着他的地，这些年地荒得可惜，草长得比人高，没有人愿意把力气下到地里了。早些年郭腊替的女人改娥活着时，黑山背的人还多。那时的黑山背已经显出了败象，有些房子已经塌了部分，已经没有人养猪了，家家还喂养着狗，还有人喂着驴和牛，不知道什么时候旧家什和老的劳动工具，比如磨、碾都不用了。那时候，改娥来家里串门，说一些心里话，总算不用推磨推碾了，两个人兴致勃勃地说好日子来了呢。哪知，说着说着，黑山背就没有人了。改娥在磨道得病的那一年，她还去郭腊替家看她，改娥的脸仰着，眼睛望着屋棚，皱着眉头，她已经不会说话了，谁也不敢打扰她，她拉着改娥的手，那手冰凉冰凉的。那是最后一次进郭腊替的屋，改娥走后，郭腊替就不和她说话了。人情是凉薄的，命也是自然给你规划好的，有一天都要走，走到奈何桥上碰见了不知道说话不？王翠平想到这里突然就笑了，好你郭腊替，今天的事咋说你都应该告诉我一声，你闷驴一个，不声不响，我是要记仇的，我倒要看着你有一天躺在床上，没人给你做饭，你儿也不在，那时呀，你爬着出门喊我，我都不理你，我就和你怄气，怄到死，孤独死你！

王翠平想着明天孩子们回黑山背收秋，也就不再埋怨宝福了，脸上就挂出了释然的笑容。灭火、刷锅、洗碗，再想郭腊替，心中就涌起了难以言说的悲悔和自责。都不容易，往事如昨，细细数来，他也不是坏人。都怨自己的死鬼丈夫韩路平心眼小，走了的人不善也叫你活着的人不安生。可死的人死了呀，活的人怎么就不能活泛一些呢？王翠平反反复复想着，天就黑透了。

郭腊替也是无法入睡，今天的事情叫他难忘。拖着疲倦的身体回到屋里时，他两眼望着虚空，事情怎么逆转成这个样子呢？狗在院子里卧着，看着他一副疑惑不解的神情，似乎也不像往常那样要走近他给他安抚。恋爱一场，狗很累，沉沉地闭上了眼睛。

郭腊替想着要不要去说一声，说啥呢？说这火是你王翠平点的。难道没有出门的人，手长得能伸到了山背面去，那是神仙啊。王翠平不是神仙。人常说，善有善报，天道公正。这话没有本事的人都相信。和公家人比呢，人家说把事情弄成啥样子，就能弄成啥样子。但愿这事不是事情，没有人认真追责，走了过场，当了笑话了事。反正，他是不能去见王翠平，自己的清名不能叫宝福拿住，农民不能在干部面前丢了尊严。

胡乱吃了一口饭，人就蜷曲着躺下了。拉灭灯，有几个秋蚊子找过来，在耳朵边上嘤嘤飞。他照着蚊子要落的脸上呱唧一下，又后悔打自己的脸。一辈子因为这小东西打了多少回自己的脸，从入夏打到秋末。别看这蚊子，有本事的人也怕蚊子呀。蚊子扰得睡不着，要是平常早累得倒头就睡，哪能听见蚊子的声音。没办法，他起身找了一截子端阳节晒下的艾草，点燃了吊在门闩上。这样子越发叫他清醒了。他索性披了衣裳开了门走出去，看到一钩月明在天空挂着，四面环山的黑山背是一个世外桃源，庄稼丰收，六畜兴旺，温饱无忧。这日子说散就散了。郭腊替尽量不让自己去想这些，不去比较，年轻人的活法，不能叫自己拉后腿。无来由又想起了自己的大儿子郭怀想娶王翠平女儿韩云的事情。那年，韩路平在河对面逮着了两人在一起谈恋爱，韩路平抓着韩云就是一顿饱打，一边打一边骂："你愿意一辈子不出山你就嫁给这个穷鬼。"

这句话叫郭腊替很堵。郭腊替拉着郭怀往地里走，深一脚浅一脚，父子俩不说话。走上窄窄的田埂，走进地里，他当时正在地里锄草。蹲下去时他又抬头看着郭怀说："你要知道，你是一个穷鬼。"

郭怀说："在黑山背我就是个穷鬼。我穷死也要死到山外，爸，你找人去山外给我落户。"

郭腊替拿着钩锄的手微微颤抖，他知道这是一个绕不过的话题。谁家姑娘愿意嫁到黑山背来？黑山背有的人已经去山外落户了。出了黑山背，后生都是好后生。如果不是韩路平也是个穷鬼，韩云没有见过世面，她怎么会喜欢上郭怀？谁愿意一辈子住在山沟里，人心都野。年轻人成了黑山背最有牢骚的一群，那些庄稼地里找不见后生的影子了，山外的闺女没有愿意嫁到黑山背来的。一直以来郭腊替都不愿面对，这下是得认真想了。一想到这些，他就有无限的惶恐。郭腊替说："落户山外，你就得和韩云断了，我受不了穷鬼骂穷鬼的样子。"

郭腊替出山去找嫁到山外西庄的妹妹，他直接就说想叫儿子来这里落户，不知道好不好落，妹妹说好落。郭腊替没有想到没本事的妹夫，居然能说通西庄的村干部叫郭怀落户西庄，从前可是天大的事呢。后来郭腊替才知道，西庄也是空村了。两千户的大村只剩下了不足三十户。一旦进了城，人就都不想回乡下了，从前来钱路都是庄稼的长势，现在地里的东西不值钱了。看着西庄大面积闲置的土地，青草长了老高，好像它们年年就是这样占着开好的地长着，那青草不长瓜，不长豆，这岁月是越来越见恐慌越见老了。

两个年轻娃最后没成，两家到底是芥蒂结下了，谁知道越结越拧巴，到最后韩路平都不叫王翠平和他说话，世道叫死人都恐慌了。

有蛐蛐叫，在没有屋顶的房子里，脚地上长了草，它们立在草叶上，姿态端庄，翅膀潮湿。过不了多久黑山背就要被这些虫子和植物包围了。没有人的黑山背留下两个人来回忆，两个人死后，谁还会想起黑山背呢？既然睡不着就绕黑山背走一圈，串串门，看看那些下了死力气垒上去的墙，是什么力量把它们掀翻了，去看看那些月明下的草丛和塌落了的屋子，那是花了大价钱盖下的屋子，如今成了虫子的家。

走下石台阶，有一处暗，暗中长了一丛西番莲花，花色是那种纯正如血的红色，月明下黑墨一样。突然有什么响，动了一下，似乎是一个人绊了一下，匆忙地想要走开。

郭腊替吼了一声：“谁？”

暗处听到动静的王翠平直戳戳说：“我。”

郭腊替调转身子就往回返。心里责怪自己，明明知道是王翠平，黑山背没有多余的人，自己糊涂得居然吼了一声。他快速进了家门，闩上门，倒头躺到了床上，什么也不想，就想努力装睡。

暗夜中王翠平在骂猫：“你死呀，半夜不睡叫我到处找你，你找下啥了？连老鼠都没有见你找下。叫你跑，叫你躲着我，看叫狐狸吃了你！”

“回哦，回哦——”

那声音透足了人间温情，也叫装睡的郭腊替流出了眼泪。

六

郭腊替在梦中听到狗压抑着嗓子呼呼地叫。狗叫声似蚊子在他耳边蜻蜓点水，扰乱了他的安宁。他有些气恼，抡着胳膊想制止狗叫，绵软无力的胳膊抡起来软塌塌跌落在床沿上。脑子沉沉的，有些场景似乎是黑山背的现在，又似乎是黑山背的从前。有个女人盯着他，五官是雾样的模糊，想和他说什么事，他不说话，加重了对方的局促，她想制造一些轻松，她笑了，秋天的风，一阵阵地吹拂，刚好背对着秋风，凌乱的头发遮挡了她的脸，她的眼睛若隐若现地看着他。他咳嗽了一下，不知道为什么，她就不见了。他开始伸出手呼唤：“改娥，过来呀，你往哪里去呢？”伸出的手臂在床沿上落空了。狗过来舔他黑黢粗糙的手，他嘴里含含糊糊说着什么，一下就醒了。

郭腊替看了一下墙上的钟，已经是上午 11 点了。他想着刚才的梦，极力回忆，却是什么也没有了。多少年都没有做过梦了。郭腊替坐起来看窗外，看到远处有人影晃动，贴近玻璃看，好像是王翠平的儿子和女婿回来收秋了。临近早晨才睡着，没有睡醒，脑袋嗡嗡响。他趿拉着鞋打开门让狗出去，狗箭一样地蹿了出去。狗在远处冲着晃动的人影叫，虚张声势的样子。

郭腊替洗了一把脸，往地锅里添了水，走到房后取了柴火开始烧水做饭。他一边烧火一边想着早上的梦，想那个女人是谁呀，是郭怀妈改娥？好像也不是。也许就是郭怀妈呢，看来自己的日子不会太长了，她来喊了。两个儿子因了今年外出打工，都不回来收秋，说往返路费都比收下的粮食贵。看看这世道成啥了，钱占了上风，人间就要没有亲情了。晌午饭后他也要下地去收自己的玉米，今年种下的粮食少，越往后越种不动地了，贪几亩地荒着，费力气种下收不回来，看着难过哇。

狗回到院子里，沉着脸，在自己的地盘上很傲气地抛出一长串叫声。

吃罢饭，郭腊替提了篮子拿了蛇皮袋子往自己家的玉米地走。他看到王翠平的儿子和女婿开了两辆三轮车，满满当当的秋粮堆在上面。他很好奇，王翠平没有见怎么动弹居然种下了这么多粮食。这女人过日子的心劲还很贪呢，受罪命啊。

午后的黑山背被日头罩着，那些开着的花朵发出耀眼的光芒，当风吹过来的时候，别致的花仿佛要呼之欲出，真的是楚楚动人，郭腊替有点不舍得去看。

宝福午后也进了黑山背，相跟着来的还有两个县报社的记者，说是来实地采访和拍照，要写一篇报道，树立一个典型。宝福叫记者采访郭腊替，他去做王翠平的工作。火并没有造成火势，她能答应下火是她烧秸秆造成的，这典型人物就树立成了。要树立的典型人物不是宝福，是副镇长鲁希望，宝福有自己的念想在里面。

宝福的狗大远处就把郭腊替的花妞勾走了。

先说郭腊替这个头，如好剃，事情也能成一半。宝福叫记者采访前他单独又安顿了郭腊替几句，叫他配合记者采访，多余话不说。郭腊替没有言语。宝福走后两个记者来到了地边上。

两个记者娃蹲在田埂上说："歇息一会吧大爷。"

郭腊替抬起头看了一眼，低头继续掰玉米。无语。

两个人面面相觑，一个示意另一个要打开他的嘴巴。

一个记者娃蹲在田埂上说："大爷，黑山背没有人了，待不住了，庄稼不值钱，种地还开销大，你这么大岁数了还辛苦呢，你是最可爱的人。"

郭腊替面色如土，手臂和挽起袖管的胳膊暴起很粗的青筋。一行玉米一篮子，看似七零八落倒在地里，实际是有规矩的。

一个记者娃跳下田埂说："我来帮你掰。"

郭腊替知道这不是面对一般人讲话，是面对记者。事情从开始他就没有答应过，他不能说真话，也不能说假话，这俩娃娃是在撬他的嘴巴，一旦撬开就不好绕开他们预设的话题。说王翠平烧秸秆点了火，良心不容许，两个黄土都埋到了脖子跟前的人更不能互相伤害。说宝福说谎，也不能，和宝福没有深仇大恨，每年镇上有救济什么的人家想着自己呢。

蹲在田埂上的记者娃说："大爷，每年收罢了秋，秸秆不还田，都点火燃，是不？"

郭腊替这回说话了："地边上都是去年的秸秆倾在那里。"

记者说："啥呀！去年的都在，那昨天山那边的火是咋起的？"

郭腊替知道自己进了他们的话语圈套，不能再说了，便弯腰把地上的玉米捡到蛇皮袋子里，扎住口袋撂到肩头，头也不回地走了。田埂上的两个记者大眼瞪小眼。一个说："这老头倔着呢。"一个说："警惕性挺高。"

之所以一定要叫他们下乡采访，是因为如今的假新闻多，都是一方面提供，新闻听不到来自民间的声音。鲁希望给新上任的总编讲了他的救火事例，总编就一定要叫记者实地采访，现在和以前不一样了，新闻监督回到了新常态。两个人看着郭腊替的背影商量，用什么样的聊天方式才好叫他讲真话呢？

再说王翠平这里。

宝福没有进院时就叫了一声："老姐姐，昨天的事情太不好意思了。临时有事情就直接回县里了。我还安顿郭腊替告诉你呢，他可能昨天累得没有顾上，把事情给忘记了。老姐姐哎，你先不要答话，我知道是我错了，来来来，这就补偿。这是一百元，不多，都是按下乡标准给你，你拿着。"

王翠平想，宝福可是从来没有叫过自己老姐姐。王翠平就笑眯眯安慰说："也就是一顿饭，山里不缺粮食，我也不缺工夫，用不着拿一张大钱来贿赂我呀。"

宝福说："这就是你王翠平的胸怀，心里藏着一颗仁厚的心呢。这得拿着，你若不拿我就得落下个贪污罪名。"

一百元扔到了屋里床上，宝福觉得有什么问题，又掀起褥子压在下面，无事一样坐在上面。

王翠平说："不缺粮食呀，看你，快拿走，叫人知道了笑话我，我家又不是开饭店的。"

宝福坐在床上，王翠平也不好过来争抢，只好叹口气给宝福倒水。

宝福说："老姐姐年轻时候也是个美人啊。可惜活在了黑山背，活在城市里哪里轮得上韩路平。韩路平讨了多大的便宜，真是便宜他了。"

王翠平捂着嘴笑，笑宝福会说话，当了干部的人就是不一样。笑到激动处，被皱纹挤住的眼睛还露出一丝亮光。门口的天光打在她身上，她禁不住放下捂嘴的手，很高兴地说："韩路平年轻的时候也是好后生呢，人长得直撸撸高，老了，抽了，看不见年轻时候的好了。"

宝福根本就听不进王翠平的话，只想着接下来的事。掏出纸烟想摸火，只见王翠平从床头另一端的被子下摸出一盒火柴，划亮了颤巍巍点给宝福。抽了一口烟，宝福说："我活得不如你好，我身上有使命，当了干部就由不得自己了，官帽就是紧箍咒哇。这不，昨天没来吃饭，都是山火惹下了事。上面知道了，要追查责任，我说是山火，他们硬要说是烧秸秆引起的。你知道的，咱们什么时候烧过秸秆？从前吧，我还见过你点火烧秸秆，昨天是真没有。上边一定要说是烧秸秆，我也只好说是我点火了，可上面的领导说，一个护林防火的人怎么可能自己拿着防火工资就点火烧钱？没有办法，我不能说是郭腊替烧秸秆，你知道，他倔得要死。可我也不能说是你老姐姐点火烧秸秆呀。"

王翠平问："火烧了多大面积？"

宝福说："一两亩地大。差一点就烧了国家林区。"

王翠平说："又不打雷，咋就起了山火？日怪呢。"

宝福说："日怪的事多着呢。前些日子镇上一个干部嫌弃自己腿中间夹着的那东西小，花了五千元网上购买了一个增大器，寄来了是个放大镜。在咱这商店买总共不要五块钱。放大镜照着，果然就增大了么。"

王翠平又捂住嘴笑："宝福，你尽拿稀奇古怪的事说笑话。活该活该，他活该。"

宝福看到王翠平彻底放松了警惕，就说："要不我和上边汇报就说是你老姐姐烧秸秆点了火？一个妇道人家，他们不能咋你。这个年龄你也不怕背黑锅。我这笑话你都能接受，说明你是明理人，和那些啥话都听不得、啥事都当大事看的乡下人不能比，你就是比他们有水平。"

王翠平止住笑说："宝福，说正经事，昨天那火我可不能顶头上，我是多少年都不点火烧秸秆了，孩子们怕我乱点火，都是他们回来把秸秆搂到地垒下，几场雨几场雪，来年那秸秆就沤烂了。”

宝福不说话，很认真地看着王翠平。尽管这个女人的脸上布满皱纹，可她心里明白得很。他是有点低估了她，白费了半天口舌。宝福不甘心，站起来在脚地走了两圈，想着，不知道郭腊替那边采访结束没有，假如郭腊替也承认是王翠平点了火，那么，昨天的事就必须放到她身上。宝福盯着王翠平说：“我是护林防火员，我有权力说是你点火了，你不是烧秸秆点的火，你是给韩路平烧纸钱点的火。为什么呢？因为韩路平的坟就在山背面，就那地方着火了，这事不是我说了算，有郭腊替证明你呢。”

王翠平的脸一下就拉下了：“他郭腊替敢说是我点了火，我还敢说是他点了火呢。”

这句话叫宝福开悟了，赶忙拿出手机点开录音，顺着一句气话往下问：“郭腊替点秸秆了？”

“点了。时常见他点。大地大火，小地小火。那火我看就不是山火，就是他郭腊替点了。他恨韩路平，就因为韩路平活着时叫他穷鬼，他就想把韩路平的坟地烧了。他不和我说话，把我当了死鬼韩路平留在黑山背的那口仇恨，他记恨我，他不是人呀！”

王翠平一边哭一边数落。宝福觉得事情总是在他需要的时候就会有反转，什么叫命好，好命人总是有一只无形的手罩着。心里一阵子窃喜，觉得录多了露怯，有她这几句话就够。他关了录音走近抚着王翠平的肩膀说：“老姐姐，有我宝福在，咱把那一口仇恨扔给他郭腊替，你不要伤心了。老话说了，鸡不和狗逗，男不和女斗，他郭腊替是气量小的人，你怕他我不怕他。这事说到此处就好，日子是咱自己过，咱把咱自己的日子过好，叫他生气去。”

刻薄的、伤心的、冤屈的，越想就越难过，人心不能做比较，不管那些了，所有苦日子中的记忆都起来了。感觉郭腊替坏呀，不说人情也说地理呢，咋就坏到这种地步呢？她闭紧了嘴看着宝福,半天后说 :“你给我报仇。他谁都不怕，就怕村干部。”

宝福正要安顿她，两个记者走进院子里，宝福急忙走出去拦下两个人说 :“你们采访了个啥？”

一个记者说 :“啥话都没有说。我们这就是来找当事人采访呢。”

宝福小声说 :“采访不成，她正生气呢，我这儿有她的录音，事情有反转，不会叫你们白跑一趟。”

两个记者娃说 :“那现在做啥，黄主任？我们还等着明天的新闻呢。”

宝福说 :“回去写稿子呗，我说了不会叫你们白跑。有事实有依据，我宝福办事没有不靠谱过。”

来不及回去道别，宝福拉着两个记者招呼自己的狗贝儿走出了黑山背。

黑山背一下就又静了。静得和没事发生一样。

七

人间无声，也就不知道发生了什么样的变异和曲解。

王翠平黑坐在炕上对着黑下来的黑山背蓄满了一腔怨气，无声化解得她没有丁点力气。想叫自己当下生出力气，就算是借着骂猫也要野着骂两嗓子，可这腿脚酸软得一点也不听使唤。她想不明白为啥郭腊替要害她，是郭腊替对她生出了啥意思，自己没有迎合他，他就变着法想害自己？白猫嫌冷跳到她的怀窝里，她发狠似的把猫扔出去。白猫惨叫一声再跳往她的怀窝，她很坚决地又把它扔出去好远。白猫很无奈也很难过地喵喵叫着看着黑影王翠平。屋里的空气无端就黏稠了，满是一个人过日子的委屈，那过往的委屈挂着数不清的疼，这些疼像风吹着沙子一样荡来荡去，敲打着她的皮肉。她趺趺撞撞站起来想冲出门外，冲往郭腊替的屋子前，想把自己撞到他的门上。一把老骨头了，我就拿命撞你，看看你想做啥？到底想啥？是不是就是想着合灶叫我伺候你呢？

想着自己一生都在争斗中度过，生活是越老越无序了，这一生啊，真是领略了多少体验，难过得想流泪，但是她也绝不怕这最后一回。

早年间自己从山外嫁到黑山背，那时黑山背的后生一个赛一个，看见哪个都怦然心动呢。有了这样的心情，人就打扮得清爽。也不是要招蜂惹蝶，想来是那份过日子的心劲，就想和村庄里嫁过来的女人攀比。比穿、比戴、比家务、比生娃。想起来真是要笑死人，自己还真是看中过郭腊替。觉得他比韩路平知道疼媳妇，时时处处疼。有几次就想叫韩路平知道郭腊替是咋样疼媳妇的，韩路平问咋样疼？还记得她说了，有一次见郭腊替背着媳妇过乌嘴河，两只手不是捏着耷拉在胸前的手，是两只手托着改娥的屁股，迈一步拍一下改娥的屁股，改娥那老实的人在郭腊替的脊背上笑得能岔了气。韩路平一下就捂过来一巴掌，那眼光变得冷冷的，又有很深的怀疑，仿佛在说，你是不是心里也想叫郭腊替拍你屁股？王翠平还想说什么，一口唾沫吞食了到喉咙的话，退了回去。一辈子就嫁了一个这么多疑的人，稀里糊涂生下一大堆娃，除没有成活的四个，活下来两个闺女一个儿，好端端的日子过得叫人沉闷，越活越没有比头。说心里话，这一辈子真要有人背着她过乌嘴河，走一步拍一下她的屁股，那也是一种好呀。

再后来黑山背的人急慌慌都往山外走，过日子的心劲就成了比看谁有能耐把子孙后代送往远方。那能耐是自家男人的能耐，那比就成了心里苦和世上的病，一辈子治不好了。

一股风贴在窗棂上，垂挂在屋檐下的旧谷穗被吹拂得纷纷扬扬地抖动和飘落着，藏在胸口上这颗脆弱的心，也禁不住瑟缩地颤抖起来，于是浑身都觉得像浸透在凉水里一样寒冷。赶紧绕着炕头底下凹凸不平的地急急走了几步，扶紧了门，望着被烟火熏染得漆黑的屋顶，觉得一个人活到现在到底活着是为了什么，是为了一口气！一时又觉得那口气憋满了她的胸脯，她踉跄着用力把门打开，冲出院子，乌嘴河在凛冽的风声里哗哗哗震响，挂在山尖上的半个月明冰凉得如一个人的心肠。她狠闭了一下眼，拽着能拽着的藤蔓往郭腊替的屋子走。爬上台阶时，她看见了亮着灯的窗户，窗户上郭腊替坐在床上的影子，那影子摇来摇去。她还不想撞他的门，就想知道他摇来摇去摇晃什么呢。她闭住气贴着窗户听，听见他在打电话。风声越来越大了，伴随了雨点，她不怕下雨，她就想知道他和谁说话。她听见了郭腊替说："是韩云妈点了。"

这句话叫她是彻底心死了。心里顿时感到了一阵说不出的悲凉，这穷乡僻壤里的多少人、多少事都经历过了，从来就没有想过要经历伸黑手害她的人，她要撞上去了，禁不住仰起头颅。把命撞向这个人值得吗？那是要叫村外的人笑话呀，叫宝福笑话呀，宝福会说，黑山背两个不中用的人临梢末了，活得不知道要脸了。王翠平踉跄着，迎着呼啸的夜风，回到自己的屋里，在幽暗和凄惨的光亮中，铺开了厚厚的棉被，悄悄地钻了进去。聆听着窗外凛冽的风，她实在是想不通郭腊替为什么要害她。

天黑时下了一场雨，细雨沙沙敲打着屋外的树叶。家里的每件物什，都有一定的搁置地方。下雨，明天一早不能下地了。郭腊替取了抹布擦洗农具，用一种欣赏的表情拾掇着，擦洗干净；再看，灯光下闪着亮光；末了，疼爱地端详着摆放好。铁家伙不能有一点锈斑，锈是要传染的。脱了鞋，郭腊替不急不慌地坐在床头，拿出压在枕头下的手机看，看见有好几个未接电话，是大儿子郭怀打进来的，急忙拨过去，电话那头郭怀焦急地问：

“爸，你是不是叫人弄起来了？”

郭腊替说：“弄啥？”

电话里说：“老家微信群里说你点火烧了山，要不是下乡检查，火势不可估量。你没有事情吧？早和你说过了，种庄稼不赚钱，死守着几亩地，不出门，不见世面，更不能点火烧秸秆，捅下娄子还得回去替你处理。人老了，不能叫脑子也糊涂了。”

郭腊替说：“你说谁点火烧了山？我一天都好好在黑山背，现在下雨，我盘腿坐床上给你打电话，没有人把我弄起来。”

电话里说：“黑山背失火了没有？”

郭腊替说：“失了。面积不大。扑灭了。”

电话里说：“是你点了？”

郭腊替说：“是韩云妈点了。不对，我说错了。是护林防火的人点了。”

电话里说：“韩云妈说是见你点了。”

郭腊替说：“你远在天边，你知道是韩云妈说了？乱说啥？我不知道你说啥。我没有点，世上还有比住在黑山背更稳当的日子？你好好在外，不要管我，有事我会打电话给你。”

电话里说：“那就是假新闻，吓死我了，以后电话就装口袋里，别老一天都放在枕头下，有个三长两短都找不见你。”

郭腊替怕浪费电话费，提前把电话挂了。挂了电话反倒心慌了，难道宝福把我弄成了那个点火烧山的人？他越想越不自在，决定再打一次电话问问郭怀。

电话那头说：“咋了爸？”

郭腊替说：“你说那烧山的事情是咋的写了？”

电话里说：“大概意思是说郭腊替年老糊涂不小心点了山，自己还不知道，多亏了山里还有人住，正好撞见进山检查组领导鲁希望，大火才扑灭了，不然就可能烧了国家林场。说你糊涂得啥都不清楚，还是王翠平老人指认了你，才知道火是从一处坟地烧起。”

郭腊替越听越像是说书，编着故事吸引人。心里的气就来了，是对王翠平的气。

电话里说：“咋不说话了爸？你别闹事啊！”

郭腊替似乎又清醒了，说：“闹啥事？我的骨头还不想散架，山里活久了，真傻了，任意叫山外人糟蹋，坏我名声。我没有点过火，都是龟孙子宝福编的故事，拣软柿子捏。”

电话里说：“没事就算了，都这么大岁数了，有啥名声？老家新闻里也没有把火说多大，只是突出了干部下乡的重要性。这种新闻，过三五天就换别的了。我挂了爸。”

怎么能没有名声？人活着到底是为了啥？就是为了一世的名声啊。和王翠平不说话是为了啥？也是为了自己的名声啊。活着事小，名声事大。不能临死背着个烧山犯的罪名！郭腊替穿好鞋，他是要毫不犹豫地去和王翠平对证。

推开门，夜是寂静的，是温和的。细雨下过，云彩躲开了，月明在天上，石头应对着月明泛出亮光指引了他脚下的路。他要为自己的名声去斗争，也从来没煞费苦心去自我防卫过，自我辩解过。可他从来都不怕为自己的名声辩解。他走得急也走得脚步重。

呱嗒呱嗒，呱嗒呱嗒。

一片清新的空气袭来，他的鞋一寸寸洇湿，他的呼吸像风箱吹足火焰时发出的声音。走着走着，他回了一下头，黑山背就他一户亮着灯光。黑山背的人呢？叫日子黑走了。

呱嗒呱嗒，呱嗒呱嗒。

他看见王翠平的花布门帘了，帘子的花式都是彩色布块拼出来的五瓣瓣花朵，他要张开手撕下她的门帘子，她的日子凭什么一定是花朵一样开放？有什么拖长的声音传过来，突然他感觉到了不安，好像要发生什么事情，头发奇怪地干蓬着，里面藏着一大团静电。

起风了，风裹着哨声掠过村庄，那声音如他的脚步。呱嗒一声，有谁家的屋顶子又被风吹塌了，那声闷响传过来，撞击得他不由自主地激灵了一下，急忙扭头往回返。在雨后，在月明的清辉里只走了几步就走完了他的力气。他爬着坐定在那座新塌落的房子前。月影下豁豁溜溜的墙壁碴口处，这户人家搬走之前用谷草编结的送灶王爷上天的坐骑——一匹草马被大梁挑了出来。马头还在，身子已经散架了。马脖子上的红布还在，如少年脖子上系着的红领巾。草马脖子上的铜铃铛响了，顺风扑面而过，只是一丝丝响。他看到没有带走的镰刀，单薄地插在屋子的墙角，犁、耙都散架了，房梁塌落下来砸烂了一口水缸，那些年他是看中过这口水缸的呀，他曾经也想买这样一口水缸腌浆水菜，到处打听才知道已经没有人烧缸了。坐在这里如同面对一场激战后的战场，孤寂、悲凉、单调、杂陈，他看不到锋芒、棱角、生动。时间一如既往地往深里黑，赤裸裸的黑叫他无助成一团，他被伤害了，不是宝福，也不是王翠平，是黑山背的黑夜，是一处处塌落的屋子，那屋子让他承受了精神的折磨。从前，每一个黑夜他都能预感到明天，现在，他连黑夜也无法预感了。

花妞来到他身边，看着他。他像狗一样四肢爬着，青筋暴跳的手，弯弯曲曲抓紧土地。花妞不知道他张扬的内心，只是用它柔软的舌头舔他湿漉漉的手臂，舔他湿漉漉的头发。

王翠平第二天被韩云女婿开着三轮车接走了。走之前王翠平叫韩云女婿进郭腊替的屋子里安顿他一些话。韩云女婿走进郭腊替的屋子时，郭腊替的额头上搭了一块湿毛巾。韩云女婿看见了说："腊替叔，你这是咋了？"

郭腊替有些难过地说："感冒了。昨天遭了雨，淋感冒了。你又进黑山背拉秋粮来了？"

韩云女婿说："不是，叔。接我妈出去检查一下身体，昨天我们回来拉秋粮时，她说她心口疼。正好我借了别人一辆三轮车，能用几天，就想今天拉她去县医院检查一下。一辈子没有进过医院，不想去，这回她是难受得厉害了才叫我拉她去检查。我来是安顿你，猫在黑山背，你养它几天，几天光景就回来了。"

郭腊替说："好说好说，快去县医院给你妈好好检查一下。到年龄了，一辈子没有享过福，叫她好好看看外面的花花世界。"

韩云女婿说："多喝水，叔。其实猫不管它也饿不死它，黑山背的地老鼠多，它找得到吃食。我妈怕饿死它，叫我来安顿你管它几天。几天后她就回来了。"

郭腊替没有想到王翠平能叫女婿来传话，一时就想多说几句话，又不知道该说什么，只是一个劲说："我能照顾好猫，我能照顾好猫。"

韩云女婿笑着就走了。

听见村口三轮车发动时，郭腊替急忙趿拉了鞋往出走，草长得一人高遮挡得却是什么也看不见，三轮车的声音就远了。

清凉的空气中突然出现了一团白，他皱着眉惶惑了一下，看清楚是王翠平的白猫蹭着他的裤脚。花妞蹿出来唬了两下，白猫弓着脊叫着想躲开又不忍心。郭腊替弯腰捉住猫抱在了怀里，抚着它的脑袋说："没娘啰，没娘啰。"

花妞躁乱得在院子里走来走去，它不希望郭腊替抱白猫，多少年都没有见他抱过自己，他轻抚白猫的样子真叫花妞好生嫉妒。

王翠平走了半个月，没见回来。

郭腊替每天都去王翠平院子里看看，有时候风吹得院子里的柴四散跌落，他捡起来重新搁置好。秋天的风吹得满院子落叶，一些潮湿的石头地缝长出了野草，他拔掉那些野草，扫干净院子，做完这些时就坐在王翠平家的门墩上抽两口旱烟。他向周围左顾右盼，耳朵却警觉地探听进出的路口，他盼望听到三轮车声，或者狗冲着生人狂叫的声音。秋天嘈杂的树叶落尽了，风在不停地旋转，吹来一些塌落了的屋子里的旧纸片、旧草屑、碎布头，还有各种各样没有用的东西，树枝、鸟的羽毛。他的脑袋里飞快地掠过许多忧伤的想法，童年、少年，许多无益的、已经无用的记忆中的事情都出现了。自己的生活，以及黑山背人的生活，越来越清晰。他甚至想要强行打开王翠平家的门，日头好时，他想晒晒她的屋子，长久没有开门，屋子里潮气一定把锅碗瓢盆都潮烂了。

冬天来了，下了一场雪，一股卷着雪沫的风打碎了王翠平家窗户上的一格玻璃，他找了一块石头挡住了那格窗户。他看到了屋子里收拾得干干净净的床铺，墙上的年画、锅边的碗筷，都在等着王翠平回来。

花妞在冬天的一个夜晚生下了两只小狗。猫惊讶地看着那些蠕动的小东西，时不时地想去动它一下，花妞就狂叫。郭腊替觉得屋子里有了生气，说不清楚的过日子的生气。有些时候就看白猫轻手轻脚走近它们，伸出它的爪子去撩逗它们，花妞怒吼着扑过来，猫选择了撤退，花妞的警戒心并没有放松，叼着它的狗儿子到处跑。这样子有一只小狗就被它叼来叼去病死了。剩下一只小公狗，它居然表情丰富地摇动着前爪向猫示威。郭腊替想到许久没有见到宝福了，这小公狗还是宝福家贝儿的后代龟孙呢。想着宝福弄下的事，一肚子恨，就想着叫这小公狗龟孙吧。一山不能容二害，龟孙长大了一定要拦下宝福的贝儿，不叫宝福进黑山背，宝福一进黑山背呀那是猫狗不宁。

进入腊月时郭腊替听到三轮车响了，是王翠平回来了。

躺在三轮车上的王翠平已经昏迷不醒。这是一个不好的兆头，王翠平得了食管癌，做了手术。人在化疗期间，因为县城里冬天的雾霾重，体质弱的她又感染了肺部，恐怕连年都无法过去。

果不其然，回黑山背的第二天，王翠平就走了。迟早的事，有生就躲不开死。

郭腊替无法控制自己的眼泪，他哭着收拾出箱子里去年清明上祖坟多余下的金箔纸，认认真真叠着金元宝，叠好后摆放在篮子里，一层层摞起来。他用谷草编了一匹草马，找出一只铃铛拴在草马的脖子下，草马的身子披了红布，它的尾巴用了几缕麻扎紧，披散开。

郭腊替走进王翠平的院子里，挽着他准备好的东西，没有人和他打招呼。他看见回黑山背奔丧的人，这些人脸上没有悲伤，他们嬉笑着说着山外的事情，山外真是一个巨大的诱惑啊，那诱惑让黑山背奔丧人忘记了哭声。地上的棺材只是一个摆设，王翠平躺在里面，永远都不会和他说话了。郭腊替弯下腰，取出他叠好的金元宝，一个一个点燃。他生怕没有燃透，没有燃透的金元宝到那边成色不好。燃烧完金元宝，他告诉王翠平儿子说："你们离开黑山背时把草马烧了，屋子里没有人了，灶王爷要离开了，不能不给他老人家一个坐骑。"

那些人看着郭腊替笑，郭腊替在他们的笑声中哭着离开。

八

因为死亡，黑山背回归了那片土地。

山脊上走满了日头的光芒，日头照不到的地方积满了雪。花妞乏困地卧在雪地里，它的儿子龟孙跟着它在远处扑动着四个爪，雪下的那些荒草随着它的扑动大片大片地撩起。明年春天草还会绿，会疯长，只有黑山背的人没有再生能力了。

年关将至，儿子们打电话说不回来过年了，过年值班在企业里是双份工资。郭腊替叫他们不要操心自己，过年也就是一个日子，过了这个日子就过年了，这把年纪都害怕过年，过了年谁知道会是什么样子呢，他们不回来正好。罢了又安顿他们好好过年，过年是年轻人的事情，还能多赚钱，有热闹，就不要担心他了。

放下电话，郭腊替有些难过，其实他是渴望孩子们回来过年的，毕竟是年，一年时间经历了春夏秋冬，经历了那么多的事，他想和他们说说话。可是现在的人谁愿意听他说这些车轱辘话呢？床头的墙壁上，有一个斑驳的紫红色相框，里面都是从前的照片。他看到郭怀妈改娥坐在凳子上，双手放在膝盖上，茫然地看着什么，头发弯弯地卷在耳朵后，眼角微微地挑着，因为照片有些发黄，她的眼神迷离着。郭腊替拿干净毛巾轻轻拂去玻璃上的浮灰，有些地方灰尘积厚了，他吹了一口热气用劲擦了一下，眼前就浮现出了从前的景象来。

从前的年腊月里，炊烟袅袅，灶火间缭绕着年香，掀开蒸笼时，白面馍馍花朵一样散发出面香。两个儿子跑进来急慌慌要吃馍馍，郭怀妈说："还没有祭灶家爷呢，馋嘴东西们快走远远的。"坐在灶火前添柴的郭腊替就把试碱的小馍馍拿给孩子们吃。郭怀妈看见了就吆喝："那也要先给火神吃。"赶紧揪一团生面扔进灶膛。

年影子似的跟在庄稼人的身后，庄稼人怕过年。只有娃娃们盼过年，恨不得一个跟头翻到大年初一早晨，去吃那守岁夜包好的饺子。长年累月在灶间，郭怀妈的脸膛红红的，啥时候望见了都觉得是一脸喜悦。照片上看不出那一抹红来，那红入了从前的记忆。

如今的社会啊，钱把人的手脚绊住了。

一个人的黑山背也要过年，过年不能没有热闹，不能没有红对子。郭腊替找出红纸来，一条条剪出对联，扳着指头数，看有几户人家的屋子还立着，门还在。有六户的门还挂着锁，那就要贴六户人家的对联。王翠平走了，她的屋子应该贴黄对联。找出黄纸来同样裁出两副对联，因为王翠平还有一间灶房。郭腊替拿着对联和糨糊往村子里走。对联上无字，字在黑山背没用了。他贴一户打扫一户院子。没有人的院子里还有生灵，不能叫它们小看人，除非黑山背没有人了。最后贴王翠平的屋子，他看到好久没有打扫的院子里到处是鸟粪。过年了，年把你搁置在这厢了，回家来过个年吧。打扫干净院子，贴上黄纸对联。他坐在门墩上歇息了一下，突然想说话。

“那边没有冷暖是吧？没有冷暖也就没有年。过年了，你是离我最近的人，活着时没说话，想想都好笑，活人怕死人，怕个毛。我现在就跟你说话，你活着时的样子我还记得，我心里惦记着你，有一天我见了你啊，我一定想办法把咱黑山背的人集中起来，还住在黑山背，那时就没有死亡了。我养着你的猫，它胖了，你离开黑山背的那几个月里它叫过一次春。不怕你笑话，黑山背所有人家的屋顶它跳着叫来叫去，小孩叫一样，哇哇叫得人难过。我想明年叫山外的人逮一只公猫来黑山背，可我就是不敢说，怕人家笑话，传出去都是黑山背人的笑料。就算黑山背留我一个人了，也不能叫山外的人说黑山背还有一个活死人，还在制造笑话。明年开了春我就自己出山，找一只公猫回来，没有什么理由，就是不想委屈了你的猫。我知道韩路平和你在一起呢，但是，我就是不鸟你韩路平。你叫我把活人的日子过成了死人的日子。我现在就要把死人的日子过成活人的日子，天天来和你说话。哎哎，总算和你说话了，我知道你脸红得不好意思开腔，明年你闲置的地想种啥？我帮你种，明年就不用偷偷摸摸了。”

年腊月二十三，郭腊替找出今年的新谷草来编了草马，灶王爷要回天庭汇报工作，要把灶王爷的坐骑打扮好。走前还要给灶王爷吃甜点，糊住灶王爷的嘴，好让他在玉皇大帝面前多说几句人间的好听话，来年多给人间一些风调雨顺的日子。郭腊替一早就开始烧柴慢火熬甜饭，下了黏米后又煮了枣、红豆、柿饼、花生、黑软枣，盛饭时还加了红糖。甜饭摆放在了灶王爷牌位前。吃罢饭，灶王爷就要骑草马上天了。

天空星星出全时郭腊替放了一个炮，点了一把火烧了草马，口里念念：“上天言好事，回宫降吉祥。”

从前大人们说有灵性的小娃娃还能听到灶王爷叮叮当当的出行声。黑山背怕是再都见不到有灵性的小娃娃了。

过了小年就是大年，郭腊替丝毫不敢轻薄了年，穿了干净衣服，打扫了屋子，擦洗了玻璃。年三十夜包了素饺子，接回来祖宗，敬奉了菩萨，破天荒歪歪扭扭写了一个斗方“开门见喜”，贴在了进出门上。先煮了饺子给猫狗，然后自己吃，一边吃一边安顿猫狗，告诉它们新年了，长岁了。

平静的黑山背响了一串长鞭，两只狗冲着鞭声叫了很久。假如没有这一串长鞭，黑山背该有多寂寞啊。郭腊替不想和年做简单的无奈的话别，他用他一个人的仪式过年，年揪着疼和他一起黑了亮了。

年就过了。

狗狗狗

一

大约是 1945 年 7 月。

那年夏天，天空少雨。满世界夏阳干裂裂的，茫茫田野一片肃杀。一切绿色的东西都在逐步卷曲或变黄，大风刮来时，哗啦啦的，在听觉上很干燥。王月蛾挽着荆条篮子，在山神凹窑堖地玉茭茬根上捡豆角。她在撩拨额前被风梳下来的刘海儿时，看到了风脉山巅上走下来的高头洋马。

小鬼子进凹了。

王月蛾疯也似的跑回土窑。这当下两个孩子：十二岁虎庆和五岁的虎昌正在灶火灰烬中扒拉烤芋头。芋头的香气散发出一股揪心的膨松甜味。王月蛾揪起在灶火旁的虎庆和虎昌扭头就走，忽然又想起什么，转身从窑顶梁上挂着的竹篮里取出几个玉米窝头揣进怀里，慌悚悚地和虎庆说：

“东洋鬼子进凹了，你领二子跟娘躲到后山的羊窑内。”

虎庆抬头瞅了一眼窗外，窗外崖头上一纸薄的夕阳，薄淡得失了血性，黄瘪瘪的。他把眼睛耷拉下来，脸上带着迷茫，不清楚日本人进凹了要干什么。

日本人占领中国十四年了，来山神凹这是第二次。第一次是从风脉岭上过马队，没有拐下山神凹，从岭头上往太行大峡谷方向走了。虎庆那阵儿在旱水池边张着嘴看，娘一把拽了他藏进了树丛中，等了好长一阵，再看岭头上空秃秃的，马队像风一样消失了。

王月蛾旋风一样把手伸进灶火，在地锅底上摸了一把锅黑抹在了脸上。虎庆抬头看时，感觉娘的脸就像他手里捧着的烧焦了皮的芋头，在傍晚窑洞收聚的光线下闪烁着铁屑的荧光。

走不了了。

王月蛾清楚地听到马蹄的嘚嘚声由远而近，心里像掉进了一块石头，那块石头揪住了她的心肺，她感到了莫名的惊恐。

嘚嘚声越来越近，在窑门口停下了。

鬼子用刺刀挑开刺槐编结的篱笆，在院当中的枣树上拴了马。

王月蛾把两个孩子紧紧搂在怀里。二子虎昌不知道发生了什么事，一小块一小块掰着芋头往嘴里送。王月蛾说："还吃！"

怕娘夺了去，二子虎昌一把把芋头全塞进了嘴里，两腮鼓了起来，眼睛看着娘。

虎庆瞪了他一眼。这光景就听得门哗啦一声被什么东西刺开了。

小鬼子进窑了。

留了仁丹胡的鬼子眯了眼睛细细地寻了一遍窑洞，最后眼睛停留在一团阴黑处。鬼子的刺刀闪着银光，在窑洞飞扬的尘埃中划出好看的光影。那一团阴黑似乎蠕动了一下，就听得鬼子的枪栓"咔嚓"一声上了膛。

二子虎昌哇的一声哭了，芋头喷了出来。王月蛾用手捂住了他的嘴。

鬼子的目光似乎有了答案，在没有进一步用肢体动作表现之前，瞥了一眼土炕上一条叠得方方正正的粗布被子。这一细微的神情很无意地被虎庆发现了，他跑过去一下跳到了被子上。他们一家人就这一条被子，东洋鬼子想打被子的主意？虎庆不干了。鬼子收了枪，咧开嘴居然笑了一下，仁丹胡歪上了脸的左上方，他从口袋里掏出两块糖递过来，虎庆一巴掌把它打掉在地上。鬼子脸上的笑霎时不见了，一把拎起虎庆，王月蛾吓得叫了一声，鬼子手松了，虎庆垂直地被墩到土窑地上。鬼子用枪刺抖了抖被子，人体沾落在被里上的皮屑像雪一样飘起来，鬼子嘟囔了一句什么，转身从水缸的箅子上拿了一只水瓢反身出了窑洞。

山神凹，这里离山外有三个山头，凹里人家不到十户，大小加起来不够二十人，孤落落的一个村庄。鬼子来这儿干什么？王月蛾一时半会儿没想明白。

鬼子走出窑，卸了马鞍牵了马朝不远处的一个旱水池走去。水池旁有一棵上了年纪的正开着花的老槐树，鬼子把马拴在树上，眼睛闪着光看着水。这一池子水是他几天来看到的最好的满足。他本来不是来山神凹的，在风脉岭上看到了亮，就来了。当下他挽起袖管，愉快地笑着走近水池。那笑容在一闪间包上了晚日的余晖。鬼子弯下腰掬起一捧水，在鼻子下嗅了嗅，然后将一瓢水泼在那匹棕黑色的马的背上。马抖了抖颈部的鬃毛，打着响鼻仰起脖子很惬意地嘶鸣了一阵儿。

这一声惊动了山神凹所有的人，都贴了门缝看，只见一个留了仁丹胡的人赤条条地在池中上下翻飞，池水苍黄。

小鬼子忽略了天光和山神凹的人。

这是山神凹人赖以为生的旱水池，因为山神凹缺水。缺水的原因是地质结构，由于奥陶纪石灰岩分布面积厚度在 500 米以上，致使地表水难以储存，地下水埋得很深。又因为地处太行山系大峡谷的中部，高低相差 1300 米以上，坡陡、谷深，河涨而易枯，井深而难凿。县志上记载：掘地三千尺犹不为泉。这里的人就只能靠天上的雨水吃饭。这旱水池是凹里人的活命。王月蛾掀开缸看了看水够娘仨吃几天。这时候虎庆说："娘，来看。"王月蛾看到小鬼子正掏出物件儿欢叫着将一注黄水射向池中："嗷，咯咯咯！ 嗷咯咯！"一腔怒火填满了王月蛾的胸膛。王月蛾说："面朝东就是坡，好端儿淫了一池水！"鬼子的这一举动激怒了山神凹所有的人，几乎就在同时，家家户户的门张开了，一凹男女老少举着棍棒朝旱水池冲去。还没等鬼子把那股黄水射尽，一根木棒就落在头上，随后仰面倒在岸上，围过来的人一阵乱棒，霎时，鬼子赤条条地蹬了几下腿见了阎王。

山神凹的人们抢去了鬼子所有的东西，就在他们拖着鬼子往沟里扔的时候，风脉岭头上又下来一个鬼子。

鬼子是一个一个进山神凹的。在这片土地上，他们已经很习惯了这样的走动，因为没有什么是他们害怕的。又因为一项任务，他们同时在风脉岭上看到了这个旱水池。这是一个小岛上的民族，习惯于和水会合，过惯了水沫飞溅、浪花欢跳的日子，只要几天没有见水了，就会好想好想。

鬼子发现了一群男女往村里跑，他大叫了一声："八格！"

山神凹的人没有停下来，乱了阵脚一样跑了起来。鬼子朝天放了一枪，四处奔跑的人叫喊着停了下来。鬼子把他们集中到旱水池边的一块空地上，发现了对面院子里的那匹东洋马，踮起脚尖尖顺着一溜血迹看到了坡地上躺着的鬼子。鬼子望着鬼子，牙齿咬得嘎巴响，恶狠狠地举起了刀，手起刀落，一个山神凹人就地滚下了旱水池。一个，两个，三个……霎时，山神凹的人的头就像滚冬瓜一样滚到水池边停住，人头张着嘴，瞪了眼，看旱水池，水池沿儿上有一片血散开，像三月桃花开得红艳。

整个过程几乎就是一眨眼的工夫，山神凹的人甚至没来得及反抗。

倒是畜生受了惊吓挣脱了缰绳长嘶一声蹿出了出去。

杀红了眼的鬼子似乎不解恨，挨了家搜索。

为了两个孩子，王月蛾没有出窑。这当口，一股被滚弄得潮腻腻的血气由远而近串进了窑洞，王月蛾心火燎燎地蠕动起来，她明白想不到的事情来了。她把两个孩子打发到地窖里，她说："记住，什么响动都不要出来！不要哭，饿了吃萝卜、芋头。"

石板扣上时漏了一丝儿天光。

王月蛾看到有一个人要走过来了。

一个东洋鬼子。

王月蛾从缸后抄起了一根顶门棍，猛一顿，立在了鬼子面前。

窑门吹进来一阵凉风，王月蛾感到后背上有蚯蚓在爬动，同时也感到小腿肚子酸困麻剌剌地正朝她的上身漫，双方对峙着。僵持像悬桥样搭在王月蛾和鬼子的目光之上，他们每眨一下眼，那僵持就摇摇晃晃弄出一些惊心的响动来。

僵持比死亡痛苦几倍地消耗着她的体力。王月蛾不敢先动手，因为，那柄战刀闪着银白色的亮光。

鬼子仔细眯了眼睛定定地看着王月蛾的脸，似乎看出了什么内容，就有了念想。欢快地叫了一声，上前想拉王月蛾过来。鬼子想拉王月蛾过来干啥，王月蛾明白，鬼子更明白。王月蛾为了给自己壮胆，手里的棍有力地晃了晃，然后用力打了下去，因用力过猛，顶门棍子打在窑门上，碎成了几截。一刹那里，王月蛾看到鬼子的军刀卷起了很厚的刃，豁豁溜溜，那刀尖儿滴着血一下子插进了她的肚子，王月蛾瘫了下去，闭上了眼睛。

天色苍白，一纸薄的晚日也不见了，半空的血气麻麻乱。东洋皮靴的嘎巴声从凹西走到凹东，之后，两匹马一个鬼子离开了山神凹。

虎庆和虎昌在地窖里看着天光的漏暗了又明了，有阳光拉丝一样落进来，突然的天光就又暗了。什么声音也没有，虎庆对虎昌说："二，咱出。"

他们爬出来的时候看到的是天上聚过来的一块很厚的云。走进窑内，他们看到了娘躺在地上，肚子漏出了一团曲里拐弯的东西，血干瘪瘪地在土窑地上发着暗红。虎昌大叫了一声："娘——"浑身像筛糠，张着个嘴说不出话来。

一场暴雨从天而泼。雷神喊叫着，将地面上山神凹的死人血聚集在一起流向旱水池。

山洪从风脉山头上蜂拥而下，兄弟俩顶了雨往山头上爬，他们想翻过岭头到后柳沟找一个人，这个人不是别人，是武嘎。

雨下得太大了，红胶泥路胶去了两兄弟的鞋，他们反身回到了窑垴顶的一个给牲口铡草的窑内。虎昌瑟瑟缩缩拉了哥哥的手，他的手像火炭一样烫，虎昌说："哥啊，冷。"

虎庆反身抱了他躺在谷草上，感觉自己是抱了一团火，吓得站了起来，用谷草将虎昌盖起来，一边盖一边说："二，不要吓我！二，不要吓我！"

清鼻涕和着泪水一把一把甩在地上。天黑下来时，雨有些见停。虎昌开始呻吟，到后来渐渐变得安静了许多。窑内漆黑一片，虎庆的眼睛望空了，落落寞寞的沉寂便哐当一声砸在了他的心上。只一下，他才灵醒到一凹人就剩下他弟兄俩了。他心里满天满地空旷起来，死寂和恓惶像突然降下的深秋一样弥漫了他全身。

"娘——娘——娘——"

这一声紧一声的黏稠的叫声似要把山神凹的脉气冲荡出来，一些窑檐下落脚的鸟，冷丁儿乱飞，这时，就有回声传来：

"娘——娘——娘——"

虎庆一觉醒来时，天麻麻亮。雾气积聚在山神凹内，他扒开谷草叫了声：“二，二，二——”

虎昌无声，已在半夜里断了气。深灰色的山蒙上了浅白色的雾，他的呼喊声像麻绳一样断了下去，心里轰然一声巨响，仿佛窑将倒塌，他疯了一般朝后柳沟跑去。

二

山神凹眼下除了虎庆，还有一个人活着，他是放驴汉武嘎。

武嘎是山神凹唯一的一个青皮后生，其他的都给充军走了。他之所以没被充走，是他整日在外放驴，他给外村几个大户合起来放驴，也掺了几只羊，驴是泉沟的驴，羊是山神凹的羊。他不在泉沟放，也不在山神凹放，要到后柳沟放。

他说：“泉沟的山上树稠有狼，后柳沟有一块缓坡地，草厚。这地方十年九旱，哪里有草让驴吃，就把驴放到哪里呗。”

其实，无论山神凹还是后柳沟的人都清楚武嘎是想后柳沟拴柱的女人。也就是说，武嘎没有女人，他的女人是拴柱的女人。

拴柱的女人叫秋。

秋是“民国”十九年拴柱他爹从中原买回来的童养媳。秋被买回来时，10岁的她不及7岁的孩子高。黄皮寡瘦的脸皮儿上扣着一双大眼睛，睁开看一只眼睛比嘴大，两只眼睛占了半个脸。一张小嘴凹进了两颊，两半儿脸蛋上就点出了两个小酒窝。由于旱灾，又因为是闺女，拴柱他爹五尺土布就买回了她。

当春水还异常寒冷时，秋抱了一家大小的衣服到后柳沟的旱水池洗涮。拴柱给她搬一块搓衣石板，石板下有旱瞎子挑了尾巴来回跑，秋就揪住瞎子的尾巴摔在旱水池的石垛上。有人看见了说，河南来的“草灰”杀生，谁也不待见她。没想几年光景下来，秋就像春天潮湿地带长出的小黄菊，灿灿的，像是见到什么就受到了什么的滋润，在青枝绿叶间亮得嫩爽，清朗活泼得像刚脱了蛋皮的小鸡子。

17 岁时，拴柱他爹给他们圆了房。圆房只能算是一个结果。因为，打小人们就知道拴柱没有小锤锤，两条细麻腿中间是一个肉球球。秋不知道这意味着什么。星月的阴影挂起来后，她才知道人这一辈子活了个啥。在山沟沟，十五六岁的闺女都抱娃儿了，儿女房事打早婆家人就示范，秋的婆家却从不提及此事。

月黑的夜里，秋摸着那个肉球球，摸着摸着就睡了。到半夜，听得对面炕上有翻迭声，是公公在摸索婆婆。夜很静，他们的出气声却很粗，有响声冒出来一个气泡，那个气泡一下就撞疼了秋的心。她狠命地拧了一下那个肉球，拴柱被拧疼了，听到对面炕上有动作，就拿腔作调地咳了一声。对面炕上那些个冒出来的气泡就飞远了，气息声就小下来，只是喘息声，还在，还继续，细小的气泡儿还在冒。拴柱就用嘴咬秋的肩，这一咬倒咬出了秋的痛快。秋感到全身像木炭遇了火星子，热烫地叫道：

“咬啊，咬啊，咬啊，咬——啊——”

后一句“咬啊”如鬼魂的游丝，长长的，悠悠地呵出来，对面土炕上的喘息声像麻绳一样断开了。

白日里，有好事者把秋夜里的音调呵出来，秋听了脸上就好像有耳光掴打后的热疼，心里窝着的羞辱像藏匿了无数串烧红的蚂蚱。

秋肩了锄到坡上的玉米地里锄苗。黄土坡地上因为干旱弥漫着阳光的焦煳味儿。她把锄扔下，坐到地垄的一块石头上生气。风吹来，玉米叶子涌动出哗哗的响哨儿，她把手插进土里揪出一疙瘩野小蒜，放到鼻子下吸吸，香辣青涩的温暖就汪洋了一腈胸膛，脸上有粉粉的红晕浸出来。

“吆呵——”

远处悠悠地滚雷一样，滚来一声男人的喊叫声。

秋把手蓬在额头上抬了头看，见山梁上墨黑的油松现出紫金，有一层烈烈的烟尘铺在上面，那是夜的地气在日头下生出来的张狂，往下看，看不见吆喝的人影儿。秋呆呆地看着远处，不由得想了心事，她恨爹娘把自己卖了，落脚在这山沟里。落脚在山沟里也罢了，一辈子还拴死了这样一个男人。泪水不听使唤流了下来。

这当口，武嘎赶了驴和羊顺了沟口进了后柳沟。把驴和羊赶到缓坡地，见秋在地垄上坐着，四下望望没见有别的人，绕了一圈走到秋跟前。见秋脸上淌泪，武嘎说：“大白天的，哭个啥？”

秋抹了抹泪看看是山神凹的武嘎，说：“没哭啥，瞎想。”

秋又回头看看，说：“坐吧。山神凹的驴赶到后柳沟来放，也不怕路远？”

武嘎说：“远怕啥，再远的路能远过咱这双脚？什么样的山头登不上，什么样的弯道拐不过。”

武嘎说这话时，眼睛转了一个大大的圈，除看了周围的山上，还瞄了秋的脸。

他瞅到秋的脸上贴上了红晕。一个女人要见了一个男人，脸上贴上了红晕，那种事情八成有门。

秋不说话，望着地垄边的深沟，沟中蓄满了燥热，正当晌午，热气涌上来焐烫了秋的脸。

武嘎把身上穿的粗布褂子脱下来，揉成一团在脸上抹了一把说：

“这天闷热得要死。”

秋闻到了武嘎身上的汗臭味儿。

武嘎把布衫夹到腋下，往前坐了一下，想说什么又没有说什么，手在自己的身体上搓来搓去，搓下了一些泥撅撅。

武嘎说 :“人住的地方就怕缺水，人要是没有了水汽，就和这地一样干得能裂开个纹儿。”

秋说 :“裂就裂，遇了雨水倒好，灌得猛。”

武嘎说 :“你就是旱得干裂的地。”

秋没有言语，好像在咂摸武嘎的话。

武嘎用手轻轻擦了一下秋的胳臂肘，秋就一趔趄，双手往腿中间夹了一夹，顺口叫了一声 :“驴。”

武嘎说 :“驴还知道个跳马，鸡还知道个打鸣儿，猫狗都知道个二八月，是吧？人就这么个日哄日哄算了事啦！”

秋的心里浸浸地淫起了一团热燥，一团火。

武嘎进一步说 :“咱打个比方吧，要是你就是那个芦花儿母鸡，咱就是那个黑花儿公鸡，我追着你打鸣儿，你撅屁股不？”

“没皮脸。”

秋抬起头又低下头笑，把双手抽起来捂了脸。粉嫩的指尖尖上沾了黄土、野蒜汁味儿散开来，秋歪了脸看玉茭地的青苗儿。

武嘎对着远处叫了一声 :“黑——”

岭尖上闪过来一条黑毛狗。

武嘎站起身看着秋，看着看着弯下腰“嘿”了一声，抱起秋走进玉茭地深处。

黑在玉茭地外面四下里吐了血红的舌张望着。看人。

多少日子燥闷焦枯的山梁上，开始有了一些别样的味道。玉茭的动荡似乎是洪水卷流的头，上下起落，把山脉撞成一片洪荒汪洋。

玉茭熟时，武嘎和秋转移到了后柳沟的羊窑内。天寒窑暖，天热窑凉。铺了干草，秋天的草厚，厚厚的草把驴和羊养得肥腻。武嘎把羊毛薅下来捻成线，削了荆条针绾毛裤，生羊毛织出来的毛裤硬邦邦的，武嘎织了要给秋穿。

秋说："裤裆中间留下个口，我添了布，生羊毛磨得裆疼，也痒。"

武嘎就笑了说："那活儿就是绝痒。"

十几只羊和十几头驴在窑口聚成团，日照的光影从畜生的皮毛中间漏进来，有青白色的滴答滴答声响起，秋知道那不是水声，也不是树声、草声、间或虫鸣声，是羊屎的吧嗒声。

三

武嘎是鬼子进村的前十天出后柳沟的。武嘎出凹有一件事情要紧着办，他想给秋扯二尺水红洋布。秋说："武嘎，你到山外给我扯二尺水红洋布，我想做个肚兜。"武嘎就去山外给她扯水红洋布。这一去就是十天。这十天里发生了好多事情，对武嘎来说，这十天他是一生都不会忘记的。

武嘎翻了两座山到一个叫王壁的村里扯布。这里平常是有货郎挑了货进山的，因为兵荒马乱货郎不得不在自己的村子里隐下来。武嘎找到货郎扯了二尺布揣进怀里往回走。也该他倒霉，走着走着就遇上了一队日本鬼子。

这是 1945 年的 6 月底，日本小岛上从天空掉下来一个炸弹，它不是普通的炸弹，很可怕，让这个不知道什么叫怕的民族怕了。驻扎在晋东南的日军接到上级的命令要撤出山外，一小股撤退的日军在山里迷了路，就在他们像个无头苍蝇在大山里乱转的时候，遇见了武嘎。日本兵要武嘎带路，还把一挑担子架到了他的肩上。担子说重也不太重，一路走去离山神凹远了，离后柳沟也远了。武嘎肩上的挑子就重起来，他想这样下去不是个办法，得跑。就这样走走停停，停停走走，武嘎始终没逮着机会。他看到日本人只要歇下来，就没完没了修理挑子里的一个铁疙瘩。还不时拿了一个像算卦的罗盘一样的东西对方向。机会终于来了，到了晚上，武嘎乘鬼子换岗的当口，跑了。

武嘎没有白跑，他背了铁疙瘩还拿了那个很像罗盘的东西跑，绕了山梁，不走正路。

武嘎拿走的是日本人的电台和军用指南针，当然他并不知道它对于日本人的作用。他一边跑一边骂：

“日你娘，让老子给你带路，还给你当挑夫，越走越远，好好的一个人就这么说走就和你们走了，了得！日你娘，来这山沟里干啥来了，我偏让你想干啥干俅不成啥！”

铁疙瘩很重，武嘎本来想抱了它回沟里找铁匠打两把锄，但走着走着就嫌碍事，抱着它跑到山梁上把它扔下去了。怀里揣了罗盘和二尺水红洋布走回了后柳沟。

武嘎回到后柳沟的第二天就下了一场大雨。雨铺天盖地而来。武嘎望着对面的山上冲下来的石头蛋子，想：东洋鬼子完蛋了，尸体明天一早就刮到了峡谷外的林州，武嘎大声地笑了起来，窑口的驴因为武嘎的笑也对着外面的雨嘹亮地叫起来。

第二天雨歇了，武嘎打发黑去叫秋。黑在秋的土坯房前叫了两声，秋就会意了。但她偏偏不表示：人走了这么长时间，一回来就让狗来叫，想得好！就没有了想出门的意思。

黑跑回羊窑哼哼了两声也反映不出个什么来，武嘎和黑说：“心里明白就是说不出话是不是？”

黑哼哼了两声。

武嘎取了一个包袱夹到腋下，往秋的土坯房子走去。他不从村上的正道走，而是溜着墙根走。来回绕着闪了几下就走进了秋的院子。在门口碰见了秋的公公，武嘎立马咧开嘴笑，秋的公公说："出了趟远门？"

武嘎说："出了趟远门。我薅了些羊毛给你做褥芯，喏。"

武嘎递过去包袱，秋的公公接过来翻看羊毛的成色。这间隙儿，武嘎的眼睛绕了一圈，看见秋在炕上坐着正瞅着窗外，拴柱在给他娘捶背，咚咚咚捶背的声音缭绕了满院子。因为是夏天，闷热的天气让沟里人摘下了窗户透凉，武嘎这么着就把所有的景致看了个透。

秋的公公说："进屋子里去吧。"

一听这话反倒让武嘎不大自在了。他用手挠了挠后脖子，挠了一指甲泥撅撅，泥撅撅像丸药蛋子一样在手指上卵了卵，弹了出去。

武嘎能走进秋的屋子里与拴柱自身有很大关系，拴柱是家里的独根苗苗，却又是个二一子。他爹一直想要个后，那年头想要后是没有办法人工造就的，必须依靠他人自身的器官帮助来解决。拴柱他爹和他娘私下里商量了一下，对待儿媳要睁一只眼闭一只眼，意思上是想要别人代替拴柱来实现，不管是谁的种生在了老宋家，就是老宋家的种。武嘎成了首选第一人选。当时拴柱心里很憋屈，直到秋背着他和武嘎偷情，自己干着急又行不成事，觉得自己的能耐确实不大，才稍稍想通了。就是说：一些事情只要一下想通了，很重要的事情搬出来也就很顺当了。

武嘎进了屋。靠窗的炕上，秋在做针线活；靠墙的炕上，拴柱卧着给他娘捣背。

就算是人家放松了，武嘎也还是不大志气，首先想到的是要讨得宋家人的笑脸，才能行事。撩起屁股坐到秋的炕上说："拴柱，给你个耍子。"

他从怀中掏出了那个很像罗盘的东西，并捎带出了二尺水红洋布，顺手就给了秋。拴柱接了武嘎扔过来的那东西，翻来覆去看了半天，那尖尖的红针针怎么样转都是一个方向，不知道是个啥，稀罕得很。拴柱跳下炕挨到秋的身边要秋看，那个红针针就指着秋的胸脯。

拴柱稀罕地说："秋，快看，它指了你的妈妈穗。"

这地方的人管女人的乳房叫妈妈穗。秋就挺了挺要它指。武嘎的心一下子弄得很是不自在：撩啥嘛，让心火燎燎。十天了一下子也没有接挨到实处，指着个那东西算个啥。

武嘎斜了眼珠子暗示了秋一下说："没啥说了，就这，我走了。"

秋马上明白了。看武嘎一走就指着那个很像罗盘的物件和拴柱说："你拿了它去问问看坟地懂阴阳的沟西的刘来法，这和他那个罗盘一样不一样？他要是想要你就卖给他，讨他几个钱花。"

拴柱他娘很赞成儿媳的聪明也催促儿快去。拴柱跳下炕，趿拉了鞋提了提裤说："那鸟？比鳖都精。"咳嗽了两声出门走了。秋在身后说："货在你手上，卖不卖他看价钱。再精，再精他也是个乌龟。"

拴柱找见刘来法给他看武嘎给他的东西。拴柱说：

"这个东西你不要小看了，它是从大地方带回来的。你不要问是谁带回来的，在我手上，就是我带回来的。我是看得起你才让你看，想想咱后柳沟有几个人配看这么高级的东西。这东西你一定用得着，是吧？不过我是舍不得卖它的。你只能看看，看看你就清楚了它的分量。"

刘来发接过来看了半天心中大喜，脸上露出来的笑却很是寡淡。说：

"这么个东西有啥值钱的，铁片儿落在了潮湿地方，再好也是个锈。你说我要是拿了这么个东西去给人家看风水，谁能信我？不看也罢。不过，这么着吧，既然你拿来了让我看，我也看了，看了就不能白看，你领我到你家的老坟上看看，我给你解解毛病。你家的后人稀，不仅稀还少东西。你爹找了我几次想去看，都没有空，现在有个空咱去看看，这洋东西还是给你，给。”

他们一起到了拴柱家的老坟上。刘来法说：

“我掏出我的家什来，你掏出你的家什来，看看就清楚了，我的家什上啥没有：金木水火土，这么着由外向内看，乾一、兑二、离三、震四、巽五、坎六、艮七、坤八，寅丑、亥戌、申未、丁午丙，说多了你也不大清楚。你那家什上有吗？这么个东西还不如你家坟上的一块石头有用，一块石头真要摆对了地方你准兴旺。”

拴柱本来想着要卖个好价钱的，听这么说来倒觉得，这东西放在自己手上真是没什么用处，顺手把东西递给刘来发：

“啥也没用了，还说个啥，白给你也没有用，还是你拿着吧。”

刘来发有些窃喜：这么着就把这个东西弄到手了。他确实喜欢这东西，因为它指着个南正正的，一点也不偏。自己的罗盘要拉了红线转，麻烦又不准确。刘来发在坟上来回走了几圈，说：

“坟是块好坟地啊，要说后人有毛病，怕是住的屋子宅基有小毛病，今儿咱就不看了，隔天给你看看去。”

秋下了地，把针线活绕了几绕撩起夹袄放进了肚兜。照着镜子吐了口唾沫抿了抿刘海儿说了声：“娘，我去村上绕一圈子。听听有什么稀罕事。”拴柱他娘也吐了唾沫，只是，她吐到了地上，是很重的一口。看着秋的背影说：“浪死你。”

秋走进羊窑时听到窑掌深处有二胡声传出来。二胡是武嘎自己做的，做这把二胡他费了很大的劲。先是从山外的戏班子里偷了丝弦，又用粗一点的荆条做了杆，细一些的荆条做了弓。武嘎的二胡拉出的音不大正，主要是二胡的筒是一块核桃木挖出来的，闷得拉出来的音儿走形。就听得武嘎荒腔走板地挤出窑来：

上一回庙来打一回钟，
看着个你来伤一回心。
人人都说我和你有啊，
说有就有你怕他个甚？
天塌下来有高人人顶，
怕就怕你和咱不一心。
狼来了有咱的黑羊顶，
咱硬棒棒顶你行不行？

秋走进羊窑，觉得窑中有一股子潮气扑面而来。武嘎看到窑口上闪出个影来，知道是谁来了，来回锯了两下弓收了胡胡。武嘎一把拉过来秋按到了自己的身体下，秋一张粉脸仰着要武嘎吸吃她的舌头，武嘎吸溜了两下，急慌慌地拽开了秋的红裤带，秋软软地倒在了草铺上。秋的手在武嘎的胸脯上摸，像水一样顺着欲望的沟往下流，就摸到了他的痒处。天光的阴暗之间，那东西如出檐的椽挑挂起来，湿润润的，灼热悄然间浸满了全身。

秋听到羊屎吧嗒吧嗒往下掉，一听到这响儿秋就开始绝痒了。

这当口，一个人就闯进了羊窑，因惯性的冲力，身体重重跌爬下去，随即传来嘶哑的声音：

“狗、狗、狗——”

这个人是山神凹活下来的虎庆。

武嘎赶紧挽起裤带，扒开畜生群把虎庆抱进来。虎庆脸上干净得没有一丝儿血色，身子干瘪瘪硬硬挺在武嘎怀里。武嘎抱紧了虎庆说：

“孩，不要抖，你给咱说。”

秋光了身子散乱在草铺上，坐起来要穿衣，听得武嘎说：

“不要穿褂子，抱了暖热咱孩。”

秋把虎庆接过来搂紧，软软的身子贴紧了虎庆湿漉漉的身体。半晌，虎庆缓过一口气来，指着窑口瞪着眼说：

“狗……狗日的东洋鬼子！”

武嘎把秋残留在他嘴里的口水唾到窑墙上，说：

“狗都不日！虎庆孩，慢慢给咱往下说。”

武嘎要秋暖着虎庆，他就出门了。一边走一边喊着：“狗……狗日的咋就不绝了种？”

后柳沟的人不知道他在骂谁，想来想去很符合骂拴柱，就想好戏来了。这日子蝗灾旱灾天灾不断骚扰，人眼看着都活不下去了，还有人有力气骂。被苦难困扰的后柳沟人就想看这个稀罕。骂着骂着武嘎的叫骂声像炸雷一样跌落在了人们的头上。

“山神凹，一凹人被狗日的东洋鬼子杀光了——后柳沟的人听见了吗——我日啊——我日狗日的日本人的祖宗！”

人们的神态一下紧张了起来，看到武嘎跌坐在地上拍着地，满脸的泪水哗哗往下流。

武嘎和后柳沟的人们进了山神凹。进凹前，秋给武嘎灌了一壶米酒，取了一些黄表纸。要武嘎见到死人的时候了个心意，就算是屈死的，临上路也能喝一口汤水。一进山神凹就看到旱水池里的水泛出红光，有黑乌鸦盘旋在头顶上叫。武嘎揪开酒壶塞子，先是自己灌了一口，要后柳沟的人都灌了一口。武嘎说："大伙喝一口壮个胆，我替山神凹鬼们先给你们磕三个响头。"

武嘎说完跪下来重重把头磕在地上，抬起来的时候后柳沟的人看到他的额头上有一个血红的印子。埋人的动作快速麻利。旱水池的半坡上耸起了一个大土堆堆，武嘎点燃黄表纸，纸灰儿乱飞，一种想喊想叫的冲动撞击着他，但他就是喊不出也叫不出。埋了山神凹的人回到后柳沟，把驴送回了泉庄的主家。他要秋把虎庆带回家看好，赶了羊上了山岭岭上。武嘎在山岭上望着山神凹的窑洞哭了起来，一凹人对付不了一个人，山神凹的血白白地染了那一池子水。

山岭岭上看远处一清二楚。这么着就看到了一长溜儿日本人从远处骑了马走来。武嘎倒吸一口凉气窜下了山，黑跟了他跑。武嘎骂道："回，守着羊去。"

黑刹住了后蹄，不大情愿地站住了看着武嘎往下窜。

武嘎往山下窜得有些猛，半山腰上的一棵松树拦了他一下，他倒了下去滚着往山下掉进了沟里。黑看到武嘎掉到了沟里箭一样地窜下了山。

它跑到秋的门前对着秋叫。

秋想武嘎刚上了山就回窑了，刚从山神凹干了那么重的活回来，就又想那事情了，没时没晌的，人就是个人，不是个铁蛋子。秋顾不得多想，拉了虎庆往羊窑走。秋想我拉了虎庆，武嘎你就只能歇息了。

羊窑内没有武嘎。

黑对了羊窑叫，秋拉了虎庆跟了黑往山里走。这么着走着，秋就听到身后的马蹄声，那声音听起来像敲鼓声，虎庆回头看了一眼就说话了："狗——"

秋捂住了虎庆大张的嘴往前跑，跑到山包包上武嘎掉下的地方，黑停下来看前面的沟，秋顾不上看黑，找了一处藏身地方看着山下。

日本人一进村举了枪朝天往出冒火，四处逃跑的后柳沟人尖叫着。黑叫着往山下跑去，秋张着嘴说不出话来。秋看到四下里逃跑的人停了下来往一起聚，有一个人不大听话想逮着个空往外跑，一个日本人刺刀片儿一挥，他倒了下去，是谁呢，认了半天是自己的公公。

秋看到黑呼的一声扑上去咬住了日本人提刀的手，她感觉那把刀和那只手是一起掉下来的，枪响了两声，黑倒在了地上。

这时候有一个穿了皇军马裤拿了喇叭的人说话了，他说的不是日本话，是中国话。秋想：日本人里面怎么会有中国人呢？

穿了皇军马裤的那个中国人说：

“乡亲们，我们大日本帝国的皇军是开明的部队，我们现在是想绕道出山，就是说要离开这个美丽的国家了，我们不想伤害大家。今天，之所以到这里来，是因为，几日前有一个八路，他借着给皇军当挑夫的名义，偷了皇军的电台和指南针，皇军想知道那个人是不是这个村里的人，只要是这个村的人，只要把东西交出来皇军就放了你们，并且有赏，大大的赏金。有知情不报者，皇军的刀是不吃素的，有谁说出了他，皇军一样地大大有赏。”

后柳沟的人静悄悄地不说话。拴柱眼睛一亮不由得扭头盯紧了沟西的阴阳刘来法。因为，那个叫指南针的东西在他手上。不知道是不是说的那个能领赏金的东西。

穿皇军马裤的显然注意到拴柱的神情，指了一下刘来法，说：“你，出来。“

刘来法抖动着身子边往出走，边从怀里掏出那个指南针。一个东洋鬼子看了一眼就明白了，挥起刀，刘来法的胳膊掉在了地上。刘来法不觉得疼，盯了地上的胳膊看，又扭回头看看自己的肩，骨头白皮肉红。哇地尖叫了一声抬脚就朝一个地方跑，他跑的方向是拴柱站着的地方，他想：我把你个拴柱，我不撕吃你就不叫刘来法！没等他跑几步就倒下了。

拴柱心里想着两个字：活该。叫你拿了值钱的东西不给钱。

刘来发的闺女脸上抹了锅黑，大叫着跑出来扑到她爹身上，指着拴柱骂起来。那个穿皇军马裤的人指着拴柱说：“你的，出来。“

拴柱就出来了。拴柱出来的时候在刘来发身边停住了，蹲下身子从刘来发掉到地上的手里，掰出了那个叫指南针的东西。伏在刘来发身上的闺女猛地扬起手掴了他一个巴掌，犹不解气站起来要和拴柱拼命。

穿皇军马裤的和马上的一个留了仁丹胡子的日本鬼子说："太君，女人的干活。"

太君挥起了军刀，后柳沟的人们就闭上了眼睛。太君的军刀没有砍下来，在空中划了很大一个弧，随即刷地插进了刀鞘。示意几个小日本兵拖了刘来发的闺女走了。

没等穿皇军马裤的人说话，拴柱扑通一声跪下说："这个指南的针，是我的，不是他的，他把我的骗了去，我把它给了你们，我应该得大大的赏金。"

穿皇军马裤的人上下打量着拴柱说："你从哪里弄来的？要如实说，不得有半点虚话。怎么弄到这个东西的，和这个东西一起的还有电台，你，弄到哪里了？"

拴柱有些傻了，怎么又冒出那么个东西？拴柱摇了摇头说："没有见那么个东西，不知道是个啥。"

穿皇军马裤的人说："不知道？那么，你说你是从哪里弄来这个的？"

马上的太君抽出军刀叫了声："八格！"拴柱一下子抱了头坐在了地上，裤裆里一热，黄尿顺着裤管往出洇。

拴柱埋了头抬起胳膊指着对面山上说："岭尖上，放羊人，武嘎。"

太君指着穿皇军马裤的人说："你的，上山的干活！"

穿皇军马裤的人立马点了头说："是是是，太君。"穿皇军马裤的人迈动八字腿往山上走，他身后传来刘来发闺女撕心裂肺的喊叫声。几个日本兵过去把扑在拴柱爹身上的拴柱娘拖走。从人群中又找出几个女人。拴柱想：我怎么没有看见秋？抬了头看着娘和后柳沟的女人们被拖走了，拴柱埋下了头，他的脑海里空洞洞的啥也没有，填满了一股子尿臊味。

马上的太君拿起望远镜看山头。

山头上是山尖，山尖上是天空，天空中有白云悠悠，往下看是如刀削下来的山崖，山崖上灰秃秃的，偶儿斜出来一棵小树，再往下看就看到了羊，很自在地吃草。再往下看怎么也看不到人，尽是一些松树，松树上跑着几只松鼠。太君咧开嘴笑，他是太喜欢这大自然了。放下望远镜揉了揉眼睛，生疼的眼睛里就揉进了一座山，是富士山。山下开满了樱花，他的那个叫杏子的姑娘在樱花树下走，像一朵大樱花。他很快就要见到这朵大樱花了。他是在接到撤退命令时准备出山的，没承想半路上电台发生故障，与外界失去了联系，已经在大山里转了十几天了。他们是日军三十六师团二二二联队一大队编组了两个放火中队的其中一个中队的一小股。日军华北方面军对他们此行下达了这样的命令："凡是敌人区域内的人，不问男女老少，撤退前应全部杀死，所有房屋，应一律烧毁，所有粮秣，其不能搬运的，亦一律烧毁，锅碗要一律打碎，井要一律埋死或投下毒药……"这是他们对这个国家实施"强化制安"的最后凯旋。

太君又举起了望远镜，接着往下看。山坡上开满了黄色的小花，拉近拉近，黄色的花上有蝴蝶飞来飞去。再往下看，就看到了一个人，不是一个是两个，前边走着一个后边跟着一个，前边的走得松松垮垮，后边的屁股蛋子上挎了刀，是个瘸子。后边的不用枪和刀对付前边的那个，用一个细长的家伙顶着前边那个人的后脑勺子。太君叫了声："八格！"

鬼子的枪尖尖一起掉转了身体朝那两个人指去。前边的人是穿皇军马裤的，后边的人正是武嘎。

武嘎拿了羊铲顶了前边的后脑勺，他不相信他的羊铲不如那军刀快。前边的人叫喊道："太君，太君，我的大大的立功了，找到了要找的人，你的不要朝这边开枪。”

武嘎说：“把沟里的人都放了，我告诉那个东西在哪儿。”

太君拿了望远镜拉近看看，看清楚了是那个挑夫，要找的人。太君抬起刀指着穿皇军马裤的人说：“死啦死啦的，讲！”

穿皇军马裤的扭不回头来，不知道要讲啥。好在太君很快就明白了，示意旁边的一个日本兵放枪，日本兵痒痒得早就想放了，举起来瞄准就放，太君拿军刀挑起了他的枪，意思是吓唬一下。枪朝天响了。

穿皇军马裤的一听枪响掉头就跑，武嘎往前用劲儿一铲，穿皇军马裤的头朝前倒了地，羊铲嵌进了他的喉骨中间，竖直了还频率很高地晃了一会儿。

太君从马上跳了下来，小脸儿抽成一团黑说：“你的，把那个东西藏哪里了？”

“你也会说中国话嘛。好，我告诉你吧，我把你们要的那个东西放到了一个山崖下，你明白的？把他们放了我就领你们去取。”武嘎指着身后的人说。

太君狞着笑，把眼睛眯成一条缝，细柔得瘆人：“狡猾狡猾的，你的八路？”

武嘎说：“你说八路咱就八路，你把他们放了。”

太君没有放人的意思。“你的，把东西还给我，我就放人，不然全部死啦！”

突然听到刘来发的闺女喊叫着从屋子里跑出来，武嘎回头看时，看到她光着身体胸前的两个妈妈穗被割掉了流着血，披散着头发，跑到前面的崖上纵身跳了下去。武嘎想怎么没有见到虎庆和秋，拴柱看到刘来发闺女的样子吓得倒头大叫：“我有良民证，我是维持皇军的，我不想死啦！”武嘎说：“孬种！”然后对日本人说：“日你娘，狗，叫几个跟你爹走！”

秋看着日本人押了武嘎走了。可怜的武嘎不知道日本人要把他往哪里押。她是看到武嘎拐着腿从山崖下爬上来的，不知道他为什么摔了下去，武嘎被摔得鼻青脸肿，爬上来时遇见那个穿皇军马裤的人，三下两下武嘎就绑了他。因为距离远，秋和武嘎没有说上话。阳光背过了山那边，秋不想让虎庆多看山下的血腥，又不放心山上的羊，拉了虎庆躲开后柳沟人的视线往山尖尖上走。秋对虎庆说：“不要害怕，你大小也是个男人，不要怕。”虎庆不说话，12 岁的男人能说个啥！秋看到武嘎织好的生羊毛裤在青草地上好好放着，他们找了一个地方坐下来。虎庆的嘴张着说不出话，被风吹得起了一层干皮子，秋揪了一把青草要他嚼。虎庆嚼着青草，嘴角上流下来淡绿色的沫子，他的身体瑟瑟缩缩抖得像筛糠，秋把他搂过来用袖口擦干净他的嘴角，说：“日本人他绝不了咱。”

四

五个日本兵押了武嘎走。准确地说是五匹马拖了武嘎走。武嘎不走正道，走的是羊肠坂。铁青色的山脉像一只肌肉虬结的巨臂把羊肠坂抱在怀中，武嘎不怕走，武嘎就怕不走。羊肠坂不是一条普通的小道，在历史上它走过一个很有意思的人，曹操。曹操北上太行山，是因为他坚决要讨伐一个叫高干的人。群雄争霸，曹操想问鼎中原。那应该是个冬天，天低云暗，大雪下得正紧，无边的山道上，长长的马队驮着悲壮的曹兵一步一步朝北方走来，这么走着走着曹操的心灵就经历了一次苦难冲击。因为，要想从羊肠坂上走就不能骑了马走，必须要人下来步行，曹操是一个不善步行的人。武嘎听说书人说起过曹操，曹操步行的地方是一条古栈道。快要到攀栈道的地方了，武嘎不由得产生了一个念想：自己要在曹操走过的这地方做一件很有意思的事情。马拴在了栈道下的一棵松树上，武嘎领了他们攀，攀到一小段平地处，武嘎停下来，指着崖下说：“那东西就在这下面。”

鬼子要武嘎下去取，武嘎就往下走。鬼子觉得不是那么回事，要是他一个人下去跑掉了怎么办，就商量着一个一个跟了武嘎一起下。武嘎走一走等一等，鬼子的皮鞋不时把一些石头蛋子踩得掉下来，心里惊惊地抬起头叫后面的鬼子拉起手。武嘎开始动作了，武嘎开始动作前想的是刘来法的闺女。那闺女武嘎曾经打过主意。当春耕时节，野花遍地，布谷声声，武嘎把刘来法的闺女看在了眼里，但那闺女是闺女啊，是一朵纤细娇美的花，开放着，放送着清香诱人的气息，还是一块月白风清的地，武嘎最终不敢下手。倒让日本人下了手，下了手不说怎么就把妈妈穗割丢了呢！你们这样的兽行连太行山都要震得发抖，武嘎愤怒了。他假装回头扶那个后边的鬼子，他们的手牵着，一链子这么着一拽一串儿鬼子就掉下了谷。武嘎朝上面吼着最后一个鬼子："下来啊，狗！"最上面的那个发现不对劲扭了头往回跑，边跑边往后放枪。

黑被东洋鬼子吊起来剥了皮在火上烤。一池旱水里早有几个兵下了水，水被搅得泛黄，有一些个小青蛙跳上了岸，它们还没有学会唱歌，很哑巴地一跳一跳地就跳走了。东洋鬼子在旱水池子里唱着歌，歌声很好听，串串地在沟里缭绕。

秋想，这歌是如何从那样的嘴里挤出来的？那样的嘴也会唱这样的歌？

秋看到拴柱从自己家里端来了锅，挑来了水，把家里的一只芦花鸡也捉来了，一个鬼子在他面前竖了大拇指，然后一扭鸡脖子，嘎嘎叫的鸡就不叫了。秋看到地上死去的公公，看着他的儿拿了自己家的鸡讨好日本人，心里就恨上了：你怎么就这么轻贱，这么不值钱，这么命重而骨轻，这么地叫人不想看你！

拴柱家院门口地上横躺着的几个死人，依旧那么个姿势躺着，其中一个就是拴柱的爹，一群苍蝇围绕着飞舞。拴柱对鬼子说："求你们让我把爹埋了吧！他的大大的良民！"

鬼子指着山崖对拴柱说："你的，把他们扔下去。"鬼子咔嗒拉了枪栓，枪口对着拴柱。拴柱浑身一颤，裆里就涌出了水。

拴柱张着失神的眼睛走到尸体前，闭住眼拖起了一具尸体，他不知道自己是如何把尸体扔到悬崖下的。拴柱拖他爹时看到爹裤带上的旱烟袋，他拽下旱烟袋，心里对爹说：爹，孩儿不孝，儿取了你的烟袋嘴儿留个念想。当爹的身体打着旋跌落到崖底，传出空洞的响声时，拴柱心里有细长的泪水流下来，谁也不知道只有拴柱自己知道。

拴柱的裤裆湿透了，脱下穿皇军马裤人的皇军马裤穿在自己身上。

这时候从羊肠坂跑回来的日本兵打老远就叫喊着什么，马上的太军叫了声："八格！"要其余的日本兵把后柳沟的人前后排成队，听得他说："你们中国人不是很喜欢吃糖葫芦吗，哟西，要你们吃一串糖葫芦。"只见机枪顶着前一个人的脑袋，扣动扳机，一串儿后柳沟人倒在了地上。天上正好挂了一轮月亮，亮汪汪的月光下面，枪声哒哒哒响，四周围的房屋燃起了冲天大火。秋想：月亮，你怎么就不知道藏藏自己的脸！

这一场枪杀中活下来一个人，拴柱。

鬼子要拴柱领路，夜晚的山路上拴柱领了鬼子出山。亮汪汪的月光下拴柱穿了皇军马裤在前面走，他的脸拉了很长，眼睛干涩得眼珠子都要掉出来了。就这么看着路走，白雪雪的一条路曲里拐弯延伸，月光下他的影子一耸一耸。拴柱心里有一个温暖暖、湿漉漉的故事荡起，细节因故事的荡起而丰富，像人体里的毛细血管，有太多的敏感末梢，拴柱便想哭，便想笑，便有说不完的无奈和辛酸。但现在他是什么也说不出来了，他所想象的那种美好的东西对于他来说很脆，像是打春旱水池里结的那层儿薄冰，用小棍儿划一下也能把它划裂。拴柱想来想去就想了一句话：我日他娘怎么就活了一个人！

岭头上秋和虎庆跪着看山下，虎庆张着绿汪汪的嘴，空洞洞的风刮过去，他的嘴里发出阵阵啊啊声。看到后柳沟人静悄悄地躺着，秋和虎庆哭着不说话赶了羊往山神凹走。虎庆穿了生羊毛裤，脑袋从裤裆留出的窟窿里钻出，双手缩在两个裤腿里。木然地走，山上的石头绊他一下两下，脚指头的指甲盖被绊掉了也不知道疼，是不是伤得重时人就没有知觉了！

月光下，虎庆看上去很像一头羊。

羊肠坂的古栈道上，武嘎捂着脸呜呜地哭。哭什么？哭山。这么大的山怎么就挡不住个东洋鬼子，站起来没有咱的个高，躺下没有咱的个长，怎么就这么个日能法？爹早死，娘早死，那是命。要死的人你想拽他回来，不可能。武嘎想自己天生是要来这个世上一个人活的，一个人活便罢，怎么就一凹人都没了呢？秋和虎庆现在不知道怎么样了，还有山上的羊。月光下他的哭声像狼嚎。他就听到了有动静，抬起头来，看到离他不远的地方闪着一对对绿眼睛。武嘎起来在一棵松树下站定发了狠用足气嚎，边嚎边摇，树摇得哗哗响伴着人的嚎叫声在空阔的山谷里回荡，把那些个狼吓得往后跳了一下子，又跳了一下子，绿眼珠子闪了几闪寻了谷下的死人味去了。

武嘎决定返回后柳沟。他想知道秋怎么样了，整个一天没有看见秋和虎庆的影子，人是死是活说不清楚。武嘎突然很想后柳沟的人，想拴柱，也想拴柱他娘他爹，就是他娘见了武嘎黑眉醋眼的，武嘎也想。后柳沟人被东洋鬼子困着，困着的人们吃啥喝啥？那些个躺在地上的死人还有黑。武嘎还想羊窑里的事情，想那把二胡，这么着一想武嘎日他娘什么都不怕了，这世上好人一天一天地见少，咱算个啥，和东洋鬼子拼了去。武嘎就对了大山吼上了：

我吼你了，听见了吗？

你出来啊，山神老爷！

你说给咱百姓保平安的，

怎么没有平安尽是灾啊！

啊——

突然有火光闪了几下，“突突突”是机关枪的声音，枪声从山凹里冒出来，脆裂裂的响。武嘎不吼了，收住了往回走的脚步，扭了身往羊肠坂高处爬。这么爬着，听到了有人喊：“武嘎，日你娘武嘎，后柳沟人绝了，你跑吧，我给东洋鬼子带路——走不出这谷，我就死不了，走出这谷，我就死了，给我报仇啊，你跑啊——”

从沟底冒出来拴柱的声音，接着是两声“呱呱”的掴耳刮声。

夜戛然而止，月光从高处投射下来，羊肠坂一半儿在黑影中，一半儿在亮光中，武嘎摔瘸了的影子在大峡谷上拉出了很长。武嘎喊道：“秋她还活着吧——还有虎庆——”一串儿“嗒嗒嗒”声响过来，武嘎的一丝儿想望突然地就这么破灭了。

武嘎往中原方向拄了棍大步走，拴柱带着日本人也往中原方向走。

日本人在进入林州境内时遇上了八路军的阻击。

八路军首先获取了情报，知道这几日有一小股日军在太行山峡谷中和外界失去了联系想靠近公路撤退。可是这么守着几天了也不见一个人影，又怀疑会不会北上往太原方向走？这么着等着武嘎就走进了他们的视线。他们看到一个人走过来，这个人走得急有些瘸，浑身上下的衣裤被什么东西划得像布条子。武嘎被两个八路军扭上了山。获悉了后边的情况，八路军知道日军押着个老百姓带路，怕伤了自己人，有意放过了前面的几个人，也就是走出了包围圈的不远一段路，就抄了日军的后路。趁着个乱儿，拴柱顺着一条小路跑了，往哪里跑？往后柳沟跑。

拴柱边跑边想：秋她哪里了，我怎么在后柳沟没见过她？她就是在死人堆里压着，我也要把她刨出来。我现在活了个啥？就活了个秋。

五

山神凹王月娥的土窑洞里住进了两个人，一个是秋，一个是虎庆。

秋 17 岁。秋把羊赶到一眼绝了人的土窑内，秋拉了虎庆坐到窑垴上看月光隐去。时间如沙漏，眼看着暗了下来，就在这暗下来的瞬间，秋想到这山就这么样绝了人了。山好大，自己憋屈的心情像一块石头坐在胸脯里，哀巴巴的，泪在肚子里蓄得如旱水池子，汪着却哭不出来。夜晚降临的时候，虎庆不敢一个人睡，要秋搂了他睡。虎庆在秋的两个妈妈穗中间暖暖地睡去，秋大睁着个眼睛睡不着。

看着窗外，窗外有星星，有月光，有风呼呼地刮，还是睡不着，觉得每动一下身后都会有一个影子在动。起来壮了胆把隔壁窑里的羊赶进来。人睡在炕上，羊睡在地上。秋想：羊就是人，山神凹没人了，山神凹的羊就是山神凹的人，羊能给她壮胆。狼闻到了死人的气味，在山上呜呜地嚎。秋想：明天说什么也得回后柳沟把那些人埋掉，狼要是吃了死人，狼就真的要吃人了。

第二天，秋和虎庆赶了羊从风脉岭上回到了后柳沟。

后柳沟的人在地上躺着静悄悄的，生死隔绝的悲凉如刀子一样在秋的心里横着。秋要虎庆从旱水池子里提来水，她用手巾把后柳沟的人一个一个整理干净，然后埋掉。秋找了半天也没有找到她的公公，无意间往山下看了一眼，就看到崖底的几个人，她绕着山路走到崖下，看到公公挂在崖边的树上，秋把公公从树上放下来，看到公公扭曲的脸上脱落的一只眼睛珠子垂掉在颊间，像天眼在瞪着她。秋身子颤了一下，赶忙闭了眼哆嗦地用手将其按进眼眶里。心里说：爹，你就瞪着眼睛看看这世道吧！这大山里的人绝了，你当初领我来这山里，你说，大山里养人，养得满沟沟笑声，你要我给你生一个带锤锤的孩娃儿，要我和人野合，那野合的人都撒开手去了阴间，我和谁去怀娃落草？爹，小日本他灭了咱！老天要我活着，爹，你和后柳沟的人就保佑我和虎庆见风长高吧，这大山里的山弯得有个窍道，曲得有个平直，是吧？立户过日子，我要他狗日的日本人杀不绝咱！

汗把秋的头发洗得水淋淋的，她撩起衣襟擦了擦脸上的汗水和泪水，拄了羊铲拉了虎庆进了一躺羊窑。羊窑口风刮得起哨。秋想后柳沟的人来和她告别来了，她冲着窑口跪下磕了仨头站起来扭身往窑掌走。出来时虎庆的肩上挂了一把二胡。秋看着虎庆细瘦的身体有些心酸，蹲下来抱起虎庆，最后回头看了一眼后柳沟。就看到了一个穿皇军马裤的人从对面的山上摇摇晃晃走下来。

虎庆指着对面说："狗！"

秋看到穿皇军马裤的人是拴柱。

拴柱紧着跑了几步，几步远的路让拴柱好长时间跑不过来，干脆扑到地上爬了过来。拴柱说："咱活着，秋。咱还活着，秋。"

秋看着地上的拴柱清鼻涕挂了满脸，一边哭一边又笑着，看着看着拴柱的脸就不是脸了是一团阴黑。她弯下腰，摸着那张涩凉的脸想起了在山上看到的那些个事情，秋不说话放下虎庆拉了掉头就走。拴柱说："秋，沟里就咱了，活下来容易吗？"

秋停了一下，眼泪往下掉，虎庆看到秋胸前浅黑色的布衫被泪水洒成了深黑。拴柱说："秋，咱回家，有山神凹的羊，有你有孩，咱就是一个家，不怕他东洋鬼子龟孙子。"

秋说："你不怕他怎么还要给他下跪。"

拴柱说："你是爹用五尺土布给我买回来的，你不能不听我的话，现在谁说了算，我说了算。人都绝了！"

秋慢慢转过了身体，拴柱看到她眼睛里汪着泪水，汪着的泪水没有掉下来。秋说："是爹用五尺土布买回来的，爹他哪了？你把爹找回来，我还他五尺土布，有哪个给东洋鬼子下跪了？现在朝着后柳沟人埋的地方给你爹跪下求他要我留下来，他要是能说话了，我听你的，留！"

虎庆掉转了头盯着拴柱的皇军马裤鼓起眼睛喊了一声："狗！"

拴柱一下子就坐在了地上，张了嘴哭了起来。

拴柱从太行大峡谷走回来的希望和热情，顿时觉得有什么东西打了他一下，比鬼子掴他耳刮还要疼，这么着就什么也没有了。他拣起身边的一小块石头蛋子，照着秋的后身掷出去，石头蛋子越过秋和虎庆的头，落入了一丛草中间，秋看也没有看它。拴柱彻底失望了，用一种尖锐的声音喊道：

"秋，留下来，留下来黑里我咬你的肩，我咬得你鬼魂一样叫——"

秋很决绝地往凹里走。

拴柱听到二胡甩在虎庆的屁股蛋子上啪啪响。望远了，对面的山腰上几只白色的羊像云彩一样，飘飘飘过了山堆堆不见了，拴柱喊了声："我怎么就活了个人啊！"

秋领了虎庆收山神凹人留下来的粮食。地大部分是山地，一小块一小块散铺在山上。谷子黄黄地倒伏在地上，秋割下来用谷草拧了一个小捆要虎庆扛回土窑院子里。下山的路埋没在草丛中，看不见虎庆只看见了一捆谷子擦着两边的灌木走，秋不忍心看低下头搂了谷子狠命地割。两个来回下来，虎庆坐在地垄上看山上的羊，秋走过去伸出手摸他干黄的头发，透着一种爱抚之情。这爱抚是秋想把幸福送进虎庆的心里，秋清楚，她的心里再苦，也没有这个孩子的心里苦。她想借助手指的拨弄，表达自己的内心。山里绝了人了，这孩子是这山里唯一的一个真正的男人。她有义务把他抚养成人。

秋看到对面的风脉岭下的玉米地里闪着一个人，是拴柱。

拴柱没有往山神凹走，停留在一些小块地里收割玉茭。

秋就想起了武嘎，蓄留在她体内一丝儿欲望让她战栗了一下。这段孤寂悠长的时间里，萦回在她心头的欲念全消散了，怎么看见了玉茭地就想起了他呢？她的心里不大平静了。秋觉得有一种不言而喻的感情在她的内心透出了一个芽，化作了她心中不言而喻的感情的一部分，是一种奇怪的狂野和激情，她的脸上流下了泪水。秋想，你个怨鬼，你是死是活 ，你怎么就这么长时间也没有给我种下一个发芽的籽？ 秋看到天地皆绿黄，风过天晴，山里显出来黄褐相间的条纹，黄的是成熟的粮食，褐的是裸露的土地 ，自眼前一直延伸到山的尽头 。裸体的土地上现出生命的旺盛，与生命的旺盛衬托下的荒凉让秋情涌心颤，这么大的山，这么好的土地，就这么生生被日本人绝了，天你睁了眼睛看啊！

看着虎庆又扛了一捆谷子走下了山，秋朝他走去的地方跪下，她要向长天做一个仪式，一半是发狠誓，一半是祷告。她发誓要把她生命的一部分，再现在这个孩子身上。这么大的山要谁来统治它，东洋鬼子你能杀绝我们吗？山里的生灵是杀不绝的啊，我要他重新生长起来。秋全身都战栗着，眼睛灼灼发光，她重重地磕了一个头，抬起来时，对着大山喊了一声："啊——啊——啊——"

山下的玉米地里秋的声音脆生生地震过，好像上苍开了天眼滚过的一声雷音。

六

虎庆从来没有说过话，冷冷的眼神要么望着旱水池子出神，要么就看天空，怅怅地看，然后狠狠地往下咽一口唾沫。夜里秋搂了虎庆睡。秋说："虎庆，说句话我听听，不说憋在肚里的话是要把你憋坏的。"

虎庆不说话。

"你娘就死在这窑里地上的，我不是你娘，你有娘，对吧？"

虎庆不说话，望着窑梁，窑梁上挂了收割下来的玉茭穗。

秋说："我做不了你娘，只有娘才能这样搂了你睡，你到对面炕上睡吧。"

秋想将一将虎庆。虎庆不说话，翻起身下了炕到对面的炕上去睡。这时候他突然看到窑梁上吊着的玉茭不是玉茭，是娘，拖下来的穗子不是穗子，像娘的肠子麻绳一样疙疙瘩瘩坠下来，看到地上涌流的血，血地上躺着娘，一个日本人他败坏了一池水，一池水里躺着全凹的人。他开始呼吸急促起来，霎时面色如土，痛苦地将扭曲的头颅歪向一边。他一下翻起身跳到了对面炕上把头埋到了秋的妈妈穗中间，闭上了眼睛。秋叹了口气，搂紧了虎庆。秋睡不着了，想以往。

以往的事情里老有一个人影晃，是武嘎。这人要是他在外面的大山里被杀了，这山沟里的狼也早就该把他吃了，武嘎不想也罢越想就越觉得他人是死了。武嘎的二胡在窑墙上挂着蒙了很厚的尘，秋等虎庆睡熟了起身摘下它，透着窗户漏过来的光吹了几下。秋听到了羊屎蛋吧嗒吧嗒往下掉，秋的脸就热了一下，反身把二胡挂到了墙上睡下了。秋用手搂了搂虎庆，虎庆瘦小的身体像干柴棍子。秋摸着他的头，干瘦脸儿，背和屁股蛋子，胸脯上的骨头横排着突显出来，往下摸就摸到了他的小锤锤。大拇指长的一个肉虫儿，摸着摸着，就一挺一挺长出来一截子，秋的心喜了一下，那个小锤锤就越发地挺了起来。你见水儿就长，见风儿就扬吧，它果真就长就扬了，一股水射出来，射了秋一肚子。秋笑了一下挺起肚子让它射，等它不射了，就把虎庆挪了挪，自己暖着那一片湿，秋的心里也是一片湿。

拴柱在后柳沟住，后柳沟的房屋被日本人烧了，烟熏的屋子里漏着天光，他趴在灶火前用嘴吹火，结果锅溢了，稀汤灌了他一脸，拴柱有些愤怒了，捡了块石头把铁锅砸了个大窟窿。拴柱肩了铁锅往山神凹走，他要秋看看，他的日子叫什么日子。明明有媳妇，媳妇突然的就和自己没有了一点关系，日本人杀得就剩咱了，咱不疼咱谁疼咱？咱是死人堆里爬出来的，能从死人堆里爬出来的有几个？山神凹后柳沟也不过就我一个，我怕他谁了，我背了锅找你，一个透了窟窿的锅，你得养我，给我做饭，你不给我饭吃，我背着个烂锅坐在你窑门口。

拴柱是个没有欲望的人，但并不等于说他没有念想。他的念想使他梦想着生活，他的念想使他的梦想看见的永远是另一个现实。也就是说他的身体和以往的行为方式已经超越和瓦解了他的生存秩序。拴柱想，秋你是我的媳妇，可是我干不了男人干的事情。秋，你不是我的媳妇是谁的媳妇？武嘎的？不对。秋你明摆着就是我的媳妇嘛，我要去找你。拴柱肩了铁锅从风脉山上下来，拐了个小坡坡就看到了秋在院子里给羊剪毛。羊很舒服地躺在秋的腿疙瘩，被秋剪了毛的羊在院中央吃着一堆青草，秋的脸红扑扑的，湿濡濡的、很暧昧的气味，给拴柱一种好似到了秋天的梨树下，闻到了烂梨的味道，女人的味道就是烂梨的味道，那些羊闻着这样的味道它们肯定舒服死了，我拴柱也要闻这样的味道。

虎庆看见了他，拿了羊铲出了篱笆院站到了小坡坡下。

“狗！”

虎庆提起羊铲对正了拴柱，不说话，那目光像皇军的刀一样敌视着他。拴柱身上的汗毛孔就大了，看到虎庆深深凹下去的两腮像两张黄纸紧紧地贴在骨头上，拴柱想，这个孩子他怎么就长了这么个样样呢？拴柱紧了一下子尿扭了头想走，又想，我来干啥来了，找秋，一个娃娃家敢来管我！

东洋鬼子给他留下个很不好的毛病，见不得有个事，一有个事就尿紧。拴柱就想骂，骂谁？骂东洋鬼子：

“我日你妈，东洋鬼子，你要再敢来一趟山神凹，再敢来一趟后柳沟，老子要再给你下跪，就不做这人了！”拴柱把铁锅放到地上说：“秋，我的锅烂了，你看着怎么办吧？”秋抬起头说：“后柳沟的房屋烧了，锅又炼不成铁疙瘩，后柳沟十二户人家的铁锅，够你用，你一下子砸也砸不完！”拴柱想：我是天底下最贱的活物了，我活得还不如一头羊！拴柱的屁股蛋上潮湿得淌水，扭了头回了后柳沟。

夜里秋搂了虎庆躺在枕上说话。

虎庆无话。

秋说：“他来了，就让他进来嘛，他也是个可怜人儿。”

虎庆咽了口唾沫。

秋说：“活过来的不易啊，像狗一样爬着活过来的能有几个？也就是咱吧。那么多人在你眼睛里现在还有吗，没有了，就连一条黑也没有放过，那些个不仁慈的日本人，你要和那些个禽兽计较吗？孩，你得说话。”

虎庆不说话，埋在秋胸前的脸有些潮湿。

秋说：“他是我的男人，我现在要不理他了，他活着还有个啥意思。”

虎庆把身子调了一下扭到了墙前。

秋说：“你还小，有些事情不懂，人是懂情分的，恨一个人，只要和这个人在一起睡了就不会恨一辈子。”

虎庆不出声，有一会儿，他扭过身子来搂住了秋。

秋说：“我不恨他，他活着也是个人，可就是和别人不一样。”

秋的脸上有泪水流下来，溽湿了虎庆的头发。虎庆摸着秋脸上的泪扯起被子擦了一下。秋就抬起手抓住了他的手放进被子里，她要他在自己的身体上滑行，她要给他的生长新添一种冲动。

夜是多云的，秋在黑暗里无法看清，但她等待着他的抚摸的时候，仿佛听得见一种轻微的声音，她希望抚摸能给他带来意气扬扬的情感，秋希望他在行将踏入成年的时候，那种冲动因他的长大而使绝了的人口兴旺。秋感觉到了他的心跳，她让自己的心跳慢些，她要慢慢地将深长的意味传递给他，她要撕破她一切天生的羞怯和庄重来纵容自己的激荡。她说：

“虎庆，撩开被子看看，看看我长了个什么样儿。山神凹就咱俩，我不是你娘,但现在到老我们都得在一起,都得相依为命,我要你长大,你要快些长啊。”

虎庆停顿了有一会儿坐起来掀开被子，微弱的星光下他看到秋白色的人体像一条鱼。这么一想他咬了下嘴唇开始机械地抚摸，他的抚摸迎合了秋内心愈来愈响亮的呼声，秋抬起身体一下把他搂进了怀里。

拴柱把黑的皮子搭在柴上翻晒，毒毒的阳光把黑的皮晒得淌油。他翻晒皮子的那份专注神态仿佛是有一件大事等着要办，那目光里满含了看到了神仙的光芒。就是吃饭的时候他也端了碗坐到柴下的石头上看，饭吃完了他看着黑的皮舔着空碗，舔完了对着太阳照照，放下来看着黑的皮继续舔。

拴柱想：狗皮褥子铺到秋的身板下面软软的，秋呵出来的小音会拖得很长。秋的妈妈穗卧在它的上面就像两小鸡子，刚刚拱出了蛋壳壳，他这么着揉着秋的妈妈穗，秋会叫道：“揉，揉，揉呵——”

拴柱就卷了狗皮褥子往山神凹走。走着走着就想唱了：

“闺女好，好个啥？”

“好了一个下身子。”

拴柱不唱了。自己是啥也不懂的人，瞎唱的是个啥？

拴柱从风脉岭上走下来，没等下了坡就看到了秋。秋挑着两桶水从旱水池子里上来，拴柱说：“秋，我来给你送黑的皮，天凉了铺在身子下暖和。要不我来给你暖吧？”

秋说：“放窑里吧。你回你的后柳沟住去，我不要你暖。窑炕上有给你做好的棉裤你拿了去。”

拴柱说：“虎庆他人在不在？”

秋挑着水喘着气说：“在不在你进去拿了走人，没有人拦你。”

拴柱一听觉得满胸脯都是底气，梗了梗脖子往窑门口走。

“狗！”

山塬塬上的羊群里传来一声吼！

拴柱吓得后退了一步，裤裆里一下子没紧住出了水儿，扔下狗皮褥子就往回走。

秋挑了水倒进水缸里，反回身叫拴柱，看见了黄土小坡坡上漏下了一长溜儿湿，拴柱搂了肚蹲在窑垴上愁着脸想骂娘。秋进屋拿了棉裤递给他，看他那可怜样儿，伸了手拽起了他。

拴柱也不管裤裆湿不湿拿了棉裤就往后柳沟走。

秋在他背后撂了一句话：

“你要是缺甚想要就来吧。”

拴柱没有回头，朝前喊着：“我就是缺你，你就是不回后柳沟。”

虎庆在旱水池槐枝低垂的浓影处坐着，对面秋提了桶给羊饮水，她的背后是几眼空洞洞的窑洞，窑里的人就死在这个旱水池边，他亲眼看见鲜红的人血流着积聚在了池子里，他现在就吃这里的水，羊也吃。想到这些的时候虎庆是孤独的。在后柳沟看到最后的枪声静下来，看到人像跳大神一样倒下去时，他发现他张着的嘴说不出话了。虎庆在秋的臂弯里几次张了嘴想说，可就是说不出。唯一说出口的一个字是“狗”。

虎庆把眼睛拉向秋的脸，他觉得秋的脸就像五爷庙里供的哪个观音菩萨的脸。

这时候他看到秋把刚生下来的一个羊羔子剥了皮，在旱水池边用桶冲洗干净，他知道这是秋给自己煮肉吃，秋要他快快长，他也想快快长。他在秋的身上发现了娘身上看不到的东西，这样想着脑海里就滑进了古怪的恍惚之境，想起窑洞里武嘎抱着她在努力做一场很剧烈的运动，秋裸露着上身扭头看羊窑口爬进来的自己时，面色红润。虎庆想，真是像一条滑溜溜的鱼啊。她脸蛋子朝上，脸上淌着泪，还用拳头打着枕头哭。他走近她身边时，她反身抱起了自己，紧紧地抱在怀里，嘴里叫着：“你怎么还不长大呢？长大，长大！”

虎庆喃喃说了一声：“长大！”

发出来的音却是：“狗狗。”

夜里秋搂了虎庆说：“你枕着我的胳膊怎这样重？”

虎庆抬起头让秋抽出胳膊。

秋说：“你一来一来就长大了。”

秋把手放在他的头上摩挲着。

窑洞里透着冰霜将至的寒意。天下雪了，雪落无声，秋偏偏就听到了雪落的声音。雪从黝黑的窑垴上落下来，落在院子里的枣树上，又被风吹落到突出地面的树根上。干瘪枯萎的芋头秧子散乱地爬在院中央，这时候雪落在上面就比雨的声音浅。

窑地上的羊卧着，自从羊和人住在一起了，秋就没有把它们再赶出去。羊不断地增加，她不要增加，她把那些个生下来的羊羔子弄死煮了给虎庆吃，她要他长个儿。地上飘起来羊身体上的膻味儿，一下唤醒了她脑子里使她兴奋的东西，在这种兴奋的情绪之下，她开始抚摸他的脸，他的身体，口中想说什么却又说不出，想说的话在胸口反复滚动着。秋的手再一次滑下到他的下体时，她惊异地发现了上面细小的绒毛。秋越过黑暗看他的脸，然后在他的耳朵眼里悄声说了句："你真的要长大了。"

秋仰面躺着，不看虎庆看窑顶子，窑顶子上有个啥，有个未来。就听得窑门外有脚步声走来，秋知道是拴柱。拴柱夜里不睡，起来捉麻雀。麻雀到天暗下来宿窑檐儿，从窑洞上的麻眼钻进来，扑入草料堆过夜，拴柱知道秋爱吃。用料叉赶麻雀飞起来，飞起来的麻雀往马灯的地方躲，马灯下早有拴柱用小棍儿支起来的荆条筛子，麻雀乱飞撞翻了小棍儿，筛子兜头扣下去，一回能扣住十来只麻雀。用红胶土糊了烧得土裂开缝，把它们一只一只放进篮子里，提了到山神凹，放到窑窗户上，要秋吃。秋不吃，要虎庆吃，拴柱不知道他送去的麻雀都让虎庆吃了，拴柱要是知道了，会生气，一生气就会坐到旱水池子边上骂，骂日本龟孙子把他的日子搞得人不是个人，鬼不是个鬼。拴柱就是不知道秋那个心头恨，秋心头的那个恨是要用一辈子和几辈子来对抗的，拴柱就是知道了也只能垂头耷脑。

七

夏夜是很凉爽的。在窑院的枣树下，秋铺了一片苇席，虎庆坐在苇席上望着天空数星星，天上的星星尚来不及数上几颗，就被习习凉风吹进了梦乡。秋怕虎庆着凉叫他起来回窑睡，虎庆睡意蒙眬之中，不忘站起来对着枣树，哗啦哗啦地撒上一泡尿，秋听着这尿声知道虎庆的少年时代就要过了。

有些等待看起来很慢，实际上他在快速成长。

秋天到了的时候，一个又圆又大的南瓜不知道什么时候来到了院子里。院子里扫得干干净净，南瓜躺在地上很显眼。虎庆肘窝夹了羊铲回来看到了，死死地盯了一会儿，拿起那个南瓜往怀里一抱，拐上小坡坡走了。虎庆步子迈得像拉风箱，一小会儿就进了后柳沟。

后柳沟的拴柱正在院子里喂鸡，抬眼就看见虎庆抱了南瓜往自己院子里走，那个南瓜好生面熟。

虎庆越走越近。拴柱发现这个孩子和以前不大一样了，以前的脸皮贴在骨头上，针尖剜不出一块肉来。现在看上去，有肉了，个头也长高了，看着不像个孩子，像个什么呢？想来想去想不出。

拴柱迎了虎庆的目光笑了笑，心里很想和他坐下来好好说说话。说什么呢？最想说的一句是：你还想要秋搂着你睡多久？秋是你什么人？她不是你娘，只比你大五岁，哪有不是娘的搂了睡！秋从年龄上说只是你的姐，我应该是你的姐夫，我这个姐夫自从东洋鬼子从咱这沟里绝了人跑出去，我当过一天姐夫吗？没有。为什么没有呢？因为你，因为你绝了话，因为你不敢一个人睡，一个人一睡下就会看到东洋鬼子砍死的山神凹人。我一个人在后柳沟，我就不怕？我也怕啊，我看到后柳沟的人瞪着眼睛看着我，我看到我爹被我丢下沟时的样子，他是断了气，可他的眼睛是睁着的。我爹给我弄回来了媳妇，我却把他老人家丢进了沟里，他老人家给我弄回来了媳妇，你却搂了睡，你说我苦不苦？那个苦在心里都沤酸臭了啊！

没等拴柱把想要说的话说出口，走进院里的虎庆就把南瓜往地上一摞，南瓜就开了花，黄黄的瓤子，白白的瓜子，五六瓣儿铺了一地，两只母鸡叫着呱呱飞上了天。

拴柱跌坐在地上，屁股下的石头寒凉得很，和以往不一样的是，没有一股热出来。

虎庆回头，拽着一股火气走了。

拴柱很恼怒地站起来，想骂他几句，可话到嘴边又收回去了。他收拾干净院子，抖了抖肩膀扭转头哼了小曲出了院子。在村子里绕了一圈，脑袋扬得高高的，小调儿哼得欢欢的。怕啥？是咱的它迟早是咱的。一个小孩子长了半腿高就想来诈唬我，我把媳妇都搭给你了，你牛逼我个啥！日本人嘘呼我我尿裤子，你嘘呼我我偏不尿裤子。拴柱在村子里转了一圈，找了两块好一些的硬木头扛回院子里。找出他爹曾经用过的一个墨斗，搬起地锅刮了些锅黑，扯出墨线拉紧了提到一定的高度，一眯眼瞄准，“啪”地弹到了木头上。拴柱想：我要做一个柜子，放后柳沟地里收回来的细粮食，要攒足了等秋回来吃。你虎庆总有一天要长大吧，总有一天不搂了秋睡吧，秋一回来，我的日子还能回到日本人没有进沟以前。

秋在岭头上碰见拴柱，知道拴柱做柜子，秋要他多做几个。秋说：“做二十个柜子，要硬木头，梨木、黑桃木、花椒木，不要柳木、杨木、杨槐木。没有铁钉子，赶一头羊出山去卖了买。”拴柱说：“要那么多柜子做啥，顶多多做两个给虎庆留着用。”秋说：“听我的话做就是了，把山神凹的窑摆满，窑里得住人，窑里要是没有这人气养着容易塌。就像这大山一样，山里要是绝了人了，山就空了，容易生虎狼。”

秋凉了，夜里睡觉的时候觉得炕上凉冰冰的，秋翻出黑的皮铺到炕上，人躺在炕上暖和柔软了好多。秋在枕头旁边又加了一个枕头，一床被子成了两床，各人拱进各人的被子里面。秋想试探一下虎庆到底对一些渴望懂不懂。秋说：“虎庆，泉庄有俩仨闺女，人勤快，你白天赶了羊翻过岭去看看，假装下山讨水喝，看中了谁家的回来言语一声，我托了人去牵个红线。”

虎庆不说话看地上的羊。羊站着不睡觉，嘴里嚼了草，这么嚼着屁股上就有羊屎蛋子拉出来，一串儿，一串儿：啪嗒嗒，啪嗒嗒。

秋叹了口气说："你到底还是个孩子，啥也不懂，吹灭灯睡啦。"

灯一灭，虎庆就看到了娘，娘拖了血肠子站在他面前，脸上抹了锅黑泛着青光，像风中的黑布衫没有个形儿鼓着来回跑，虎庆叫了一声"狗"掀开秋的被子钻进来。

不吹灯不怕，一吹灯虎庆就害怕，一害怕就想和秋伙盖一条被子。

虎庆进来一下就搂住了秋，秋感觉虎庆今儿的搂法和往常不一样，觉得他惶惶惑惑、莫名其妙以一种冲动的姿势搂着她的脖子，那种男人的躁动与少年的慌乱混成一片，一下就骚动了秋的心。炕上的狗皮褥子因为是狗的形状，要按人的形状躺上去，有些地方不大展刮。秋往里挪了挪，撅起屁股伸下手拽了拽，这么着一拽就发现了有个地方不对劲。那个不对劲的地方是秋往前挺肚子的时候发现的，一下子秋就弹了回来。秋激灵了一下，血液涌上脑门。这么些年了，自己这样忍辱负重为了个啥？不就是想要他懂得活的意义，懂得她真实而又无奈的强烈欲望吗？秋俯身向前，她的嘴唇刷了一下他的面颊，与此同时，虎庆第一回感到了她的不一样，他窘了一下子。秋为了掩饰自己情感临近爆发的幸福，变得粗暴起来，秋说："六年了，你懂得我为你所做的一切吗？"

虎庆往里动了动，正确地说是探了探。秋的心越发地幸福得不可收拾了，秋知道她想要做的事是有教养和有信条的人不能赞许的，然而她又无论如何无法和人说出她的仇恨，她的仇恨像一匹母马一样甘愿被套上羁轭，她心甘情愿为此而劳作，劳作。东洋鬼子不是要想杀绝咱吗？看吧，哪有大山里的生灵能杀绝啊！

虎庆侧着个身子，那地方像一个快乐羞涩的鱼时起时跃试图想去摸高处的岸。岸没有探到，探了一下树梢就缩了回来，缩回来又不死心地探了出来。这么着一探出来，似乎不明白是怎么回事，挺着脑袋不敢走近。虎庆就开始大口喘气了，一些羊膻味儿，狗皮的酸臭味儿，秋的肉味儿，趁着夜的风一起涌来，在他嘴里集体做着一件事，弄得虎庆就想咳嗽，一咳嗽就不断头了，越咳越厉害，以至喘不上气，脸憋了通红。秋坐起来用手在他的胸口上往下搓了几下，虎庆就不咳嗽了。还有些羞涩的小锤锤不敢再探了，歪过脑袋平静地睡去。

秋坐起来看着窗外，狗皮褥子在屁股下面热起来，秋缩回身子躺下了，外面的风刮过去，刮过来，四季的风多有不同，来了复去，去了复来，没有影迹，却给秋的心里留下了不同的印记。她敏感的想望在风中悄悄就要到来了，她日日里望着这山，这山上啁啾跳跃的小鸟，这个荒凉广大而人迹稀少之地，自然万物都在生长，你日本人怎么就敢绝了这地方的灵性呢！生命的缺失体验让她的仇恨不断增生而不是消减。她想明天要拴柱把做好的柜子用车拉进凹里来，她要把每一个柜子填满粮食，粮食是人的命，命的延续让秋坚定着自己，坚定着理想，也坚定着未来。

这一夜虎庆遗精了。秋的渴望在狗皮褥子黏稠的精液上风狂雨骤。这一夜该发生的事情没有发生，各人的心里都怀了心事。那个心事对于秋来说它不仅仅是绝痒。

一个季节和一个季节过渡绝大多数时候会有事发生，比如这个季节风就刮得很大。夜晚降落的时候，火炉上的水壶开始冒着热气，外面的风响着哨子。秋赶回羊笑着说：“风好大。”

虎庆瞥了一眼外面，想，风大就大吧。他看见了秋的笑心里很难过，一个活生生的人从 12 岁养到这么大，在关于自己的成长中她充当了什么样的一个角色？当自己已经长大了，母亲无影父亲无踪，多亏还有她的存在，慰藉着自己的伤痛，那么这个和自己年龄不差几岁的人，她是自己的什么人？该是自己的母亲！虎庆想不通，不想了，决计夜里自己到对面炕上睡。

他的这个举动很让秋不安。秋不铺狗皮褥子了，她给对面的炕铺上。夜的墙上亮着发黄的灯，外面的风影响了灯的火苗，火苗里飘着秋的失落。

火苗儿“噗”一声灭了。

夜的声音比白天的声音更孤独。

虎庆尖叫着一下跳起来，过去钻到了秋的被窝里。

这个夜就把未来改变了。秋的喘息声，羊的吧嗒声，黏嗒嗒的气泡，一串儿，一串儿往出冒，没有狗皮褥子的炕上冒出了热气，冒出了秋的希望。

拴柱把做好的柜子送进山神凹，摆到空着的窑内。怕窑内潮湿，又把柜子抬到闲着的炕上。秋要拴柱出山一趟，买回来一些油漆，用油漆刷了的柜子不生虫，不怕木头变形。拴柱说：“我不想在后柳沟住了，想来山神凹住。”

秋说：“后柳沟好，将来山神凹住不下人了往后柳沟迁，迁过去的孩子们从山外领回来媳妇，这两条沟里的人就多了，人一多就不怕他日本人杀，沟里人祖祖辈辈是杀不绝的。”

拴柱没有明白秋的意思，想来她是说虎庆了，虎庆一成家，秋就回后柳沟和我住了，他不怕等。拴柱想既然不想让我到凹里来住，那就算了，咱活得已经不算个人了嘛，像一个泥团子，谁想捏就捏，捏成方就方，捏成圆就圆。拴柱想：一个人在后柳沟守着黑乎乎的房子算啥？出山找个活做，不能老是需要什么了就来山神凹牵羊，虎庆那一声“狗”叫得人辛酸。要知道回后柳沟落这么个待遇，还不如让“八路”逮了去，也做个“八路”当当。拴柱说：“秋，我再牵了一头羊出山去，我想出去挑个货郎串串山，看能不能赚俩钱，贴补贴补生活。”

秋要他赶了一只羊走了，虎庆看着他牵了羊走，不说话，眼珠子盯得拴柱差一点就湿了裤裆。

春打六九头的时候，宽荡荡的黑夹袄穿在秋身上没有个腰身儿。五黄六月天脱了夹袄穿了个花褂子，秋凸起的肚子像秋天的萝卜。秋要虎庆用荆条筛子扣麻雀，用红胶泥烧熟了自己吃。虎庆笑着看秋吃，秋能吃二十只麻雀，吃完麻雀秋一抹嘴开始吃萝卜，水分和养分都补充够了秋才下地干活。虽然虎庆不说话，秋已经知道虎庆的意思了，虎庆的悲伤和快乐都在秋隆起的肚子上。

拴柱已经一冬一春没有来山神凹了。挑了货郎的拴柱想把泉庄的一个闺女给虎庆提提。他去找人家闺女问话时，人家的老子说话了：

"拴柱你是真不知道还是装傻，都新社会了，还兴咱闺女做小？"

拴柱碰了一鼻子灰也没有想通这个事情，又不是我讨你闺女，我要有那本事讨小，我就不是拴柱了。

拴柱往山神凹走，一路上想着虎庆的事，虎庆的亲事要是一旦做成，秋她肯定要回后柳沟，只要回到咱后柳沟，就是咱的人了。拴柱想着想着就对着这山唱起来：

红花花红，白花花白，
爬山越岭找你来，
妹子呀，
白牙牙咬开你的红裤带……

这么走着走下了风脉岭，走进了山神凹。下了小坡坡，拴柱肩上挑了货郎，手里摇了拨浪鼓，叮叮当当就想见秋。看到窑门口站着一个大肚子女人，那个女人的后身板很熟，一时想不起来是谁家的女人。大肚子女人她来这山凹里干啥来了。

虎庆在院子里磨盘上编着一个荆条篮，看着院边边的女人笑。

拴柱想：日他娘，虎庆都会笑了。

虎庆笑着笑着，脸上就挂上了黄，一下子站了起来看那个女人的身后。

那个女人扭回了头看。拴柱猛地发现这个女人是秋，他简直不敢相信自己的眼睛，用劲揉了揉眼睛，没错，是秋，是咱爹五尺土布买回来的女人，是咱拴柱的媳妇！拴柱鼓了眼睛，冲着正前方重重地摇了一下拨浪鼓吼了一嗓子：

“狗！狗！！狗！！！”

八

秋生孩子生得面黄肌瘦，形容枯槁，五十二岁最后一个孩子结束了她的生育。秋越到后来越没有奶汁了，妈妈穗耷拉在胸脯上，孩子的嘴揪着奶头扯得多长。秋要虎庆用南瓜根煎汤给自己服用，一次又一次地催自己淌出奶汁，然而催一次奶，自己就消瘦几分。秋不怕瘦就怕不能生育。山神凹被日本人绝了的窑洞里有了人气，窑垴上的青烟缭绕着，打山头上就看到了有一片青云悠悠地荡来荡去。

若干年后，有一个姓武的大干部回了趟太行山，因为路不好走就住在了县城里。武干部问起了山神凹和后柳沟的事情，县长汇报说：“那沟里的人 1945 年被鬼子斩尽杀绝了，不过那次大屠杀过后还是留下了人。”

武干部摇着头说：“不可能，不可能了！”

县长说：“是真的，还留下一个女人和两个男人，说来这事情也怪，那女人到现在都清楚那场屠杀。女人养了一群儿女，是闺女就一定要招女婿，可她明明生有儿子。也算是个迷吧。”武干部听说还有个女人留了下来，眼睛一亮马上就问：“那是个啥样儿的女人？”

县长笑了一下说：“我都没有进过那沟，路不好，都是道听途说，要想往里走很费劲。那年头小日本鬼子不知道为了啥就进了那沟沟。”

武干部就想进一回那沟。因为路不好只能骑驴进山，县长不敢怠慢，备了驴，一干人骑了驴走上了山道。

路过羊肠坂的口口上，武干部下了驴，坐在石头上掏出烟来抽了两根。很久很久站起身看着周围的一干人说：“这个羊肠坂它曾经走过一个人，叫曹操，是一个大奸雄，还留下来一首诗，你们去找找，看他到底写了个啥。”

县长就扭回头和后面的人说：“听见了吗？回去以后去找找曹操的东西，看他写了个啥。”

一干人骑了驴继续走，走到晚霞快要落下山时走到了山神凹的风脉岭上。武干部下了驴有些激动地望着山下，山下的窑洞，窑顶的烟囱里正往出冒烟，袅娜的炊烟漫到半空融进云雾，扎有篱笆的院子里有一群孩子围着个妇女转圈圈。县长赶忙说：“这是狼吃小羊的游戏，那个妇女扮了个狼。”

武干部说：“知道。狼是良犬啊。”

武干部眼眶一热，跌跌撞撞地朝坡下跑。山下院子里的孩子们抬起头来看山上，发现驴跑得欢，却连个人都撵不上。

都说这武干部喜欢拉二胡，也不懂谱，瞎拉。拉得累了，就要过夫人的毛活来织。夫人织的毛裤，他常执意要露个裤裆，夫人也不知道因为啥，反正不听他的话，他就骂。

常骂的一个字是“狗”。

一丈红

一、山神凹

早年间，山神凹有一种凄艳之美，四围山腰子上各色植物火一般地燃烧，凹里熟透了的果实挂在老树的枝头。下学的娃娃们在树下使出吃奶的劲摇啊摇，望着树梢上的果实，每一张撒娇的脸都显出一副苦相，我望你，你望我，很是无奈，其实树上的果实还没有成熟时就被他们糟害得差不多了。山神凹村边有一盘石碾，围着石碾一溜晒太阳的老者，每人耳朵根子上夹着一支劣质香烟，那支香烟舍不得抽，扭转做了脸上的装饰。嘴里叼着旱烟锅子嘶一口，明灭之间，瞅着一群学生娃骂，间歇东家长西家短，听来的闲话让皱起的鼻腔发出空洞的笑声。

日头晒着，一群娃娃在他们的骂声中从身前走过，仿佛走过的是他们的童年。

20 世纪 90 年代末山神凹有二百多户人，凹南凹北有一条长流河，河叫山神凹河。河水一年四季拱卫、搂抱着凹里人，凹里人便如婴儿一般做着香甜的梦。山神凹之所以叫山神凹，因为村庄的山头上有一座山神庙，后遭匪患毁弃。清朝时，四乡八里人年节都来山神庙烧香，能看见山神凹河，如婴儿尿曲里拐弯出了山。

烧香人站在山头上笑话山神凹河，哪知没有多少年，山外的大河连呜咽的劲都没有时，山神凹河还瘦瘦地在河道里流。

石碾子旁拐弯上坡是一所学校，叫山神凹小学。20 世纪 40 年代，共产党的一个地下组织在此油印传单，其中一个叫王成功的人就住在此处。国民党特务经多方侦察，最终发现了这个据点，月黑风高之夜，特务摸到山神凹王成功寝室窗外，往躺在炕上的王成功打冷枪，结果，是有惊无险，王成功跑了。枪声在半山腰上分外响亮，山神凹人以为日本人又来了，其中有山神凹人柳平喜惊慌失措逃命跌落进干茅厕里，谁知他的弟弟柳平安也跑来藏身，双脚踩在柳平喜肩上。下边人知道上边有人站着，上边人不知道下边站着的是人，有几次试着挪动身子，脚在四下探，没找见落脚地。外面的人群四下飞奔，茅厕里的人大气不敢出一口，就这样站到天亮。发现是自己兄弟，两个十几岁的娃娃大打出手，柳平安一只眼睛被干茅厕里的树枝戳瞎了。

准确地说，山神凹小学是 20 世纪 70 年代拆了旧房新盖下的，原先山神凹的干部们想叫“成功小学”，老百姓不依，徒留一段王成功的传说。

二、柳三胖和小翠

春天过去了，山神凹街道上不时出现一些黄白相间的斑点狗，风吹得它们的毛晃动不止，行人很少的街道上，它们深深呼吸，感受着时光，拖长的身子投在寂寞的土墙上。阒无人声占据着天空，笼罩了整个村庄。树枝泛青，在令人不适的冷清的天空中，云朵遮日。不知道是阴霾的空气中出现了幻影，还是就走着一个人。无端的，狗叫了起来，有孩子指着那个幻影说："柳三胖回来了。"

柳三胖作为山神凹的一个成年人，似乎是柳氏家族的一个问题。柳三胖长得瘦高，瓦刀脸，细眼睛，厚嘴唇，白亮的光影下五官显得极不协调，但是，柳三胖一说话牵动着错位的五官，看的人会觉得三胖也有生动时。

柳三胖年近三十岁了，他常常满怀惊异地想：一个人的变化，会不会过段时间就变回去啊？如果一个人能够不去想，或者说绕道而行多好。从二十岁起，柳三胖就开始莫名其妙地妒忌生活，包括一些不适应，但变化确实很大，一个个同龄的山神凹人都出山落户并成家了，他还停留在原地。最恐惧的是，要清楚地认识自己目前所处的状态并有能力改变它，这可不是人为能做到的。不过有一点倒是越来越明白：人生并不是一件很严重的事情，至少没有别人说的那样严重，用不着摆出一副比人低下的样子来。某些时候，柳三胖自觉不自觉望一下闪过的女子，原本哑黑的脸膛突兀多出一层惊喜，对着人家迎面走过来的脸吹几声口哨，人家骂一声"挨刀鬼"，眼睛望着别处，深情得叫柳三胖突然有一种早孕反应般无助。一个人变成两个人就那么重要？界限原来不甚分明，走着走着就分明了。

山神凹的人多认为柳三胖结婚已经很困难了。十五岁丧母，父亲又是一只眼睛，到老又患了腰疾，就一个叔，两个人还跟仇人似的。

山神凹人越来越纠正着往前走的生活，女人选择自己的婚姻好像早有结论，往山外嫁，嫁个有房有工作的人，决不留在山神凹熬。山外人不傻，更没有人愿意嫁入山沟里。

山神凹人见了柳三胖，表面上显得很热情，一说话就扯到介绍对象上，常常拿柳三胖调侃，原本就不把他当作正经人看待，调侃过后没有下文，柳三胖知道山神凹人拿他说笑话。笑话就一定要拿柳三胖来说，柳三胖真是痛恨自己不能即刻改变命运。无法重来的选择，只能眼睁睁看着柳条泛青，小草吐芽。

时间久了，柳三胖被生活弄得学会了调解自己，并且明白生活只能选择其中的一种。好还是坏，柳三胖都无所谓，两手插在裤口袋，跟碰面的人照样打招呼，但是真正停下脚步、满腔热忱地要和对方交流时并不多。看到人家停下手中活计搭讪着将要说啥时，柳三胖就恍然想起要做的事，他找人家的话茬，又把人家的话茬掐断，年月久了，山神凹人都知道柳三胖是一个虚头巴脑的人。

太阳温暖，这日子过得让柳三胖常常想流泪，太阳底下的事呀，为啥偏偏柳三胖就不被人所瞩目？长期被忽略的柳三胖，唯一被人瞩目的一次，是被凹里的留守女人小翠所关注。

黄昏，夕照在凹里停留的时间很短，模模糊糊的远山，像剪出的人形，袒胸露臂。似乎是月亮也潜伏在某个袒胸露臂的人影间，就这样仰头看着天空。以往总觉得黄昏都是一样的，夕照把瓦屋的形状扯出多边形，慢慢地又把瓦屋拉直了，黄昏突然越陷越深，甚至听到了陷进大地时的吭哧声。瓦屋顶、围墙，有驴叫了两嗓子。天空的月亮、云朵一样，怎么是云朵呢？那大片的云反倒镶嵌了金边，一条白道道画出一根线，是飞机飞过时留下的影子。柳三胖看痴了，不知不觉就停在了小翠门前。小翠正好弯下腰系鞋带，两腿中间倒着的那张脸看到柳三胖时，发现那张脸有意思。

小翠说：“你的嘴像你叔，你们柳家人都长了一张枣肠嘴。”

在正常的情形下，这是一句玩笑话，很容易被忽略。可此时柳三胖看见小翠，下滑的衣裳处露出半截子白腰，白腰下是一只大大的藏青蓝屁股，再往下是一张白脸，月亮一样朦胧，和当下他看到的黄昏极其相似。嘴里吐出一句话时，那张脸倏忽一下就闪没了。直起腰的小翠，以一副挑衅的姿态站着，黄昏衬托出她脸上瓷样的光晕，她的眼睛、鼻子、嘴唇、下巴，似乎都在微笑，有一点点鼓励，真是叫人舒服呀。更有意思的是小翠的右手拽着一角衣裳的襟子，同时左手频繁伸进肚子抓着什么，硬生生给了柳三胖一个诱惑。柳三胖狠闭了一下眼，睁开，断然地说："小翠，我此刻想睡你。"

小翠身后，红色碎花门帘晃了一下，一张老脸露出来。那张脸和柳三胖极其相似，只是一圈浓密的络腮胡遮挡了那张枣肠嘴。那张毛发丛生的枣肠嘴里吐出一句话："挨刀鬼，你是闲得找事，你还想做啥？"

柳三胖一下笑了，突然无比激动。紧接着又夹杂着一丝难过，一定有一种冥冥的东西存在，为什么此刻黄昏的黑就收在了那张脸上？柳三胖又有了无端的羞怯，眼前的那个人实在叫他绝望得很。

迅速转过身，天气不算太冷，天空暗淡，没有了夕照。身后小翠的笑比他更剧烈。

"咯咯咯咯，哎哟娘，叔侄俩，一个模样，都是床上没女人闹饥荒的人！"

柳三胖尚未彻底清醒，走到无人处，心里有不快，无处发泄，一脚踢在树下的狗肚子上，被凌辱的狗跳起来呜咽着，讨好地看着柳三胖。紧接着一脚又飞上去，这下狗有防备，一脚踢空的踉跄惹恼了柳三胖。他没有去撵狗，而是抬手给了自己一个巴掌。一片空虚的落寞紧紧缠绕着柳三胖，乏味透顶了。那个叫柳平安的瞎眼货在小翠的屋子里，他叫那个人叔，叔和小翠，小翠的汉子在外打工。他父亲柳平喜和柳平安有半辈子的恩怨。柳三胖仿佛听到了小翠的床上传来放荡的笑声，细听又不是。他不知所措，仓皇地看着四下，只瞬间，比痉挛还要悲凉的黑就降临了。

不着边际的幻想让柳三胖的脑袋开始膨胀，不时膨胀出一种尖锐的力量：柳平安，你算个什么东西！

当然，柳三胖很快就调整了自己的心态，这个没有任何收获徒劳的黄昏，他找不到可以安慰自己的理由，天继续黑着，柳三胖回到屋子里坐在黑中开始拉二胡，月明在天色青幕中穿行，一切锅碗，一切箱柜，它们如同哑子，挤挤挨挨站着，不作声。拉着拉着心里一阵难过，就落下了泪，这恼人的夜为什么总是要黑下来呢？

也许天一亮柳三胖又没事了，悠闲地里出外进，脖子下挂着自制的二胡，见了鸡了狗了猪了驴了惊扰一下。也许走过小翠的门前有人没人，柳三胖都要拉两曲，只要屋里没有人，小翠就撩开帘子给柳三胖一个笑脸，但是，从天亮开始，柳三胖知道小翠那笑脸可不是一块糖。

三、柳平安和爱红

柳平安和柳三胖属于一个祖先，但柳平安不像农村人，虽然只有一只眼。他的目光、举止和说话的口气是城里人特有的，也能说是叫气质。

早年里，柳平安因为误伤成了一只眼，屋子里的长辈就不想让他留在山神凹种田。最早跟着凹里的人出山打铁,也算是学了一门手艺。那年月农民种地，农具吃香，摊铺开在公路边河西村街道旁一间破屋子里。柳平安是学徒又因为只有一只眼，只能提小锤，日复一日在师傅的大锤间隙富于节律地敲打着，锄头、镰刀便这样慢慢地来了。有一年河西公社过会，卡车拉来了县剧团，舞台搭在河西公社的院子里，剧团装台需要几个铁环，有人就找到了铁匠铺。

铁匠铺里柳平安拉着风箱，炉火通红，铁在火炉里烧成红色，再被投入水中，刺啦一下，青烟散尽。剧团来人说要打几个七寸铁环，柳平安光着膀子站在风箱前开始交易。那年月公社看戏凭票，柳平安双手交叉搭在臂膀上说："打一个铁环看一场戏。" 剧团里的人说贵。柳平安不说话了，夹起一块由红变青的粗铁扔进火炉里。结果是柳平安用七个铁环做交易看了七场戏。七场戏看下来改变了柳平安的命运。剧团团长看上柳平安强健的体格，约他跟着剧团打零工。犹豫不决时他被师傅叫回铁匠铺骂了一顿。赶会期间买农具的人多，柳平安放下生活去看戏，这对铁匠铺的收入是最大的损失。柳平安把自己被师傅骂了的事情告诉了剧团团长，这事起了决定作用。团长要柳平安下决心走。柳平安心里隐隐地有些舍不得背井离乡，可与生俱来的虚荣在柳平安的心里作怪，抽丝剥茧般的难过后，虚荣占了上风，他决定跟着剧团走。

剧团等级森严，一开始柳平安在剧团装台，偶尔缺人了他顶替一下跑个龙套。一段时间下来，晚上熄灯前，在脑海里回放离开山神凹的日子，想找出有什么好。突然发现一日一日的装台卸台，是一件无趣的事情。演员看不起他，乐队看不起他，电工看不起他，多数日子，都芜杂散漫，缺东少西，说是剧团里的人，总脱不开寒碜粗鄙，演员上台前的水杯叫他拿着，人家踩着锣鼓家伙走台步，他小快步跑往下场口等着递水杯。差距越来越分明，女演员对他开始指手画脚。就这样活着，钟点不过是分秒的延伸，接下来哪有出头之日。每每想到这些令自己感到挫败的事情，柳平安就想离开剧团。

这时候剧团跑龙套的女演员爱红的父亲韩有堂出面了，爱红是韩有堂的独生女，在剧团跑龙套，因为爱红五音不全。韩有堂在剧团拉二胡，偶尔剧团拉头把的生病或有别的事情,他也顶替一下拉头把。韩有堂给了柳平安一个条件，如果他愿意做韩家的上门女婿就教他学拉二胡。柳平安想到用七个铁环换了七场戏的结果，居然有这么多的好事降临自己身上，一时觉得自己真是走了狗屎运。活成一个人，想把日子过好真是一件不容易的事，可好运来了，想把日子过坏也是一件不容易的事。总归是不努力不能出人头地，一辈子在剧团装台，老了咋办？静下来认真想了此事，假如在山神凹种地，到老都和山神凹老死在田里的人没什么两样；假如打铁，一辈子起起伏伏敲打一疙瘩铁，这种笨重而又枯燥的劳作能为他换来什么样的日子？在县城的街道上，不管站在何处都是和山神凹不一样的，何况自己还是残疾人。找到这么些安慰自己的理由后，人就变得勤快了，尤其对待韩家父女。那时代的乡下，男子做人家的上门女婿是一件失尊严的事情，可反过来想，柳平安还有啥尊严可失？这样反倒给柳家省了一份家产，指不定柳平喜的嘴都要笑歪呢。

爱红对柳平安是充满诱惑的。可以说，站在一个成长中男人的角度，很多事情都是充满诱惑的。独生女爱红面对自己的婚姻她没有多余的选择，显然她喜欢的并不是柳平安，她喜欢的是剧团里唱小生的那个叫王刚的演员。她和王刚有过孟浪之事，只是王刚的岁数比她父亲还大。那个满脸皱纹、身体虚胖而且泛着油彩味道的小生，站在她身边时，她觉得她应该用年轻水灵的面庞来熨帖这个身上写满故事的男人的心。爱红惊天动地的举措其实是把自己带进了一个无休无止的感情的债务和生活的惩罚中。一个年老的男人抵挡不住年轻身体的诱惑，又被这种诱惑拖扯得憔悴而疲惫。

老话说没有不透风的墙。墙一直透风跑气，危机四伏，墙没有害人的本意，但是，闲言要穿墙，碎语要淹人。爱红的父亲降格选婿的理由也就是因为爱红的选择。

韩有堂要出手阻止此事，但一直无法下手。人家是剧团里的主演，是团长的赚钱工具，主要演员拿技术吃饭，犯下任何错误都不能叫错误，只能叫个人私情。机会来了，有一天拉头把的演员有事请假了，韩有堂替代。和往常一样，锣鼓家伙一响戏开了，结果是王刚上台演出时，韩有堂的头把就高了一个调，唱者累，高音无法唱上去，台下的观众往台上扔砖头，戏被砸了场子。

王刚下场时夺过爱红父亲的二胡折成两截扔在了台下。一台戏，头顶还是全蓝的天，唱到中途，天空已经满目积云。风穿墙而来，台上台下的都看见了，两个老男人从下场口打上舞台，幕布急急拉上，锣鼓家伙响起，都是为了掩饰观众的听觉。爱红在后台无措地站着，突然她从什么地方找到一把小刀，那把小刀来不及犹豫就划开了自己的手腕，到了眼下，她才明白，生命由自己珍惜才尊贵。

柳平安第一个上前去抱住她，爱红一身丫鬟装束，水红衣裤，绿腰带散乱在地上，腕上的血口子顺着指尖往下滴血，上了装的脸上看不到羞耻。她突然哭出了声，前台安静下来，爱红父亲跑过来抱住爱红，那个男人快速从人群中穿过去，他甚至连头都没回。

爱红并没有割断血脉，只是伤了一点皮肉，瞬间，她闻到了王刚闪过身时腋下散发出来的汗酸味。她想起和他撒娇时的样子，一张老脸，激动时显得非常苦相，她拥抱他，吻他，然后要他化妆，皱纹被油彩填满，在彩妆后面，那张苦相的脸不见了。她开始入戏，和王刚做爱，一个从来没有唱过主角的女演员，她要和角演同台了，她不是丫鬟、龙套，也不是衙役，她和主角彼此入戏彼此对唱彼此爱抚，她扮演的是舞台上的旦角。

爱红感觉那汗酸味远了，仿佛一切不存在，没有丝缕留下。为什么人生要入戏这么深呢？最要命的是，抱着她的柳平安身上也有一股汗酸味，穿过鼻腔直抵肺腑，可惜柳平安不是那个和她一起反复出现在舞台上对唱的人。爱红不能掩饰自己的激动，她轻轻盘了腿，双手揽住柳平安的脖子，将鼻子凑近了，闻他的味道，犹不解馋，将整个身体都贴近柳平安的怀抱，突然激动无比，爱红开始惆怅难遣，腔子里一句婉转袅娜的戏文吊出来："郎君啊，来来来，有缘人再相逢，我与你一生一世一双人。"

爱红花痴了。

承诺下的婚姻不能不履行，凤凰飞舞，喜鹊登门，柳家人哪里知道发生的这些事，虽然儿子当了闺女养叫外人笑话了，能学得一门手艺养家糊口，也是赚了，对此也就睁眼闭眼了了此事。

学艺期间用柳平安后来的话说，他拉二胡指头功夫是有来头的，那是冬练三九、夏练三伏啊，徒弟要跟着师傅练茶水功。五根指头蜻蜓点水似的在茶水上飞快地拍打，不能停一拍，不能溢出半滴，这样刻苦练出的手指在二胡的蚕丝弦上才能练成风的脊背，才能轻柔鲜活而又张力饱满。

生活中的苦他从来不说。其实人家爱红的肚子里已经有了王刚的骨血，柳平安只是赢了一个虚名。柳平安入赘韩家后改姓韩。对柳平安来说，叫韩平安是一件极度被人嘲笑的事，不敢见家乡人，凡下乡演出见了乡人，血都会腾的一下呼呼往脑门上涌。日子过下来就成了一块心病，抽烟、喝酒、闹事，莫名其妙地难过，有些时候借着几分酒意还动手打爱红，打过铁的人动手打人，下手不知轻重，反反复复，韩有堂就提出了离婚，并要赶他离开剧团。

乡村生活贫瘠、困顿、匮乏。结婚离婚不是儿戏，都是一个异想天开的重大事情，搁在每一个有血缘关系人的脸上，不是简单的结束和开始，都和民间道德勾连得很紧。韩有堂要赶韩平安走，两口子闹离婚的事在小县城搞得沸沸扬扬，大都认为是韩平安不对，韩家养虎为患，给你家，给你人，给你手艺，给你儿子，最后成了白眼狼，敢动手打人了。

韩平安百口莫辩，屋子里一个花痴，每到夜晚杀戏后回家，爱红都要韩平安化妆，爱红亲自动手，画一张小生脸，才叫他上床睡。上床还要对戏，韩平安哪里唱得来戏，日子仿佛戴着面具，有无尽的忧伤说不出口。人嘴里生毒，韩平安没有办法在剧团里待了，一场婚姻的开始改变了柳平安的命运，让他叫了韩平安。叫了韩平安的柳平安并没有拾起尊严，一场婚姻的结束好似一场淋漓的大雨浇醒了柳姓儿男的尊严。离就离，带着手艺回山神凹姓我的柳姓去。

幸福，祥云一样在山神凹柳姓族人的脸上洇开，他们尽情期待着生活中的主角归来。韩平安在一个黄昏趾高气扬地以柳平安的身份回到了山神凹。回乡见到的第一个人便是柳三胖。柳三胖诚惶诚恐地迎上去喊了一声“叔”。

“都长这么大了？以后叔教你拉二胡。”

这是柳三胖生命转折发出的最鲜明的信号，心中不禁一阵紧缩，觉得二叔倍感亲切。这一年柳三胖十五岁，因为母亲常年有病，读书耽搁了，一再留级。他在山神凹小学念四年级。

归乡的柳平安不想出山了，好名声和坏名声一样传播得很快，归乡就是带着面子回来了，后半生的帷幕拉开前，他要成立一个说唱队，也就是农村的“八音会”，走乡串村，赚个零花钱。当时，社会对私营还没有放开，集体生活限制了他的理想，政治挂帅的年代，人人都绷着一根弦，柳平安想组织“八音会”吹打热闹的事被村干部阻止并耽搁了。他和生产队的人一起下地赚工分，闲暇时给山神凹人拉二胡逗乐，心里始终藏着一个美好的愿望。

生活的压力也是一种无形的重量，重打锣鼓重开戏，柳平安要一个亮堂的开篇，也是值得自己无怨无悔地对柳姓后辈炫耀的开篇。

四、生产队的马尾巴惹下的事

山神凹地头村街上常见柳平安拉二胡，身后跟着趿拉着破鞋的柳三胖，一大一小叔侄俩走出山神凹，走往对面的山头上。柳平安指着远处叫柳三胖看：“看见没有，那地方，看，那地方是大地方。”

柳三胖一脸疑惑。远处啥都没有，绵延着山头。

柳平安说：“你可太差劲了，难道读书把眼睛都读瞎了？”

远方绵绵延延的山脉起伏，在阳光照耀下一直向远方铺过去。柳三胖还没有出过山，不明白叔说的话，但是，站立在山头上，一种激动人心的崇高感就从这样的眺望中诞生了，他觉得世界真大，大得能把胸口的闷气呼出去。

一条蛇在远处蠕动，柳平安大步迈上前一脚踩住蛇头，蛇迅疾缠绕住他的腿，柳平安一下一下从小腿上绕下蛇身子，提起蛇尾巴抖了两下，蛇就瘫痪了。

柳平安提着蛇说：“用肛门上的皮做二胡好，这条蛇不够粗，等找下够粗的蛇给你做一把。你跟我学二胡，将来做个手艺人。”迟疑了一下又觉得手艺人没用，学了手艺就不想下地种田了。又说：“二胡的声音叫你不好受，也许还会改变了你的性子。”

对柳三胖来讲，这些话真是一个未曾想过的崭新的世界。看着柳平安手里的蛇，心房在急速地搏着，伸手去轻轻地摸一下蛇皮，迅速弹回来，害怕蛇活回来，以复杂的感情、诧异的双眼看着柳平安，又窥视蛇，充满了冒险、麻痒的快感。

柳平安说：“蛇提着尾巴处抖，骨节就断开了，不怕，拿着。”

柳三胖说：“叔是要吓死我呢。”

柳平安说：“它和女人一样叫你痒。你见哪个女人吓死男人了？”

飞过来的蛇挂在柳三胖的脖子上，柳三胖大叫一声跌坐在了地上。柳平安笑话柳三胖的出息，同时又埋怨一个夏天都打不到一条能够做二胡的蛇，而且上好的琴筒也难找到，找来的竹节都细。还有马尾巴，现在他用的是尼龙丝，音色不正。

蛇血在山神凹的周围散发着恶臭，蛇皮花花绿绿如扯着的绳子挂满了柳家的柴垛。女人和小孩走过捂着鼻子，手脚发麻，毛发根根直竖。女人发狠背地里喊柳平安“活阎王”。但凡活在人世间，凡生活就有矛盾，凡交往就有磕绊，山神凹的大人们开始讨厌柳平安，尤其是看到那些柴草上晒下的蛇皮，真是令凹里人烦不胜烦。柳三胖却无所谓，常常看见叔照旧打蛇的样子，见人照旧粗嚎着嗓子说话的样子，拉完二胡照旧讲瞎子阿炳卖艺时悠然自得的情景，觉得叔有一种说不出的神秘感，尤其是一只眼睛闭着，一只眼亮汪汪，就想用心跟着柳平安学拉二胡。

自从开始学拉二胡，柳三胖就不想读书了。柳平安的从前就成了他的一个神话，也是柳三胖想经历的神话。可时代不一样了，不读书走不出山外，只能一辈子当农民。当农民住在山沟里，外面的女子不可能嫁进来，柳三胖就有可能学他叔入赘山外的女娃多的人家当上门女婿，可柳三胖妈妈就生了柳三胖一个儿，临死安顿说："穷死不能叫柳三胖入赘女家。一辈人里有一个叫人笑话的男儿，不能辈辈叫人笑话。"

柳平喜从心里不希望自己唯一的儿子学二胡，认为是服务戏子的生活，学会拉二胡的人容易变得惆怅。

某一个日子的午后，父子俩有一次对话。

"我就是想学一门手艺。"

"那也配叫手艺？"

柳三胖突然抬头看柳平喜。那张脸上带着不满，有些邋遢，没有刮干净的胡须，塌陷下去的腮帮，张开枣肠嘴吹着气："呼！"

"你和我叔长得很像。"

"我们是一个奶穗子叼大的一奶同胞。"

"那为啥？他叫我学二胡，你就不叫？还以为你们不是一个奶穗叼大的一奶同胞呢。"

巴掌呱唧就上来了。

"让你读书喝墨水，你读书喝了粪水了，敢拿一奶同胞反击我？"

柳三胖愣怔了一下抬脚就往阁楼上爬。往阁楼上爬的原因是因为柳平喜患病，不是肚子里的病，是坐骨神经痛，连带着走路都不利索。柳三胖如果当下跑出屋门，躲了初一，躲不过十五，迟早得挨一顿打。久病的人心态不健康，见不得柳三胖顶嘴，顶嘴就挨打，等着挨打也许下手还轻点，跑，气怄重了打起来了不得。烂事不外扬，只有不离开家捂住事才算是给柳平喜面子了。

那时山神凹或许可以被称作快乐的村庄，但并不是所有人都感到了快乐。其实快乐近在咫尺，在人生每个转弯时刻都会不经意地碰到它，就像柳三胖在家里的阁楼上找到了半截竹筒。那不是一般的竹筒，是早些年的一个笔筒，上面还雕着人物花鸟，可惜柳三胖不知道。社会把人们对传统的认识彻底破坏了，又因为那些年喇叭里常广播，凡是过去的都是旧东西，凡是旧东西都是社会的敌人，应该彻底消灭掉。等柳平喜不在家时柳三胖怀揣着笔筒离开家，跑到山神凹后沟圈羊的土窑内，把笔筒藏了起来。他要给二叔一个惊喜。甚至要给二叔一个更大的惊喜。激动有点冲昏了柳三胖的头，他把生产队唯一的老马的尾巴剪光了。谁不知道马的尾巴是奔跑时用来掌握平衡的。一个令人吃惊的事实是，山神凹人认为这件事是柳平安干的。

季节进入秋天，柳三胖不敢轻易拿着东西给二叔，常找机会待在二叔屋子里学手艺。时机没有找下,就见生产队队长常忠宝牵着马来到了柳平安的院子里。

人和马还在路上，话就进屋子来了。

“柳平安，你干下的好事！”

“啥好事轮得到我？”

“你手痒痒了？不说你是反革命破坏分子，山高皇帝远，这高帽就不给你戴了，马尾巴没了，马掌握不了平衡，你赔一匹马给生产队，这马归你。”

“我拿啥赔你？”

“拿胆量赔。敢作敢为。”

“啊，谁证明马尾巴是我剪了？”

“你做二胡，你整天念叨马尾巴琴弓，山神凹就你是个人才。”

“常忠宝队长是抬杠哩。我是人才不假，可我不是养马的人才。赔小队一匹马，拿啥东西赔？我还真愿意养着这马，问题是马尾巴不是我剪的。”

柳平安扭头问三胖：“你知道是谁剪的？”

柳三胖摇着脑袋不敢说话，但是意思让他们明白了，这事，他不知道。

大哥柳平喜弯着腰走进来，大声吼着：“马不能养！”他见不得有人欺负柳姓，当知道是马尾巴的事情时，他很认真地问弟弟和儿子是谁剪的，都说没有。柳平喜认为既然都说没有那就是真没有，谁剪叫谁断子绝孙，坚决不养马。

那些年的乡下有一些有趣的事情，每户人家都有生猪养售任务，每户人家都给公家养一头肥猪。养猪任务是国家规定下来的任务，庄户人家养猪，无权处置，必须养成了猪再送往公社的生猪收购站，由那里的人称了斤两，验了等级，然后放进公家的圈里。柳平安户口才回到山神凹，还没有来得及下任务就发生了这等事情。生产队的马一直是一个叫常耀英的光棍养着，最近人家找下媳妇了。养生产队的马还有一项任务，出山配种，这在乡下是一件丢人的事情。马尾巴被剪，常耀英娶妻，新娘子认为是有人笑话常耀英，常耀英一气之下把马送给了生产队长常忠宝，让常忠宝找剪马尾巴做琴弓的人养。

柳平安百口莫辩，看着拴在树上的马，毕竟见过世面，他觉得也是好事，要钱没有，养马你就放下，等于养了一个劳力，有什么不好？柳平喜极力反对，柳平安开始唱反调，想着童年时哥哥打自己戳瞎了一只眼睛，心里不痛快，就说："养马是我的事情。"

山神凹的马公社都登记了，公社要求责任人填表，柳平喜的心肠软了一下，觉得对不起弟弟，就让生产队写成了自己。哪知道这么一写每次出山配种，一人一马都得对号，这件事情就算是柳平喜的事情了。每年到了马发情的季节，柳平喜牵着马出山配种。行进在绿荫蔽天的山神凹山路上，都觉得自己当哥哥，就算从前有什么过节，也都过去了。

柳三胖把剪马尾巴的事压在心里，怕事情败露了，那样柳平喜会打他半死给山神凹人看，甚至会打死他，拿人命和马事来抵销名声。

年复一年，柳平安想不出是谁要栽赃陷害他。每家每户想，想遍了没有找出对手，因为没有人会把主意打到马尾巴上，那东西除非做琴弓。总觉得是常耀英找下个借口害自己，就把常耀英当作了自己的敌人。

五、柳平安经历了一次露水夫妻

山神凹人口多，还有学校，周边自然村的孩子们上学来山神凹小学。学校20世纪70年代修建，三间房扩建成了五间，五间大的屋子隔出一间做教师宿舍，剩下四间做教室。四间屋里长条凳上坐着满满的学生，甚是热闹。秋冬季节的傍晚，放学的学生们在村外山脚下小路上常常会听见二胡的弦乐声。抬头望去，极目处，会看见一个黑瘦高寡的人腰际拴着一条缰绳，牵着马，胸口上挂着二胡，夕阳的余晖照着他的影子和胸前闪亮的二胡。学生们看见了会很兴奋地叫喊："柳三胖，你叔放马回来啦！"

黄昏是山神凹最热闹的时候，翠色的山崖和远岭，村庄上空氤氲的炊烟。柳平安出山和懂音乐的人切磋技艺去了，学了手艺的人看不上种地人，每天就这样挂着二胡吊儿郎当出山找人探讨音乐。柳平安在学校门前的条石上盘腿坐下来，很专心地揉弦，他很想给学校开一门二胡课，将来成立"八音会"好有徒弟。柳平安黑干细长的手指来回滑动，二胡声就在山神凹上空仙雾般缭绕开来。学生们知道柳平安拉的是《二泉映月》，并且知道这是道家音乐人阿炳的杰作，而阿炳又是一个瞎子。拉完二胡的柳平安开始给学生们讲阿炳，都已经是烂熟于心的故事了，可每一次讲似乎都有新意。讲到阿炳身世坎坷处，柳平安又讲道家始祖老子的《道德经》，"万物负阴而抱阳，冲气以为和"，说《易经》中的"一阴一阳之谓道"都在二胡的弦乐中。在琴弦的内外、音乐的高低、力度的强调、揉吟的疾涩、速度的快慢中，体现阴阳之"道"，乐人之"心"，炎凉之"世"。学生们听得是云里雾里，眼看得天黑下来，山外的学生不敢耽搁要回家，教书的王老师吼着柳平安，说他不干正事拿尖声浪气的东西误人子弟。

柳平安就用二胡声拉出："学生娃快回家，各人回家找各妈。"

一群围着的学生轰就散了。

当年在学校教书的老师两年一换。乡下有秋假，秋天收完庄稼后，生产队要柳平安用马车去山外驮新来的老师。柳平安备了草料赶着马车背着二胡出山去拉人，到了山外才知道是一位女老师。收拾好要拉的家什开始上路，走了一村又一村，一路上女老师几乎没有和柳平安说话。收获后的秋天大地一片安静，有风携带着烟云缥缈而过，马儿一旦蹽开蹄脚奔走，就不能够掌握平衡了，车上的家什和女老师颠颠地晃荡。泥土路，路面坑洼不平，进山了，陡，弯多，急。马车行驶中特别像喝醉酒一样，摇来晃去，颠簸得厉害。女老师的体质弱，胃娇气，尤其发现马尾巴没挂毛时更敏感，因为马没有尾巴毛，挡不住屁股发出来的腥膻味，太厉害的颠簸和太冲的腥膻味搞得女老师很不舒服。她在马车上不停调换方向，满目青山一时无法分散她的注意力，胃部的痉挛和疼痛依旧不能缓解，终于憋不住了，高喊一声："停车。"

来不及"吁"，女老师胃中的秽物便一口喷了出去。

柳平安勒紧缰绳停下马车想叫女老师下车走两步，车上的女老师用手绢捂着嘴摆手要柳平安快走。柳平安心里不免有些惴惴不安，拉着缰绳不敢叫马走快了。不敢说话，又觉得自己是贱骨头，想做些什么事情分解一下女老师的难受，发现女老师一路上从没有正眼看自己一下。他自己看了一下自己的装束，上身一件发暗的腈纶蓝秋衣，袖口磨烂了，他用打火机烧了一圈，半挽在胳膊上。一条黑布裤，裤扣掉了一颗，还有一颗剩下半边了，全凭它扣在扣眼里护着前门。脚上一双解放球鞋，鞋带子不是原配，赤脚，脚脖子处发暗。什么时候他变成这样一个人了？

马车走上山顶，柳平安的胃突然不舒服了，不敢想自己的光景。风刮着女老师的头发往后飞，她用手拢了一下头发，似乎山上的风让她舒服了一些，她突然就说要下车走走。柳平安勒住缰绳招呼她下车，下了车的女老师照直走到了马车前边。这下柳平安看见了女老师的背影，她挺起了胸脯，高抬起屁股往前走。脚上穿一双方口布鞋，一条浅蓝料子裤，因用力往前走，屁股分明地凸显了出来。小屁股绷成了两瓣瓣蒜，柳平安的脸像谁抽了一鞭子似的难过地笑了。他不能控制自己，从背上取过二胡，扯下布套子，坐在车帮上开始拉。女老师突然回过了头看他，那一张气喘吁吁的脸真是春波如潮啊。柳平安血压开始升高，明显感觉一颗心扑通扑通直往嗓子眼里撞。

柳平安拉的是《望星空》，女老师放慢了脚步，跟着哼唱，一首曲子拉完，女老师显得很兴奋，等着马车近到身边抓住车辕一下就跳上了车。女老师激动地问："你叫什么名字？"

"柳平安。"

"我叫张玉棉，你叫我张老师。"

"张老师好。"

"你还会拉什么曲子？"

"多啦，《江河水》《二泉映月》，还会拉戏，你会唱啥我就会拉啥。"

"想不到山神凹还有你这样的人才。你以后给学生拉二胡教他们唱歌，算是替我上音乐课。"

柳平安听了这句话，没有激动反倒一点欲望的期盼也不敢，对自己产生了根本性的质疑，甚至怀疑自己是在做梦。他这一辈子学了手艺，不仅没有抬高身价，反倒被山神凹人小瞧，家没有成下，日子过得一贫如洗。许多问题在他心里搅缠着，闹腾着，找不到头绪。他为自己的破陋而羞愧而烦躁，先前思来想去不得要领的事情似乎一下子全解决了：这社会就是男人和女人碰撞的社会。他很想说说自己内心的苦，想说说这么多年来就想成立一个"八音会"，就想要锣鼓家伙，因为公家不支持，屋子里又没有人，光棍做久了，经常外出和人切磋手艺，居然忘了自己还是一个人。

张老师是老师，念书多了等于是见过大世面，见过世面的人内心都藏着诱惑，刚才，在他骨子里肺腑里其实已经被张老师这句话诱惑了。

新学期开始了，小学生在学校院子里排队，一个跟着一个地报名。张老师站在教室门口翻阅着什么，头也不抬，一边问一些基本情况，一边在本子上飞快地记着。轮到柳三胖了，张老师问："你和柳平安是什么关系？"

"不知道。"

"你叫柳平安啥？"

"叔。"

"你和柳平安是叔侄关系。"

"不知道。"

"叔侄关系你不知道啊？"

"不知道。书本上没有，老师没教。"

"家长也愚笨。下一个。"

柳三胖开始不安，有一种被嘲笑的感觉。情绪开始弥漫：我和柳平安什么关系？什么关系关你屁事啊。学校院墙边上，阳光照不到的地方有些潮湿，看着潮湿就想尿。手里拿着新学期发下的新书，崭新的书页在他的手指底下翻过，发出如同马尾巴试弦却并不明亮的声音。柳三胖脑海里反复想那匹马的尾巴，它被剪秃后如蛇一样挂在它的水门上，有飞虻嗅着腥膻飞过来，马尾巴来回晃荡着，马觉察了，没有披挂的尾巴起不到刷扫功能，马不停抬着屁股左掉右扭，柳三胖哈哈大笑着。

想着笑着柳三胖跑到学校院墙边角处掏出鸡鸡就尿，他的脑海里反反复复出现马屁股扭捏的印象。

张老师看见后说："柳三胖，你神经不正常吗？你已经是五年级学生了，十几岁的人，怎么不知羞耻到处大小便？你傻笑的样子，真给你叔丢人！”

柳三胖认为这句话伤害了他的自尊心，这事和叔柳平安有啥关系？

山神凹因为来了一位女老师一下就热闹了，尤其是柳平安，人也精神了，张老师给他一礼拜安排了两节音乐课，都安排在下午。只要是音乐课张老师就领着他和学生们到对面的山头上学唱当下的流行歌。每一次唱得最起劲的是张老师。羊肠小路铺展在眼前，无遮拦也仿佛无尽头，歌声千回百转，柳平安不时纠正她的音准，张老师唱到深情处顾不上学生了，学生们被放了羊，山上成了他们两个人的世界。秋天日头短，来不及照就落山了，张老师唱得不尽兴，学生们玩得也不尽兴。其他村庄的学生要回家，张老师不得不宣布下山。

下山的路一拐接着一拐，柳平安伸手拉着张老师的手，张老师一边意犹未尽唱着，一边虚弱地东倒西歪，又不时对下山路充满表情上的抱怨。柳三胖觉得二叔兴奋得有些过头了，不时借着羊肠小路的艰难拉张老师的手，有几次拉着的手不想丢，两人的眼睛还对视了一下。

突然一阵子蟋蟀声，只见柳平安支棱着耳朵听了一下，他弹簧般跳到前方弯腰捡起什么，抡圆了臂膀嗖地一甩手，一条青蛇在空中划了一个黑弧飞到了远处。张老师吓得脸煞白站着不动，哼唱也被吓断了。张老师眼巴巴看着前方不动，心里慌着迈不开步，谁知柳平安二话没说上前一蹲一弓腰把张老师背在了脊背上，然后叫柳三胖招呼学生跟在自己的身后往山下走。

这个动作本身就惹下了闲话，更有意思的事情还在后头呢。

秋天很快就过去了，山风涌动，树叶乱飞，天说冷就冷了。学校生了火炉，木格子窗户上，桑皮纸被吹得呜呜响，张老师坐在教学课桌前拿着红笔判作业。青砖火炉缭绕着淡淡的暖气，半明半暗的光线下，张老师轻轻摇晃着身子。一会手伸到火炉上正反两面烤一下，氤氲的热气温暖着她时，她似乎是想起了什么，笑了一下，想一会，然后低下头判作业。张老师的背柔和地弯着，脑后的头发寂寞地垂着。这时候学校的门被轻轻推开了，进来的是柳平安，他手里拿着一个包裹，张老师站起来，柳平安不说话把包裹打开，搪瓷茶缸里装着什么，打开盖子，一股肉香四下窜开，是山鸡肉。两个人好像早有默契，张老师兴奋地站起来拿筷子，柳平安从口袋里拿出一小壶酒，学生的作业收起来搁置在一边，两个人开始坐下一边抿一口，一边小声唱着什么，指关节还敲着课桌。

这一幕被柳三胖看见了，他贴在张老师卧室的窗玻璃前，正好有个斜角可看见卧室里的两个人。卧室里的两个人却看不到有人偷窥。柳三胖自从被张老师批评是神经病后，就开始琢磨张老师的日常生活、一举一动，每一次琢磨都莫名其妙地高兴，就按捺不住要走到学校门前最隐蔽的地方偷看。他是第一次看见柳平安进了教室还拿着酒。接下来发生的事情是那么平常、那么迅速，以至于柳三胖事后什么也不敢去想，而每一次想太阳穴的血管都会剧烈地跳动。

天黑下来的时候张老师站起来拉灯，却发现停电了，她从什么地方摸出一支蜡烛点亮，然后插在一个空着的酒瓶口子上。灰暗的烛光下，张老师的脸显得天真无邪，更加娇弱，两腮发红，不停咬着嘴唇，突然地张老师抓住了柳平安的手，把脸埋到他的胸脯上，久久不动。柳平安半张着那张枣肠嘴，轻声唤着张老师的名字。

在这个舒适的教室里有某种既让人高兴又让人不安的东西。柳三胖听到板凳响了一下，有书本掉在地上的声音，那些声音都让柳三胖感觉到不安，他的脸颊开始发烧，他不明白为什么发烧，他整个人看着屋子里发愣，顾不得左顾右盼，他一下觉得他的脸皮被什么人剥下来了，疼痛，滚烫。

柳平安突然抱起张老师，抱进里屋，居然连窗户上偷窥的人脸都没有看见。张老师半裸着身子坐在床上，柳平安跪在地上，一口一口吸吮她的乳房。张老师精巧的鼻子翻着鼻孔朝上仰着，柳平安变换了一个动作，吸吮一下乳房又吸吮一下她的嘴唇。柳平安还有一些更下流的动作，这些动作农村人不用，都是柳平安跟爱红学来的，现在全用在了张老师身上。两个人突然着了魔似的互相把对方的衣裳扒光，赤精着的身体发出白瓷缸一样的光。

外屋的蜡烛突然燃灭了，木头床吱吱呀呀的声音传出来。

一切都是黑，柳三胖紧挨着窗户上冰凉的窗台石，他恍惚觉得屋子里两个纠缠在一起的身体是如此耀眼而生动，但是，黑把他与周围的世界隔开了，他再也想不出什么了。屋子里的声音让他很不舒服，他讨厌柳平安，甚至也讨厌张老师。突然地听到他父亲呼唤他的喊声："三胖，你野哪里了？快回家来！"

"三胖，回家来挡鸡窝。"

柳三胖不想挡鸡窝，也不想应声。

"三胖，狼吃了你吗？"

柳三胖被什么鼓舞了，大声答应：

"爸，我在听张老师的窗户，这就回家！"

屋子里的两个人一动不动了。张老师的鼻尖上出了一片细密的小汗珠，头皮一紧，好像那汗珠妨碍了她什么，她皱了一下眉头，推了一下柳平安说："外头站着狼呢，你快走。"

柳平安三下五除二穿上衣裳推门走出卧室，人在黑暗中环视，他知道柳三胖也在什么地方站着环视，就这样对峙着，柳平安想，柳三胖这个畜生，一辈子别想让我教他学艺！

张老师站在窗户下望着屋外黑实了的寂静，难以抑制自己的情感，她开始流泪了。她做下的事情是不道德的，可她身体里揣着一只兔子，她需要抚慰。虽然她不喜欢柳平安，可在这条件下柳平安是她最好的选择，因为柳平安会拉二胡，就这么简单也就这么矛盾。

命运安排她来到山神凹并遇到了柳平安，一场奇怪而又矛盾的邂逅，是什么让她心动了呢？她借着酒劲回忆，一定是二胡的弦乐声感染了她。此时，她仿佛又听见了二胡的弦乐声，果然是，是柳平安在黑夜的屋子里拉的。是告诉她，他回到了自己的屋子。有时寂寞会让人的心灵承受折磨，她哭了，深夜怎么会这么黑呢？嘈杂的树叶、杂草，不知名的鸟飞过，风起了，不停地旋转，旋转着写满了她过往的日子。二胡的弦乐再一次盈满了她的耳鼓，她往火里添了煤，蓝色的火苗舔着黑色的夜，她看着火苗轻声地唱，唱着唱着就睡着了。

第二天，日头好高了，有人从学校抬出了张老师，她昨夜中了煤气死了。事情发生得蹊跷，柳三胖站在人群中想着昨夜的事情，有一种惨烈的痛，秤砣一样搁在他心里。

人群里有人说：“张老师光着身子，真是应了一句老话，生不带来，死不带走啊！”

柳三胖知道张老师的衣服是柳平安扯下的，他就为了趴在张老师身体上满足他自己的流氓行为。对了，一定是柳平安害死了张老师。

柳三胖挤出看热闹的人群，他寻找着柳平安。一个熟悉的影子蹲在路边一棵桃树下哭泣，他柳平安大把抓着自己脸上的泪甩在地上。柳三胖停下了脚步，有些惶悚不安。柳平安站起来想一把抓住柳三胖，柳三胖躲了一下，感觉柳平安也在找他。仇恨一来就没法控制了，柳平安到底抓住了柳三胖，宽大而充满烟草味道的手掌举起时却照着他自己的脸打了上去。柳三胖被弄得目瞪口呆，流着泪就这样看着柳平安一下一下打自己的脸，脸红得和枣肠似的，分不清嘴脸的颜色。柳三胖内心的疼一下爆发了，他大叫了一声趁机挣脱柳平安的手跑了。

柳三胖跑进藏马尾巴的羊窑，暗黑的窑掌深处，似乎此时只有黑暗可以掩饰他内心的疼痛。脚下的羊粪蛋发出刺鼻难闻的味道，他看到门口的亮挤进来，某种东西让他发抖，又使他的脸开始炽热，他小声叫着张老师。他蹲下开始哭，觉得自己特别委屈，他的破坏欲来自无端的羞怯，他恨柳平安，也恨他自己。

张老师老实巴交的丈夫从山外赶过来，没有多余的话，只求山神凹生产队用车把她送回山外的家。

柳平安赶着马车拉着张老师和她的丈夫往山外走。土路崎岖不平，一路上走得闷，风吹着马脖子上的鬃毛，淡栗色的鬃毛一耸一耸的，他不由得想起了秋天拉张老师进山。又想起那天夜里的热情，做梦一样，什么都没有了。但此刻的头脑却很清醒，他突然怀疑马尾巴是柳三胖剪掉了，他的家族中这个侄子将来一定是他的对手，所有的事情发生时，他都在。一切又似乎都是为了二胡的弦乐声。他茫然地看着捂得很严实的车上人，阴阳两隔，他的胸前还残留着她的体温，可眼前的这个人已经不能叫人了。如果能吹打一场“八音会”就好了，也好最后送她一场热闹。是啊，八音会，这个死去的人说：“一定要让你学下的手艺走个正途。”

柳平安取过背上准备好的二胡，趺坐在车帮上，由着马走，他开始拉《望星空》。绝望的弦乐铺开了，走过一村，分散在村外的人和牲畜都脚步匆匆朝四面八方走去，有停下脚步来看的人，当知道拉的是一个死人时，有人就一定要马车停下来，他们要让音乐冲淡走过村庄的鬼气。

柳平安扯着二胡的弓，头仰了老高，这样才能宽慰自己。凄凉的弦乐高出云端，风声卷着灌入人们的耳鼓，看的人居然流下了眼泪。他是一个活着的人，没有人知道他拉着的二胡弦乐是给死人听的，那个不能坐起来或站起来的人，他在她身体上是下过死力气的啊！

她的汉子不知，一路上只顾得流泪，死者不回，从此在土挖的坟墓下，只有她一个人了，来年的清明坟顶上会长出青草，只是她已经望不见星空了。

六、古董贩子唤醒了柳平安的理想

山神凹的学校因为死过人，外村的孩子不来上学了，山神凹有亲戚在山外的就说合着把孩子送到山外的村庄去读书。山神凹的学校空着，没有人进去，就把生产队没用的东西放进去，做了仓库。凡是走过的人都要看一眼，毕竟死过人，还是赤身裸体地死了。夜黑的时候大人小孩没人敢去，就连路过也都紧张得三步并两步走快了。

柳三胖不读书了。他爸柳平喜这时候娶了沟里一户死了汉子的寡妇，寡妇一来就进入了当柳三胖妈的角色。寡妇认为，柳家坟头上没有长那根草，读书读到后来也改变不了种地的命运，不如让柳三胖学一门手艺。学啥手艺呢？应该去山外跟人学木匠。柳三胖想学二胡，柳平喜认为二胡性格里有一些暗疾，只适合于山野，独处，很不适合人群中的喧哗。学会了拉二胡，人就凄凉了，不光是曲子拉得凄凉，人的命也凄凉，瞅你二叔，心强命不强，人生下场不好，都五十岁的人了，光杆一个，下种下得早最后没见有收成。学木匠好，人间生老病死，一路走来都离不开木工活计。

柳三胖不想学木匠，哪怕学吹唢呐也行，只要和音乐沾边。人间凡事天性里大都喜欢热闹，吹吹打打，过年过节，跑旱船，耍高跷，锣鼓家伙中唢呐仰脖子一吹，那是天崩地裂。

柳平喜不容许柳三胖所学和音乐沾边，音乐不是啥好东西还惑乱人的性子。手艺要和日子连在一起，木匠、石匠、泥瓦匠，说什么都要绕开过节，穿衣吃饭手艺走的是家常路。

柳三胖不想学木匠，就想拉二胡。对抗的时间中，人就闲在家里，无事了就自己瞎拉，也不去找柳平安。

柳平喜骂不动了，腰弯得很低，更不要说打人，举手都困难。穷家无贵子，山外的女娃没人考虑凹里人，柳平喜也无能力落户山外，这样的日子里柳三胖连媳妇都难找下，不学一门技术活，人真要长荒了。凹里的人因为孩子念书，一些人开始考虑出山，不打算出山的人皆因为舍不下几亩地荒掉。

有一天山神凹来了一位骑嘉陵摩托收古玩的人，凹里的人都走出家门听收古玩的人说话。收古玩的人举着小喇叭吼：山神凹的人放下手头活，竖起耳朵听听我说啥。谁家里有旧东西，拿出来看看，谁家里长期放那些旧东西，对家里人可不好啦，因为旧东西都沾染了死去人身体上的毛病，红运低的人家里闹鬼，红运高的人家里虽然平安，但是，命运不顺畅。

柳平喜想起了楼上的一节竹子，那是当年打土豪分田地爷爷拿回家的。扭头喊柳三胖回楼上去找。柳三胖听说竹筒能卖钱拔腿就往藏着的窑洞里跑，不一会拿来给了柳平喜，柳平喜随手递给古玩贩子，要他看看值多少钱。古玩贩子从笔筒里拽出一揪马尾巴，问："这是啥东西？"柳平喜拿过来看，看着是牲口尾巴上的毛，要扔。哪知生产队常队长看着说："这明明白白就是马尾巴，当年生产队的马尾巴果然是你们家的人剪了。那时你们还犟嘴发狠誓说，谁剪了马尾巴谁断子绝孙。我叫柳平安养生产队的马配种，你们柳家认为是欺负你们姓柳的从姓韩家回来的人。大伙看看，马尾巴能做啥？不就是能做琴弓，这邪乎事情也只有会拉二胡的人干得出来。当年的白纸黑字还在，那上面写着：如果是柳家剪了马尾巴，柳家欠生产队一匹马。落款人可是你柳平喜。"

柳三胖觉得自己是糊涂了，怎么就忘记掏出团在竹筒里的马尾巴了呢？这事情除了和当初一样装不知，什么话都不能说。

柳平喜真是愤怒了，他让人去喊柳平安。

张老师走后，柳平安就像丢了魂似的，整个人不讲究吃穿，不用说成立八音会了，人完全就活在一种糊涂状态中。有些时候胸口上挂着二胡一边拉，一边骚扰跑着的鸡一下，掉转身子又骚扰跑着的狗一下，惹得山神凹人大笑，觉得柳平安人都废了。有一年冬天，邻居家的母猪下了一窝崽，母猪老得没奶水，小猪拱着母猪肚子要吃，母猪嫌疼咬着小猪崽不让近前，柳平安就坐在人家猪圈上拉二胡，母猪受了什么感染似的嚎叫着忍着疼叫猪崽吃奶。柳平安看着这一幕眼泪哗哗往下掉，看见的人说，柳平安有了畜生性子，都是二胡引得他通畜生性子了。

这件事过后大伙都不把柳平安当正常人看了。

柳平安吊着胯走过来，那张肉嘴嘟嘟着能挂一个油瓶。

柳平喜看见走过来的柳平安，气不打一处来，多远就艰难地伸出手臂举着马尾巴问："认得不认得？"

柳平安斜睨着，露出了笑。他做二胡很想用马尾巴做弓，可是他买不起，用的料都是尼龙丝。只他自己的二胡是马尾琴弓，还是当年从剧团拿回来的。

"哥呀，哪来的马尾巴？好做二胡的弓毛。"

"弓毛个！你欠下债了。我看你拿啥东西赔？你日子过得刷锅水一样，你赔啥？你剪了马尾巴，你还藏到我家楼上。要是早些年，你犯罪我还得跟着你犯包庇罪知道不知道？你把脸丢大了知道不知道？"

古玩贩子急忙说："不丢人，你们说你这破竹筒多少钱卖？"

柳平喜咬着后牙根叫嚣着："换一匹马！"

古玩贩子说："按你说，你这破竹筒能值一匹马的价？你们不要吵了，指不定也许真值一匹马。"

半下午，正是清闲的时光，年长的、蹲地晒暖阳的人，听说值一匹马立起身互相招呼着走了过来。这时节，女人喂猪打狗，屋里屋外，手脚不闲的，手里拿着生活舍不得放也急急走了过来。天气干爽得很，下地的汉子们多远看见凹里聚了人，也都扛着农具从四面八方奔回了村庄。三五成群的鸡被飞跑过来的孩子们扰乱了秩序，咯咯咯咯叫着，架起翅膀却舍不得跑出人群。女人们笑着，汉子们咧着嘴，老人们背着手，所有人脸上充满了惊奇。孩子们被大人制止得大气不出，盯着古玩贩子说：“快听快听，拿不准是欺哄山神凹人呢。”

古玩贩子说：“马有老马，也有马驹，更有壮年马，就像你们山神凹人一样，老中少三代。要说值一匹马的钱，那也要看是一匹什么样的马，马驹？老马？青壮马？看你们柳家人，一定是说到你们过去的伤心处了，这样吧，山神凹的老少爷们，你们谁家还有旧东西，都拿出来，说不定也值一匹马的价呢。”

山神凹的人们你望我一下，我望你一下，还想等着事情有进展呢。结果心思都往自己家祖上留下了什么东西上去想了。

柳平喜急着说：“你先说这东西是个啥？”

柳三胖插话说：“是做二胡的琴筒。”

柳平安搭话：“屁，人小鬼大难招架！”

古玩贩子觉得山神凹有高人在，不敢乱打牙口，纠正说：“是一个读书人用的笔筒。现在的读书人谁还用这东西，倒是可以做放筷子的笼子。”

然后自己笑起来。

柳平喜长嘘了一口气：“哦，上面还有人物花草。你敢给一匹马我就敢卖你。”

古玩贩子说：“我给你一匹小马驹的钱，不为了赚钱多少，图的就是山神凹人认得我。其实你这个破东西哪能值这么多钱哟，给你这么多的钱，是因为你做了我接下来要做的事情的药引子。”

生产队常队长说：“你柳家卖多少钱我不管，那是你该得，方才咱可是在说赔偿马的事情呢。”

柳平安说：“我还是当初那句话，谁剪掉了马尾巴就叫谁赔。”

柳平喜白了兄弟一眼，这竹筒子真要卖下几个钱，那也是自己的，不能叫赔偿了生产队的马。他与柳平安虽然是一奶同胞，但是钱财的事情不能含糊，便弓腰挺脊往前走了一步说："你说谁剪了生产队的马尾巴？还不嫌丢人？欠下你的也该还够了吧？你一辈子就这点出息，不做实诚人，人家是走不出山，你走出去还要返回来，能伸能屈的事情都叫你做下？"

此时的柳平安已经明白了生产队的马尾巴就是柳三胖剪下的。想想总归是脱不开柳姓人。哥哥的话里有话，可话和事到此都该系一个疙瘩了。当初自己对此事之所以含糊认领是因为养着马好为柳家干私活，没有过多较真，现在哥哥都怀疑自己了，甚至借此事一言明了别想拿卖笔筒子的钱赔马。自己是见过世面的人，礼应让着当哥哥的，但也不能叫山神凹人笑话，何况从道理上讲也无法通顺，哪有剪掉马尾巴就一定要赔一匹马的道理？

柳平安说："剪一条尾巴赔一匹马，你是共产党员姓共，还是周扒皮姓周？"

生产队长常忠宝答不上话来，旁边的人起哄说："就姓周呗。"

常忠宝糊涂中清醒了，说："怎么能姓周呢，干部应该有党性原则，怎么说也是最小一级政府。"

柳平安说："最小一级政府就应该姓周？"

常忠宝说："你敢戗村干部？翻天了你！我现在不跟你较真姓啥，你只要还生产队一匹有尾巴的马。"

柳平喜说："常队长，你让他还，与我没事。"

寡妇老婆走上前来拉着柳平喜要走，不忘示意古玩贩子跟了自己走。

柳平安说："常忠宝生产队小队长，你红嘴白牙把话说下了，可算数？"

生产队长常忠宝说："我以共产党员的名义保证，算数。"

柳平安扭头去自己的院子里牵马过来，那匹马优雅地迈着蹄脚，屁股上的尾巴披肩发一样扫着四下里的虻蝇子。谁愿意自己的衣服上补一块补丁呢？谁愿意自己光鲜的皮肤上长一块牛皮癣呢？都愿意是别人。隔着马头，山神凹人居然想着，那匹马要是不长尾巴毛了多好，好戏就要开场了，可是马长出了尾巴毛。

缰绳很郑重地放在了生产队长常忠宝手里。常忠宝接住缰绳的瞬间，柳平安觉得人世有了沧海桑田的味道了。

眼前的事情把柳平安从乱梦中吵醒。这是一个好兆头，柳平安一旦拥有了自信，再贫穷也会不缺精神，这都是二胡的弦乐给他带来的好处。而不缺精神的人，会感到社会为他打开了一扇大门。是的，山外的人都开始贩卖古董了，还有啥事情不能做，指不定自己闷在山里久不出去，好多放开了的事情都有点不赶趟了。

古玩贩子来山神凹收购旧货这件事情，仿佛让长期生活在灰暗隧道里的山神凹人遭遇了炫目光芒的照射，山神凹每家每户的生活被摊晒在公众的目光下。山神凹人一开始还有些不适，经不住古玩贩子的忽悠，有人取来了家里攒下的旧东西，有人要古董贩子回家看。一天时间里，山神凹就不太平了。儿子要卖老子不让，两口子干仗中，儿子拆卸了门头上的木雕刻花。一凹人居住的老屋，一百来年的光景叫古玩贩子只几天时间，就把石雕和木雕、门楼和照壁等装饰性的东西都拆卸光了，拆光了的山神凹开始跑风漏气。

山神凹无宁日反映到柳平安脑海里时，柳平安的认识有了质的飞跃。乡下人有钱能够撑起戏台唱戏的人不多，没有大热闹，凡俗之事也想有个小热闹。柳平安觉得这日子怕是该要拾起旧梦了。

七、柳平安吹打乐器上没跟过师傅

夏天好热，什么事也干不成。柳平安把自己放在凉席上，自清晨躺到晚夕，院边上一棵老榆树，有三五只蝉趴在上面，泼妇似的鸣叫。他陷入了巨大的空洞中，无能为力，把所有从前的事电影一样过了一遍，觉得自己是个失败者，一时绝望得很，竟然忧伤得流下了泪。

黄昏时分他拿着二胡往山神凹对面山头上走，自山腰往凹里看，田埂上的麦子熟黄了，谷子青绿，一群羊往山下走，簌簌落了半坡，脚不小心碰了一块石头滚落山崖，滑过草皮时惊吓了一只兔子，兔子没入了灌木中。柳平安觉得这一幕怎么和人生一样样呢？只是张老师已经化作了孤魂。他坐在曾经和张老师一起坐过的石头上拉曲子，不知为什么一抬手想拉的就是《望星空》。不能动二胡了，一拿起二胡，那些曾经的岁月便咕咕冒出来，让他胀满一腔的不快乐，索性不拉了，空留惆怅。没办法，带着一双脚来到世上，人不走脚要走，脚和心连在一起，不能一辈子在山神凹等着老死。

柳平安择日出了趟山，从山外干部嘴里知道天解风情了，无知使人失去敬畏的日子远去了。春风能拂人，春雨能润人，风雨浇灌，该行正经事情了。柳平安取出自己的蛇皮二胡，八音中没有二胡，二胡对他已经没有多少用途了，日子过下去真是很容易伤怀，他决定大方地送给柳三胖。

柳三胖这一年二十七岁，个子比柳平安还高。看见柳三胖远远地走过来，恍惚看见了自己的青年时代。先是一张刀条脸再是一张枣肠嘴，接着就看见穿着牛仔裤的两条长腿晃过来。触目惊心的是柳三胖紧绷的裤裆藏着一疙瘩秤砣。最能显示雄性的家伙，和这世界宣战似的，这小子真长成人了。柳平安怀疑自己的目光，把柳三胖从头打量到脚，又从脚打量到头，有一股说不出来的难过。

柳平安举着二胡说："叔送你。你突然就长大了。过去你做下的事情都走没了，不追究你了。叔想成立一个八音会。人活着总得做点啥事吧，日子真他妈快，什么都还没有做，什么都做不成了。你还年轻，赶快成个家，学多了手艺挑剔人，看人心眼多，不好找对象。想想你是山神凹的人，你就得把架势放下。"

柳三胖面无表情，脑海里突然出现了柳平安打自己的脸的情形。

柳三胖说："嗯，你看看身后是什么地方。"

意识到是荒弃的山神凹学校时，一只乌鸦正从头顶飞过。有某种东西弹拨了一下柳平安的心弦，他站着发了一下愣，向四周望了一下。

柳三胖取着二胡扭头走了。

风旋着小旋风走来，风把柳平安的头发旋起，他努力瞪大眼睛去琢磨柳三胖的背影，张了一下嘴，并使劲用手搓了一下脸，他的头脑里飞快掠过许多忧伤的回忆。铁匠铺、剧团、马尾巴、配种站、韩爱红、张玉棉，许多无益的、已经无用的记忆，还有他曾经拉着二胡调戏家禽和家畜的日子。岁月是由季节和天气积累起来的，而永恒的过去和无法纠正的命运不自觉地出现了一个对手。

“呸！”一口唾沫飞出口，他大声地吼了一句，“我早就知道是你剪掉了马的尾巴，只不过我喜欢养那匹马，对我这懒人来说，它就是我的劳力。我背着断子绝孙的恶名，不是我救下你，你的名声早就坏了，要明白，兔崽子，生姜他妈的还是老的辣。”

走着的柳三胖听见了这句话，话总是从后面传过来就会显得很清晰，但是他假装没有听见。

柳平安开始收集八音会的吹奏曲目，每天在屋门口大声唱抄来的曲谱，有紧长皮、慢长皮、四起头、急急风、节节高、戏牡丹、四十八梆、老花腔等。八音是鼓、锣、钹、笙、箫、笛、管、镲，这就逼迫柳平安除了二胡还得会摸其他乐器。

八音乐会，太早了不清楚，童年时老一些的人会说八音会的来历。大约在明隆庆年间，沈潘宣王朱恬烄在潞州为官，他喜爱音乐，把昆曲、皮黄等戏由南京带到潞州，与当地原有的音乐进行了杂交。当时，不仅每年农历正月十五灯会在潞州城内大街小巷吹打，还为集市生意、婚丧嫁娶、满月祝寿、庆功贺典凑热闹。八音乐器中吹打乐占多数，技艺所学除了天长日久的苦练，还讲究跟过师傅——鼓佬。

柳平安吹打乐器上没有跟过师傅，这样盲目成立并演出很容易就叫别的团体挤对没了。

柳平安决定再一次出山，奔往曾经学二胡的地方，去找县里乐意班八音乐会的师傅学艺。不跟师傅，艺人不买账，真要成立一个正经八百的八音乐会，在乡间演出，就一定得跟过乐意班掌鼓板的鼓佬，柳平安要活着挽回他丢掉的名声，何况他也需要成家了。

晨鸡叫过不久，暗淡的天光下，灰暗的瓦屋鱼鳞似的排列着，飘浮着淡淡的雾气。通往县城的班车上，有许多认识的不认识的人。听说柳平安要进县里学艺，大家都笑话他，哪有黄土埋脖子的人了要出外去学艺的。

柳平安心里明白，学艺不分老少，心中生事了，就得把这事弄成。

一路上，柳平安嘟着厚嘴唇不说话，也不和人搭腔。车过一个叫河西镇的地方，有许多人影晃动着，尘土荡起来，车窗玻璃外遮天蔽日的样子。透过玻璃飘进来一阵吹打声，唢呐的音色高高地挑起，弯弯绕绕挤进来，接着就看见一支八音乐队吹打着走过来，紧跟着八音乐队的是高头大马，马上骑着新郎，新郎一身蓝色中山装，新娘的装束是彩面妆，一身红，再后面是娶客、送客等家眷。这时候街道上的人群急剧地稠密起来，有人挡了前行的路，不外乎是要看一场吹打乐器的高潮演奏。

贴在窗户玻璃上的柳平安先是看到了文场表演。文场突出唢呐吹奏技巧，吹奏者不仅大、中、小唢呐和老咪（口哨）都能运用自如，而且还要吹奏出喜、怒、哀、怨等不同的感情色彩，一会吹奏出各类歌曲，一会又吹奏出地方戏文。独奏，联袂吹奏，唢呐、丝竹、梆、鼓、锣、镲。这阵势让柳平安热血沸腾，坐车的人里有人开始用激将法："拜师还用去县城，柳平安，赶快下车找见鼓佬磕头去。"

柳平安瞪了对方一眼。

对方说："瞪啥呢？就等着你学成了，看你的瞪眼家伙呢。"

八音乐器演奏因为伸胳膊蹬腿激情四溢，也叫瞪眼家伙。

文场演奏罢，武场开始了，瞪眼家伙明显。武场突出鼓、锣、镲，鼓佬不仅负有指挥职责，掌握演奏的节奏情绪，而且击鼓花样迭出、令人心动才算高手。鼓佬手中的锣镲节奏有致，嘹亮利落，一起一落上下翻动金光闪耀。人越聚越多，大小车辆全都被挡着走不动，索性司机就打开车门叫旅客都下去看热闹，只是不要忘了自己的车在哪儿停着。只见高潮处、忘情时，鼓佬将手中锣镲抛向数米高空，随手接来，继续按节奏敲打，引得观众鼓掌喝彩。

演出结束后，有人看见下了车的柳平安朝着掌鼓板的鼓佬扑通跪下了，五十多岁的人下跪，那一跪惊吓得新娘的马趔趄了一下，大惊失色的新娘正要张开嘴喊叫，听得柳平安从腹腔里粗声低气地叫声嘚儿，马鬃左晃右荡了一下，马就安妥快慰了。

八、柳三胖跟着王怀让学会了走江湖

柳平安的出山给柳三胖一种沉重而无法排遣的迷茫。剩下的日子怎么过，正迷茫中，山外一个叫王怀让的唢呐艺人进山来找柳平安，他们想成立一个八音会演出团体，想叫柳平安牵头。这件事情启示了柳三胖，他特意把来人请到自己家，和父亲柳平喜说明了王怀让的来意。

柳平喜弓着腰从窗台上摸过一包烟扔给王怀让，叫他自己抽。

日头被屋檐挡住了，使它不能遍落在窗户上，屋子的四处都是暗，偶有一丝明照在门口的脚地，有几只蚂蚁沿着柳三胖的白运动鞋在爬行。王怀让抬头看柳三胖，这样的小伙子如果在山外，等不得这年龄就叫女人收拾了，山神凹，谁家姑娘愿意进山里来——连日头都照不进来的阴暗地方。

王怀让说：“还没有说下媳妇？”

柳平喜说：“你操心打问一下，看有没有条件差的给三胖说一个。”

柳三胖心里不悦，说：“怀让叔是来商量成立八音会的事情的，我叔不在，我愿意和他们合伙成立，我还有新想法呢。”

王怀让抬头等三胖说想法。

柳三胖说：“咱把说唱融进来，婚丧嫁娶来客有个看头，不仅是锣鼓钹镲闹得欢，有女人在中间唱，是亮点，也热闹。”

王怀让很赞许三胖这一点，就等柳平喜发表意见。

柳平喜说：“我老了，老不中用了，让他学个家常手艺，他偏偏跟他叔一样喜欢拉二胡。只要能有事做，是好事，我支持。”

柳平喜又说：“说成立就要抓紧不能松懈，平安一回来就没有你们的戏了。”

柳三胖和王怀让商量：“咱们先召集民间艺人回山神凹集训，在柳平安没有回来前笼络人心先入为主干起来，等他回来粥已煮熟，叫他接手也不晚。”

柳平喜不能说和自家兄弟有过节，只能赶快叫三胖收拾东西和王怀让往山外走。

年龄的增长给了柳三胖一种空间移位的幻觉，好像置身人群中，他的位置。越来越有柳平安的影子。

两日后，柳三胖和他的团队抓住暮色将暝之前那最后一秒光明站在了山神凹的山头上，人手一种乐器：鼓、锣、钹、笙、箫、笛、管、镲、二胡。站在山头上的他们开始看山下。此时的山神凹正是打场晒粮收工时分，男人的木锨一下一下地向上挥舞，高粱、玉米、豆子被木锨抛向半空。草屑、尘埃连同所有轻飘飘的沙土被风刮往远方。扬起落下的尘土不知不觉笼住场上弯腰叠肚的山神凹人，那是热火朝天的生活啊，哪一家都有婚丧嫁娶，天性喜欢生活的人遇事都想有个热闹，有热闹就不愁赚不来钱，就不愁赚不来烟酒。

路过山神庙时，一干人进去拜山神。庙门前石头上刻着一副对联。上联写：红喜事，白喜事，红白喜事。下联写：哭不得，笑不得，哭笑不得。横批写：管地顶天。柳三胖走过去在山神爷像前点了三支纸烟插进香炉，然后让所有人跪下重重地磕了仨头，站起来时说："山神保佑，我们给山神老爷来一场！"

冷不丁山头上锣鼓家伙的脆响穿透了空寂，他们身上涨满了力气，锣鼓敲得狠，左挥右舞，土尘飞扬。一声轰然巨响从山头上跌落到山神凹，山神凹人也开始兴奋了。被古玩贩子卸掉的缺胳膊少腿的屋子上空，因为凹里没有风，一股一股的炊烟依旧升得很稳很慢，老高老高也不散开，像是坚守着山神凹最后的宁静。可是锣鼓家伙砸下来时，升高的炊烟还是乱了，甚至四处乱撞，互相纠缠着，丝丝缕缕挂扯在树梢或半空的灰尘草屑上。锣鼓响惊扰得在家做晚饭、上了年纪的女人突然摔盆打碗了。盆盆碗碗终归是边沿的器物，砸了毁了伤不了生活的根本和元气，可碗破得没有声响，被山头上演奏的八音会淹没了。这日子似乎有什么东西蜷伏着，人心开始慌慌的。

柳三胖的摊场放在山神凹小学。柳平喜当了山神凹小学的保管，小学的钥匙他拿着，此时常忠宝已经当了村支书。打开学校门的刹那，柳三胖回头看王怀让，从前他没有观察过王怀让长什么样子，此时，他看到了。四十多岁，干头狭脸，薄嘴无须，一顶前进帽压得很低，细眼隐藏在帽檐下，柳三胖没有办法端详他的表情。

柳三胖叫了一声："叔。"

王怀让说："叔啥哩，赶快拾掇出教室来。"

柳三胖说："我咋觉得这事情没有谱呢？"

王怀让说："要啥谱？山神凹的支书在场，支书说两句，咱身后就有了依靠。"

常忠宝背转着手说："你们又不是山神凹的宣传队。"

王怀让说："肯定是嘛。我正准备和你商量一下写个条幅，啥事身后不能没有组织。支书，你说咱写个啥？"

常忠宝说："要不就写山神凹八音会？"

王怀让一拍手说："就按常支书说的写，这学校以后就是我们的据点了。以后凡是回山神凹排练，吃住都叫常支书管，常支书是我们的后台老板。"

常忠宝搓着手笑："吃住算啥，你们弄大了能进县里演出，我还要给你们换行头哩。"

王怀让的激将法挑起了常忠宝的热闹兴趣，随即安排队里人给柳平喜发放粮食，乐队吃饭就在他家。

柳平喜太激动了，一辈子没有出过几次山，山外人和山里人的聪明劲真是不一样。

仓库里居然还放着一些响器家伙，只是那些家伙已经被蛛网缠绕得很旧了。蒙了灰的鼓皮发暗，铜锣长出几点绿毛，时间很无趣很寂寞地处置了这些具体实物。这屋子里还有张老师的记忆。

一群驴从门前走过，放驴人没有响鞭，看到热闹停下来打问了一下说："你还回山神凹做啥？有本事的人都出山耍本事去了。"然后眼睛眯着看站在外面的柳三胖，吆喝了一声驴，走过去还扭头看。柳三胖探出头和外面的人打招呼，想起张老师的样子，村口前，秋阳下，张老师的笑脸是唯一的花朵，学生娃的笑声比鸟更动听，现在村口上什么都没有了，就几年光景。柳三胖抽回身从角落里捡起一支唢呐，吹落灰尘，鼓起腮帮，唢呐口咪的音软如弹簧却是一声也不出。王怀让取过来，用舌头舔了几下口咪，冲着空寂的屋子鼓足了劲吹，那唢呐声直冲屋顶，柳三胖突然就哭了。

学校收拾完毕，王怀让叫人用长条桌子在讲台上做了主席台，这是叫山神凹常支书讲话，支书一讲话山神凹八音会就正规了。

常忠宝支书也开始认真了，叫人通知晚饭毕都来学校开会。

晚饭毕，常忠宝突然不知道要说啥话，就想结合形势讲讲。见了王怀让问讲啥。

王怀让说："只要叫了山神凹八音会，山神凹人就要占多数比例，你就叫女人来唱，唱啥都行，最好是有姿色有嗓子的人。"

王怀让琢磨的这事情也对。站在讲台上的他清了清嗓子说："咱山神凹成立了八音会，是天大的好事。咱山神凹的八音会就应该和山外的不一样，山神凹的女人都参与进来，没有女人的八音会不叫八音会。"

听说八音会要女人说唱，山神凹原先跟着柳平安二胡唱过歌的人一时有说不出的好奇，同时也扭捏着，这事情不是说能张嘴就敢唱，最主要的是要有胆子站在人前。女人们把自己的羞涩捂在胸口前，不敢张嘴唱。柳三胖说："这社会撑死胆大的，饿死胆小的，人家山外人都进城当小姐了，你们还不敢卖个唱？"几天下来音乐声就把山神凹人的胆子弄大了，第一个敢站着比画唱的是王耀祥的女人小翠。王耀祥干头狭脸，细眼薄嘴，经常跟着人出外打工，赚下的钱不够养家，穷日子过得寒酸，小翠想着这日子往前走，越走越没有盼头，与其如此不如跟着学唱赚几个钱养家糊口，也是正途。小翠带头一唱，女人们的心就痒痒了，都来练习，一下子柳三胖组织的八音会便有了老枝上爆出新梅的新奇劲。

八音乐队中人员素质很讲究，需要有几个好"吹家"，不是二胡。好"吹家"是衡量一个八音乐队团体质量高低的主要标准。尤其是吹打武场，就算是文场也是吹打轮番、文武和唱、互为激励。柳三胖和王怀让商量了一下，知道团队的吹打力量不足，就多叫女人唱，最好唱民间小调，那里面有难以言传的挑逗，听的人喜欢听，八音会才有出路。

排练得差不多时王怀让出山去写台口，几日后回来说山外高平村一家出殡老人，三天吹打家伙送葬，三天中夜里要音乐陪守灵人送三更纸火，最后出殡一场，统共六百元。一凹人兴奋了，看着是瞎糊弄的一群人，说能赚钱就能赚钱了。

演出是夜场，出发时定在午后。旧社会曾经的风景，很快又浮出了许多老人的记忆湖面，当年那些走出山外的女人一脸兴奋，犹在眼前。女人一走出山，啊呀，山外最不缺少的暧昧风景一波一波地就要涌入她们的心间了，金钱的杠杆正在撬动数十家螺丝松脱的婚姻，她们在八音会中添加的露骨挑逗的民间小调，谁又能管得住那些心要走野的人呢。

一干人走到山头上，雨来了，突如其来的雨，把他们的视线扰乱了。小翠说："看不见山神凹了。"另一叫红丽的女人说："看不见了好，没了山神凹，咱就都到山外落户。"

过云雨，雨走后风来了。无数的云聚集在山神凹上空，像被什么神圣的号令驱使，正顾头不顾尾地向在山头上站立的他们涌来。风带来了移动、飘泊和变迁，风裹挟着响打乱了山神凹简单活着的理想。

九、不是冤家不聚头的叔侄

雨把风带走了，晚夕很长。雨水把天空洗得很蓝，因为没有风，叽叽喳喳的麻雀们，三五成群，东飞西窜，不时响一下的锣鼓钹镲惊扰得它们扑棱棱乱飞一气。一路奔走，使得一干人的脑门微微冒着热气，人人都比往常生动和鲜活。

傍晚时分，高平村恢复了一天之中消歇下来的情形，女人端着簸箕拿着笤帚领着娃娃走在村街上去扎碾。分散在村外的人和畜生都脚步匆匆地从四面八方奔向村庄。柳三胖一干人就要进村了，出口上有人等着他们，要他们绕小路进村。远远看见村上有一家娶媳妇，进村口搭了红事彩棚，看样子是有钱人家。

因为是办丧事，山神凹八音会就绕着小路进了村，白事不能和办红事的人碰头。

办事人家的门外也搭了彩棚，搭的是白事的彩棚。进出院子的人有穿孝衫有穿孝裤，腰间都系着麻绳子。院子里支着大锅，就等音乐来，柳三胖一干人到后立马下面。灶膛里的柴火噼噼啪啪燃爆了，地上放着一摞一摞的碗，锅里的面滚了几滚，灶膛里的一疙瘩柴被拖出扔在了院边，烟气弥漫了整个院子的上空。掌灶的人先给山神凹八音会的人盛饭，有专门端饭的人。

柳三胖爬到院墙上扯起山神凹八音会的横幅，和院子里的孝子孝女比，横幅是红布白字，月明下山神凹八音会几个字醒目得很。

天黑时出了月亮，多亏一场雨，雨把云里的水下完了，云在天上就显得稀薄。主家请了和尚做法事。和尚先是放焰口，焰口有不同，简单一点坐下来唱的叫平台焰口，摆上一个布满麻油灯的托盘在桌子上，和尚道士唱叫花台焰口，这种热闹还不叫热闹，只能说是超度亡灵。放完焰口后八音会登场，女人们一扬手绢跟着音乐唱，热闹一下就扬起来了。乡下人把这个当成大事，早早饭毕提板凳坐在了办事家门前就等那热乎乎的唱。乡村人家对八音会的唱从来都不较真，任由她们满嘴胡说，也没有人计较，只要乐器聒噪又唱得像模像样，也没有人当真红脸争执。

晚饭后冷不丁一两声炮响，响声穿透了空寂，是娶媳妇家点燃的响。这家院边上有一棵桐树，去年墙外干朽的树杈承不住这两声巨响，突然折断了。断了的树枝连同干叶子落在地上，噗噗作响，声音干枯而空阔。

八音会要开始了。

一阵子锣鼓家伙后小翠第一个上场。

小翠唱的是地方秧歌《闹五更》。

一更天盼丈夫，丈夫不来

小砂锅熬米粥，溢出来

二更天盼丈夫，丈夫不来

铁铛的烤锅盔，醋熘白菜

三更天盼丈夫，丈夫不来

大花被子小花褥子满炕铺开

四更天盼丈夫，丈夫不来

扒窗台扶窗棂，奴流下泪来

五更天盼丈夫，丈夫不来

骂一声你死烧骨狼拖狗拽

小翠的嗓子如砂轮上打磨出来，尖刺扎耳，尽管看的人嘈杂声一片，小翠的唱照样能飞上高处，树上夜宿的鸟儿被吓得箭一般飞往村外。小翠边唱边扭，一双小眼溜亮，遇到满腹怨恨时，眼睛就像玻璃弹子要弹出去。

观众是流动的，看的人越来越稀稀拉拉，问旁边的人才知道村里的人都去看办红事人家的八音会了，他们请了县里最好的八音会乐意班。山神凹八音会的唱进行到一半时，一个人挤过人群走进来，暗夜中谁也没有看清楚是哪一个，只见来人径直走到柳三胖身边要过二胡，一口气拉了七个把位的琶音。来人运弓充满气韵，如初生赤子的啼哭，力道来自母体而非五谷杂粮。

来人摁着弦说："你看死了，唢呐的眼位全定在这儿，气息的轻重尚且能使声音变化万千，二胡靠了两根弦，手指的把位不定，越发要你气息的整理。弓就是气息，气顺、气旺、气沉，才不叫你心浮。玩那两下，就敢成立山神凹八音会在人前要饭吃！"

来人说完扔下二胡昂昂而去。

柳三胖呼啦就站了起来，这个人不是别人，是柳平安。他现在是乐意班里的主要吹手。他听说高平村又来了一队八音会，叫山神凹八音会，他有些奇怪，当看到山神凹八音会把正经民间音乐弄成杂耍时，他心里难过得想骂，忍着不来看，可脚不由心。

柳三胖面对高平村的观众，恨不得把脸也扔到柳平安的身上。红白事在一起吹打，白事不能冲撞红事，如果撞上了，白事要给红事一丈红布，也叫“一丈红”，一般谁都不愿意撞见。八音会也讲究风水，又是办红事的人来闹事，这就等于砸了摊场。柳三胖冲着柳平安的后脊背喊：“柳平安，不怨我不叫你叔，你从此降格了，你就是山神凹一个穿开裆的屁娃！”

这话骂得也叫狠。

王怀让安抚柳三胖不要生气，生气等于给他们自己的伤口上撒盐。找了歇息空当，王怀让假装出去小便偷着去看乐意班的八音会。

乐意班的八音会，所有吹打人一律穿红褂子。正规的八音乐队。为红事吹打时，要穿一件红布“小褂”。穿红布褂子八音会也叫“红衣行”。其实按规矩说，穿红衣的只办红事，不办白事，总因为都是给贫苦人家吹打，哪里能有太多的讲究。办白事吹打乐队就一律黑衣。敢穿红衣的那一定是官方民间都肯定了的正规乐队。王怀让看到柳平安一人三样乐器，脚上是板子，嘴上有唢呐，胳膊腕上还吊着铜锣。他用齿音、喉音、舌音、吐音、气颤音吹出本地戏曲中的姑嫂对话，又用指滑音、气滑音、腮震音、腹震音、指颤音、臂颤音、气颤音模拟出旦角的唱腔。观众是里三层外三层，一脸兴奋。王怀让想，这才是他想要的八音乐队，他没有难过也没有激昂，显得很平静，平静中萌生了自己的想法。“良禽相木而栖，良臣择主而仕”，他已经明白了，讨便宜的人，总有一天要吃大亏，他有了自己的想法。

三天后出殡，王怀让自己去商店买了一丈红布，要柳三胖给柳平安送去并磕头谢罪。柳三胖说：“除非山神凹河断流。”王怀让说：“既然这样了，只能我去。”所有即将发生的事情在两个人的对话中看不出任何迹象。

整个出殡显得无趣而空落，四方乡邻开始骂，说这是日哄人，这也敢拿钱！

王怀让最后结束时找不见人了。柳三胖不知道发生了什么事情，忍不住把不祥的事情从头到尾想了个遍，有人告诉他王怀让正在一丈红上磕头拜师呢。柳三胖多么希望王怀让能回来，可王怀让不会回来了。

一伙人走在羊肠小路上，又是傍晚时分，走到山神庙前，柳三胖突然心血来潮冲着黑黝黝的大山开骂了：

“你个心怀鬼胎，虚头巴脑，吃里爬外的王怀让啊！

你个口若枯井，声若豺狼，腿若蟑螂的王怀让啊！

你这个连唾沫星子都溅着晦气、邪气、阴气、毒气的王怀让啊！”

骂着骂着就觉得没意思了，造成这样后果的不是王怀让，是柳平安。相随着的同伙一致认为就是柳平安，柳平安才是背后的推手。柳平安原本是山神凹人，学了手艺就人模狗样拆山神凹人的台。骂他，就骂他。

柳三胖指着小翠说：“你骂他，他欺负你还不够，你枉和他好一场。”

小翠就扯开嗓子骂了：“月明黑天这是谁寻死呀，寻死不要死在我跟前呀，长江没封顶，黄河没盖盖，你个柳平安，去呗，去呗！”

柳三胖和几个一起跟着喊：“柳平安，去呗！”

骂着骂着天就黑了。一伙人被山风吹得灵醒得很，有人提议唱黑戏，唱就唱，把心里的怨气唱出来。一伙人在黑里，刚才的骂已经把夜搅得很乱了，有些小动物，很慌忙很疲乱地在草丛中逃窜。第一声响是唢呐，紧接着二胡、鼓、锣、钹、笙、箫、笛一起跟上。

夜憋不住了，风飕飕地贴着草尖刮过，穿过山巅走掉的那条路似乎也被月明揪得立了起来，孤魂野鬼始终在游荡，也是他们唯一的观众。他们被柳平安伤害了，柳平安是他们精神深处的痛苦。夜，幽黑无底，在土尘中，树丛中乱掀，月明悠悠垂地，最后的一声唱放出去拽不回来，每个人胸腔里的火苗都点燃了，这一辈子和柳平安势不两立！

十、柳三胖和叶巧巧

柳三胖某年秋天，姻缘开运了，经山外人说合娶了柳岭一个小寡妇，寡妇叫叶巧巧。丈夫死在秋天，山里人收秋后进山采药材，不小心踏空把命丢了。人死如灯灭，死人死了，活人要活。给叶巧巧说媒的人说起山神凹的柳三胖，说条件还可以，就是光棍久了不做正事，曾经弄过山神凹八音会，没弄成，后来就成了一个笑话。都说他啥都弄不成，有力也不想往地里下。叶巧巧不知怎么地就偏偏相中了柳三胖，一来二往走动了几回，这件事情真成了。

叶巧巧个子不高，胖，说话快，行事利落，走路后脚跟吃劲，扭来扭去，跟着柳三胖回山神凹来过日子。见了山神凹人，叶巧巧嘴甜，叫得腻腻的，还长时间盯着人家的脸，很知冷知热的样子，停下来说话陶醉得深。柳三胖站在一边笑，夸张、空洞，跟放风似的，太阳也温暖，柳三胖看着自己的女人，深情得欢。人走过后，山神凹的人才知道叶巧巧不和柳三胖办理结婚手续，要先过一段日子，也就是试婚。这些新名词对山神凹的人来说很稀奇，就想着有啥事情发生才好。

当天晚上有人听窗。夜静人稀了，只见床上坐着的叶巧巧一身红，电灯下人显得羞涩。柳三胖走近搂着叶巧巧，似乎看上去不是柳三胖急，是叶巧巧急。叶巧巧撩起红秋衣露出两个大奶穗子，示意柳三胖俯下来。柳三胖俯下身，叼住奶穗子的那一刻，像婴儿一样发出哞哧哞哧的声音，突然被柳三胖弄到了痒处，一时没有矜持住，叶巧巧叉手扬胳膊翻身站在床上笑了起来，好像天底下只有她和柳三胖。

突然的，柳三胖跪在地上，仰着脸一本正经说：“巧巧，咱开始吧，开始生娃，生一个八音会，吹拉弹唱都有。吃饭吹哨。”

窗户外的人被惊得目瞪口呆，所有人都闭住了气，不希望打扰了柳三胖人生幸福的开始。

甩鞭

一

麻五早上被农会的人带走，到现在没有回来。坐在炕头的王引兰心里有一点抓挠得慌。

窗外青山被秋风吹得惑乱起来，她心里就乱成了一团麻。外面突然热闹了，王引兰跳下炕，不假思索开了门，她不是想看热闹，只是感觉那热闹是奔着她来。倒吸了一口凉气心也就悬了起来。看见一干人抬着麻五跑进来，麻五被撂到炕上时，脸黄蜡蜡的。农会来人说："麻五死了，找人打发吧。"王引兰感觉那颗心一下掉到了腔子外。一把揪住早上带走麻五的人。

"早上走时好好的，怎么就死了，你给我说说清楚！"

"他在高台上站着软了下来，我们的人上去看，早没气了。"

"怎么站着就软了下来？斗他又不是一天两天了。"

"反正是软了下来。"来人梗了一下脖子又说，"他的脸泛黄，有汗流下，大口地出气，出着出着就软下来了。"

“出殡吧，人已经死了，还计较什么死活。”

王引兰松开了手：“人死了我才计较，人活着还计较什么？我倒要问问去！”

“还敢去问，风口浪尖上，不怕给你再定一个罪？”

“如今，眼下，我还怕什么怕？你们说！”王引兰的声音像是从铁砧上发出来的。

所有的人木然地看着王引兰，王引兰在麻五身边站着，腿一软整个身体就出溜了下来，她细丝样地呵出了声音，那声音拖着民歌小调的韵脚在麻五身上起伏。天真的要塌了，怎么说走就走了呢？她心里装满的希望顷刻化为乌有。王引兰想不出该做什么，定定看着麻五湿了一大片的裤裆。

王引兰站起身从木板箱里找出一条棉裤，想给麻五换上。除了棉裤竟然找不到其他可穿的衣裤，衣服都被贫下中农分走了。

没有费很大劲脱下了麻五松松垮垮的裤，看到麻五麻秆样的腿罗圈着。倏然，那中间地段有一个黑色的东西，把脸挨过去，看到两个蛋肿胀得像成熟的大毛桃，根部被一条麻绳紧勒着，循着麻绳看到下端坠着一个秤砣，王引兰大叫一声着实跌坐在了地上。

窑内的世界闹得很，但是，对王引兰空洞的大脑来说一切似乎已经都与她无关。

王引兰站起来，想了想，还是要找农会。一把抓了农会来人坚决要去。来人弓着腰说：“你去找要怎么说？麻五坠了秤砣？！有脸说？自己的物件谁能给他系上，要系也只能是你，要不……要不也只能是他自己了，自己想到富贵到头了也就一了百了了。”

王引兰说：“放屁崩出屎来了，麻五就算是想死也不会是这个死法！”

窑庄人都知道麻五是被秤砣坠死的，如果不是麻五自己坠的，那么，是谁把秤砣给麻五拴上去的呢？麻五已经死了，死无对证，谁会跑出来说。

二

窑庄，最早的时候是李村李姓家族的砖窑。有人在窑上住下，慢慢地就扩展开，后来有人叫起了窑庄。麻五是窑庄的富户，最早的时候麻五是靠了两头毛驴起家，从高平关驮煤回来然后卖给李村和窑庄的用户。那时候用煤的还不多，大部分是烧柴火。麻五看到城市里的人烧木炭就动了心事，他发动窑庄人把上好的柴砍回来在废弃的窑内烧好，拉到城市里去卖。起早搭黑的麻五不几年口袋鼓了，不仅有几十亩塬地、大家宅院、长工短工，而且有羊和马车，占去了窑庄大部地产。土财主麻五，始终过着比普通人家还要“苛”的生活。无论寒冬炎暑，一身布衣，每日鸡叫起身，除了进城送木炭，就和雇工一起下地劳作。富了的麻五虽然从思想上依旧认识到自己是个乡下人，但这并不影响他可以具有富人那样的消费观和价值观，麻五首先想到的就是添妻。

添妻的事不是说了就能办，要出银子。方圆八乡十里人听说麻五添妻就有媒人来找，能够门当户对合麻五心思的找起来还真是少。麻五希望人要标致，银子还得少要，这很难办。麻五说：“缓着来，缓着来，路到头总有河。”

麻五长得细瘦，小眼睛，肉头鼻子，整个五官看上去有点不成比例。麻五的原配夫人是本地前庄倪姓家的女儿，叫倪六英，如她的名字一样是排行老六。以倪六英的容貌，麻五见了世面后就觉得不太理想。矮矬个子，满脸乡下人才有的潮红，说话时每句话的尾音带着一个“哦”字。假如说麻五是一个一辈子也没有出过山的农民倒好说，关键是麻五是见了世面的人。麻五如果仅停留在食不果腹的基础上那也好说，问题是麻五小富思淫欲，一直在心里搁着这事。

麻五是在一个多云有雨的日子从山外领回王引兰的。那天，17 岁的王引兰坐着麻五的马车从山口进来，眼看着要下雨，车跑得飞快，王引兰用手抓着车帮，身体像风中的小草很急促地摇来倒去。麻五挥动着鞭子一声紧一声地吆喝着头马。

“快到了吧，快到了吧？”王引兰说。

麻五说：“就到，就到。看见了吗，那个庄，那个高楼就是我的屋，我的屋叫高楼院。”

王引兰顺着麻五的指头看到半山腰上有一个小庄炊烟袅袅，有一座楼房明显凸起来，比其他土房相对有些气派。倏然风就吹散了她的头发，王引兰轻声“呀”了一声，麻五回头看了一眼心里生出了几分情感，想：这小女人，这小祖宗，我麻五不花钱搞到了一个粉娘，真要过两天快活光景了。

三

王引兰是晋王城里李府的丫头，十一岁上和母亲从安徽来晋王城讨饭，三块大洋被李府买过来。娘走时安顿她说：“娘到你婚嫁年龄来赎你，你要好好活着啊！”从此没了音信。在李府做丫头长到十六岁，被李家汤水喂养得如花儿一般，李府老爷看她就多了一层意思。终于在一个黄昏李老爷把她堵在书房，奸笑着压了下来。她说：“老爷，不要，不要。”老爷眼睛眯着一种古怪的情欲，噘起嘴说：“不要？要的，要的。”那声音很暧昧，在雕花窗棂透过来的阳光下游魂一样飘荡。她还没有来得及反抗就闻到了一股腥腻味儿，听得老爷说：“啊吁，说不中用就不中用了。”她整个脑壳就空了。老爷把她抱起来放在条几上，四肢像四条垂挂的藤悠悠晃荡。老爷不要她穿衣服，老爷说：“我要自上而下地鼓捣你，鼓捣你这块羊脂玉。”春色满眼的好事终于有一天被太太发现了。太太说：“打死她！打死这个惑乱人心的烂 ×”。她从心里不愿意面对这个家了，决定要逃跑。在这时候她发现了麻五。麻五是来李府送木炭的，半个月一次。一年多了，她的眼睛从没有多看过这个男人，现在看他就有了心事。

领了麻五到柴房送木炭，看四下无人说：“大叔你救我出去吧。”麻五说：“我救你出去，我就不能来送木炭了。”柴房里散发着一股干霉味，麻五看了一眼王引兰，蒙昧的心像鼓一样敲起来。也就是说王引兰这个女人不能让人多看，看多了有想法。想法不是别的，其实说来也简单就是想掰下来，在想掰下来的前提下还有一层意思：这粉娘倒可以让我省下钱。麻五把王引兰想成一穗玉米了。这时，王引兰扑通一声跪了下来说：“爹啊，救救我吧，你不救我，我就没命了。”

麻五吓了一跳，颤抖着累极了似的小声说：“除非你要我掰下来。”

王引兰半天没有想明白是什么意思：“要带我出去当然不会让你白来，这还用说。”

麻五想王引兰把自己的话理解错了，自己的话也太没有章法，硬板。怎么可以这样说，人家大小也是大府的丫头，眼睛里是长了大府人家铺排的，就算是拾话也多拾了几句。但是，麻五觉得这种事情不直接说好像又说不清，就很是有点不好意思地说：“我……我是说除非你想做我的女人。”王引兰抬起头稳稳说了一句落地有声的话：“我应你，做你的女人。”麻五小眼睛一下放出了电：“你真的应我？”王引兰肯定地说：“我真的应你。”麻五松了一口气：“应我就要贴心，我救你是顶了风险的，再一个你不可以叫我大叔。”王引兰想了想说：“我贴心跟你走，不叫大叔，叫你麻五。”

再来李府送木炭，麻五从市面上买了不少棉花，一进李府就开始张扬他的棉花，和李府总管议论了半天棉花的好坏，出李府时，麻五用遮雨布把王引兰盖在棉花堆里了。

王引兰想这些的时候感觉有雨点落下来。落下的雨点像豆子乒乓爆响。听得麻五说："下车吧。"

王引兰看到一座四合院门楼前，站着一个粗矮女人，胸前大襟衣服下露着半截红肚兜，左肩下的腋窝里挂着一串铜钥匙，女人满脸红润，咧了嘴冲着麻五说："回来了，哦，雨说来就来了。"

麻五把车交给羊工铁孩要他去备料，领了王引兰走往堂屋里去。羊工铁孩望着王引兰咧了大嘴笑，一时有些不知所措地说："怎么这么好看！"王引兰心有些慌乱，就听麻五扭身说："小鸟孩，有你受用的时候。"这时雨下大了起来。

夜里麻五让王引兰和自己女人睡一起。

这是一个如常的夜晚，山野里透着风，风把王引兰的心搞得层叠折复。在粉缎被子里她听到窗外风扑草动，一个缺少了自由的人能嫁到这样的人家也算好。就听麻五女人说："听老爷说，哦，你也是丫头出身，哦，既然来了窑庄做了小就要懂个规矩。"王引兰说："我从小没有了人疼，如今跟了麻五就全凭姐姐你疼我了。"王引兰又说："我自小就给人家当丫头，也算是在规矩人家长大的，只是这女人家的好多事情不懂，姐姐你要多教我才是。"倪六英觉得王引兰有点野，怎么可以叫老爷的名字呢？就说："你叫你家老爷也是叫他的名字吗？"王引兰说："不是的。姐姐不一样，你不知道城里的青年人只要婚姻了，都互叫名字，听起来很中听。"倪六英觉得王引兰的话日怪，想问一问婚姻是说什么，听得窗外传来一声轻轻的咳嗽，就不说话了。王引兰觉得倪六英说话很有意思，像肚子受了凉。已经三更天了，麻五女人说："秋凉了哦，睡一更吧。"王引兰扭回头看着窗外，暴风雨已经过了，月亮浮上了中天，银色的月光从麻纸窗户上射进来。“月亮好大。”听到麻五女人轻轻哦了一声，同时闻到了她嘴里呵出来的一股气味，飘飘荡荡像一团温热空气糅杂着她的感觉，慢慢地她就沉醉在了昏沉里。

后半夜听到麻五女人起夜，感觉门吱呀响了一声好像麻五女人出去了，王引兰就醒了几分，支愣起耳朵听，却什么也没有听到。

隔了有一会儿，听到门又“吱呀”响了一声，好像麻五女人回来了。喘气声很粗，好像又不是她。突然闻到了一股烟味，是暖和，是干燥，由远而近，在一双手的轻微滑动下，烟味缭绕了全身。她说：“谁？”“我。”是麻五的声音。王引兰说：“是麻——老爷。”麻五说：“叫我麻五就好，今夜咱就来个婚姻。”王引兰知道麻五听了窗户，不再说话任由麻五动作。王引兰轻声叫了一声：“疼。”麻五说：“不可能，我还没有进去呢。”其实麻五是在试探，试探什么？只有麻五清楚，麻五在试探一个疑惑。王引兰眼泪生生滚下来，感觉到麻五有点忘我地在做一个反复动作，类似树枝的摇摆，芽儿拱得有劲儿，她被麻五的芽儿撞得青肿，并有一种撕裂的快感袭来。她叫着：“麻五，嗷麻五，麻五……”月光下麻五的小眼睛里闪过了一丝儿亮。

麻五撩开粉缎被子，有烟味儿飘出来。麻五说：“我真没有想到你还是个闺女。”麻五把她抱起来，麻五说：“祖宗，粉娘，我的小祖宗，我要正经八百给你个名分。”

停歇了几天，麻五从李庄雇了上好花轿，由一队响器领着绕窑庄走了一圈。新人王引兰坐在花轿里，妖娆得很。她感觉到了幸福，也无异于投靠了幸福。得到幸福了吗？恍惚中又觉得这不是她要的幸福。她觉得有些乱想，就放下心事抬起眼睛看马上的麻五。

骑在马上的麻五，十字披红，不时弯腰给窑庄看热闹的孩子们发放自己做的高粱粘糖。透过红绸帘子，王引兰看到一起一伏的麻五在红色阳光下像一只工蜂。笼罩在她眼前的喜气如同贴在她前额的往事，让她想起童年时老财娶妾。从春天油菜花田里穿过的花轿忽闪闪的，忽闪起了她一个梦想：长大了也坐了花轿穿过油菜花田嫁人去。

油菜花亮汪汪，坐了花轿奔哪方？绿望绿黄望黄，娶了媳妇不想娘……

王引兰想娘。不知道娘想不想她。

麻五决定不出去卖木炭了，一来是自己岁数大了，快 40 岁的人没有一男半女，二来是不敢再进城里，要是被李府的人撞上指不定就没命了。麻五脸上挂着烟气如雾的喜气，鼻子是鼻子、脸是脸，和所有人说话就露出了一丝儿和善。麻五用赚来的钱多买了地。冬天，地荒着，他雇人一车一车往地里拉马粪。

屋子里倪六英教王引兰做新年衣裤，倪六英说："城市里女眷时兴什么哦？"王引兰说："早不穿大襟衣服了，姐姐这样的肚兜，没有人戴。"这时听得羊工铁孩在外面来回走动。

王引兰说："姐姐，他是咱们家的下人，也要给他做吗？"

"不是下人，是长工，要做的。"

"长工？"王引兰想了想长工不就是下人吗？想来也和自己一样，就生出了几分可怜。

王引兰站起身走出去，看到铁孩正往堂屋封道走，她说："哎，是叫铁孩吧？"铁孩扭回头看着王引兰笑。铁孩说："你真好看。"午后阳光照着堂屋砖墙暖暖的，王引兰靠着墙，眼睛斜着石板院地上的鸡崽，一只白公鸡咕咕叫着扑着一群花母鸡调情，母鸡们有条不紊地一歪一歪调扭着屁股，阳光把鸡们照得美丽异常，王引兰看着鸡们夸张的动作笑了起来。王引兰的笑声有些浪，这让铁孩有点忘情。就听屋里倪六英在咳嗽，铁孩伸了伸舌头扭身走进了封道。王引兰回过神来迎上去，看到铁孩从封道拿出一条鞭子来。那鞭子在阳光下泛着青光，蛇一样盘曲在铁孩怀中。

“拿鞭子做甚？”

“甩鞭。”

铁孩抬起头冲着王引兰笑，把鞭子扔到西屋门前。

王引兰说：“恁大的鞭赶多大牲口？”

铁孩笑了，笑得有点滑稽。“这牲口大咧，大得叫你想不到。”

“甚牲口？你倒给我说说。”

铁孩从封道端出一盆水放在西屋廊檐下，然后把鞭放进去。

“到时候就知道了。”铁孩说。

王引兰看到铁孩用手在水盆里翻着牛皮鞭子，腥膻味儿弥漫了满院。王引兰从来没有正眼看过这个汉子，他个子不高却很结实，四方脸，紫红色脸膛，皴裂的双手很灵巧地在湿软的牛皮中间来回翻搅。她发现他翻搅得很仔细。这时候麻五从外面回来，王引兰说：“麻五麻五，什么叫甩鞭？”

麻五想了想说：“甩鞭呀，就是敲响冻地，告诉它春天来了。”

麻五自从和王引兰婚姻后，说话上用词很是注意。

“那为什么要用水泡？”

“泡了的鞭不浮，实。”

还是不明白，听到麻五身后发出鞭子湿软的沙沙声，就有了一丝儿渴望。落日余光让麻五脸上镀上了一层蜡光，她仰起脸冲着麻五肉头鼻子说：“麻五，今儿就想听。”这时听得倪六英在屋子里重重地叫了一声：“老爷。”

王引兰笑了笑缩着脖子走进了堂屋。

吃了晚饭，王引兰悄声和麻五说：“黑夜不要过来了，到堂屋陪陪姐姐。”麻五肉头鼻子轻轻地抽了一下，她不知道麻五是同意了还是不同意，反正她扭过腰身一摆一摆提了灯笼回了南屋。屋子里火盆燃着红红的火苗，把灯笼放在炕头上，从怀里取出麻五塞给她的苹果偎在炕上吃了起来。

窑庄人从来不知道用木炭取暖。冬天大部分烧暖炕。天一黑就把被子铺开，炕头上盘了小泥炉用来生煤火，因为缺煤，到晚上火就灭了，早上起来在地火做饭,用热木炭再燃好炉火。王引兰来到窑庄第一天起就决定要用火盆来取暖。她不想生煤火，一来调煤脏，二来李府太太拢了袖管坐在火盆前的姿态很优雅，她从心里一直想着那个姿态。窑庄人看王引兰用火盆很稀罕，但是，却没有人效仿，觉得那东西很贵气。王引兰往火盆里添了一些木炭，解开红绸袄和红腰带把自己脱精光拱到粉缎被子里，一股热气腾上来。王引兰想着甩鞭的事，听到门“吱呀”一声开了，不用说一定是麻五。

“说好了不来。”

“来看看，看看就走。”

麻五在火盆上把手烤暖，然后掀开粉缎被子把手伸进来在王引兰赤条条的身上揉来揉去,揉得王引兰面色红润。麻五说：“要不要进去暖暖？”王引兰说：“不。”反逗得麻五有了一股豪气,脱了衣服拱进来,搂着王引兰像搂着一团棉花，王引兰痉挛着，满面灼红地叫着：“麻五，麻五麻五。”麻五一声不哼，王引兰脸上生出了沉醉的红晕。麻五突然不动了，静静地听了一会儿冲着窗外说：“是铁孩吗，怎么还不回去？”听得窗外的铁孩叫着：“羊，羊，羊。”走远的声音。麻五说：“小叫驴也想痒。”王引兰说：“怎么不把大门关好？”麻五说：“我说是来看看嘛，看看就看进去了。”

转眼大年到了，年三十后晌捂了一场很厚的雪。铁孩从山上砍回初一五更点亮的明火柴，堆到院子里。铁孩说：“麻叔，该准备的都准备了。”麻五说：“取来鞭子放在供桌上点了香磕了头了吗？”铁孩说：“还没有。”取了鞭放在香案上，烧了香磕了头。麻五拿了鞭走到大门外站到碾盘上，王引兰看到窑庄男男女女都站在碾盘周围，甩鞭人麻五张开了腕口，一条生命弧线炸开了。鞭声不沾尘土与落雪交融，王引兰觉得心开了，血沸了，再等第二声鞭起，鞭声不响了。看到铁孩用红布包了揣在怀里。麻五跳下碾盘拍了拍铁孩,回过头大声说："干冬湿年，明年定是个好年成啊。"

吃完年夜饭，全家人开始守更。说是全家，也就是麻五、倪六英和王引兰三个。王引兰问麻五："咋还供鞭？"麻五说："新鞭，要请神开鞭，以后再甩就通灵了。"王引兰想着甩鞭不知不觉倒在麻五腿上睡着了。不知道过了多久，松柴点燃的噼啪声惊醒了王引兰。明火把院子燃得如同白昼，雪地被火光烤出了一个很大的圆，麻五盛了饺子用火筷夹了在明火上烧。王引兰迎着火光走了出来。麻五看到穿了红缎衣裤的王引兰，在火光映衬下，一双丹凤眼顾盼生辉，麻五就愕然怀疑自己是在做梦了。

王引兰说："烤这些年夜饺子做甚？"

麻五说："吃了明火烧的粮食能点亮心灯。"

这时听到遥远处有一声雷响，生生滚了地气，在天地邈远之中，浩浩荡荡传来。紧接着是大片雷声从漠漠旷野中急速滚过，王引兰叫了声："快听。"就听到外面有孩子们喊道："甩鞭啦——"

王引兰的心激动得要跳出来了，抓了麻五的手飞快地跑出院。

月雾相融一色，满世界一片白茫。

在这黄土塬上奇异冬景中，她看到四周围山上有篝火点亮，篝火映照下有一个个舞蹈的身姿，清晰的鞭声就从那里传来。

所有走出屋门的人大气不出，风刮过窑庄上空，有浮游的雪尘洒下来，晶莹地打在王引兰脸上，如同无数温柔的小刀子，让她莫名地快乐。麻五说："今年的鞭声比往年集中,听起来爽亮。"这时候有李庄的鞭声传过来,像裂帛声音，接着就是窑庄鞭声应声而起。

仿佛来自浩渺天宇惊雷般的鞭声，竟让王引兰的灵魂战栗了。爹爹生前喜欢敲鼓，惊蛰那天是驴的生日，这天晚上总要爆出如豆如炸如度岁的鼓声，爹爹腰里扎着红绸，一口气灌下三碗黄酒，到一个山头上去擂鼓，那鼓声惊天动地，爹爹说，鼓声敲响了冻土，把春天召唤来了。爹爹的生命里却没有春天。爹爹曾设立蒙馆，教着几个孩子，在没有脱下开裆裤的孩子面前，爹爹给他们讲陶潜不为五斗米折腰的故事。爹爹就是一个不肯折腰的汉子，村上的保长六十大寿时给他发了帖子，他不去送礼。对方放出话来，我用八抬大轿抬呀，我请不了他来家里，还请不了他到一个地方去？小日本人过来了，爹爹被说成是私通“共匪”。爹爹说，不误虚名，我还真想通一通哩。爹爹被请进了牢里。爹爹说，这地方待不住了，叫母亲带了她远走高飞。伸手不见五指的夜晚，远房舅舅赶了驴车送她们上路，经过一片沼泽地，车轮陷进了泥坑拔不出，娘说，抽那头老驴啊，用劲抽。舅舅疯了一样地抽，驴受了惊吓，她被驴车颠在了地上，舅舅甩过鞭让她抓紧，她叫了声“娘”，拽了麻鞭滑出了沼泽地。她觉得有一种东西从此就嵌进了她的生命，是什么呢？她现在明白了，是鞭。鞭声是一种昭示：她王引兰的生命里会有春天吗？

麻五说：“年说过就过了，春天说醒就醒了。”

“鞭声能够让油菜花开得更艳苞谷长得更壮吗？”

麻五说：“能。”

王引兰眼中流下了眼泪，在天光映衬下，亮晶晶的看上去是如此无言绵长。

四

王引兰的肚子一天天大了起来，麻五脸上的笑容也一天天多了起来。

是春天了，树好像一夜间润出了薄的浅绿，经过沉闷的冬季后，人们站到春天的田野上，心里不由涌起了莫名的激动。王引兰建议把高楼院对面坡地买下种油菜。

麻五说：“为什么要种油菜，种高粱不好吗？”

王引兰说：“种油菜，开油坊啊。小时候看见有钱人家种油菜，满天满地的黄，我就想等以后嫁了有钱人也要种一大片油菜。麻五你算有钱人吗？”

麻五说：“我当然算有钱人。穷人连粮食都是上一年和下一年接不上。”

王引兰说：“就在对面坡地上种油菜。”

麻五说：“对面坡地不蓄水不适宜种粮食，户主早想卖，我思量种什么也不合算。”

王引兰说：“油菜花好看。你是有钱人吗？要买要买。我喜欢油菜花，我要在春天里看油菜花开。”

麻五说：“买买，让你春天看油菜花开。”

男人有些时候是很听话的，他的听话是需要一个不听话的女人来魅惑他，就像他的财产要女人来挥霍一样，历史只是女人对男人的调教。

买了对面山坡地，雇了人，只几天光景十几亩油菜地齐刷刷出了苗。铁孩把羊赶到对面山顶上，山上的绿色厚实适宜羊吃。满山顶羊群像落下来的云彩，有淡淡烟一般的白气满逸开来。铁孩拿着羊铲吆喝着头羊：“吆呵——”

一切恍若隔世，王引兰每天坐在自家高楼院大门口老槐树下碾盘上看，这么一看就是大半天。阳光把红绸大襟袖照得像蝉翼一样透明，王引兰眼巴巴看着桃花开了，杏花开，然后是李花、梨花、海棠花。

忽然一夜，油菜花开了，满坡耀眼的黄亮，花香把她拂闹得轻灵舒缓，差不多堵塞了对春天的其他想象。她想起李府老爷说：“躲到油菜地田埂上做一些春天有关的事，那才有意思，才叫别致的春色。”那意思她不完全懂，但是知道老爷的话里是充满了浮想和暗示的，很美妙。在王引兰思想中那个浮想和暗示不是老爷，不是麻五，是谁呢？王引兰在这里把自己的思想系了个扣，她脸上就有了近似油菜花香的春愁。这以后桃和杏长出了嫩嫩的果实，她开始闹着要麻五给她去摘。麻五捏着她的鼻子说："我的祖宗啊，我的粉娘。"

每日里麻五让铁孩从山上放羊回来时，摘一些刚长出的嫩果子。

铁孩说："你喜欢吃酸了，我就给你摘酸，喜欢吃甜了，我就给你摘甜。"

麻五和王引兰要一些来给倪六英。王引兰就说："你好偏心。"麻五说："天下老的最疼小的。"油菜花香把麻五的话抬到了半空，落下来时落进了窑庄人大大小小的耳朵。耳朵们在春天的田埂上说些和春有关的话，这些话因为王引兰就更有意思了。

王引兰吃完桃啊杏啊，把软核用手揉得软软，对着麻五脸上肉头鼻子轻轻一捏，一股子水射了过去。麻五说："射吧，射吧射吧。"王引兰说："麻五，麻五麻五。"阳光把他们亲昵的影子拉得很近，王引兰看到麻五细眯着眼睛的脸上浮着一层虽然泛黄却很有神采的光亮。麻五说："祖宗，你不知道你有多好看，满窑庄人都说你好看，都笑话我说我要死挺在你怀里。"王引兰说："你就看不出窑庄人在眼气你吗，傻麻五倔麻五憨麻五。"

土坡上油菜谢花了，有稚嫩的荚顶出来，空气里残留着油菜的芳香，麻五看到王引兰脸上有细细的绒毛，那细碎的绒毛在阳光下亮着灿灿的光华。这时就听到铁孩在对面的山上喊道："狗——日——的——羊啊——"麻五望着山上的铁孩说："好你个狗日的铁孩！"

快进入夏天时候王引兰要生了，肚子挺得看不见脚。倪六英肚子也挺了起来。倪六英什么也不能吃，整个人脱了形。王引兰要生了，倪六英用筛子把炉灰过滤出一箩筐细面，揭掉炕上席片，把炉灰铺上。王引兰在窑庄接生婆桂花摆弄下顺产下一个女孩，麻五激动得出来进去。王引兰坐在细碎炉灰上像棉花一样松散，倪六英抱着女儿偎在炕头菩萨般地笑。王引兰说：“姐姐要生一个男孩就好了。”倪六英晃着怀中的女儿说：“生哦男孩，生哦男孩。”

刚生了孩子，奶憋得慌，孩子吸不出急得哇哇叫。王引兰说：“麻五，麻五你来吃吃吧。”麻五不好意思地笑着走近，王引兰高隆的乳房傲然耸立，结实硬挺的赭红色乳头像两颗耀眼的玛瑙，麻五说：“你不说我也想挨过来。”用牙齿轻咬住，鼻息和头发搔得王引兰很痒，她忍不住笑出了声来。麻五看到阳光在王引兰身上流来流去，阳光和麻五的吸奶声很响，王引兰眯着眼睛，想叫麻五麻五麻五麻五，看到倪六英不敢叫了。在地上给孩子用艾叶水洗澡的倪六英低着头，故意把水声闹得很响。孩子像一只初生羊羔在倪六英手里绵软地叫起来，麻五缓缓抬起头，王引兰看到他嘴角挂着一缕奶香。

近秋，倪六英要生了。

见红时，麻五叫来了倪六英母亲和接生婆桂花。倪六英躺在铺好炉灰的炕上，阵痛一阵阵袭来，她两手痉挛着在炕上抓，桂花说：“孩子脚先出来了，立生，是个男孩。”从早上一直到傍晚，豆大的汗珠从倪六英脸上沁出来。

桂花说：“要娘还是要孩？”

隔着窗户麻五什么也不说，因为是男孩，麻五有点犹豫了。

倪六英忍着痛坚决地说：“要儿。”

倪六英母亲抓着闺女的手呜呜哭了起来。

王引兰抱着四个月大女儿在炕沿上，看着桂花撕裂了麻五进去的那一条河沟，看到那河沟里流出来的不是白色乳浆是一涌一涌的血，王引兰害怕就隔着窗户喊：“麻五麻五，死麻五，良心狗吃了的麻五……”听到麻五叫道：“救大人，救大人，孩子还有将来。”王引兰看到桂花调换了一个姿势，用剪刀一块一块把肚子里那个小人人抠出来。血把炉灰染成一片黑紫，这时听到倪六英呻吟声逐渐小了下来。王引兰叫道："姐姐——姐姐——姐姐。"倪六英沉沉地睁开眼睛："我……怕是，哦……不行了。"倪六英母亲抱着闺女的头用沙哑的声音叫道："儿，不敢留下白发人先走！"

麻五疯了一样从守了一天的门外冲进来，麻五扑过来时看到倪六英眼睛亮了一下，并艰难地指了指肘窝下的铜钥匙。麻五解下它捏在手里，附在倪六英耳朵上，听得断断续续说："防着她，哦……守不到头……哦——"然后一个"哦"没有上来，沉沉合上了眼睛。王引兰用力抱紧怀中孩子，孩子被抱痛了，哇一声哭出声，这时听得麻五叫了一声："不要！"脑袋埋在倪六英胸前一动也不动。桂花依旧不紧不慢抠那个孩子，血依旧流着，窗户上月光一片旺白，桂花冷冷地说："准备后事吧，肚净了。"

王引兰哆嗦了一下，觉得有什么东西把她的心掏了去，有些冷。

倪六英是在油菜挂铃时走的。

麻五决定要买上好的棺材。把家安顿给铁孩，用倪六英那串钥匙开了堂屋立柜上的铜锁，取了什么，锁上柜门，然后赶了马车上路了。倪六英停殓在堂屋谷草上，守灵的侄男侄女们跪卧在草铺旁，很平稳地呵着伤调。蜡烛整夜亮着，大好的月光。王引兰坐在南屋炕上抱着女儿静静听送更纸的，踏着满地横流的月光哭着出去进来，一种凉津津的孤独漫遍了全身。屋子里油灯摇曳着黄色光晕，黑乌鸦在院外老槐树上啊啊叫着，偶尔有一两声狗叫声插进来，王引兰满脑子是那孩子抠碎的影子，身上就有汗毛竖起来。想出去叫一个人过来，走出院子看到铁孩一脸冷霜，像松树的皮却不知道什么原因。一定是倪六英死了心里难受，就说："铁孩你也不要太操劳也要小心身体啊。"

"以后的日子还有什么指望，铁定是麻叔的了。"铁孩说完也不管王引兰是什么反应扭头出了院子。

王引兰没有明白铁孩说什么，觉得热脸对了凉屁股，心往下一沉扭身走回了南屋。

三天后有人看到通往窑庄路上有一团黄尘滚过来，接着看到了三匹飞跑的马和灰头土脸的麻五。车上拉了三口上好的楠木棺材，麻五在高楼院老槐下勒紧了缰绳，叫人把棺材卸下来，两口放进西屋地上，一口放进堂屋。

窑庄老斋公走过来说："就买了三口？"

麻五说："冲丧。死了要躺一样的棺。"

老斋公说："我还怕等不到你，要重新定一个出殡时辰。"

麻五揉了揉鼻子说："定了就不能变，我欠了她！"

王引兰眼泪唰一下就涌了出来。

老槐树上挂了彩练，门上贴了丧联，八抬大轿顶用纸做了白鹤，孝子们抬棺恸哭送行。麻五选了一处山势高燥的窑洞把倪六英放进去，等自己和王引兰百年后选好坟茔一起下葬。王引兰抱了穿白袍的女儿在窑洞口跪了很久，这时听到崖的山顶上传来三声鞭响：啪——啪——啪，如扒着云缝射出的一线阳光。王引兰幽暗凄清的眼睛里就发生了变化，想：这日子真要敞开天光让人活，真是没有几天活头，说走就走了。鞭声是唤醒春天的，倪六英的春天去了，带着她肚子里的儿子，我的春天呢？

林中有鸟飞起来，干褐色黄土在阳光下泛着马粪一样的光泽，窑洞两边的树绿得像蚂蚱的血。麻五悲悯地说："这些窑洞前风口上的树在秋风里叶落得早，在春天里发绿得也早，人日他娘还不如棵树。"

冬日第一场雪下后，麻五雇了人炒菜籽。因为应了坡地上不蓄水的话，油菜少收了几成。麻五说："都是你这小妖精害了我。"

王引兰说："麻五，麻五我害了你，怪不怪我？"

麻五说："我不怪你。"

王引兰说："你不怪我，我可是要怪你。"

麻五说："怪我什么？"

王引兰说："怪你不把那串铜钥匙给我。"

麻五说："铜钥匙不能给你！"

王引兰说："怎么不能给我？"

麻五说："等给我养了儿，就给你。"

王引兰说："我偏不给你养儿。"

麻五说："小妖精，小祖宗，小粉娘，我现在就要你给我养儿。"

大白天两个人揉在了一起，就听得屋外铁孩叫着：羊，羊，羊。

麻五对着窗户喊："叫羊日你娘呢，还不快去炒菜籽。"

菜籽碾成油饼在铁锅里熬，香味就飘满了窑庄上空。窑庄有人问铁孩："麻五哪里去了？"铁孩答："掉进油缸里了。"

这一年，王引兰给女儿起了名字叫新生。

五

公元一千九百四十六年夏天，太行山区解放得早，在新中国礼炮还没有放响前夕，窑庄迎来了伟大的土地革命。历史的进步就是这样准时。然而这一年在决定自己命运关头，麻五被窑庄土改工作组定为"地主成分"。起初麻五不知道地主是啥意思，当明白过来时，麻五决定不当地主。但是，土改工作队的人说，这不是当不当的问题，在事实面前当也得当，不当也得当。在窑庄数你地多，掰指头数数，哪一家像你一样雇了短工长工？麻五说，我雇他们是出工钱的。土改工作队的人说，你还嘴犟，是你雇了短工长工，不是短工长工雇了你，从道理上讲你就是地主，不定你恶霸地主就算便宜了。

头一次斗麻五，由于当时国共两党在东北对峙还未见分晓，生怕斗不倒麻五将来惹下祸，无人为他们做主，斗了半天，几乎没有结果。工作组动员铁孩斗，铁孩不斗。后来农会领导组织群众敲着锣，打着旗，把高楼院包围起来，一面把麻五揪出来斗，一面把麻五的箱笼、粮食家具搬了出来，这些东西堆成了一座小山。工作队及时把这些东西分给农民，让他们看到自己从斗争中得到的成果。并鼓动说，要翻身就翻个彻底。铁孩斗争情绪也激昂了起来。

起初麻五的嘴还说，铁孩他爹想要两张羊皮暖腿，要铁孩来帮工，我是给过他羊皮的。铁孩一听说羊皮，就抹眼泪说："两张羊皮换了我十年的工夫，你还说得出口啊？"工作队的人一听铁孩是用两张羊皮换来的就指着麻五说："开油坊的恶霸，榨干了穷人的血汗，我们就是要打倒你。""打倒地主麻五！"窑庄人应声而起举了拳头喊。就有人用指头粗的麻绳由脖子到胳膊紧抽麻五，抽得麻五似秋日的谷子，几乎两头着地了，工作队的人说："还要不要说不是地主？"麻五说："不要说了。"有人问："是不敢了还是有愧不说了？"麻五说："我是地主，是老财，是有愧不说了。"肉头鼻子上细丝一样的筋脉憋得暴出来，麻五在抬头示众时整个脸就像猪肝一样通红。

土地改革来不及让麻五把那串铜钥匙交给王引兰就把麻五的家产全部分了。王引兰寻死觅活坚决要求留下那两口棺材和那条甩得毛了的牛皮鞭子。分田分浮财那天，麻五领了王引兰和女儿新生，最后用马车拉了棺材到铁孩的老窑里居住。

铁孩分了麻五的堂屋，依旧放羊，不过羊是群众的了。但是，这并不影响铁孩春风得意羊蹄疾。宿羊的窑在老窑和窑庄的路中间，王引兰往返路上碰到铁孩，看到他脸上不知甚时又挂出了笑容。铁孩说："你还是那样儿好看。"王引兰说："有什么用，好看也是地主。"铁孩说："贫农就没有你好看。"王引兰说：“好看？怕天天斗，斗多了就不好看了。”

麻五把两口棺材摞起来放在窑掌深处。麻五说：“以后要自己动手种田。”肉头鼻子一抽一抽，像有满腹心事要倾诉，好像又找不到头绪。新生已经13岁了，因为运动一直没有识字。麻五说：“新生也该识字了。”新生进窑庄识字班第二天跑了回来，新生说：“同学都叫我小地主。”望着如花的女儿，麻五哭了。这是王引兰这么多年来第一次看到麻五哭。麻五哭时鼻头泛着潮红的血光。

麻五来不及看到新生识字，麻五就死了。如果麻五不是自己给自己坠了秤砣，那么，是谁给他坠了秤砣？麻五死了谁还会说？

六

王引兰仔细解着麻五蛋上的麻绳，怕把麻五弄疼，嘴里叫着：“麻五，麻五麻五，不要怕疼，疼了就告诉我。”麻五不应，王引兰眼泪似珍珠一样落下来，着实感到了天人永隔的椎心之痛。

长工铁孩领着窑庄的青壮后生走进来，他们帮王引兰把麻五平平展展放在楠木棺材里。

铁孩说：“葬到东凹祖坟里，和他老婆一起下葬。”

王引兰说：“不葬。”

铁孩一脸困惑。“不葬？以后日子怎么过还不知道，留他是个负担。”

王引兰说：“活着我做主，死了新生做主，把他抬到倪六英姐姐窑内。”

铁孩说：“按规矩湿伤带干伤应该入葬，不可以破坏了规矩。”

王引兰冷冷地说：“还有规矩啊，按规矩他不该死，死了；按规矩不该坠蛋，也坠了；铁孩懂规矩啊？给我坠了你的蛋我看看！”

铁孩搞了一脸不自在，挥了一下手说：“上路。”

新生拉了灵，王引兰穿了孝，由四个后生抬着麻五出丧。一路上歇了有十几歇，窑庄人说：“老财麻五扭着劲不想走。”

王引兰想，不想走就能不走么！这世界上走一个人还不是稀松平常的事，麻五算啥，死都不利索，要人坠了蛋，下辈子做啥，做啥也绝了后啊，倒叫我来背负这苦。

放进窑，抬棺的一走，王引兰和新生说：“跪下，给你爹磕头。没有他就没有你娘。”新生眼睛睁得大大的，王引兰说：“给你爹磕三个响头，记住，年年清明要来上坟。”

王引兰望着对面青山，看到脚下是窑庄，再远处曾经是自己的油菜地，更远处是蜿蜒环抱的山脉，新绿遍地。她用手把散乱发辫打开在脑后挽了个髻子，不远处有一个泉眼，有淡淡的岚气在聚拢。拉了新生走过去，看到清澈的泉水里有细小的蠓虫在游动，她用手轻轻拂了一下，然后趴下去断了气地喝。新生听到母亲喉管有咕噜噜的跌落声传出来，同时看到母亲鬓角有几根耀眼的白发，想上去拔掉它。突然王引兰跌坐在地上气绝了似的哭了起来：呀喂——指望是松柏树万古长青啊，呀喂——谁想到是杨柳树一时新鲜……哭一声麻五少早亡啊，生生把我闪在了半路上……死鬼麻五啊，你留下母女俩怎么活……哦呵呵……

哭声掀动满山绿叶响彻天地。

七

王引兰不明白日子究竟发生了什么变化，也不知道从哪一天开始，和这个世界一下子疏远了，疏远得如此陌生，视觉和感觉很自然地被堵上了一种坚固的东西，她不再想笑，也不再想哭。工作队的人来找过她，要她控诉麻五的罪行。

王引兰说：“人已经死了，怎么就连死人也放不过！”

工作队的人说：“不可以不去，也不是放不放的问题，是讲明理的问题，也是剥削者和被剥削者的问题，你要找到这个原因的病根所在，找到了才知道什么叫剥削、什么叫压迫。比如你以前在李府做丫头，就是剥削者剥夺了你的生存自由和劳动自由，后来到了窑庄等于是吃了二遍苦，受了二茬罪。你目前社会成分不好，应该尽快觉悟，就说不为了你自己吧，也要为你的闺女想想，也该给她树立一个正确的人生观，你想怀揣一本变天账吗？麻五连钥匙都舍不得给你，在他心中你是啥还不明白？”

王引兰说：“是啥我知道，说句爽利话吧，非要去？”

“非要去！”

王引兰说：“去。”

吃过后晌饭，王引兰拉了新生穿过羊窑去接受批判。新生吵着要王引兰打灯笼，王引兰说：“打一回灯笼，一个鸡蛋就没了，如今比不得从前了，要学你爹懂得东西中用。”新生说：“东西再中用也是要给人家分的。”王引兰想了想，是啊，又一想觉得不对，现在还是不能打灯笼，因为没有进项。“娘不活今天了你还要活明天哩。”

天漆黑得像锅底，新生害怕不敢走，为了壮胆王引兰哼起一首歌：青石板，板石钉，青石板上钉银钉，银钉亮晶晶，满天闪星星……娘俩一牵一扯提了心走到窑庄诉苦会高台上。地上坐着窑庄的男女老幼，一个个神情激昂，窑庄也不过就二三十户人家。听到铁孩在控诉两张羊皮把自己卖给了麻五，王引兰来不及思考铁孩说的话就听到有人指点：看，麻五烧木炭的小老婆来了。

窑庄人看到麻五小老婆站到高台上用方言诉苦，声泪俱下的诉说带有一种本地没有的韵律，工作队从她脸色中发现不对劲，她在给麻五评功摆好呢，急忙叫她匆匆下台去。

王引兰一边走一边骂了句故乡口语："他没有罪，我翻你妈的事，我宁愿受二茬——"想不起受二茬什么了，就被农会的人拥出了会场。

由于复杂而麻烦的背景原因，工作队不再找王引兰诉苦。王引兰在老窑内静静地守着时光，用残余的生命活着。

以往的日子幻影一样消失了。王引兰忍不住怀疑这一切是否都是梦，一个神思恍惚状态下的白日梦。想麻五一定是躲起来了，心被掏空也想不出麻五躲到哪里了。柔和如洗的阳光依旧穿过窗户照进窑内，空气中传来种种隐约而嘈杂的、难以捕捉的声音，好似一种细碎而绵密的声息，犹如一种絮语，嘤嘤嗡嗡，在这些嘈杂声中，一切变得更为寂静，寂静得使王引兰心头沉重，一种生命不知何所依归的强烈的郁闷的沉重。

有人来给王引兰提亲，是离窑庄五十多里地的六里堡光棍李三有，社会成分下中农。来人说："一个婆娘带着孩子，没有男人搭伙，日子过得紧巴巴不说，春种秋收寡妇家别人谁敢来帮忙？再说了，社会成分又不好，总是问题啊。"王引兰感到有满腹懊恼和不快，媒人的话让她心里怔忡不安。她说："思忖思忖再说吧。"

媒人走后，心里一酸，投到炕上，抱着被子哭了一场。人没了，但日子因了闺女还得往下过，是啊，明年的春种秋收靠谁？只怕要赚窑庄女人的骂。小时候女人活娘，长大了活男人。如今娘和男人都没了。王引兰身上感到凉意，有小风儿沿着脊梁沟吹。

夜晚降临时，坐在窗外的条石上看山，远山葱郁的树木形成一团一团的黑影，王引兰生出了一种自怜自惜又掺杂着几分疼痛的情绪。路在哪里，该向何方？日子已经像饴糖似的融化了，黏成了一团糊糊。向前、向后、拐弯等都失去了意义。

王引兰听到有脚步声传来。来人说："睡了吗？"

听声音是铁孩。

铁孩怀里抱了一捆编好的艾草，近了说："防蚊虫咬，睡前熏一熏。"王引兰正准备让他进窑，想起了麻五。麻五待他不薄，怎么就不能看好麻五，让人给坠了秤砣！这么一想王引兰腻歪得就不想动了。铁孩一看没有让他进窑的意思放下艾草说："听说你要嫁人了？"王引兰抬起头看了一眼铁孩撂出一句不明不白的话："要不是我能嫁人？"说完此话，突然觉得有一种耗尽生命天光的难过。铁孩说："社会成分不好，要找也该找一个社会成分好的。就不能守麻叔三年？"王引兰想，你算啥，来张扬我。到底没说出来，提起窑前的马桶扭身走进了窑洞。隔着窗户铁孩说："走了，啊？"

王引兰听出那一声"啊"有想让她叫他转回的意思，可她就是不想叫，要你啊个够，不是日能得很吗？翻身了吗！

听到铁孩脚步声远去，才镇定了一下情绪坐到炕上。突然觉得倦怠得很，好像有无边的幽暗在等着，把身子贴牢墙根就这么靠着，内心的愁烦似乎才有了一丝儿喘息，是什么原因使她的命在途中转了个弯，弯成了这样一个结局？

窑外风掀起落叶，一阵沙响。落叶提示着节气的细微之变，王引兰吹灭灯，感觉夜光微移，却找不来睡意。

王引兰决定嫁人。路想了很多，都走不通，能够走通的只有一条路，改嫁。找一个靠背和新生活下去。

出嫁之前王引兰要媒人叫来李三有，她有话要说。

李三有是一个个子很高的人，比王引兰要高出一头还多。长得又黑又瘦，微微驼背，穿了黑夹袄黑夹裤。李三有低头迈进窑洞时，王引兰坐在炕上纳鞋底，感觉就像有一堵墙倒了过来。王引兰指了指对面的炕要他坐下。李三有说："不瞒你，咱是旧社会家穷娶不起媳妇耽搁了，今年四十六，会木匠，大是大了点，和麻五比还是小。和我搭伙过，说不上享福也不会让你受很大的罪。"

王引兰说："既然说开了，我也就明人不做暗事，人是嫁过去了，到末了我是要回来窑庄和麻五合葬的。人总得懂个情义吧，麻五死时不明不白，怕也听说了吧？"王引兰抬起头看了李三有一眼然后用嘴捋了捋麻绳。

李三有说："嗯，听说了几句，大形势嘛。"

王引兰咧了咧嘴没有出声。

李三有说："是不是要择个日子过去？"

王引兰说："选日子，那倒不必，我要过去是要带了棺材过去的，最好等天黑透。"

王引兰说起棺材的事底气很足。在当时，活着有棺材的人那是很了不得的。

因为窑内黑现在才看到窑掌深处躺着一口棺材。李三有走过去看见棺材盖的沿上雕了镂空花饰，很贵气。一时找不到要说什么，脸上就挂出了一个光棍汉经常有的忧虑和黯淡神色。

王引兰穿了月白水蓝夹袄，耳朵上吊着滴水绿玉耳坠，30 岁的人了，居然看不出一点岁月的痕迹。透着傍晚的天光她的脸上蒙上了一层淡淡的光晕，纳鞋的手势很圆弧地划出一道亮影。李三有想，她年轻时一定是个仙女。不自觉地说了一句："都依你。"

两天之后王引兰和新生带了棺材被李三有用一驾马车拉走了。

那时候，黄昏降临，老槐的花香弥漫了整个上空，香味和紫莹莹的暮色一起笼罩了整个村子，窑庄人在这香味里翕张着鼻孔，一个个神情亢奋。青蛙在河沟里聒噪，窑庄人看到了一辆马车穿过暮色走来，马车像小山一样昂着苍白的头，那个景致很动人。窑庄人眼睛一刹那在腻香的黄昏里迟疑了很久，然后颓然落地听着马脖子下的铃铛，叮当，叮当，叮当，远去。

那时候，铁孩正在羊窑给羊接生，脸上浮着一层汗，马灯的光晕弥漫过来一股潮乎乎的煤油味，母羊下身不时涌出绯红的胰沫。

有人走进羊窑说："麻五小老婆带了棺材嫁人了。"

铁孩抬起头瞪着来人说："谁说的？"

来人说："我亲眼看见的，六里堡的李三有赶着马车，那小子像杆子一样真他妈好命相。"

铁孩说："有这么快？怎么也该给麻五守三年孝。"

来人说："她能夹得住！"说完觉得自己这句话很有意思就笑了起来。

铁孩说："笑个鸟！你来看着我出去泻尿。"

这时候是月中，一轮圆月挂在天空上，山野里淡蓝色的热气在亮光里升腾，看羊狗在羊窑外卧着，听到铁孩走出羊窑它摇着尾巴跑过来，铁孩一脚踢过去，嘴里骂了一句："我操你祖宗！"狗叫了一声，摇着尾巴躲到了一边。四野里响起鸟飞起的声音，铁孩突然不想尿了，一屁股坐到羊窑外的地上，觉得心上有一股热热的东西一下流走了。

羊窑内传来羊羔落生的叫声：咩——咩——

远去的马蹄声像月影下弹拨出的琴声，漫漫泛泛，王引兰带着棺材绕着山脊辽远而去。

八

李三有住了两间土坯房子，院子很大，不像麻五的四合院严紧。屋子里几乎没有摆设，一盘火炕，看上去空空荡荡。李三有叫人把棺材抬到屋里南墙角。

打发走来人，安顿新生睡下，王引兰开始拾掇小东碎西。一时有点不好意思的李三有远远坐到了棺材盖上。李三有说："土改分了些东西，趁夜间无人，都隔墙扔回去了。再穷也不能要人家的东西。"

隔了一会儿又说："六里堡的地主要比你原先的家富裕，听说你原先的家也就是比别人多几亩地，人还是靠土地养，我们堡地主不光有地出租，在城里还开了商号，家里很是气派的，还有枪。"

王引兰说："人哪里去了？"

李三有说："人家算是开明地主，有一个孩子在城里得到了消息，不等土地改革就把商号和土地退了，跟孩子到城里去住了。"

王引兰头脑里真切显出了一个影像——麻五。浮上心头——小山沟里的小地主斗得比大村里还狠。心里就产生了对自己经历相去日远的伤感。

李三有说："明天是好日子，大小也该热闹一下，我租不起花轿，闹运动也不允许，我本家哥哥借了一把太师椅，就用太师椅抬了绕堡转一圈也算是坐了轿了。"

王引兰说："过来就过来了，我是什么人物还要坐轿，还要到村上绕一圈，怕那六里堡的人大牙都要笑掉。"

李三有惶惶地站了起来，双手摩擦出吱吱呀呀的涩响。"那不行，定好了的，是要蒙盖头的，怕什么？"李三有迟疑了一下接着不好意思地嘟囔了一句："我也是第一次结婚，不热闹也不吉利。"

王引兰端着一碗水往嘴里送，听到李三有说此番话，忍不住地把碗放下，停顿了有一袋烟工夫，然后说："就依你。"

李三有说："睡吧。"

王引兰看了看炕上的新生说："怎么睡？"

是啊，怎么睡？李三有一下子心事重了。有一句话涌上了喉头想往出说又止住了，似自言自语："我还是睡棺材吧。"自己搂了铺盖在棺材上铺好躺下了。

第二天，王引兰由两个后生抬着绕六里堡转了一圈。

头上红盖头一掀一掀，王引兰坐在椅子上，身体像失去平衡一样任由他们颠来倒去。听到有炮仗不时响起，就想到了窑庄的甩鞭。一切是那样虚幻，似一个梦，奇奇怪怪，和梦中的人和事搅混着，便把一个好端端的梦弄得似梦非梦了。想着这些时，感觉那个梦在不远的地方重新圆起来，看上去滚滚翻翻像一团云。

透过红红的盖头看到李三有在一条曲里拐弯的村路上前行，同时听到了闹哄哄的议论声，听得有婆娘说：窑庄的地主婆是带了棺材来的，老财被人坠了蛋，人长得水，怕是命不好。她将眼皮儿轻轻抬起又轻轻放下，在这个梦的将散未散里幻化成一个字：活、活、活。

就这样王引兰和李三有婚姻了。

王引兰要李三有帮她抬开棺材盖，她取出那条甩旧了的鞭子说："三有你来甩甩。"

李三有拿了鞭走到院子里笑着说："我没甩过这东西。"用力把鞭子甩出去，鞭梢反过来打了他的脸一下。王引兰大笑着说："甩鞭，真不在乎个高，你不会甩，鞭把你甩了。"王引兰拿起鞭也想甩，却甩成了一团麻。

安心住了下来，住下来的王引兰因为和新生睡一处，和李三有实际上是有夫妻名无夫妻实。这一点让王引兰感到很不安。但是，好像又没有好的解决办法。时间一长，反而弄得双方有点不好意思提那事了。

王引兰首先想到的是新生识字问题，和李三有商量要新生进六里堡的识字班。

夏天了，李三有院子里的豆角秧扯了起来，有蝴蝶飞来，对对双双，煞是好看。新生老远叫着娘跑过来，王引兰听到新生嘴里念着："请看天上日月，昼夜不得留停，坐地日行八方，寒来暑往古今。"

王引兰想：世事变转，上天也是如此劳劳碌碌，辛辛苦苦啊。

辛苦的上天却不让人过好日子，冬麦不冒尖儿，夏收眼看要落空，等不得高粱、玉米秀穗，人们就急慌慌下地拔野菜。王引兰和李三有提着荆条篮子走在连着重重坡地的山谷。阳光下的田野有一种生动而感人的美。李三有采过一把"炮仗花"顺手递给王引兰说："吸吸它的根部，很甜。"李三有看到阳光嵌进了王引兰的每一丝头发，头发全是金色的，李三有说："甜吧？"王引兰说："甜。"

李三有要王引兰学会识别野菜，因为草的家族在土地上是那么庞大，像满天的星星。有荠、蕨、蘩、苹、薇、匏、甘棠、卷耳。把野菜采回家，可以拌上玉米面蒸吃，也可以凉调，如曲麦菜、薄荷、小蒜，苦菜、刺夹菜、灰灰菜、杨叶、柳絮、沙蓬则用来煮熟浸泡后去苦味调食。当季是菜，过季就是草了。

时光流逝对于任何事物都是无情的，对野菜也同样充满着决定性或暗示性的作用。

草生草落，世事茫茫，人还不如草木。王引兰把目光落在了一个地方，那地方有丛野菊花生长着，花瓣很稠很浓，在太阳光下闪闪烁烁。山菊花的黄有点像油菜花，花朵在风的作用下不停地翻动，她和太阳的目光在翻动着的花朵上就一起高兴了起来。李三有看到王引兰高兴，就想有什么事也该行动了，走过去撩了撩她额前被风吹下来的乱发，感到心酥了一下。

两人的目光相撞，有些闪烁。

在期盼得以实现的时候，还应该有什么铺垫，王引兰说："这花开得多好，像油菜花。"

"再好也没你好。"

"我有什么好，福薄命贱。"

回过神来的李三有说：“我比你更福薄命贱。小时候早早没了娘，弟兄三个，我大哥叫福成，二哥叫福顺，都死了。生下我之后，我娘得痨症死了，我大给我起名三有，意思是福、禄、寿都要有。我大是木匠给我修了这两间土房也死了，土改运动因为我有房有童养媳就定成了下中农。你看我个儿大，其实很胆小，吓怕的。”

王引兰说：“还有童养媳？”

李三有说：“是我舅舅家闺女，从小送到我家做童养媳。成婚前名分是家中女儿，长我七八岁，后来到 12 岁上也死了。依旧俗在地角丘着，等我以后一起下葬。”

王引兰轻轻“哦”了一声。那种含愁也不减眉目传情的神态让李三有的心再一次酥了一下。感觉有什么东西想迫切进去。

王引兰缓缓把手伸到李三有脸上，李三有的喉结咕咚一声落下一口唾沫。闭上眼睛把头靠在王引兰膝上，像猪娃子拱母猪奶一样拱了几下，王引兰就不能把持“呀喂——”整个身体就软了下来。

顺手揪下那捧山菊花，朝着那金黄软垫躺下去，酥酥张开双臂。阳光从疏密不一的高粱叶子空隙漏下来，空气里浮游着细碎的金点子，地上山菊花发出湿软的沙沙声，她看到有一只大鸟俯冲下来。几朵云彩如棉花一样开放，她闻到了青草香味、野菊花香味，泥土香味。想，和一个人在油菜地田埂上做有关事就是好，只是这不是油菜花也不是春天。风抚着她的大腿和腹部，搓弄着她的乳房，从未有过的激动，在一种大幅度撞击声中她从喉管里挤出了：

麻五，嗷麻五，麻五麻五——

九

铁孩顺道来六里堡看王引兰娘俩，同时带来了一张羊皮。

铁孩说："你出嫁那天圈里有羊生了羊羔，羊羔活着，母羊死了，我把皮熟了给你送过来。顺道看看，日子过得好吧？"

王引兰说："什么叫好，心情爽快了就好，三有是女人性总让着我。"

铁孩留意李三有脸上写着很多快活的东西。

李三有给铁孩取来旱烟锅。"自家种的，抽两口。"

铁孩接过烟袋说："你大还是我大——"

李三有说："我属虎，你属？"

铁孩呵呵笑了一声说："属鸡，比我大。"

王引兰忙捅开火坐锅给铁孩做饭。

铁孩说："别忙了，又不饿！"

李三有说："谁说你饿，来家总不能不吃饭吧。"

铁孩扭回头和王引兰说："新生去了识字班？"

王引兰说："去了。"

铁孩说："认了多俩字？"

王引兰说："大字不够一箩筐。"

李三有说："不能那样说，我看新生认的字比咱三个加起来还要多。"

铁孩说："全国就要解放了，解放了好啊，天是明朗的天，原先人们想这社会也不过是一时一运，现在看来真要变了。"

这时天空传来了一两声雷响。

李三有冲着王引兰说："要下雨了。"

王引兰说："秋天的雷，唬人哩，怕也是过云雨。"

王引兰把高粱面掺上榆皮面和好，等锅开了往里拨，到院子里揪了一把香菜和辣椒。王引兰说："你一直喜欢吃辣椒拌鱼儿，今儿吃个饱。"

铁孩盯着火上冒热气的砂锅，心被什么烫了一下，很是不自在。把烟锅子递给李三有说：“你也来几口。”

这时候听到院子里雨滴像崩豆一样落了下来。煌煌的天空和着雨滴伴着铁孩吃鱼儿声，在昏暗屋子里弥漫开来。这一顿饭吃得铁孩头上冒汗，清鼻涕出溜出溜往外涌。

铁孩说：“好吃的东西是好。”

这时候雨已经停了。雨在干黄的浮土上打出鱼鳞似的泥皮，铁孩踩着这些泥皮和李三有告别。

王引兰说：“就走？”

铁孩说：“就走！”

李三有说：“想走动走动时就来走走。”

铁孩说：“带来的羊皮，毛有点不大顺溜，隔日我给你弄一块羔皮来。”

李三有说：“这就够了，可能的话帮我擀一条毡，给你出羊毛钱。”

铁孩说：“回去就给你擀。”

李三有回过身到屋子里给铁孩拿擀毡的黄豆。趁着空隙铁孩说：“你还是那样儿好看。”

王引兰说：“过日子，不顶吃，不顶喝。”

铁孩说：“还想不想回窑庄？窑庄有人想你，想不想听窑庄人甩鞭？”

王引兰心里想：窑庄有人想我？怕是瞎话。想听甩鞭倒是真的，可人是跟了奈何走，有什么就想什么，没什么也就不想了。脸上就露出了涩黄的笑，觉得鼻子酸酸，生怕再说下去眼泪掉下来，赶紧说：“人到了这步天地，啥也不想！”

李三有提了黄豆出来说：“拿着不送了啊。”

铁孩说：“不送了，不送了，回去吧。”

铁孩大步往回走，走了几步扭回头看，看到王引兰不知什么原因撅着的屁股，他有点透不过气来，有什么东西往指尖上流，狠狠扇了自己的脸一下，这样好像才滤掉了一些憋闷气。

钉了铁掌的懒汉鞋走在干湿的泥皮上，他突然对这些干湿泥皮产生了近乎乖僻的热爱。到处是潮湿的静谧的青草气息，涩拉，涩拉，四周山野里只有他的脚步声在轻佻摆动，看着暮色中缓缓沉落的天光，笑了起来，那笑也像干湿的泥皮卷曲着似有几分涩凉。铁孩突然边走边踢着泥皮叫着："羊，羊，羊，羊……"

铁孩叫着羊回到窑庄时，天上星星已经出全了。

十

天不亮，李三有起身了。取了木匠家伙，尽量不弄出声响，但是，还是惊动了王引兰。

王引兰眯眼抬起头看了看天光，发现还早，还可以眯瞪一会儿。就问："要去哪？这么早？"

李三有说："我大活着时种过两棵柳，成材了，我怕过一段日子又有什么新运动，早一些把它砍回来做一张床，我要让你有床睡。"

王引兰说："天亮了砍也不迟，又不是砍下来就能做。"

李三有说："天亮就砍倒了，好叫人来抬，要不然，白天人都忙着收秋，谁还顾得！你睡吧，我知道你贪觉。"王引兰说："三有，你真好。"李三有说："好什么，让你过粗茶淡饭的日子，受穷。"王引兰把头缩进了被窝，却怎么也睡不着，想，粗茶淡饭的日子过着也好，只要气顺受穷怕什么。命中有的早有，命中无的想也想不来，世上好东西太多，你想"要"，"要"不想你。没有甩鞭，没有火盆，没有油菜花开的日子也能活出成色。王引兰就决定不睡了，早起给李三有做饭，吃了饭和李三有上地啊，地塄上的山菊花一定铺得很厚了。

早饭时，李三有和六里堡几个人抬回两棵不太粗的柳树。李三有把它放到院子里，等干透了用。王引兰递过烟袋，他吸了几口说："吃了早饭拿上扁担和绳子一起去把沟里七分地的高粱杀回来。"

上午，阳光下有没有散尽的雾。王引兰和李三有一前一后，雾从脚跟升腾起来，在眼前绕来绕去，把铺向山凹的秋景弄得潮湿得很。王引兰和李三有都有点激动。无边旷野上正压抑着一种喧响，那喧响很是有一点柔暖，而那些雾就和八月里天空细密的阳光和身体内部发出的暗示很和谐地连接了。

坐在地垄上稍稍休息了一会，李三有站起身来说："来吧。"

一种说不清但目的明确的要求，一下子冲上脸颊，有点喘不过气来。

王引兰通体舒畅而凉爽，不断加厚的青草地结实而富有弹性，十分高大的李三有在雾帘中沉下来，时间仿佛凝住了，那一刻，时间早已变成无边的空间。悬浮的雾粒将阳光散射成泛漫的天幕，李三有看到王引兰的身体白得透亮。

潮润的土腥气伴着呻吟在雾气缭绕中做长久的浮游，王引兰有些颤抖地叫着：三有，三有三有，噢三有——

突然感到了一种异样。

王引兰说："芽儿怎么不精神了？"

李三有说："怎么突然叫起我的名字了，一下不习惯，我等你叫麻五。"

王引兰说："麻五是麻五，你是你，跟了你，你就不是麻五了。"

李三有开始在王引兰身体上扭缠起来，雾气湿润朦胧的白色在轻佻的动荡中起伏。

栖集在山凹里的鸟趁风翔起，天空一片生动。真格是秋波升温啊。

王引兰看到不远处有一个人影走过，手里是一把羊铲，铁孩来六里堡送毡来了？她看到他向前方的一头断崖走去，铁孩不会去断崖，她想：那不是铁孩。

是该开镰了，八月高粱和阳光奏出的乐声在悠悠回响，土塄子在淡蓝色的热气里战栗，高粱一片深红。人们提着镰刀走向各自的粮食，成熟的粮食在贫瘠的土地上唰唰倒伏，蚂蚱纷纷逃窜，王引兰望着尘雾里起伏动荡的李三有和落定的高粱心里有一股说不出的失落。不可能搞清楚的是究竟是山野的粮食还是这种可能环境的消失使他们失落了，因为这两个因素是交织在一起的，它们都起了作用。更进一步说，王引兰希望秋天来得慢一些，然而季节是一件不容抗拒的事，心碎的温情转眼就要离去了。王引兰明白秋天的到来意味着什么，然而等不得王引兰多想，一切就结束了。

李三有从断崖上掉下去摔死了。

王引兰想不出李三有为什么会摔下去，自己的地离断崖有些路，烟袋锅在地中割倒的一片高粱旁放着，人却从崖头掉下去了。王引兰感到生活混乱不堪，六里堡中央的老槐上，有一只乌鸦到夜晚降临时，啊啊啊叫着。六里堡的人都知道乌鸦是来叫丧的，叫丧的乌鸦除了给李三有叫还要给谁？六里堡家家门上系了红，说王引兰福薄命贱，说王引兰命贱是贱了和她睡的人。女人们就像躲避瘟疫一样看着自己的男人不让出门。王引兰拿了石头走到老槐下用劲捣它，它不飞，它不敢偷闲的叫声越发来得密集。王引兰不知道它是受了自己内心的激情和天道的法则驱使而叫的，它的叫就是这种法则的显露形式。它要按照它的道理告诉王引兰，活虽然不能按活的方式来活，死是要按照死的方式去结束生命。王引兰咬牙切齿从嘴里蹦出一句让六里堡的人都听清楚的话：死鸟。

六里堡人说，不管死鸟活鸟，王引兰是带了棺材来勾命的。王引兰说不清，想了想觉得自己是来勾命的。棺材是放死人的，哪有活人睡棺材？事实上王引兰又如何能说得清楚。

王引兰用自己的楠木棺材下葬了李三有，李三有和他的童养媳埋在了他父母脚头。

用自己的棺材下葬李三有是自己决定了几天的。她的决定有一种不争的气度，她懂得人处于世间时，情分的重要。生死由命，死了，死了，人若不死了，麻五怎么不转过来活呢。既然苦难不为人忌地逼近了并不幸福的生活，要一具楠木棺材又能给自己带来多少好！

王引兰搂了一包李三有生前用过的东西在一个午后坐在了李三有坟旁。头上蒙着一块黑蓝方头巾，心痛却哭不出声音。北风呼呼叫着，她感觉生活在进一步朝深渊迈进，因为，等待和幸福的等待的岁月已经过去了，她不能回避自己心底对李三有的怨恨心情，因为他把她遗留在苦海之中独自去了。坟上的枯草干黄泛白，她拽过一把在嘴里嚼着，嚼着，干涩地咽下去。新坟的土堆上压着一团麻纸，风吹过时，纸张摩擦的声音响起。

荒秃秃的坟茔埋葬的不仅是人的肉体，同时，许多心愿和难以忘记的岁月也在这里安睡，没有谁能绕得过去。推导起来，如果说麻五给她的爱因年龄差异该是父爱，那么，李三有给她的爱也许才是婚姻之爱。这种爱是怎样脆弱易逝啊，广阔的空间和苦难的岁月大大地扼制了王引兰爱的生长。直觉告诉，即使痛苦是命定的和应该的，她也不想沉醉在痛苦之中了。她把李三有用过的东西拿来，决定烧掉它。这是要在没有李三有的情况下继续生活所想出来的唯一办法。

李姓家族看中了两间平房，因为李三有睡了王引兰的棺材，没有人敢出来明说。王引兰是决定要回窑庄了，她不想让生活中横着一个死人的幽灵和一些活人的眼睛。既然找不到和这个社会相处的方法，那么就龟缩进窑庄的老窑。

从决定走时，天空就开始落雪，王引兰想等天晴，但是，雪时徐时疾地下着，大有不下到年头不罢的意思。她不想再在六里堡过这个年了，捎了话要铁孩来接。

铁孩冒雪赶了牛车来接。铁孩说："马和马车分家下户了，只好找了牛车来。"

天气阴暗，望着薄暮暝暝中雪落蒙蒙的六里堡，王引兰想：阳间就是男人和女人，女人和男人的欢爱。人住在地上，地给了男人和女人种种生存的命，命牵了你往哪走就得往哪走，咋活也是一辈子，一辈子咋活才叫好？麻五走了，李三有走了，欢爱没了。麻五买来的棺材，给了李三有，都是我的至亲啊，这个世界上，我用活来肯定他们的死，然而这活、这肯定是怎样的一种疼！

坐在牛车上的王引兰，有一种隔世的恍然与无奈，她看到六里堡在她回望的视野中一层一层往远方推去，鱼鳞一样……

十一

一路上新生蜷曲在一条棉被中，小脸冻得红红的。

山野往后移动，那移动起伏不定，有些零乱。王引兰看着这些不断掠过的毫无内容的山，感到十分凄凉。风抄着地皮刮，然后狠狠甩出去。呼出的哈气把眉毛和额前的头发糊满了冰霜，看到铁孩笼着袖管，夹着一根桑条，脑袋上狗皮帽子在牛车晃荡中摇摆不定，想：命中就剩下这一个男人了，自己怎么就没有想到同病相怜的这个人呢？自己的一生和这个人到底是一种什么关系？本能抗拒着他，却又牵扯不开。新生说想睡觉。铁孩跳下车，把身上穿的羊皮大衣脱下来盖在新生身上。王引兰说："不可以这样脱，要伤风的。"铁孩说："受苦人还怕伤风？"

王引兰笑了笑，有一点苦涩。

车轱辘和铁孩的脚步声在雪地上合并出一种好听的响儿。

王引兰突然想起李府老爷教过的一个字"奴"。意思是女人生来就命定不是一个人活的，因此就得有一个人，用绳子牵着，在"女"字旁加了一个"又"，就成了"奴"。我的"小奴家"，"叫一声小奴家与我多卿卿"。她不知道她这一生是谁的小奴家？王引兰抬头遥看远处白色的空山，止不住泛起了一股热，就有眼泪掉下来。听到身后传来抽泣声，知道王引兰在哭。

铁孩说："人都想争活，其实活着的人哪有死了的人稳妥。"

隔了一会儿，铁孩又说："有些事情放不下，就得活。"

王引兰的心动了一下，擦了擦眼睛，回过头，看到身后山野中一条蜿蜒的小道被牛车的铁轱辘碾出两道深深的辙。

活是归宿和安宁，风是飘零，雪是散落和湮灭，在这广漠的大山中骤然变得渺小了的牛车，在天地相接下看上去几近于无了。

十二

新生在窑庄口闹着下车要去找小伙伴玩，王引兰说："让人家知道咱回了窑庄要笑话的。"铁孩说："有什么可笑话的，和土疙瘩打交道的人还怕笑话？迟早得见人。"

王引兰不好说什么，让铁孩抱下了新生。

开了老窑门，一股热气腾了过来。有一盆木炭放在火台上旺旺燃烧。

王引兰问："是你把火生着的？都忘了烧木炭了。"

铁孩说："捎话来让去六里堡接你，就把火生着了，久不住人怕阴。"

炕上铺着一张白羊毛新毡，想起了李三有，他想要的毡到死都没有铺上。炉台旁的水缸内满上了水，王引兰觉得像在做梦，梦醒了自己也不知道自己是谁。铁孩把东西搬进老窑，天有些映黑得看不清。王引兰要铁孩留下来吃饭，如今自己的身边还有谁？

王引兰说："谁的牛车给人家送回去，过来一起吃饭。"

铁孩说："不用了，送了牛车还得去羊窑看羊，不知道甚时辰才能过来。"

王引兰说："甚时辰过来我们娘俩都等你。"

铁孩有些激动，头重脚轻走出窑门，嘚的一声赶了牛车走了。

王引兰在老窑门口沁凉透骨地站了很久，风的跌宕中伴着牛脖子上的铃铛声渐渐远去时，她才反身走进了窑洞。

找了一根麻秆点了火，想找一找从六里堡带来的洋油，从窑墙上摘灯时发现油灯里的煤油是添满的。灯捻爆了一下，泪水就止不住地流了下来。索性坐到灶火旁的板凳上，油灯在炉台上一闪一闪的，王引兰哇的一声抖肝倒肺地哭出了声。

大约酉时铁孩腋下夹着羊铲来到了老窑。新生蜷缩在炕角睡着了，铁孩拽了被子盖在新生身上。王引兰用粗瓷海碗给铁孩端过来高粱鱼儿，她看到铁孩正用一种毫不掩饰的爱怜眼光看着她。王引兰说："趁热吃。"铁孩一激灵，眼睛慌乱地看了一下别处，她很奇怪，她的心竟然也跳了一下。

王引兰说："铁孩啊，今年多大岁数了？"

铁孩用手摸了一下嘴说："快40了，也就是40了吧，明天就是腊八，离年近了。"

王引兰说："真是快啊，麻五过世已经三年了。"

停顿了有一段时辰王引兰问："都解放了，咋还是一个人？"

铁孩说："不是一个人，能有俩！过了，什么事情过了就过了。"

王引兰说："不算耽搁，还有机会。"

铁孩说："是有机会，怕是机会不巧。都让旧社会耽搁了。"

王引兰一听说旧社会心里就感觉沉，僵了一样站着不动，一张脸赫然在油灯下泛着白。

铁孩知道一定是说到了她的痛处，但是，铁孩突然就激动了，停止了往嘴里吸鱼儿。铁孩说："15岁上爹的腿罗圈了想要两张羊皮暖腿，让我给麻五打长工，20多年，从来没有想离开，我对他忠心不二。一直到我爹娘死，麻五从没有问过我的年龄，他忘了我的年龄了。”

王引兰看到铁孩麻色泛黄的眼睛里有一丝泪光。

铁孩说：“耽搁了。”说完低下了头。

王引兰走过去拿过碗用笊篱又捞了一碗。王引兰说：“以前有些事情没有想到也想过了，旧事咱不说，说起来都不好，麻五也没有落个好死，叫人坠了秤砣。”

铁孩埋头开始吃饭。

吃了饭撂下碗问了王引兰缺什么不缺什么，夹了羊铲踩了雪回了自己土改分的麻五的堂屋。

雪落无声。王引兰关上门吹灭灯和衣躺在新生旁边，老鼠在窑后掌动出了响声，她坐起来学了两声猫叫，一切又静了下来。窗户外的雪地透进来微弱光芒，晃在隆起的被子上，羊毛毡在身下蓄着火炕的余热，却怎么也找不来睡，新生不安稳地翻来翻去，她想麻五，想李三有，想一些难以想清楚的和难以陈诉的旧事，由不得把脸用被子捂上哭了起来，却不知道这日子甚时能走到头。

准备过年了，雪也停了。化雪天的寒气冻得人直哆嗦。停雪天把新生的手冻得生了疮，铁孩给新生送来土制的冻疮膏和猪胰子。腊月二十几又送来了羊肉。铁孩身上有一股羊膻味，王引兰说：“铁孩，脱下袄罩子来，我给你洗洗。”铁孩就脱下袄罩子让王引兰洗。

王引兰用脸盆端了铁孩的袄罩子到窑庄的暖泉里去洗。

腊月里天空一片空荡，暖泉旁已经有几个窑庄的婆娘在洗涮。从六里堡回来的王引兰给窑庄的人找到了话题。

“你说六里堡三有好好的，让人送去一口棺材给埋汰了。”

“可不，她命里带克星，谁找她谁倒运。”

“听说了没有，麻五在世时就和铁孩好上了。”

“麻五死了咋不跟了铁孩？”

“跟铁孩，她心高哩，她还不知道想嫁什么人哩。”

“嫁什么人？想嫁玉皇还嫌她破哩。”

“哈哈，哈哈，哈哈哈哈。”

王引兰听了这话心里恶恶的，脸上就浮上了一团青红，过也不是不过也不是，后悔自己不该拿了铁孩的袄罩子来暖泉洗。想大小我也是在城市生活了十几年的人，你们懂什么？懂油菜花田别样的春天吗？懂婚姻吗？就知道和男人黑宿，我是命不好，可懂春天，懂四季给人的好，怕你们啊。就决定走过去。

暖泉旁的空气有点不自然。各自在石板上搓衣，看到铁孩袄罩子漂洗出的黑水一团一团涌向远方，她们就停下来看铁孩的袄罩子，看王引兰，互相使了个眼色又低下头搓起了自己男人的袄罩子。

腊月三十，铁孩从山上砍下明火柴在老窑院子里堆起来。王引兰剁好羊肉饺子馅，撩了门帘和铁孩说：“年夜饭不要回去，在这里吃吧，回去也是一个人。”

铁孩说：“大过年的怕不合适吧。”

王引兰说：“有什么不合适？咱早就是一家人啦。”

铁孩笑了，王引兰发现铁孩笑起来很有意思，透射出一种男人才有的大度。就有了一股暖意，像一团棉花塞住了喉咙。松枝的香味，年的香味，捎带男人的什么味儿，王引兰也笑了，铁孩感觉有一道阳光穿透了身体，一下子就要有汗往出溢。

铁孩说：“解放了上边送下来鞭炮就不甩鞭了。”

王引兰说：“怎么能不甩鞭呢，春天就是要用鞭声来叫醒，叫醒了的年会布满土腥气，五谷才好生长。”

铁孩不好意思地说："想听就再甩一次，怕是鞭旧了声音不正。"王引兰站起身从窑后木板箱里取出鞭子递给铁孩说："再旧也是鞭啊，它的声音是可以盖了天的。"

铁孩说："那我去安顿好，让他们各自领花炮回家放，五更我上山给你甩鞭。"

铁孩走后王引兰给麻五和李三有的灵位点上香上了供，然后坐在炕上独对一盏如豆的油灯。王引兰取过给铁孩压好的鞋底，缠下绕在上面的麻绳，拿了针在头上滤了滤，然后一针一针纳了起来。

年夜晚，梦像溶化的灯晕一样无力地流泻着，山的谷峰在皎洁的冷光中起伏抽动，铁孩腋下夹了牛皮鞭和镰刀走在雪天中。夜空太高太远，月光在冷凉的空中充满一种谛听的寂静。铁孩站在山腰回头看老窑那一盏如豆的灯火，感觉自己的影子无声地直起来。铁孩的攀登声和喘气声,在寂静中皱缩成团。"呼哧，呼哧，呼哧，呼哧。"

铁孩在山的顶端用松枝划开一片空地，用火镰燃亮松柴，火光照亮了周围的一切。要是往年对面山顶同时也会点亮明火，今年不同了。铁孩站到一块巨岩上挥动手臂，一声鞭响张着阔大的翼扬天而起，横过苍穹、山峦，阔大的群峰以其旷古的宁静接纳了它，之后山顶的鞭声便浩浩渺渺从天边荡起回音。

王引兰和新生激动得走出老窑，点燃明火，渐次高耸的山峰和渐次传来的鞭声生生从耳边扬起，而后没入夜空。在坚执的仰望中支棱起耳朵听，舒展于空山之上的鞭声，如春云浮空，还有什么比这永世绝响的鞭声更接近幸福的日子？鞭声拖拽着王引兰的梦巍巍峨峨，绵延不绝又荡起了她对春天的希望。

窑庄地上燃起了星星明火，柔暖的火光同时也点燃了铁孩舞蹈的激情。

鞭声响起后，窑庄和李庄的花炮淹没了鞭声。孩子们高兴地猫腰拣拾地上没有点燃的花炮，没有人抬头看山尖上的铁孩，人们热衷于新生事物的出现。王引兰望着那篝火前舞蹈的身姿，突然觉得被淹没了的鞭声空洞洞的，在缓缓向下沉落，沉落，落入无边的黑暗。那个舞蹈的人在残月清冷的天空下孤零零地由着篝火的熄灭转入黑暗。王引兰想，怕是再也听不到那鸣成一片、如天外之音的鞭声了。

岁月因鞭声堆聚，复又随鞭声流散。

十三

新生十六岁了，方圆来提亲的人不断。王引兰想给女儿招一个上门女婿。由于成分不好，又因为分配了土地，广大翻身群众在保卫胜利果实的号召下，都前赴后继地走上了杀敌前线，这样和新生年龄相当的后生能入眼的就少。十六岁的新生和麻五就像一个模子脱出来的，没有一点像王引兰。窑庄人说，真是麻五的闺女啊。新生听了有点不耐烦，就不高兴地说："为什么要生在一个地主家庭？"不再到窑庄串门，整天守着老窑和王引兰学女红。偶尔也有别家的女孩子过来看新生绣枕头，她们一个个像遥远山崖上开花的桃树，还有春水荡漾，沉浸在未来中。

铁孩轮换着赶羊给窑庄口粮地卧圈。也就是夜间把羊赶到地里让羊拉屎，给地上肥。一户两天，大约有半个月铁孩没有到老窑。王引兰从心里盼铁孩来，她已经把他当成自己的依靠了。轮到卧圈，王引兰打破规矩到地里给铁孩送饭。

这是清明前，时间往前挪一点，天还有那么几分寒意；往后推一段呢，就到了农忙时候，树在发芽，草在泛青，王引兰看到麻五和倪六英的窑洞，在左上方的山崖下，有桃花开得红灿，王引兰冷不丁说了一句：

"日月真难熬。"

铁孩腮帮上有一块肉鼓跳起来，他说："难熬也没有我难熬，我是真难熬，都快熬不住了。"

王引兰诧异地回过头看着铁孩说："铁孩，你不可以那样想，要那样想就是把话送到窑庄人嘴里了。"

铁孩一看，话被捅透了，反倒不怕："你现在是没有主的人了，只要你情我愿，想怎么想就怎么想。"

王引兰说："就算是情愿也不能想，我已经害死两个男人了，不能害你。"

铁孩说："你早就害了我了。"

王引兰一怔，诧异地说："铁孩，不可以这样说，我害我自己也不会害你，说话可要讲个天地良心。"

铁孩说："吓唬你哩，我害了我自己了，我看你好。"

王引兰说："不好，也没有人看我好。"

铁孩说："谁要是看你不好，谁就不是个人了。"

王引兰站起身收拾了送饭桶边走边说："铁孩，新生大了有些事情不要对着我闺女说，说多了就不能给闺女做榜样了，当娘的活着就不配当娘了。"就听铁孩说："等新生出嫁了我再说，有个话口就行。你明早送饭扛过一把镢来。"

第二天王引兰扛了镢挑了饭桶到地里送饭。打老远铁孩看到了王引兰，因为是上坡王引兰走几步要停下来喘几口，该挺的地方在喘息的间隙抖抖的，铁孩觉得王引兰以前好是脸蛋白嫩，如今脸蛋和乡下妇女一样潮红了，王引兰的好不是脸蛋了是身段。铁孩感觉有一团火滚过来。

趁给王引兰卧圈帮她下种，俩人一起拉耧种谷。铁孩架耧，王引兰拉套，王引兰弯着腰，撅着屁股，两条浑圆的腿一闪一闪地前后移动。斜长的坡地常会碰到狗头泥块或棒秸茬子，一碰上，吭噔一下，耧便顿住，然后提一下耧脚，躲过去，再往前耩。那吭噔一下让王引兰浑身一震，脖子都拽歪了，王引兰回过头来看一眼，红扑扑的脸上挂着笑，一下就裹住了铁孩的心，让他浑身战栗。铁孩就希望再吭噔一下，那一种盼望中藏着铁孩的盼望，铁孩的盼望是很有意思的盼望。

这时，离窑庄四十里地黄牛蹄的一户人家来提亲，是下中农成分，家里有一子三女，权衡了各方面王引兰决定给新生定了这门亲事。新生跟着媒人去黄牛蹄走了一趟，回来后，王引兰问对方的家庭和人怎样，新生说："能过日子吧！"王引兰问人怎么样，新生说："问啥人，反正大我三岁，只要不是地主就行。"王引兰说："地主怎么了，你人小心不小，翅膀硬啦？才经过什么事？这世界要都成了地主天下就太平了。"

趁清明王引兰来给麻五说说此事。两口棺材在土窑内静静守候着时光的流逝。王引兰说："麻五你听清楚，新生找了人家，闺女要出嫁，本来要找人上门续香火，你是知道的，成分不好，谁来？麻五，我是兜了一个圈又回来窑庄的，棺材留给了李三有，他也是好人啊，好人命不长。麻五，你要是在天有灵一定看到了我娘俩活得苦，活得累啊，苦日子没个尽头，我说给谁听？麻五告诉我呀，好好的人怎么都走了？你说不出来托个梦也好呀？麻五呀——冰凉的秤砣坠了你，让你成了无芽儿的鬼，日头早升晚上落，狠心一走我没人疼，世道转换满眼疼，生死疾患我恨谁，呀喂——背靠地，脸朝天的麻五啊，我的心灰冷冷……"

新生看到母亲仰天伏地痛哭，心像是被生丝勒了一下，也嘤嘤埋头哭了起来。王引兰说："你还哭他，他是地主啊。"王引兰抬起粗皮皴裂的手在新生脸上擦了一把泪，新生感觉娘的手像刺猬的脊毛刺刺的，扎得脸有些火辣。

铁孩躺在石板上在岭头放羊。那阵，太阳明亮而不刺眼，风缓缓地从山头上滑下来，一声接一声单调枯燥的羊叫声不时响起，铁孩黝黑粗粝的脸挂上了一丝苦笑，然后，不知道什么缘由地翻起身面对着山下清明上坟的人们大声喊：

“羊，啊——羊——”

脸木木地冲着山下，有些恶恶的，之后老泪纵横。

七月天，太阳好像害了瘟病似的，连天阴雨。坡地上的秋粮被雨水浸饱了水分，散发出潮湿霉烂的气味。苦雨欺人，山坡上犁刻出斑驳的沟沟槽槽，秋天的落叶兜不住水，随了叶片落了下来，漾着一股草木沤烂的腥膻气，成群的蠓蝇涌进老窑，歇在草皮脱落的窑墙上，新生拿了蝇拍一下一下拍打着，声音的不断重复让王引兰什么也做不到心里。

雨不停，粮食真要烂在地里了。

好不容易等天放晴了，王引兰就托付铁孩到山外用新玉茭换回五斤棉花，她要给新生做出嫁的新衣。

收完秋王引兰和媒人定了好日子出嫁女儿。

大红的喜联贴在窑门上。上联是：成全一双儿女事；下联是：了却两家父母心；联额是：麻五嫁女。

男方来了四个人，俩姐和一个嫂。

也就是五头毛驴。新生骑了小黑驴款款从田塍上走去，有蝉在窑垴一棵老榆树上歇着，知道知道知道地叫着，五头驴像山谷里浮起的一团紫气，伴了花鞭爆响沿山脊扭扭歪歪地远去。

王引兰望着远处眼泪滴到了衣服的前襟上，心一下子空了，站在躁闷的空气中干咳了两下，用手拢了拢头发走回了老窑。

十四

牛鞭吊在阳光下翻晒，粗糙的山石完全撕裂了它，有纷纷落下的皮屑荡起来闪着光斑分化而去。王引兰仰起头嗅着它，嗅着一个春天的梦。太阳刚刚坠入山脊，远处的岭头上，无数黑暗的点子跳荡起来，又轻又软，有风瑟瑟吹来把这些点子连成一张大网，这时天光就在这张大网的作用下暗了下来。王引兰听到有羊羔的叫声传来。撩开帘走出去，看到铁孩怀里抱着一只羊羔。王引兰问："有病了？"铁孩说："要死了，我答应过要给你搞一张羔皮，现在它要死了，羔皮正好能给你暖腰。"王引兰给铁孩取出凳子来要他坐到院子里。

天光下晃荡的鞭子划过铁孩的头，铁孩放下羊羔站起身拽下它。

王引兰突然心血来潮地说："从没有近处看你甩鞭，甩几下我想看看。"

铁孩诧异地握着鞭说："有什么好看的。"

王引兰说："山下望你看你很张扬。"

铁孩说："那是远望，近看我就是一个山汉。"

铁孩走到院边，往手心唾了一口唾沫捏紧鞭杆在头顶划出一个圆弧，鞭声落下去时僵硬而萎缩毫无弹性，连着远方的山脉，显得那么干，啪，啪啪，啪啪——光秃秃的鞭声在老窑上空飘浮着，一点也没有穿透天空的力度。

王引兰说："这鞭声怎么就贴着地走了？"

铁孩说："鞭声是要山谷的应娃娃来衬托的，是山谷的应娃娃让你的耳朵里灌满了鞭声。"

没有鞭声的罩蔽，王引兰突然觉得一切都空了，扑面兜头而来就在自己的眼皮下跳动，眼睛耳朵被撑大了也感不到鞭声的肿胀。王引兰抬起头除了天光她什么也没有看见，什么也没有听见。她的思想是伸向天空了的，但是，天空里什么也没有。

王引兰说："干巴巴的。"

铁孩说："干巴巴的。"

王引兰说："真是过得快呀，有些事情还没有明白什么就什么也不能够明白了。”黑暗中有生灵在动作，轻手轻爪的。她变换了一个姿势，用手轻轻倒了倒有些酸麻的腿，王引兰说："铁孩，拿过旱烟来我也抽两口。"铁孩站起身递过捏好的烟袋锅子。王引兰呛得咳嗽了起来。"太呛。"铁孩说："要不要我给你捣一捣背？"王引兰说："不用，呛一呛也好，也好。"

铁孩觉得有某种陌生的燥热在身体的某个角落升腾，仿佛要把他生命的原汁浮突地挺起来，弄得他很是难过。铁孩接过烟锅子说："我还是想给你捣一捣。"王引兰抬起头，看到灯光下铁孩那两只雾浊的眼睛盯着自己发亮。

一股腥膻扑鼻而来，铁孩木木站着，短粗的手烧着烟锅子，人像是有了分量似的看着王引兰，脖子梗梗的。

铁孩说："说过等新生出嫁了说那事的，我现在就说了？"

王引兰说："我想了，还是不要说，等李三有烧了三年纸我答应你。"

铁孩说："等不得，不是没有等麻五三年你就嫁了？"

王引兰说："不一样。"

铁孩说："什么不是人办，就怕是人等它不等。"

王引兰说："你等它就等，该成的瓜不开谎花，等我把心放平了，给了你也就把心给了。"

铁孩说："非要我脸皮厚一回？"

铁孩嘴上咬着烟袋，嘴角翘起眼睛望着王引兰。王引兰感觉自己的心在微妙曲折地跳动。

铁孩扑上去一把拽仰了王引兰，把嘴对了上去。王引兰挣扎着扭动着身体，渐挣扎渐柔软，觉得自己被什么框住了，是厚腻的羊膻味，汁液般地沉淀下来，觉得自己的舌头被吸吃了，羊膻味就更加刺鼻，令人作呕，可又奇异地使她兴奋。

铁孩说："从看到第一眼起你就牵了我，牵了我的魂，我就把持不住了。麻五从城市里带你回来以前，告诉我要是你早破了身子他要了就给我，后来他不让我挑逗甚至不让我和你说话。”王引兰推开铁孩把眼睛瞪得大大的，有些吃惊地望着说：“铁孩，不要乱说。”铁孩说：“没有乱说，是麻五骗了我。听到你和麻五宿我就躁，跑到羊窑和羊好，不怕笑话，我把你当羊了。”王引兰推着铁孩说：“不要瞎说。”铁孩说：“没有瞎说，我就等这一天，你看什么，快来啊。”王引兰突然觉得铁孩的背后有一张脸晃了一下，像是麻五。王引兰说：“铁孩你的背上有麻五的脸。”铁孩惊叫了一声：“在哪？”然后骂了起来，“麻五你个龟孙王八蛋，你坏我好事。”王引兰定定看着铁孩，觉得铁孩的手在抖并连带着身子也抖了起来。山野的风打着旋扑进院子来，她的心里绝望了起来，有什么东西打碎了她的梦，她看到有一颗流星划下来，划出很好看的弧。

没有实现自己想法的铁孩有点暴怒，俯身将那只将死的羊羔摺倒，用左手摁住它的脑袋，然后掏出一把刀，毫不费力地一刀捅了进去。羊羔就像撕碎的棉花一样抖了起来，温婉的眼睛亮亮地看着持刀人，血水像芙蓉花盛开。铁孩点燃一锅烟，拿刀又往里刺了刺，冰凉的刀让羊羔再一次抖了起来，它的毛发层层开来，如茸茸霜毫。王引兰低下头时看到它铃铛明亮的眼睛暗了下来。铁孩拿刀反复刺它，它合着刀的节拍抖动，像空气中上升的爆裂的气泡。铁孩迎着王引兰的目光说：“这样它的皮才蓬松。”

王引兰吓得面色如土，好久才挤出一句：“铁孩，你好歹毒。”

铁孩头也不扭地看着地上的羊羔，像是欣赏一件艺术杰作。

铁孩说：“比给麻五坠蛋轻省多了。”

王引兰全身像被电击了一样松垮下来，已发生的来自生存的痛苦和艰辛在她的脑海里像火一样烧起来，迷惑和绝望，重渡生命之河，她看到了血腥和杀机。

“天杀你啊，铁孩！”

铁孩为自己这句话惊恐得跌坐在地上。

铁孩想：自己是说漏嘴了。

王引兰大叫着蹿上去揪住铁孩的领口。“你干的好事?!”

“都是为了你。”

“还敢说是为了我?”

“怎么就不能说是为了你!”

我说我为了你就是为了你。当然，我不说谁也不知。今儿说了是我想和你说，都和你说了吧。你不知道我有多想你。为了你什么都敢干。我真要说了?还是说了吧，不说怕什么事也干不成。你以为给麻五坠蛋容易?我是费了一番心思的，我说麻五你日能啊，为了两张羊皮你要我给你当十年长工，我不干了，他哄我说，你等着啊铁孩，我要到城里搞一个粉娘回来，我先耍她，要是她早被破了身，肚里有了旁人的种，就让给你。我等啊，麻五这个老王八死龟孙咬住你就不放了，让我夜夜空想，我也是人，我和麻五没有两样，他想干的我也想干，和谁?谁不知道我是寡汉条子，窑庄女人多，哪个有你好?没奈何我就和羊。羊让我尽兴，羊不是你，羊是畜生啊!好不容易等到了土改斗地主，我想总算翻身了，我领麻五上茅厕，我说麻五你欠我的!麻五说是欠你的可是还不了了。我说把王引兰给了我你就不欠了。麻五说我是趁火打劫，他现在什么也没有了就是不能没有你。我看没戏就想了一个恶招，我说麻五你不让我好活是不是?我也不让你好活，我给你鸡巴上拴个秤砣，你要能经受得住一后晌斗你，也算不欠我了。他想了想不同意，我就说你要不同意我就让农会关了你禁闭,我去强行搞你的小老婆。他就同意了。他自己给自己系上了秤砣他要我看，我看他系得蛮紧就说行。没有想到一个时辰没下来他就死了。我也不是有意害他，真的不是。你听我说完了，你说我不是为了你我是为了谁?!

王引兰瘫了一样坐下去，猛然间又想到了李三有，倒吸了一口气说："六里堡的李三有是不是也是你干的?"

铁孩有些激动，觉得自己好像是在窑庄的高台上讲演，充斥一种意义不明的暗示，暗示什么呢？类似情欲的东西在无节制地膨胀，好想倾诉。是该说出来了，不说就不说了，越说倒越想表达，想说的欲望令他激动：“那也是为了你啊！”

麻五死了我想该归我了，谁想到你要嫁走？麻五刚死夜里老做噩梦就不敢和你明说。我是给你提过醒的，我想你要等麻五三年，没想到你守不住。我干李三有是想明干，后来我看明干干不过他就想了个巧。那天，我说我是来帮他收秋，我和他吸了几锅子烟就开始杀高粱。我说你喜欢吃酸枣，那边的崖下有一丛酸枣树酸枣好大，快杀完了，你一个人杀，我去摘上来。他不让，放我身上我也不让。我就知道他不让我去，他自己要去。我说我告诉你在哪。我把他领过去指给他看，他说很险。我说，是险，还是我下去吧，王引兰说你是女人性，你哪能干这等险活？我这样一刺激，他就越发要下去，他拽着一条老藤往下走，老藤根上一块石头脱落了把他带了下去。我绕着沟下去找，看到他死了，我当时不是盼他死，我盼他残废，他残废了日子就不好过，我来和你们一起过，我养活你们，我心甘情愿。可是，他死了。我怕你怀疑是我推下他，我不敢停留就回了窑庄。我想一定是老天疼我，命中注定你该是我的。

王引兰听铁孩说完觉得气血往上涌，整个身体像撕碎的布散乱了下来，而涌上的气血就和肉体剥离开了，眼里流酸水，把哭的念头强压下去，她开始视她的肉体为累赘了。

铁孩说：“千挨万挨到现在，为了你有两条命搭里了，你我是一根草上拴的蚂蚱，说什么都没用，拴死了。王引兰，老天把你送给我了，让我也动一动我的真家伙吧，你不要这样看我，都活到这份儿上了我还怕谁！”

铁孩越说越激动，感觉在叙述中获得了一种精神上的快意，他突然来了兴致，放下刀在暗夜里期待着一个美丽的时刻到来。

暗，完全降了下来，像有什么东西也偃息了，黑，有些趋向稠，四壁竖起，封起了相对有限的空间。气血的涌动平复了，王引兰感觉自己的身体揳进了暗中，像蚕钻进了茧中，真好。看不见了，没有什么东西能破路而开，一股羊膻味，令她作呕，她要找一种气味来逼开它，她无法动了，成蛹了吗？她积聚所有悲哀激情捡起那把刀，摇摇晃晃站起身。

她说："来吧，来让你看看真家伙吧，铁孩。"

铁孩有些卸落了责任的激动，说："我等得够久了，这活儿归你了。"

王引兰拿着刀找准了铁孩身体一个缝隙插了进去。"扑哧"一声，她感觉他身体闪烁出一种迟疑和惆怅来，他抖了起来，抖得王引兰心颤。她躲开他的影子，看到了油菜花田，先是鼓鼓囊囊的蓓蕾，星星点点，饱满而繁密；再是冬日黑天下残绿衰翠渐渐起了亮色，那浓郁的、高雅的、药味儿的幽香就弥漫了她周身。她渴望的真正的春天来了，春天美得没有办法，她看到一个舞蹈的甩鞭人，在叫着她，小奴家，来啊，来啊，只一眨眼，她发现她看到的依旧是一片暗，是一种没有半点生机的死亡颜色，一个聒噪的世界里，有一种神秘的东西已经离她而去。

原来她的生命里是没有春天的啊。

她听到血滴成阵，落地如鞭，干巴巴成为绝响。

图书在版编目(CIP)数据

比风来得早 / 葛水平著. -- 桂林 : 漓江出版社,
2021.1
ISBN 978-7-5407-8894-0

Ⅰ. ①比… Ⅱ. ①葛… Ⅲ. ①中篇小说 - 小说集 - 中国 - 当代 Ⅳ. ①I247.5

中国版本图书馆CIP数据核字(2020)第130396号

BI FENG LAI DE ZAO
比风来得早
葛水平　著

出版人：刘迪才
丛书策划：张谦
责任编辑：谢青芸
书籍设计：石绍康
责任监印：张璐

出版发行：漓江出版社有限公司
社址：广西桂林市南环路22号　邮编：541002
发行电话：010-65699511　0773-2583322
传真：010-85891290　0773-2582200
邮购热线：0773-2582200
电子信箱：ljcbs@163.com
微信公众号：lijiangpress
印制：北京中科印刷有限公司
[北京市通州区宋庄工业区1号楼101号 邮编：101118]
开本：690mm×960mm 1/16
印张：21.25　字数：277千字
版次：2021年1月第1版
印次：2021年1月第1次印刷
书号：ISBN 978-7-5407-8894-0
定价：48.00元